1535
오만한 탄식에 숲이 깨어난다
❷

OHWOO's STORY MATE

신아인 장편소설

2

오만한 탄식에 숲이 깨어난다

목차

7 불안한 공모

43 또 하나의 얼굴

164 봉인된 슬픔

212 슬픈 반전

256 핏빛 낙인

297 도주

337 소멸

385 속죄의 양날

430 작가의 말

434 End Credits

본 작품에 등장하는 모든 사건과 인명은 실제와 무관합니다.
본문 안에서 " "는 한국어, 「 」는 일본어, 『 』는 영어로 진행되는 대화입니다.

불안한 공모

1

"저런……, 꼬마야. 어디서 이렇게 얻어맞았어? 쯧쯧, 어린것이."

종호는 무릎에 얼굴을 묻은 꼬마에게 말을 건넸다. 그의 기척에 아이는 웅크렸던 몸을 폈다. 종호는 그제야 소년의 얼굴을 제대로 볼 수 있었다. 아이의 입가는 검붉은 피로 얼룩져 있었다. 하지만 뽀얀 얼굴과 깔끔한 매무새는 핏자국에 어울리지 않는 도도한 인상을 줬다. 그 사이 꼬마의 말간 눈이 경계심을 품은 채 종호를 향했다. 종호는 아이답지 않은 강한 시선에 까닭 모를 무안함을 느꼈다.

"어디 보자. 이런, 약을 발라야겠다."

종호는 그의 얼굴을 살피려 가만히 손을 뻗었다. 그러자 꼬마는 야멸치게 그를 뿌리쳤다.

"만지지 마세요!"

종호는 움찔해서 그를 봤다.

"나쁜 피가 옮아요."

단정적인 말투였다.

"애들이 그랬어요. 내 피가 더럽다고. 매국노의 피라, 이 다음에 커서 똑같이 매국노가 될 거라고······."

아직 여물지도 않은 입술이 쏟아 내는 무시무시한 말에 종호는 가슴이 먹먹해졌다.

"네 아버지 존함이 어찌 되시냐?"

종호는 부드러운 목소리로 아이를 얼렀다.

"정······ 규 자······ 홍 자······."

아이는 한참을 망설이다 입을 열었다. 어른이 묻는 말에는 반드시 대답을 해야 한다는 어머니의 가르침 때문이었다. 그러나 끝내 제대로 말을 맺지 못하고 제 입술을 깨물었다.

"정규홍······?"

놀라움에 핏발을 세우던 종호의 눈빛은 이내 측은함으로 변했다. 아이를 향한 연민의 무게였다. 아이의 어깨를 누르고 있던 건 입에 올리는 것만으로도 조선인들의 살의를 불러일으키는 매국노의 이름이었다.

그 사이 아이는 조용히 자리를 털고 일어섰다. 자리를 떠날 모양이었다. 그는 제 앞의 어른에게 공손히 허리를 숙였다.

"네 친구들이 틀렸다."

종호가 그를 잡아 세웠다. 아이는 걸음을 멈췄다.

"매국노의 자식이라고 반드시 매국노가 되는 건 아니야. 천성은 타고나지만 운명은 만들어지는 거니까."

아이는 그를 빤히 올려다봤다.

'천성은 타고나지만 운명은 만들어지는 거니까.'

아이는 마음속으로 그 말을 되뇌어 봤다. 그 짧은 웅얼거림만으로도 이미 다른 사람이 된 것 같았다. 실로 대단한 마법이었다.

"너는 어떠냐? 네 운명을 새로 만들어 보고 싶지 않니?"

상냥한 종호의 음성이 아이의 마음을 얼렀다.

운명을 바꾼다.

돌이켜보면 한 번도 생각해 본 적 없는 일이었다. 사실 일곱 살 꼬마라면 누구나 그럴 터였다. 어린아이들에게 주어진 세계라는 건 어차피 부모의 삶에 뿌리를 두고 있으니 말이다. 아이 역시 다르지 않았다. 결코 그의 것이길 원하지 않았던 세상에 발을 담그고 있으면서도 한 번도 그 밖으로 나갈 수 있을 거라 상상해 본 적이 없었다. 그런 아이에게 종호가 건넨 한마디는 말로 표현할 수 없을 만큼 벅찬 깨달음이자 희망이었다.

아이는 다부진 눈길로 종호를 올려다봤다. 너그러운 미소가 그의 시선을 보듬었다. 아버지에게서 느껴 보지 못한 포근함이었다. 그 온기에 아이는 저도 모르게 무장 해제됨을 느끼고 가만히 고개를 끄덕였다. 어쩌면 지금까지보다 훨씬 참담해질지도 모르는 새로운 운명을 받아들이는 순간이었다.

종호에 대한 경계를 푼 아이는 가만히 그의 뒤를 따라나섰다. 종호는 아이를 데리고 지하 통로로 갔다. 아무런 무기나 설비가 없는 텅 빈 공간이었다. 그럼에도 아이는 신기한 눈으로 사방을 둘러봤다. 이럴 때만큼은 아이 역시 여느 집 아이와 다름없는 천진한 소년의 모습을 드러냈다.

"이 길을 따라가면 조선 땅 어디든지 갈 수 있단다."

종호는 자상하게 이것저것 설명했다. 아이는 예사로 듣지 않고 연신 고개를 끄덕였다.

"누가 이런 길을 만든 거예요?"

"구상은 내 아버지께서 하셨지만 이곳을 만든 건 조선의 백성들이지."

아이는 다시 다부지게 고개를 끄덕였다.

"내 아버지는 많이 배운 분은 아니었단다. 그래서 이 공간을 마련했을 때도 뭔가 거창한 계획을 가지고 있었던 건 아니야. 다만, 언젠가, 누군가는, 나라를 위해 이 공간을 지혜롭게 써 줄 이가 있을 거라고 생각하셨던 거지."

그는 마지막 말에 힘을 실었다.

"이곳을 저에게 주실 건가요?"

당돌한 반문이었다. 종호는 깊어진 눈빛으로 꼬마를 봤다. 확실히 범상치 않은 아이였다.

"네가 지혜롭게 쓸 수 있다면."

그는 단서를 달았다.

"만약 조선을 위해 쓰지 않으면 어떻게 되는 거죠?"

아이의 물음에 종호는 마른침을 삼켰다. 상대는 정규홍의 아이였다. 어쩌면 세상이 말하는 대로 이 아이에게도 역시 매국노의 피가 잠재되어 있을지도 몰랐다. 종호는 순간적으로 자신이 경솔했을지도 모른다는 불안감에 휩싸였다.

"전 애국심 같은 건 잘 몰라요. 그냥…… 태어날 때부터 정해져 있던 친일 귀족이라는 족쇄를 부숴 버리고 싶어요. 일본인들에게서 벗어날 수만 있다면, 무슨 짓이든 할 거예요. 조선이 아니라…… 저를 위해서요."

아이는 웃고 있었다. 어린아이의 것이라 믿기지 않는 날 선 눈빛이 종호를 마주 봤다. 종호는 아이의 눈 속에서 증오를 읽었다. 종호는 그제야 안도했다. 그에게서 애국심을 뛰어넘는 강한 집착을 발견했기 때문이었다.

2

민석은 연신 몸을 뒤척였다. 파랗게 질린 입술은 쉼 없이 헛소리를 흘렸다. 나쁜 꿈이라도 꾸는 듯했다. 종호는 착잡한 얼굴로 그런 그를 살폈다.

"어쩌면…… 그동안 내가 저 아이를 이용해 왔는지도 모르겠다. 얼마나 고통스러울지 알면서도 너무나 많은 짐을 지워 왔어."

종호는 스스로를 책망했다. 수찬은 누워 있는 제 친구를 연민 어린 눈으로 바라봤다.

반나절 사이 민석은 종호의 방으로 옮겨졌다. 지은이 오고 있다는 소식 때문이었다. 외부인에게 비밀 통로를 들킬 수는 없었다.

지은은 해가 저물어서야 도착했다. 진료가 많이 밀린 탓이었다. 영수는 그녀를 닦달했지만 비공식적으로 움직여야 할 상황이라 방법이 없었다. 덕분에 기다리는 내내 모두는 가슴을 졸여야 했다.

"다행히 장기 손상은 없지만 출혈이 너무 심해. 제때 지혈 안 했으면 벌써 사망했을 거야. 당장 병원으로 이송해야 해."

진료를 마친 지은은 초조한 기색으로 영수를 다그쳤다.

"안 됩니다."

순간 종호가 단호하게 만류하고 나섰다. 너무나 완고한 반발에 지은은 당황했다.

"부탁입니다. 수고스럽겠지만 거취가 정해지기 전까지는 최대한 외부에 노출이 되지 않도록 해 주세요."

종호는 정중히 부탁했다.

"사람을 살리는 게 먼저입니다."

지은은 단호히 맞섰다.

"이 자리에서 저만큼 이 아이를 살리고 싶은 사람은 없을 겁니다. 그러니…… 부탁드립니다."

종호는 단정히 고개를 숙였다. 예의를 차리려는 마음도 있었지만 울음을 삼키려는 의도가 컸다. 결국 지은은 거절하지 못했다. 짧은 대화였지만 지은 역시 종호가 느끼는 가책의 무게를 헤아릴 수 있었다. 하지만 그녀의 능력으로는 민석의 상처를 감당할 수 없었다. 그만큼 민석의 상태는 위중했다. 결국 그녀는 혜상에게 도움을 청하기로 결심했다.
 지은이 민석을 치료하는 동안 무영은 마당을 서성였다. 종호의 방을 나서던 수찬은 대뜸 그에게 주먹부터 날렸다. 무영은 맥없이 그 주먹을 받아냈다.
 "그렇게 타일렀는데 결국 일을 이 지경으로 만들어!"
 무영은 그의 시선을 피했다. 수찬은 몇 대 더 칠 기세로 그의 멱살을 잡아챘다. 그러자 지은을 배웅하던 영수가 이를 보고 뜯어 말렸다.
 "형씨는 일단 어디라도 좀 나가 있어. 지금은 누구 눈에 띄어도 좋을 게 없어. 소나기는 피하고 봐야지."
 영수는 무영을 다독여 밖으로 내보냈다. 무영은 쭈뼛거리다 무거운 걸음으로 마당을 나섰다.
 "어째야 하는 거야? 무조건 여기 숨겨 둔다고 능사가 아니잖아. 중추원에 정민석이 안 나타나면 당장 찾아 나설 텐데."
 영수가 수찬을 두고 대책을 강구했다.
 "살려야지."
 수찬은 저 혼자 중얼댔다. 영수는 답답함에 가슴을 쳤다.
 "누가 안 살린대? 당장 우리 단장을 어디다 두냐고. 병원으로 옮기면 온 나라가 난리 날 거고, 숨겨 두면 이 잡듯이 뒤질 거고."
 "무조건 살려야지……."
 수찬은 도돌이표처럼 같은 말만 반복했다. 얼이 나간 모습이었다.

3
 혜림은 밤새 악몽에 시달렸다. 그녀는 식은땀을 흘리며 과거를 되새김질했다. 몽롱한 무의식은 그녀를 10년 전의 바다로 이끌었다.

"신경 쓸 것 없어. 아버지 뜻이 어떻든 나랑은 상관없는 일이야. 얼굴도 모르는 여자랑…… 그것도 일본 여자와 결혼이라니, 가능할 리가 없잖아?"

민석은 초조함을 달래려 어색한 웃음을 보였다. 처연한 발악이었다.

"우리 미국으로 가자. 가서 여기 일 다 잊고 새로 시작하면 돼. 영사관 쪽에 있는 인맥이면 거기서 자리 잡는 건 문제없을 거야. 그러니까 넌 계속 무대에 서고 나는……"

"그만 해, 민석 씨. 그 정도면 충분해."

그녀가 말을 가로막았다. 얼어붙은 겨울 바다처럼 싸늘한 말투였다.

"당신이 사랑 때문에 가진 걸 다 내려놓는 바보였다면 난 절대 그런 사람 사랑하지 않았을 거야."

혜림은 입술을 꼭 깨물었다. 그 무모한 압박에 하얀 치아 끝으로 핏물이 올라왔다.

"혜림아!"

민석의 깡마른 손이 그녀의 어깨를 잡아 흔들었다.

"아무것도 버리지 마. 하나도 놓치지 말고 다 쥐고 있어. 당신이 선 자리에서 절대 내려오지 마. 그 자리가 너무 높아서, 아무도 다다를 수 없는 그런 자리에 있어. 그런 사람이어야 내 사랑, 내 마음 가질 자격 있어."

다부진 그녀의 음성에 짠내가 묻어났다.

"넌 아무렇지도 않아? 내가 다른 여자와 결혼하는 거 참을 수 있어? 내가 다른 여자와 한 집에서 눈 뜨고 눈 감는 거 견딜 수 있어? 너한테 난 도대체 뭔데!"

민석은 미친 사람처럼 고함쳤다. 갈라진 목에서는 쇳소리가 났다.

"……마음은 주지 않을 거잖아."

혜림은 겨우 입을 열었다. 민석은 할 말을 잃고 그녀를 마주 봤다. 무정한 바닷바람에 그녀의 머리카락이 흩날렸다. 가닥가닥 흩어진 머리칼은 뺨에 흘러내린 눈물에 붙어 제멋대로 나부끼고 있었다.

"다른 여자를 품에 안아도, 그래도 민석 씨 마음은…… 그건 내 거잖아."

바스러질 것 같은 그녀의 어깨는 걷잡을 수 없는 슬픔으로 떨고 있었다. 민석은 세차게 그녀를 끌어안았다. 나약해진 그녀의 심장이 제멋대로 뛰었다.

"난 그거면 돼. 세상에서 제일 근사한 남자의 심장이, 날 향해 뛰고 있으면 그걸로 만족해. 그러니까 아버님 말씀대로 해. 조선 땅에서 버려져 도망 다니는 남자, 그런 패배자의 마음 같은 거…… 난 갖고 싶지 않아. 도망치면…… 절대 용서하지 않을 거야. 그러니까……, 그러니까……."

혜림은 말을 맺지 못하고 그의 품에 얼굴을 묻었다. 민석의 어깨가 촉촉하게 젖어들었다. 아픔은 습기를 머금고 그의 세포 곳곳에 스며들었다. 슬픔은 그렇게 재생됐다.

4

날이 밝자 수찬은 여느 때와 다름없이 출근했다. 민석이 없는 상황에서 자신까지 자리를 비우면 안 된다는 판단에서였다. 수찬은 착잡한 얼굴로 자전거에서 내려섰다. 새삼스러운 질식감이 그를 막아섰다. 그는 생경한 얼굴로 중추원 건물을 올려다봤다. 견고한 건축물이 조롱하듯 그를 내려다보고 있었다. 수찬은 어쩐지 그 건물이 민석을 닮아 있다고 생각했다. 중추원과 민석을 동일시해 온 그의 무의식 때문인지도 모를 일이었다. 수찬은 얕은 한숨과 함께 안으로 걸음을 옮겼다. 그때 급하게 들이닥치는 인력거가 그를 지나쳤다. 혜림이었다. 그녀는 경황이 없는지 수찬을 보지 못한 채 바삐 걸음을 옮겼다.

"서혜림!"

수찬은 뒤따라가 그녀를 잡아 세웠다.
"네가 여기 어쩐 일이야?"
혜림은 그제야 수찬을 돌아봤다.
"민석 씨 보러 왔어."
수찬은 자신을 응시하는 창백한 민낯에 가슴이 내려앉았다. 그가 품어야 할 비밀의 무게 탓이었다.
"이 아침부터? 약속…… 하고 온 거야?"
수찬은 민첩하게 방어막을 쳤다.
"아니……, 그건 아니고…….'"
혜림은 우물쭈물했다.
"여기 공공기관이야. 급한 일도 아닌데 아침부터 네가 출입하는 거, 민석이한테 안 좋아."
수찬은 일부러 냉정하게 잘라 말했다.
"그래, 아는데…… 불안해서."
수찬은 혹여 혜림이 뭔가를 알아챘을까 하는 마음에 그녀의 얼굴을 빤히 봤다. 그러나 다행스럽게도 혜림은 수찬에게서 별다른 단서를 얻어 내지 못한 눈치였다.
"민석 씨 언제 만났어?"
혜림이 조심스레 물어 왔다.
"어제. 같이 술 마셨어."
수찬은 익숙하지 않은 거짓말을 뱉어 놓고는 혜림에게서 시선을 돌렸다. 그녀의 눈을 마주한 채로 거짓을 말한다는 건 애초부터 불가능한 일이었다.
"별일 없는 거지?"
그녀는 확신을 얻고 싶은 모양이었다.
"그럼. 당연하지."

"그럼 됐어. 가 볼게. 그냥 잘 있나 궁금해서 온 거니까."

"갑자기 왜?"

"그냥. 갑자기 연락이 끊겨서. 꿈자리도 영 사납고……. 우습게 들릴지 모르지만 여자들은 그런 거 잘 믿으니까."

"너희 두 사람…… 참 유난하다."

수찬은 한숨을 쉬었다. 악몽에 시달렸다는 혜림의 말 때문이었다. 민석이 생사의 기로에 선 사이 그녀에게 찾아든 나쁜 꿈은 수찬에게 새삼스러운 패배감을 안겨 줬다. 현실과 환상의 경계 어디에도 그가 끼어들 자리가 없다는 박탈감에서 기인한 감정이었다.

"응?"

"아니야. 조심해서 가."

수찬은 그녀를 돌려보내고 안으로 들어섰다. 의심에 찬 혜림의 눈초리가 그의 등에 들러붙었다.

5

미유키는 가만히 주먹을 그러쥐었다. 그녀는 몇 번이고 나약한 주먹을 들었다 내렸다. 망설임이다. 그러다 미유키는 숨을 가다듬었다. 결심이 선 모양이었다. 그녀는 절도 있게 문을 두드렸다. 주먹에 전해지는 문짝의 무게가 그녀의 마음을 짓눌렀다. 그녀의 인기척에 마모루의 무심한 목소리가 새어 나왔다. 미유키는 문을 열고 들어섰다.

「미유키 상께서 여기까지 어쩐 일이십니까?」

마모루는 구겼던 인상을 폈다. 산더미 같은 서류에 치여 한껏 찌푸리고 있던 참이었다.

「반갑지 않으신 모양이군요.」

미유키는 하릴없이 날을 세웠다. 얼마 전부터 자리 잡은 습관이었다.

「그럴 리가 있겠습니까? 앉으시죠.」

미유키는 차분히 앉았다. 마모루는 의구심이 가득한 눈으로 그녀를 살폈다.

「무슨 일로 절 찾으신 겁니까?」

마모루는 다짜고짜 물었다.

「성격이 급하시군요.」

미유키는 차분히 제 머리카락을 귀 뒤로 넘겼다.

「죄송합니다. 아시다시피 돌려서 말하는 성격이 아니어서요.」

「저희 아버지랑 비슷하시네요.」

그녀의 입가에 조소가 떠올랐다. 다이칸에 대한 반발심 때문이었다.

「그런가요? 친구는 닮는다더니…….」

마모루는 헛웃음을 쳤다.

「궁금한 게 있어서 뵙자고 했어요.」

미유키는 본론을 꺼냈다.

「당신은…… 민석 씨를 어떻게 하고 싶은 거죠?」

순간 마모루의 입가에 야릇한 미소가 스쳤다. 그녀의 물음에서 민석과의 균열을 감지한 탓이었다. 마모루는 능청맞은 시선으로 미유키를 살폈다. 그녀의 손가락은 쉬지 않고 제 주인의 머리카락을 매만졌다. 아직도 고민이 멈추지 않은 모양이었다.

「죄송합니다만 말씀하시는 의도를 좀 더 명확히 설명해 주셨으면 좋겠습니다만…….」

마모루는 비죽 웃으며 말끝을 흐렸다. 미유키의 속내를 좀 더 캐어 볼 속셈이었다.

「마모루 상이 그 사람에게 적개심을 품고 있다는 것쯤은 저도 알고 있어요.」

미유키는 담담하게 말문을 열었다. 일말의 애정도 느껴지지 않는 건조한 말투였다.

「저런, 심각한 오해를 하고 계시는군요. 자작 각하께선 제국 최고의 수뇌이십니다. 그런 분을 저 따위가 감히……」

「뻔한 대화는 이쯤 하도록 하죠.」

그녀는 야멸치게 말을 잘랐다. 마모루는 머쓱하게 그녀를 봤다.

「내가 원하는 건 그 사람을 내 앞에 무릎 꿇게 하는 거예요. 뼈저리게 후회하도록.」

「감성적인 말씀이군요.」

마모루는 빈정거렸다.

「당신이 원하는 게 나와 같다면 협력할 용의가 있어요.」

사심 없는 그녀의 눈동자가 도전장을 내밀었다. 마모루는 흔쾌히 그 도전을 받아들이며 비죽 웃었다.

「이쯤 되면 고백할 수밖에 없겠군요. 적어도 정민석을 증오한다는 면에선 동지인 것 같으니.」

마모루는 도박을 걸었다. 그녀가 제 편에 설 수 있다는 확신에서였다.

「애석하게도 제가 원하는 건 그자의 파멸입니다. 유치한 감정놀음 같은 건 제게 불필요하니까요. 그래도 협조하시겠습니까?」

도전적인 제안이었다. 그녀는 입술을 깨물었다. 결심이 필요한 순간이었다.

6

「자작 각하께서 병가를 내셨습니다.」

수찬은 서류를 갖춰 유우스케에게 내밀었다.

「뭐? 병가?」

유우스케가 멍한 얼굴로 수찬을 올려다봤다. 뜻밖이라는 표정이었다.

「네. 어제 약주가 좀 과해서…….」

수찬은 말끝을 흐렸다.

「이상한 일이군. 평소 술이라고는 입에도 안 대는 자가…….」

유우스케는 슬쩍 수찬의 기색을 훑었다. 수상쩍다는 얼굴이었다. 그러나 수찬은 짐짓 태연하게 버텼다.

「그동안 내색은 안 하셨지만, 모친께서 돌아가신 일로 충격이 컸던 모양입니다.」

수찬은 적당히 둘러대며 상대의 안색을 살폈다. 생각 외로 쉽게 통했는지 별다른 의심은 보이지 않았다.

「다른 얘기는?」

「……네?」

「어제 그 술자리에서 오간 다른 이야기를 묻는 거야.」

「평범한 자리였습니다.」

「숨기는 건 없겠지?」

유우스케는 한쪽 눈썹을 치켜떴다.

「아직도 저를 못 믿으십니까? 계속 저를 믿지 못하시면 저도 서기관장님을 믿을 수 없습니다.」

수찬은 모처럼 날을 세웠다. 민석이 흔히 쓰는 방식이었다.

「미안하게 됐군. 나가 봐.」

유우스케는 쓴웃음을 머금은 채 수찬을 내보냈다. 기본적으로 유우스케는 수찬을 믿지 않았다. 적어도 그의 마음이 온전하게 자신이나 마모루에게 향해 있지는 않을 거라는 생각에서였다. 하지만 우습게도 수찬이 전달하는 내용 자체에는 상당한 신뢰를 가지고 있었다. 같은 편이 되는 일과 거짓을 말하지 않는 성품은 분명 다른 맥락의 문제였다.

어쨌거나 유우스케는 자신이 쥐게 된 정보를 들고 서둘러 마모루에게 달려갔다. 예상했던 대로 마모루는 유우스케의 보고를 듣고 큰 흥미를 보였다.

「정민석이 병가를 냈다고요?」

마모루는 의혹에 찬 눈길을 보냈다.

「네. 어제 술이 과했다고 하더군요.」

「이상하군요. 그 결벽증 환자가 이렇게 대책 없이 휴가를 내다니…….」

마모루는 상황을 파악하느라 골똘해졌다.

「이수찬의 말로는 어머니 때문에 과음을 했다고…….」

「설마 믿으시는 건 아니시겠죠?」

마모루가 코웃음을 쳤다. 유우스케는 머쓱해졌다.

「일이 재미있게 돌아가는군요. 이젠 뭔가 잡힐 것도 같습니다.」

마모루는 입술을 씰룩이며 웃었다. 그 바람에 움푹 들어간 그의 눈이 더욱 깊어 보였다.

「뭐 짐작 가는 일이라도 있는 겁니까?」

유우스케는 호기심을 보이며 입맛을 다셨다.

「미유키에게서 재미있는 제안을 받았습니다.」

마모루는 차를 마시며 뜸을 들였다.

「정민석이를 자기 앞에 무릎 꿇게 해 준다면 제가 원하는 대로 협조하겠다고 하더군요.」

마모루는 새삼스레 비죽 웃었다. 생각만 해도 흥이 절로 오르는 모양이었다.

「갑자기 그러는 이유가 뭡니까?」

「여자들의 그 변덕스러운 마음을 누가 알겠습니까? 하지만 이해하려고 하면 못할 것도 없죠. 어떻게 보면 너무 오래 참아 왔으니까요. 솔직히 이 조선 땅에서 정민석을 미유키의 남자로 보는 사람이 어디 있습니까? 세상 천지가 다 서혜림의 남자로 알고 있는걸요. 미유키의 자존심도 한계에 달했겠죠. 아무리 정략결혼이라 해도 미유키 역시 여자니까요.」

마모루는 가볍게 술잔을 비웠다.

「그래서, 밀약을 맺으신 겁니까?」

「그렇게 덥석 미끼를 물면 곤란하죠. 게다가…….」

「게다가?」

「말은 그렇게 하면서도 망설이는 모양입니다.」

「이유는요?」

「자식놈 때문이겠죠. 애비 없는 자식은 만들고 싶지 않을 테니까요.」

「그래서 어쩌실 생각이십니까?」

「어쨌거나 미유키가 뭔가 쥐고 있는 건 확실하니 우린 미유키의 약점을 쥐고 흔들면 되겠죠.」

7

정원은 온통 하얀빛으로 반짝였다. 가지가지마다 눈꽃이 흐드러졌다. 미유키는 가만히 마른 가지를 흔들어 봤다. 하얀 얼음 꽃잎이 그녀의 무릎 위에 후드득 떨어졌다.

「왜 밖에 나와 계세요? 이러다 감기라도 드시면 어쩌려고.」

나오코는 그녀의 어깨에 담요를 둘러 줬다.

「그냥 답답해서.」

「속상하셔서 그러세요?」

나오코는 제 주인의 안색을 살폈다.

「어제 나리 안 들어오셨잖아요.」

「그 사람이야 뭐, 들어오나 안 들어오나 크게 다를 거 있나.」

그녀는 쓸쓸히 웃었다. 나오코는 입을 다물었다. 사실 이럴 때 해 줄 수 있는 위로라는 건 존재하지 않았다. 두 사람은 잠시 침묵했다. 미유키는 다시 손가락을 들어 잔가지들을 건드렸다. 창백한 그녀의 얼굴이 흩날리는 눈가루 속에 흐려졌다.

「요즘 마님…… 무서운 거 아세요?」

한참을 망설이던 나오코가 입을 열었다.

「그래? 왜?」

미유키는 태연한 얼굴로 반문했다. 물론 나오코의 말뜻을 모르는 건 아니었다. 사실 누구보다 스스로의 변화를 강하게 느끼는 건 그녀 자신이었다. 하지만 타인의 눈에도 자아의 변화가 드러난다는 사실은 그녀의 호기심을 자극하기에 충분했다.

「뭐 꼭 이렇다 할 이유가 있는 건 아니지만…….」

나오코는 적당히 얼버무렸다.

「……그냥 생각하는 거야. 내가 지켜야 할 게 뭔지.」

미유키는 허리를 숙여 눈뭉치를 집어 들었다. 차가운 감촉이 그녀의 세포 속으로 파고들었다. 미유키는 제 손바닥을 펴 눈송이를 봤다. 은빛 가루들이 그녀의 온기에 녹아 사르르 자취를 감추고 있었다.

「내가 지켜야 할 게 뭘까? 나라? 가족? 아니면…… 명예?」

미유키는 답을 구하듯 나오코를 올려다봤다. 그러나 돌아오는 건 난감한 침묵뿐이었다.

「누가 그러더라고. 자기는 지켜야 할 사람이 있어서 죽지도 못한다고.」

미유키는 손을 털어 내고 걸음을 옮기려 했다. 그때 관리인이 뛰어들어와 손님이 왔음을 알렸다. 미유키는 가만히 제 매무새를 가다듬은 뒤 안으로 들어섰다.

거실에서 기다리고 있는 이는 수찬이었다. 미유키는 낯선 기색으로 그를 맞았다. 사실 미유키는 수찬과 초면이었다. 수찬은 정중히 인사하며 자신의 신분을 밝혔다. 미유키는 정중히 차를 대접했다.

「중추원에서 오셨다고요?」

미유키는 손수 차를 따라 줬다. 찻잔에서 올라오는 증기에서 기분 좋은 풀 내음이 배어 났다.

「네. 각하의 심부름으로 왔습니다.」

「그래요? 무슨 일인가요?」

「각하께서 병가를 내고 부근에서 쉬고 계십니다.」

「병가요?」

순간 미유키의 얼굴이 해쓱해졌다.

「그게…… 어제 과음을 하셔서…….」

수찬은 저도 모르게 긴장하며 말끝을 흐렸다.

「그 사람이 과음을 했다고요?」

그녀는 웃음을 터뜨렸다. 공허함이 느껴지는 발작적인 웃음이었다. 수찬은 예기치 않은 그녀의 반응에 식은땀을 흘렸다.

「미안해요. 이수찬 씨라고 하셨나요?」

미유키는 손을 들어 입을 가렸다. 상대의 무안함이 느껴졌던 까닭이었다.

「네.」

「참 거짓말에 서툰 분이시군요. 그런 말씀 못 들어 보셨나요?」

수찬의 속내에 한숨이 고였다. 참으로 천성은 어쩔 수 없는 모양이었다.

「언제 돌아온다던가요?」

상대의 어색함에 미유키는 화제를 돌렸다.
「아직 확실치 않습니다.」
「그럼 어디에 있죠?」
「……경성 대장간 주인인 박종호가 살피고 있는데 정확한 거처는 모르겠습니다. 아마 인근 호텔이 아닐까, 짐작하고 있습니다만…….」
수찬은 망설이던 끝에 종호의 이름을 발설했다. 또다시 어설픈 거짓말로 곤욕을 치르느니 밝혀도 무방한 진실을 흘리는 편이 낫다는 생각에서였다.
「알겠어요. 하려던 일이 있어 이제 그만 돌아가 주셨으면 좋겠군요.」
미유키는 적당한 시기에 작별을 고했다. 수찬을 위한 나름의 배려였다.
「그럼 다음에 뵙겠습니다.」
수찬은 정중히 인사하며 황급히 자리를 떴다.
미유키는 가만히 소파에 앉았다. 그녀의 마음속에 호기심이 요동쳤다. 수찬은 분명 거짓말을 하고 있었다. 그러나 분명한 건 민석의 신상에 변화가 있다는 사실이었다. 미유키는 당장 그 내막을 확인해야겠다는 강한 열망에 사로잡혔다. 한참 동안 골똘하던 그녀는 수화기를 들었다. 신호음 끝에 강렬한 음악이 묻어났다. 혜림이었다.
– 여보세요……? 민석 씨?
수화기 너머로 초조한 목소리가 들려왔다. 미유키는 재빨리 전화를 끊었다. 혜림이 민석을 찾는다는 건 함께 있지 않다는 걸 의미했다. 의혹을 정리한 미유키는 동호를 불러들였다. 민석의 최종 거취를 확인하기 위해서였다. 그러자 동호는 경성 대장간에서 헤어진 뒤로 만나지 못했다는 말을 전했다. 미유키는 동호를 내보낸 뒤 다시 수화기를 들었다. 어느 때보다 싸늘한 기운이 그녀를 감싸고 있었다.
「저예요, 아버지. 하야토를 조선으로 보내 주셔야겠어요. 꼭 필요한 일이 생겼어요.」

8

 지하 통로에는 퀴퀴한 냄새가 진동했다. 밤새 벌어진 술자리 때문이었다. 길주와 승민은 제멋대로 뒹굴며 자고 있었다. 여기저기 널려 있는 술병과 함께였다.
 "아주 팔자 좋은 양반들은 따로 있었네. 이봐! 일어나! 비상이야!"
 영수는 만만한 승민을 발로 툭툭 찼다. 길주는 그 소리에 비척거리며 잠에서 깼다.
 "아……, 머리야……."
 길주는 반쯤 감은 눈으로 옆에 있는 물주전자를 비워 냈다.
 "아주 거하게들 드셨구먼."
 영수는 주저앉아 술병을 정리했다.
 "비상이라니요? 무슨 일이에요?"
 승민은 잠을 쫓으려 연신 눈을 비벼 댔다.
 "뭐부터 말해 줄까? 이건 뭐, 사건 자체가 워낙 화려해 주셔서."
 영수는 새삼스레 기가 차 청소를 하다 말고 헛웃음을 쳤다.
 "핵심만 말해. 뭔데?"
 길주는 길게 기지개를 켰다. 아직까지도 잠기운이 달아나지 않은 눈치였다.
 "한일단 단장님께서 나타나셨어."
 "……뭐?"
 그때까지 풀려 있던 길주의 눈이 동그래졌다. 승민은 어리둥절한 얼굴로 영수를 봤다.
 "갑자기 그게 무슨 소리야? 지금 어디 계셔?"
 길주는 제 몸을 추스르느라 분주했다.
 "이무영이한테 칼침 맞고 누워 계셔."

영수는 두서없는 언변으로 민석이 한일단의 단장이라는 사실을 두 남자에게 전했다. 길주와 승민은 믿기지 않는 소식에 눈두덩에 들러붙은 잠을 털어 내고는 황급히 지하 통로를 나섰다. 영수는 몇 걸음 앞장선 채 두 사람을 자신의 집으로 이어지는 길로 안내했다. 세 남자는 좁은 모퉁이를 세 번이나 돌고서야 종호의 집에 도착했다. 그들은 조용히 종호의 방문을 열었다. 그 바람에 차가운 공기가 방 안에 들어찼다. 민석은 마른기침을 토해 내다 설핏 눈을 떴다. 긴 잠에서 깬 모양이었다. 그는 고통스러운지 얼굴을 구겼다.

"이제 정신이 드니?"

민석의 시야에 종호가 들어왔다. 밤새 민석의 머리맡을 지키고 있던 모양이었다.

"그럼요. 아시잖아요. 제가 얼마나 독종인지."

민석은 애써 웃었다. 그 미소에 종호는 참았던 눈물을 쏟았다. 민석은 담담한 눈짓으로 그를 위로했다.

"미안하구나."

종호는 민석의 손을 꼭 잡았다.

"아저씨, 저 잘하고 있는 거죠?"

민석은 아이처럼 그를 빤히 올려다봤다. 종호는 말없이 끄덕였다.

"그럼 됐어요."

그는 다시 눈을 감았다. 잠이 모자랐던 탓이었다. 길주는 황망한 눈길로 그런 그를 내려다봤다. 도저히 믿기지 않는 눈치였다. 그들이 침상을 지키고 있는 사이 혜상이 도착했다. 간호사를 대동한 상태였다. 길주와 승민은 벌 서는 사람처럼 멀거니 옆에 앉아 있었다.

"괜찮겠습니까?"

종호가 근심 어린 얼굴로 물었다.

"다행히 급소는 피해 갔으니 염려하지 마십시오. 이대로 며칠 안정을 취하면 될 것 같습니다."

혜상은 긍정적인 진단을 전했다. 실제의 상태보다는 그의 바람을 담은 견해였다.

"네, 감사합니다."

종호는 연신 고개를 끄덕였다.

"잠을 잘 잘 수 있도록 신경 써 주시기 바랍니다. 수면이 부족하면 아무래도 회복이 더딜 수밖에 없으니까요. 안 그래도 각하께서 요즘 부쩍 불면증이 심해지셨거든요."

혜상은 세심한 당부를 덧붙였다.

"알겠습니다."

"그럼."

종호는 혜상과 간호사를 배웅하려 따라나섰다. 결국 방에는 길주와 승민, 그리고 잠든 민석만이 남아 있었다.

"그런데 도대체 무영이 이 자식은 어디 간 거야?"

길주는 그제야 입을 뗐다.

"그냥 놔두세요. 지금 누구 볼 낯이 있겠어요. 형이 뭐라고 안 해도 자기가 제일 괴로울 거예요."

승민은 그 와중에도 무영을 두둔했다.

"그나저나 우리 아버지가 그렇게 정민석을 싸고돌던 게 다 이유가 있었군."

길주는 퍼즐을 맞추듯 하나씩 과거를 되짚었다.

"그러게요, 진짜 무서운 양반이네요."

두 사람은 평온하게 잠든 민석을 내려다봤다. 그는 모처럼 길고 단 잠에 빠져 있었다.

9

"아저씨, 아저씨는 얼마나 많은 사람을 모을 수 있어요?"

민석은 어린 날의 꿈을 꿨다. 머리맡에서 제 이야기를 늘어놓는 종호 때문이었다.

열 살 남짓한 민석은 당돌한 눈으로 제 키의 두 배 가까이 되는 어른을 올려다보고 있었다.

"아버님 때부터 연을 맺은 이들을 다 모은다면 수천 명은 족히 될 거다. 왜 그러니?"

"그럼, 물고기는 한 번에 얼마나 모을 수 있어요?"

"뭐?"

종호는 황당한 눈길로 그를 봤다.

"만일 정어리를 한꺼번에 몰아와야 한다면 할 수 있어요?"

"정어리는 모아서 뭐에 쓰려고? 너무 기름져서 먹지도 못하는걸……."

종호는 아이의 철없는 말을 대수롭지 않게 넘겼다.

"그걸 짜면 기름이 나오잖아요. 만일 게 한꺼번에 몰려온다면 어떨까요?"

"공업용으로 많이들 쓰겠지. 당장 나부터 그걸 사들여야 할 게다."

"일본놈들도…… 당연히 좋아하겠죠?"

"물론 그렇겠지. 일본놈들은 항상 대륙으로 손을 뻗지 못해 안달이 난 녀석들이니 정어리가 절실할 거다. 전쟁을 하려면 무기를 만들어야 하고, 무기를 만들려면 군수용 기름이 필요하니까."

"전쟁이 한창일 때, 그걸 싹 거둬 가면요?"

순간 민석의 눈빛이 빛났다. 소름 끼칠 만큼 서늘한 기운에 그의 동공이 얼어붙었다.

"먼저 정어리를 풀어 사람들을 안심시키는 거예요. 그러다 총알 한 알이 전선의 운명을 좌우할 때가 오면 정어리를 몽땅 쓸어 가 버리는 거죠. 만약 그런 일이

가능하다면…… 그러면 어떻게 되는 거죠?"

종호는 선뜻 입을 열지 못했다. 이 조그만 아이의 머리에서 나왔다고 하기에는 너무나 엄청난 전략이었다. 만일 이를 취한다면 이후에 벌어지는 모든 일은 순수하게 어른인 자신의 몫이 될 터였다.

"하지만 그런 일이 어떻게 가능하다는 거니? 무슨 수로 그 많은 정어리를 몰았다가 다시 거두느냐는 말이다."

종호는 애써 침착함을 유지하며 아이의 견해를 물었다.

"돈으로 해야겠죠. 일단은 아버지의 돈으로 몰아넣고, 나중에 제가 크면…… 그때는 제 돈으로 다시 거둘 수 있지 않겠어요?"

민석은 품 속에서 작은 종이를 꺼내 내밀었다. 정어리에 대해 정리해 둔 글이었다. 종호는 놀라움을 감추지 못했다.

"아직까지 우리나라에 정어리가 흔하지는 않더라고요. 하지만 자산어보玆山魚譜에 의하면 1800년도 초반에 흑산도 부근에서 정어리가 발견되었다고 해요."

민석은 차근차근 학습한 내용을 전했다.

"그래서?"

"그래서 제 생각에는 동해안을 기점으로 멀리 나가다 보면 정어리 떼를 발견할 수 있을 것 같아요. 그러면 그때부터 유인해서 몰아와야겠죠."

"방법도 생각해 둔 거니?"

종호는 민석을 무릎에 앉혔다. 그러자 아이의 작은 손이 조심스레 그의 손등을 거머쥐었다. 종호는 그 작고 야무진 감촉에 새삼스레 뭉클함을 느꼈다. 아이가 자신에게 의지하고 있음을 아는 까닭이었다. 종호는 낯선 눈길로 민석을 봤다. 참으로 영민한 아이였다. 그러나 어른의 상상을 훨씬 뛰어넘는 담대한 계획을 늘어놓고 있음에도 그의 눈에는 어쩔 수 없이 작고 여린 소년이기도 했다.

"가능할지는 모르겠지만 일단 정어리는 플랑크톤을 먹고 산다니까 엄청난 양의 배를 띄우고 플랑크톤으로 유인해야 하지 않나 싶어요. 어차피 플랑크톤은 자기 혼자 움직일 수 있는 게 아니잖아요."

아이는 자랑스레 자신의 계획을 늘어놓았다.

"네 아버지는 어떻게 움직일 생각이냐?"

"그건 어렵지 않아요. 어차피 돈이 되는 일이라면 마다하실 이유가 없을 테니까요."

10

"나도 처음부터 완벽하게 민석이를 믿은 건 아니었다. 일종의 모험이었지."

종호는 잠든 민석을 측은히 보며 말을 이었다. 영수를 비롯한 모두는 찬찬히 들었다.

"다만, 이 나라를 완벽하게 일본의 손아귀에서 벗어나게 하려면 정계 요인의 암살이나 공공기관 폭파 같은 단발적인 작전으로는 역부족이라는 생각이 들었다. 누군가 큰 그림을 그릴 사람이 필요했던 거지."

"그게 정민석이었군요."

영수는 조용히 끼어들었다.

"그래. 그 아이에겐 권력도 있고, 명분도 있고, 머리도 있었으니까. 그리고…… 누구보다 강한 동기도 있었지. 매국노라는 족쇄에서 벗어나고 싶다는 욕망 말이다."

수찬은 씁쓸하게 그의 이야기를 들었다.

"그런데 그 아이가 처음 낸 제안을 듣고 난 믿지 않을 수 없었다. 그 일이 이제야 결실을 보게 됐지만."

종호는 모두에게 열 살 꼬마가 냈던 놀라운 전술에 대해 토로했다. 모두의 얼굴에 경악에 가까운 동요가 일었다.

"그럼 지금 정어리의 씨가 마른 게……?"

영수는 믿기지 않는다는 눈길로 종호를 봤다.

"그래, 민석이의 계획이다. 정어리를 몰아온 시기도, 거둬 간 시기도, 민석이가 정해 줬지."

영수는 놀라 입을 다물지 못했다. 수찬 역시 마찬가지였다. 그는 알 수 없는 배신감에 사로잡혔다. 친구인 자신까지 속여 온 민석에 대한 놀라움과 황당함 탓이었다.

"바다에 손을 담그면 정어리가 한 움큼 쥐어질 만큼 풍년이던 때가 있었지. 사람들은 왜 정어리가 몰려왔는지는 궁금해하지 않았어. 특히 일본에선 천우신조라고 쾌재를 불렀고. 결국 전쟁에 필요한 대부분의 군수용 기름을 조선에서 충당하려다 낭패를 보는 중이지."

"믿기지가 않네요. 그런 일이 가능하다니."

수찬은 여전히 멍한 얼굴이었다. 그는 자신이 믿던 세상이 송두리째 무너지는 충격을 감당하고 있었다.

"일본군에게 자살 권총을 보급하자는 것도, 연합군과 합세한 광복군에게 신형 무기를 보급하자고 한 것도…… 실은 모두 민석이 계획이다. 마우저 신형 설계도를 입수해 내게 준 것도 민석이고."

"와……, 정민석 이거 완전히 미친 놈이네. 이건 뭐……."

영수는 놀라움을 넘어서 황당한 모양이었다.

"그럼 그건 어떻게 된 겁니까?"

침묵을 지키던 길주가 입을 열었다.

"정민석이 조선어 학회 사건을 주관했다는 이야기 말입니다. 그건 사실인 겁니까?"

길주는 확인이 필요했다. 그 자신을 위해서도 그랬고 무영을 위해서도 그랬다. 자신에게는 한일단 단장에 대한 신의가 필요했고, 무영에게는 복수의 대상에 대한 진실이 필요했으니 말이다.

"그 사건과 관련된 모든 계획은 정규홍 후작의 입에서 나왔다."

종호는 착잡하게 진실을 털어놓았다.

"그런데 왜 사람들은 입을 모아서 정민석을 욕하는 거죠?"

길주가 되물었다.

"그게 그 아이의 계획이니까."

"……?"

"자책과 전략의 결과라고 해야 할지……."

종호는 깊은 한숨을 토했다.

"내색은 하지 않았지만 이 녀석 입장에선 그 일을 막지 못했다는 사실이 괴로웠던 모양이야. 그래서였는지 그 사건과 관련된 모든 문건을 제 이름으로 돌려놓더구나."

종호는 새삼스레 옛 기억이 뻐근해 담배를 꺼내 물었다.

"무엇 때문에요?"

"단죄와 위장 때문이었겠지."

종호는 한숨과 함께 연기를 뿜었다.

"……네?"

"죄는 같이 짊어지고 그와 동시에 자신의 신분을 더욱 꽁꽁 감춰 두려는 속셈이었을 게다. 자기가 악독하게 굴수록 의심의 눈초리는 점점 더 사라질 테니까."

"그럼 일부러 자기 이름을 흘렸다는 건가요?"

"그래. 민석이는 조선어 학회 사건 관련자들을 석방하면서 그자들에게 자신의 이름을 각인시켰다. 그래야 조선 팔도 곳곳에 자신의 악명이 전해질 수 있을 테니까."

수찬은 믿기지 않는 진실에 혼란을 느꼈다. 그는 답답함을 느끼며 창밖으로 눈길을 돌렸다. 그 순간 문 밖에서 그림자가 사라졌다. 무영이었다.

11

민석이 온전히 잠에서 깨어난 건 반나절이 지나서였다. 그는 텅 빈 방에서 홀로 눈을 떴다. 모두가 식사를 하러 나간 탓이었다. 그는 천장을 보며 혼자 생각에 빠져 있었다. 그러다 부드럽게 열리는 미닫이문 소리에 그의 초점이 옮겨 갔다. 수찬이었다.

"미련한 놈."

수찬의 말끝에 눈물이 묻어났다.

"너 이 자식, 이 꼴로 누워 있지만 않았어도 나한테 반은 죽었어."

그의 음성이 미세하게 떨렸다. 울음을 겨우 참고 있는 목소리였다.

"그럴 재주나 있고?"

민석이 희미하게 웃었다.

"그저 입만 살아서."

수찬의 입에서 실소가 새어 나왔다. 어이가 없는 모양이었다.

"다행이다. 살아 있어서."

수찬은 가만히 친구의 손을 거머쥐었다. 그 애틋한 온기에 민석은 가슴이 뻐근해졌다.

"혜림이…… 모르지? 나 다친 거."

민석은 자신의 감정이 낯설어 말을 돌렸다.

"응."

"계속 모르게 해 줘."

"그게 가능할 것 같아? 안 그래도 아침부터 뭐가 불안한지 중추원까지 찾아왔던데."

"그래……?"

또 한 번 그녀에게 상처를 줄지도 모른다는 자책감에 민석은 잠시 침묵에 빠졌다.

"앞으로 어쩔 셈이야?"

수찬이 물었다.

"뭘?"

"뭐든지."

"거의 끝나 가."

민석은 곧게 누운 자세로 천장을 올려다봤다. 정갈한 옆얼굴은 확신에 차 있었다.

"내가 생각해 둔 계획이 거의 막바지거든."

감정 없는 말투였다.

"실패하면?"

"실패는 없어."

그는 단호했다.

"내가 무슨 짓을 하건…… 이 일의 끝은…… 일본의 패망이야."

수찬은 저도 모르게 한숨을 쉬었다.

"혜림이에게는 아무것도 말하지 마. 특히 한일단에 관해서는 한 마디도."

수찬은 고개를 끄덕였다.

"중추원은 어떻게 할 셈이야?"

"언론에 알려야지."

"제정신이야?"

수찬은 펄펄 뛰고 나섰다.

"그럼 대안 있어? 당장 내일부터 걸어 나가지 않는 한 총독부도, 중추원도 의심을 거두지 않을 거야."

수찬은 한숨을 내쉬었다. 만류하고 싶었지만 그럴 만한 구실이 없었다.

"나는 괴한에게 피습된 거고, 한길주가 발견한 거야. 한길주는 너에게 그 사실을 알린 거고. 사실 완전히 거짓말은 아니잖아?"

수찬은 생각에 잠겼다. 따지고 보면 맞는 말이었다.

"차라리 잘된 걸 수도 있어. 언론에선 한창 이 일로 시끄러울 거고, 총독부나 경찰들도 한동안은 이 사건으로 정신없이 바빠질 거야. 그만큼 우리에겐 시간이 생기는 셈이지."

"그래, 그렇게 하자."

수찬은 마지못해 대답했다.

"윤 원장님께는 내가 연락할 테니까 넌 기자들한테 전화부터 돌려."

민석은 수찬에게 마지막 지시를 전했다. 잠시의 우정도 상사로서의 습관을 거둬 가지는 못한 모양이었다.

"나한텐 뭐 할 말 없어?"

수찬은 화제를 돌렸다. 무거운 분위기를 바꾸고 싶은 마음에서였다.

"미안해."

진심이었다.

"참 나, 이건 뭐 사과를 받아도 받은 것 같지도 않고. 떡하니 누워서 말씀하시니."

수찬이 퉁명스레 농을 던졌다. 민석은 역시 싱겁게 맞받아쳤다.

"타고난 건가 봐. 남한테 무릎 꿇지 않아도 되는 운명."

"말이나 못하면."

두 친구는 격의 없이 웃었다. 실로 모처럼의 일이었다.

"수찬아."

다정한 음성이었다. 수찬은 저도 모르게 가슴이 뭉클해졌다.

"이렇게 이름 부를 수 있어서 너무 좋다."

수찬은 언뜻 그의 눈가에 오른 물기를 봤다. 순간 그는 가슴이 먹먹해졌다.

"이제 난 어떻게 될까?"

"뭐가?"

"내 맨 얼굴을 아는 사람들이 늘어났다는 게…… 안심이 되면서도 두려워."

민석은 진심으로 불안했다. 이제껏 혼자 품어 왔던 비밀을 다른 이들과 공유해야 했다. 그만큼 위험 부담도 커진 셈이었다. 그러나 한편으로는 홀가분했다. 오랜 시간 마음속에 박혀 있던 가시가 한 번에 쑥 빠진 기분이었다.

12

해일관 처마에는 고드름이 풍년이었다. 기생들은 똑똑 얼음 조각을 잡아 뜯어 제 입에 물었다. 오도독거리는 얼음 소리가 경쟁이라도 하듯 이어졌다. 그녀들은 뭐가 그리 즐거운지 재깔거리며 웃었다. 마당에 선 애종은 기지개를 켜듯 몸을 쭉 폈다. 춤 동작을 연습하는 참이었다. 그녀는 혜림의 우아한 발동작을 흉내 내며 다리를 번쩍 들어올렸다.

"야, 야, 야, 아주 가랑이 찢어지겠다. 아침부터 뱁새 체조 보여 주냐?"

신월은 제 손에 쥐고 있던 고드름을 던지며 야유를 보냈다.

"에이, 왜 이러셔? 혜림 언니가 나 잘한다고 얼마나 칭찬을 많이 했는데. 전문가가 인정한 실력이라니까요?"

애종은 입을 삐죽거렸다.

"으이그, 어련하시겠냐."

안채에 든 혜림은 그런 그들을 보며 살짝 웃었다. 그녀는 홍연을 기다리던 참이었다. 그때 홍연이 정성스레 모과차를 준비해 들어섰다. 달콤한 온기가 방 안을 가득 채웠다.

"부탁이 있어서 왔어요."

홍연을 보자마자 혜림은 급한 마음에 제 용건부터 꺼냈다.

"무슨 일 있어요?"

"민석 씨가 연락이 안 돼요. 수찬 씨한테 물어봤는데 아무 일 없다고만 하고……. 나한테 뭔가 숨기고 있는 것 같아요."

홍연은 생각에 잠겼다.

"그래서 말인데……, 혹시 수찬 씨한테 무슨 일이 있는지 물어봐 줄 수 있어요?"

"제가 묻는다고 솔직히 말해 줄지 모르겠네요. 오라버니가 거짓말을 하고 있다면 아마도 각하의 지시 때문일 확률이 높으니까요."

맞는 말이었다.

"그러니까 부탁하는 거예요. 무슨 일인지 모르지만, 혹시나 안 좋은 일이라면 저한테는 절대 말하지 말라고 했을 테니까요."

홍연은 그녀의 말에 수긍했다. 드문드문 살펴 오긴 했지만 민석이라면 능히 그럴 만한 사람이었다.

"아시잖아요. 그 사람…… 언제, 누구 손에 다칠지 모르는 사람이에요."

혜림은 초조함에 제 손톱을 잡아 뜯었다. 홍연은 그런 그녀의 손을 가만히 잡았다. 혜림의 까만 눈이 그녀를 응시했다. 눈동자에는 절박함이 가득했다.

"알았어요. 제가 알아볼게요. 걱정하지 마세요."

"고마워요."

홍연은 문득 혜림이 측은했다. 그녀처럼 빛나는 여자가 한갓 남자 하나로 인해 이토록 고통받는다는 사실이 안타깝기도 했다.

"후회한 적 없어요? 힘든 사랑을 시작한 거."

지극히 개인적인 궁금증이었다.

"홍연 씨는 후회해요?"

혜림의 반문에 홍연은 살며시 웃었다. 후회하지 않는다는 뜻이었다.

"저는 후회해요."

쓸쓸한 고백과 함께 혜림의 속눈썹이 주저앉았다. 예상 밖의 대답에 홍연은 의아함을 느꼈다.

"매일 아침 눈을 뜰 때마다. 아, 내가 속았구나, 달콤한 몇 마디 말에 속아 시린 얼음 땅에 맨발을 딛고 서 있구나, 하면서……."

홍연의 눈빛이 깊어졌다. 혜림이 짊어진 사랑의 무게가 느껴졌다.

"그런데 발이 얼어붙을수록, 자꾸 뜨거워져서 발을 뗄 수가 없네요. 심장이 타들어 갈 것 같이…… 뜨거워져서……."

13

경성 병원 앞은 기자들로 인산인해를 이뤘다. 혜상의 차가 들어서자 사방에서 플래시가 터졌다. 건물에서 빠져나온 의료진들이 분주히 침대를 밀며 달려 나왔다. 순간 기자들은 침대를 에워싸기 시작했다. 한 마디로 아수라장이었다. 그때 차 문이 열리며 민석이 모습을 드러냈다. 그는 말끔히 옷을 갈아입어 자상의 흔적을 감췄다. 그의 결벽이 묻어나는 대목이었다.

먼저 내려선 혜상이 그를 부축했다. 차에서 내린 그는 싸늘한 눈으로 기자들을 쏘아봤다.

"촬영은 허가하지 않겠습니다. 당장 촬영을 중지하십시오."

기자들은 술렁였다. 일부는 눈치 없이 여전히 셔터를 눌렀다. 하지만 대부분은 미련 없이 촬영을 멈췄다. 민석의 성미를 아는 까닭이었다. 민석은 찡그리며 침대로 걸음을 옮겼다. 그러자 한 기자가 집요하게 따라붙어 사진을 찍었다. 민석은 재빨리 카메라를 잡아채 바닥에 내던졌다. 카메라는 요란한 소리와 함께 처참하게 부서졌다.

"어디 소속이지?"

민석이 매섭게 쏘아붙였다.

"……대륙일보입니다."

기자는 더듬거리며 말했다.

"오늘부로 거긴 폐간이야."

야멸친 통보였다. 민석은 그대로 침대로 옮겨진 채 병원 안쪽으로 이동했다. 현장에 있던 기자들은 썰물처럼 빠르게 흩어졌다.

기자들이 이 사건을 대서특필하는 데는 반나절도 채 걸리지 않았다.

거리에는 민석의 피습 소식을 알리는 호외가 즐비했다.

인력거를 타고 연습실로 향하던 혜림은 밖을 살폈다. 여느 때와 다른 어수선한 기운 때문이었다. 그녀의 시야에 신문팔이 소년이 들어왔다. 그가 호외를 던지며 거리를 활보하자 사람들이 삼삼오오 모여들었다.

"잠깐 세워 주세요."

혜림은 불안한 마음에 인력거에서 내렸다. 민석에 관한 기사일 거라는 직감에서였다. 그녀는 긴장한 얼굴로 바닥에 흩어진 신문을 집어 들려 했다. 그 사이 신문팔이 소년이 목청을 높였다.

"호외요, 호외! 정민석 자작 피습! 호외요, 호외!"

무심한 외침이 혜림의 귓가를 맴돌았다. 그녀는 어지러움을 느끼며 스르륵 주저앉았다. 저도 모르게 다리에 힘이 풀린 까닭이었다. 혜림은 바닥의 찬 기운을 느끼며 정신을 가다듬었다. 진창을 구르는 신문 조각 너머로 민석의 사진이 보였다. 단정하게 제복을 갖춰 입은 모습이었다. 흙발에 짓이겨진 그의 얼굴은 그녀의 모습만큼이나 참담했다.

"그놈 참 명줄은 길어. 죽었어도 진즉 죽었어야 할 놈이."

구둣발의 주인이 빈정거렸다.

"그러니까 말이야. 지난번 폭탄 사건 때도 이놈만 쏙 빠지더니 이젠 칼을 맞고도 살아나네. 도대체 귀신은 뭐 하는지."

곁에 선 남자가 맞장구를 쳤다.

"나라 팔아먹은 놈은 조상님들도 보기 싫으신가 보지. 허허."

"에이, 더러운 놈."

그들은 신문에 침을 뱉고는 사라졌다. 혜림은 멀거니 사람들의 신발만 바라봤다. 매정한 발길에 여기저기 흩어진 민석의 사진은 넝마가 됐다. 구겨진 신문을 그러쥔 혜림의 심장도 함께 찢기고 밟혔다.

14

「……뭐?」

미유키는 제 손에 쥔 거울을 떨어뜨렸다. 산산조각 난 거울 파편이 사방에 흩어졌다.

「조심하세요, 마님. 다치세요.」

나오코는 허겁지겁 달려와 그 조각들을 치웠다.

「지금 뭐라고 했어……? 민석 씨가…… 어떻게 됐다고?」

미유키는 숨이 멎을 것 같은 절망감에 어지러움을 느꼈다.

「괴한에게 칼을 맞고 병원에 실려 가셨대요. 어떡해요, 마님…….」

나오코는 울먹였다. 미유키는 부스스 일어섰다. 그녀는 뭔가에 홀린 사람처럼 밖으로 걸어 나갔다. 분을 발라 하얗게 바랜 얼굴에는 미미하게 돌던 핏기마저 사라져 있었다. 하지만 그녀의 걸음이 지난 자리는 참담한 붉은빛이 길을 이뤘다. 그녀의 맨발에 피가 흥건했던 탓이었다. 거울 조각을 밟은 모양이었다. 그러나 미유키의 얼굴에는 표정이 없었다. 고통조차 느끼지 못하는 것이 분명했다. 미유키는 그 상태 그대로 정원을 나섰다. 햇볕은 따뜻했지만 바람은 여전히 매서웠다. 붉게 물든 맨발에 파랗게 핏발이 섰다. 그렇게 몇 걸음 옮기자 가뭇가뭇한 모래가 그녀의 발등에 엉겨 붙었다.

「마님! 무슨 일이십니까? 마님!」

정원에 있던 경호원 하나가 깜짝 놀라 그녀에게 다가왔다. 그러나 그녀는 맥없이 걷기만 할 뿐이었다. 아무 소리도 들리지 않는 모양이었다. 경호원은 신발을 가지러 부지런히 현관으로 달려들어갔다. 그 사이 미유키는 최면에 걸린 사람처럼 대문을 넘었다.

'비겁하게…… 이런 식으로…… 도망치겠다는 거야? 그렇게까지 해서 나한테 벗어나고 싶었어?'

미유키는 비척거리며 걸음을 옮겼다. 쉼 없이 고동치는 심장에 숨이 가빠 왔다. 그 호흡에 맞추듯 그녀의 걸음이 점점 빨라졌다. 오래지 않아 그녀는 제 맥박을 따라 거침없이 달리고 있었다. 매정한 칼바람에 실려 그녀의 눈물이 흩날렸다. 미유키는 눈물을 닦을 생각도 없이 달리고 또 달렸다. 앙 다문 그녀의 입술 사이로 신음 소리가 새어 나왔다.

'죽지 마…….'

그녀는 머릿속에 남은 단 하나의 언어를 끄집어냈다. 다른 것은 어찌 되어도 좋았다. 무사하다면, 그저 살아만 있다면 상관없었다. 지금까지와 다를 바 없다 해도 좋았다. 아니, 그보다 더한 경멸과 증오를 드러낸다 해도 상관없었다.

'제발 죽지 마…… 정민석…….'

내리막을 달리던 그녀는 중심을 잃고 넘어졌다. 발갛게 물든 그녀의 맨발이 처연했다. 미유키는 얼어붙은 땅에 의지해 제 마음을 다잡았다. 그 사이 요란한 마찰음이 들려왔다. 그녀를 쫓아 동호가 차를 몰고 온 모양이었다.

「타시죠. 마님. 모시겠습니다.」

동호는 그녀를 부축했다. 미유키는 허깨비처럼 동호에 의해 차에 옮겨졌다. 그녀는 마치 뱀이 벗어 두고 간 허물 같았다. 병원으로 향하는 동안 미유키는 계속 같은 말을 품었다. 갑작스레 정해 버린 일종의 주술이었다. 제 말이 멎으면 민석의 생명이 꺼져 버릴 것 같은 강박을 느꼈는지도 모를 일이었다.

병원 앞에는 아직 흩어지지 않은 취재진들이 남아 있었다. 그들은 차가 들어서자 일제히 일어섰다. 민석의 차임을 알아본 탓이었다. 미유키는 그런 취재진을 의식하지 않은 채 병원으로 달려들어갔다. 화려하게 터지는 플래시가 조명처럼 반짝였다. 그녀는 제게 몰리는 시선 사이를 질주했다. 숨이 턱에 닿아 헉헉거렸다. 어느새 그녀의 하얀 신발에 붉은 피가 배어 나왔다. 그녀가 지나는 자리마다 새빨간 혈흔이 자취를 남겼다. 미유키는 간호사의 안내를 받아 그의 병실로 향했다. 긴 복도를 돌자 따로 독립된 병실이 보였다. 외부인의 출입이 금지된 곳이었다. 열린 문틈으로 창백한 민석의 얼굴이 보였다. 달빛처럼 서늘한 안색이었다. 그는 고요히 잠들어 있었다. 미유키는 떨리는 걸음을 병실 쪽으로 옮겼다. 그러나 잠시 후 미유키는 굳어 섰다. 민석의 머리맡에 혜림이 앉아 있었기 때문이었다. 그녀는 다정하게 민석의 머리카락을 쓸어 주고 있었다. 눈물로 범벅이던 미유키의 얼굴에 감정이 걷혔다. 그녀는 자기도 모르게 주먹을 꼭 쥐었다. 그렇게 쉼 없이 반복되던 도돌이표에도 방점이 찍혔다.

'제발 죽지 마…… 정민석…… 이렇게 죽어 버리면…… 내 손으로…… 너희 둘을…… 심판할 수 없으니까.'

또 하나의 얼굴

1

제물포항에는 칼바람이 몰아쳤다. 커다란 배에서 사람들이 쏟아져 나왔다. 준비 없이 나선 이들은 하나같이 추위에 어깨를 움츠렸다. 인파에 섞여 내린 하야토는 매서운 눈빛으로 주위를 둘러봤다.

「더러운 땅이군.」

그의 입가에 비웃음이 스쳤다. 하야토는 지체 없이 항구를 떠났다. 미유키에게 향하기 위함이었다.

하야토는 미유키의 호위 무사였다. 그녀가 열 살이 되던 해부터 조선에 오기 전까지 쭉 그랬다. 그러다 미유키가 태자비 후보에서 탈락하자 그 역시 그 임무에서 밀려났다. 주인을 제대로 모시지 않았다는 이유에서였다. 하야토는 군말 없이 승복했다. 오랜 연심 때문이었다. 차로 이동하는 내내 하야토의 얼굴에는 옅은 설렘이 감돌았다. 무뚝뚝한 인상과는 어울리지 않는 나약한 감정이었다. 물론 이는 오직 미유키에게만 국한된 기운이었다.

미유키와 조우한 하야토는 절도 있게 허리를 굽혔다. 미유키는 반갑게 그의 어깨를 다독였다. 그녀는 모처럼 든든함을 느꼈다. 실로 오랜만에 믿을 수 있는 자신의 편을 만난 덕분이었다.

「오느라고 고생했어.」

그녀는 살갑게 제 식구를 챙겼다. 하야토는 그제야 미유키의 얼굴을 똑바로 봤다. 10년 만의 재회였다. 그녀는 일본에 있을 때보다 훨씬 더 아름다워졌다. 반듯한 이마는 더욱 단아해졌고 싱그럽게 뻗어 있던 눈썹에는 우아함이 더해졌다. 그러나 무엇보다 가장 달라진 건 그녀의 눈이었다. 담담한 공백에 약간의 슬픔이 배어 있던 눈동자는 수만 가지 감정이 얽혀 들어 밀도를 더했다. 세월의 질곡이 빚어 낸 창조물이었다. 하지만 그토록 사랑스럽던 발그레한 볼은 어느새 사라져 있었다. 대신 창백한 얼굴을 더욱 도드라지게 하는 붉은 입술이 매혹적으로 빛났다.

「많이 야위셨습니다.」

안타까움이 배어 나는 말투였다.

「그래 보여?」

미유키는 머쓱하게 웃었다.

「아가씨는 여전히 예쁘시네요.」

그는 저도 모르게 제 감상을 내뱉었다. 미유키는 쓸쓸한 미소를 지었다. 만약 저런 찬사가 민석의 입을 통해 나왔다면 그녀는 분명 평생 목숨을 다 바쳐 남편만을 사랑했을 터였다. 설령 그것이 거짓이라고 해도 말이다. 그러나 긴 세월을 두고 품어 온 하야토의 고백은 그녀에게 어떤 감흥도 주지 못했다. 참으로 불공평한 노릇이었다.

「각하께서는 괜찮으십니까? 피습을 당하셨다고 들었습니다만.」

「괜찮아. 아주 멀쩡하지.」

미유키는 돌연 차갑게 웃었다. 하야토는 순식간에 식어 가는 제 주인의 온기를 느꼈다. 그는 범상치 않게 그녀를 살폈다. 결연한 검은 눈동자가 얼음에 잠긴 듯 서늘히 빛나고 있었다.

「그래서 하야토가 도와줬으면 해. 더 이상은 멀쩡하지 않도록.」

2

중추원 회의실은 여느 때와 다름없는 풍경이었다. 가운데 자리를 비워 둔 회의실에는 관리들이 빼곡하게 앉아 있었다. 이들은 민석이 들어서자 일제히 기립했다. 민석은 익숙한 기색으로 중앙에 앉았다. 규홍의 사망 이후 의장석은 공석이었다. 총독은 민석을 의장의 자리에 앉히려 했지만 민석은 이런저런 핑계로 그 일정을 뒤로 미뤄 뒀다. 하지만 이름만 얹지 않았을 뿐 실질적인 권한은 모두 민석에게 집중되어 있었다.

「벌써 쾌차하셨다니 다행입니다. 정말 회복이 빠른 것 같습니다.」

유우스케는 입에 발린 말로 그의 복귀를 맞았다.

「걱정해 주셔서 감사합니다. 그동안 불미스러운 일로 오래 자리를 비우게 되어서 죄송하게 생각하고 있습니다.」

가식적인 인사에 맞는 의례적인 대답이었다.

「그럼, 회의 진행하시죠.」

지루한 논의는 다섯 시간이나 이어졌다. 그가 자리를 비운 열흘 동안 산더미 같은 안건이 쌓여 버린 탓이었다. 민석은 쉬는 시간 없이 일정을 소화했다. 덕분에 회의가 끝나 갈 때쯤에는 모두 녹초가 된 상태였다. 수찬은 근심 어린 얼굴로 민석의 안색을 살폈다. 그는 다소 여윈 걸 제외하면 활기차 보였다. 오히려 예전보다 밝아진 기색이었다. 평생 짊어져 왔던 마음의 짐을 내려놓은 직후이니 어찌보면 당연한 일이기도 했다.

탕! 탕! 탕!
일정을 마친 민석은 사격장으로 향했다. 수찬과 함께였다. 민석은 매서운 눈으로 총을 연발했다. 세 발의 총알이 정확히 목표물에 맞았다.
"이무영은 어쩌고 있어?"
민석이 곁눈으로 물었다.
"한일단을 나가겠대."
수찬이 씁쓸하게 대답했다.
"예상을 한 치도 벗어나지 않는군."
민석은 싸늘히 웃으며 빈 총에 탄환을 밀어넣었다.
"어쩔 거야? 내보낼 거야?"
수찬이 초조하게 물었다.
"생각해 보면 그게 나을지도 모르지. 지금 같아선 모두 불편하니까."
심드렁한 목소리였다. 수찬은 속으로 낙심했다. 사실 민석의 입장에서 보면 무영을 내보내지 않을 이유가 없었다. 개인적인 감정은 둘째였다. 조직의 입장에서 보더라도 무영은 시한폭탄과 다를 바 없었다. 언제 돌발 행동을 할지 모르는 무영을 떠안고 가기에는 조직이 감당해야 할 위험이 너무 컸다.
"안 놔줄 거야."
민석은 여전히 총에 집중하며 말했다. 찰칵거리며 총을 장전하는 소리가 청명했다.
"그냥 놔주면 좀 억울하잖아?"
그는 미소를 지으며 다시 총을 들어올렸다.
"아직은 쓸 만한 놈이니까, 써먹을 만큼 써먹어야지."

새로 장전한 총알이 목표물의 심장을 파고들었다. 명쾌한 소리와 함께였다. 민석은 그 청명한 파열음에서 새삼스러운 쾌감을 느꼈다. 감정이란 놈은 누른다고 해서 사라질 수 있는 속성의 것이 아니었다. 머리로는 이해하고 있으나 심장이 달리 뛰기에 저지를 수 있는 일들이 인간의 실수였다. 만일 이 순간 민석의 심장이 머리의 달음질을 앞서 간다면 그의 총구는 눈앞의 목표물이 아닌 무영의 심장을 향해 있을지도 모를 일이었다.

어쨌거나 그날 저녁, 민석은 무영을 밖으로 불러냈다. 두 사람은 팽팽한 긴장감으로 마주 앉았다. 문선이 살아생전 좋아하던 한식당에서였다. 무영은 시종일관 얼굴을 펴지 않았다. 그는 미안함과 증오심 사이를 오가며 사투를 벌이는 참이었다. 민석의 정체가 밝혀진 이후 무영은 단 하루도 제대로 잠을 이루지 못했다. 삶의 목표가 흔들린 까닭이었다. 오직 복수를 위해 달려온 지난 세월은 하루아침에 하찮은 과거로 전락해 버렸다. 어제의 악인이 오늘의 영웅으로 돌변했다. 그러나 마음은 상황처럼 손바닥 뒤집듯 바뀌지 않았다. 수년 동안 품어 온 증오심은 여전히 그의 심장에 살아 있었다. 아니, 그 전보다 더 강한 증오가 그의 영혼을 집어삼키고 있었다. 그를 용서해야 한다는 이성에 대한 반발심 탓이었다. 이성은 그를 미워할 수 없다고 부르짖지만 심장은 여전히 적개심으로 불타올랐다.

"그럴듯한 사과라도 받길 기대했는데, 얼굴을 마주 보니 그건 힘들 것 같군."

민석은 조용히 술병을 들었다. 한 잔 받으라는 의미였다. 그러나 무영은 미동도 없었다. 민석은 피식 웃으며 탁자 위에 놓인 무영의 잔을 채웠다.

"그렇다면 거래를 하지."

무영은 감정 없는 눈길로 민석을 훑었다. 상대는 얄미울 만큼 침착해 보였다. 무영은 그 태연함에 까닭 모를 섬뜩함을 느꼈다. 아무리 생각해도 이해할 수 없는 자였다. 마치 태어날 때부터 한 가지 얼굴만 가지고 태어난 것 같은 사람이었다.

"마지막으로 내가 지시하는 작전을 완벽하게 수행해 준다면 그 다음부터 넌 자유야. 어떤 조건도 없이."

사무적인 말투였다.

"거절한다면?"

"의미 없는 죽음을 맞이하겠지. 하찮은 죽음."

민석은 제 품에서 단도를 꺼내 탁자 위에 올려놨다. 평양에서 발견한 무영의 단도였다. 순간 무영의 눈가에 경련이 일었다. 그 바람에 짙게 내려앉은 속눈썹이 가만히 떨려 왔다. 그는 완전히 진공 상태에 놓였다.

"그 검을 놓아 둔 땅에 맹세하지 않았나? 헛되이 죽지 않기로."

경련이 더 강해졌다. 주체할 수 없는 모멸감이 그를 사로잡았다. 무영은 민석을 쏘아봤다. 그는 웃고 있었다. 무영은 그 정갈한 이목구비를 피범벅으로 만들고 싶은 충동을 느꼈다. 매번 빠져나갈 수 없는 이유로 자신을 무력화시키는 민석에 대한 분노가 무영의 이성을 하얗게 잠식해 왔다.

"이제 넌 복수의 명분도 잃어버렸어. 아마 이대로 가면 살아야 할 이유까지 잃을지도 모르지."

그는 정확히 무영의 속내를 들쑤셨다. 사실이었다. 지금 무영을 가장 견딜 수 없게 하는 건 퇴색된 복수의 의미였다.

"그러니 어때? 나랑 거래를 해 보겠나?"

무영은 떨리는 손으로 제 무르팍을 잡아 뜯었다. 분노를 다스리기 위함이었다. 그러다 마지못해 끄덕이며 제 앞의 술잔을 비웠다. 계약이 성립되는 순간이었다.

무영의 대답을 들은 민석은 조용히 일어섰다. 일말의 미련도 없는 태도였다. 그는 무영을 혼자 남겨 두고 밖으로 나왔다. 어깨를 나란히 할 만큼의 돈독함도 없었거니와 기본적으로 둘이 함께 나서는 건 여러모로 좋지 않았다. 행여 누군가의 눈에 띄면 득이 될 게 없을 터였다. 밖에서는 동호가 대기하고 있었다. 민석은 조용히 모자를 눌러쓴 채 차에 올랐다. 그가 문을 닫자 차는 지체 없이 그곳을 떠났다.

무영이 밖으로 나선 것은 그로부터 10여 분 뒤의 일이었다. 그는 민석이 확실히 떠난 것을 확인한 뒤 밖으로 나왔다. 흥분으로 상기된 얼굴이었다. 그는 민석이 사라진 빈 골목을 한참이나 쏘아봤다. 그러다 그의 날카로운 시선이 건너편 건물로 옮겨졌다. 이상한 기운을 감지한 탓이었다. 낯선 그림자가 담 너머로 몸을 숨겼다. 하야토였다.

3

대장간은 언제나처럼 분주했다. 일꾼들은 이제 일이 손에 붙은 듯 숙련된 동작으로 작업에 몰두했다. 간간이 아이들이 재깔거리는 소리가 들렸다. 총알을 만드는 꼬맹이들이었다. 그들 곁에서는 권총을 옮겨 담기에 바빴다. 완성된 94식 남부 권총이었다. 인호와 명철은 총기 관리에 분주했다.

"뭔 놈의 총이 담아도, 담아도 끝이 없냐. 도대체 이걸 다 쓸 인간들이 남아 있긴 한 거야? 죽어라 쏘면 다 나자빠지고 없을 텐데. 도대체 어디다 꾸역꾸역 밀어넣는지."

"누가 아니래? 내가 이 물건들만 보면 심란해서 잠이 안 온다."

명철이 무겁게 대꾸했다. 그때 무영이 어색하게 들어섰다. 그는 평소와 다름없는 얼굴로 묵묵히 상자를 옮겼다.

"어? 형씨 오랜만이네요? 한동안 안 보이더니. 무슨 일 있었어요?"

인호가 살갑게 물어 왔다.

"저번에 영수가 말해 줬잖아. 평양 공장 자리 보러 갔다고."

명철이 대신 끼어들었다.

"아! 그랬었지. 평양은 어때요? 여기보다 있을 만해요? 난 경성에 오래 있었더니 좀이 쑤시기 시작하는지 평양도 궁금하고 그런데. 말 좀 해 봐요."

인호는 친근하게 물음을 쏟아 냈다. 제 딴에는 많이 친해졌다 여긴 모양이었다. 그러나 무영은 민망하리만치 입을 꾹 다물었다.

대장간이 남부 권총 때문에 분주한 사이 승민과 길주는 지하 통로에서 한일단이 사용할 총을 조립하고 있었다.

"참 나. 내가 이 짓거리 하려고 독립군이 됐나?"

길주는 심통 맞게 조립한 총을 대충 던져 넣었다.

"그래도 재미있는데요? 생각보다 조립도 간단하고. 하여간 박영수도 천재야 천재. 어떻게 설계도를 이렇게 고쳤지?"

승민은 신기한 눈으로 손에 쥔 총을 살폈다. 그가 직접 조립한 총이었다.

"다들 잘난 인간들밖에 없어 기죽어 못 살겠다. 박영수도 박영수지만 난 정민석, 아니 단장님한테는 완전히 질렸어."

길주는 어느새 민석을 온전히 단장으로 받아들인 모양이었다.

"그러게요. 그러고 보니 여기서는 형이 잘난 척할 일이 없네?"

승민은 그런 길주에게 농을 걸었다.

"뭐? 이 자식이 근데, 이젠 아주 맞먹지?"

그는 승민의 머리에 가볍게 꿀밤을 먹였다. 승민은 생각보다 아파 연신 제 머리를 쓰다듬었다.

"사실 그렇잖아요. 상해에선 형이 왕이었으니까. 왜, 형이 태어난 날이 청산리 전투가 대승으로 끝난 날이라 사람들이 귀한 인물이라고 막 떠받들어 주고 그랬잖아요."

승민은 모처럼 상해 이야기를 꺼냈다.

"누가 아니래? 그 귀한 인물이 지금 지하에 콕 처박혀서 단순노동이나 하고 있으니."

길주는 구시렁거리며 다시 새 총을 조립했다.

"뭐든지 다 마음먹기 따라 다른 거지. 형씨의 단순노동은 보통 단순노동이 아니야. 다 나라를 살리는 단순노동이지."

두 사람은 등 뒤의 목소리에 고개를 돌렸다. 영수였다.

"으이그. 이제 막 부려먹어라."

길주는 그를 향해 부품을 던졌다. 영수는 장난스럽게 웃으며 제 앞에 날아든 물건을 받았다. 그날따라 영수는 유난히 기분이 좋아 보였다. 그는 객쩍게 사람들 사이를 오가며 농을 걸었다. 지하 통로에서만이 아니었다. 대장간에서도 그랬다. 인부들에게도 유난히 살갑게 굴었다. 지은 때문이었다. 지은은 인부들을 살펴 달라는 영수의 부탁으로 대장간에 와 있었다. 물론 진료비는 영수가 부담하는 것이었다. 영수는 공연히 오가며 지은을 살폈다. 따뜻하기 그지없는 모습이었다. 평소 영수에게 하는 것과는 완전히 딴판이었다.

"입이 아주 귀에 걸리네, 귀에 걸려."

지나던 인호가 놀려 댔다.

"뭐가?"

영수는 여전히 지은에게 눈길을 주며 건성으로 대꾸했다.

"시치미는? 저 여선생 말이에요. 보니까 아주 좋아 죽는데, 뭘."

인호는 능청맞은 웃음으로 영수 앞에 얼굴을 들이밀었다.

"좋아 죽어? 누가? 내가? 야, 내가 어디 여자가 없어서 저런 망아지 같은 애를 좋아하겠냐? 경성 바닥에 근사한 애들이 얼마나 많은데."

영수는 펄쩍 뛰었다.

"그럼 내가 가서 작업 좀 걸어도 되나? 보니까 딱 내 취향인데."

인호가 짓궂게 골려 댔다. 영수의 속내가 훤히 들여다보이는 까닭이었다.

"야! 넌 왜 일을 하다 말고 여기 와서 노닥거리냐? 저기 저거 널린 거 봐라. 후딱 안 가?"

영수는 인호의 뒤통수를 때렸다.

"아이 씨! 괜히 할 말 없으니까 트집은……."

"빨리 안 가?"

영수는 주먹 쥐는 시늉과 함께 그를 내몰았다.

"아, 가요. 간다고요. 치사하게."

인호는 투덜대며 일터로 돌아갔다. 방해꾼이 사라지자 영수의 얼굴에 다시 화색이 돌았다. 우아하게 뻗은 지은의 옆얼굴에는 이제껏 느끼지 못한 단아한 매력이 감돌고 있었다. 더군다나 환자를 살피는 그녀의 눈길은 더할 나위 없이 부드러웠다. 그러다 가끔 생긋 웃기라도 하면 봄눈이라도 녹아내릴 듯 따뜻한 바람이 일었다. 그럴 때마다 영수의 두 뺨이 상기됐다. 가랑비처럼 젖어드는 인연의 힘이었다.

4

「민석 씨가 이무영을 만나?」

하야토의 보고에 미유키는 의아한 표정을 지었다.

「네, 그렇습니다.」

「그이가 이무영을 만난다……. 이무영은 어때 보여?」

「네?」

「민석 씨하고의 관계가 어때 보이느냐고.」

「가까이서 보진 못했지만 좋아 보이지는 않더군요.」

단정적인 말투에 미유키는 고개를 끄덕였다. 평소 확실한 일이 아니면 쉽게 결론을 내리지 않는 하야토였다. 그런 그가 부정적인 견해를 보였다면 두 사람이 한편일 확률은 거의 없었다.

「이걸, 이무영에게 전해 줘. 당연한 말이지만 아무도 모르게 은밀히.」

미유키는 곱게 봉한 봉투를 내밀었다. 편지였다.

「알겠습니다.」

하야토는 그것이 무엇인지 묻지 않았다. 그저 지체 없이 그녀의 명을 실행에 옮길 뿐이었다. 하야토에게 있어 미유키는 홀로 품은 연인이자 살아가는 이유였다.

그는 하루 종일 대장간 부근 골목을 지키며 무영을 기다렸다. 하지만 무영을 만나기는 쉬운 일이 아니었다. 무영이 주로 지하 통로를 이용하는 것을 모르는 하야토는 반나절 이상을 식사도 거르며 잠복해 있었다.

그가 무영의 흔적을 찾은 건 해가 떨어지고서도 한참 뒤였다. 하야토는 다짜고짜 그의 앞을 막아서며 칼을 들었다. 무영은 민첩하게 단도를 꺼내 대항했다.

"웬 놈이냐?"

「대답은 검으로 대신하도록 하지.」

하야토는 맹렬히 장검을 휘둘렀다. 무영은 그 매서운 칼끝을 피해 민첩하게 움직였다. 하지만 방어가 고작이었다. 단도를 던지기에는 너무 근접전이었던 탓이었다. 무영은 몸을 낮춰 흙을 던졌다. 그의 시야를 가리기 위함이었다. 그러나 하야토는 이미 그의 속내를 간파한 듯 넓은 소맷자락으로 흙을 쳐냈다. 그 바람에 애꿎은 흙더미는 무영을 향해 날아들었다. 무영은 반사적으로 눈을 질끈 감았다. 하지만 이미 이물이 들어갔는지 눈에서 쉼 없이 눈물이 쏟아졌다. 그 사이 하야토의 검은 무영의 목을 노리며 파고들었다. 눈을 뜰 수 없던 무영은 결국 감각에 의지해 단도를 던졌다. 하야토는 날카로운 검의 질주에 흠칫 놀랐다. 눈을 감고 던진 상대의 검이 자신의 옷깃을 스쳐 지난 탓이었다. 그가 놀라움에 굳어 선 사이 무영은 잽싸게 옆에 있는 긴 막대를 집어 들며 방어 태세에 들어갔다. 아직 이물감이 남아 연신 눈을 깜박이는 상태였다.

「일본놈인 거냐?」

무영은 가쁜 숨을 몰아쉬었다. 그 사이 그는 눈을 깜빡이며 서서히 시야를 확보했다.

「역시 네놈도 칼잡이였군. 단번에 알아보는 걸 보니.」

하야토는 틈을 주지 않고 몰아세웠다. 무영은 분주히 검을 막아 냈다. 하지만 막대는 처참히 난도질당한 채 바닥에 흩어졌다. 무영은 포기하지 않고 주위를 둘러봤다. 무기가 될 만한 것을 찾아내기 위해서였다. 그 사이 하야토의 검이 무영의 목을 겨눴다.

「누가 보낸 거지?」

무영의 눈썹이 치솟았다. 피부에 닿는 섬뜩한 쇠붙이에 이성이 또렷해졌다.

「너 따위 조센징은 함부로 쳐다볼 수도 없는 분이시지.」

하야토는 주저 없이 무영을 하대했다. 그러나 살의는 찾아볼 수 없는 눈빛이었다.

「일본놈이 보냈나 보군.」

무영은 피식 웃었다. 목적이 있는 상대라는 확신에서였다.

「그분께서 이걸 전해 달라 하셨다.」

하야토는 편지를 건넸다. 무영은 편지를 받아 들며 상대를 빤히 봤다. 그는 검을 치우며 씩 웃었다.

「재미있는 승부였다. 다음엔 진짜 검으로 겨뤄 보도록 하지. 오늘 같은 대결은 싱거우니까.」

하야토는 바람같이 사라졌다. 홀로 남은 무영은 봉투를 열었다. 무심히 편지를 읽어 내려가던 그의 눈빛이 강하게 흔들렸다. 삽시간에 그의 입술이 창백해졌다. 그는 경악에 가까운 얼굴로 바들바들 손을 떨며 풀썩 주저앉았다.

5

 민석은 새벽까지 서재에 틀어박혀 있었다. 슈헤이를 재우고 난 미유키의 방을 마지막으로 집 안의 모든 불이 꺼졌다. 칠흑 같은 집 안에 민석의 서재만이 불을 밝혔다. 그의 마음만큼이나 고독한 빛이었다. 민석은 서재의 불을 밝힌 채로 복도로 나섰다. 그는 미유키의 방을 살폈다. 그녀는 슈헤이에게 팔베개를 해 주며 잠들어 있었다. 온 집 안의 침묵을 확인한 민석은 다시 서재로 들었다. 그는 서랍 속에서 작은 상자를 꺼냈다. 상자 안에는 문선의 사진이 든 액자가 있었다. 제 어미를 마주한 그는 나지막이 중얼거렸다.
 "절 지켜 주실 거죠? 어머니······."
 그는 말끝의 그리움을 밀어 두고 상자 바닥을 들어냈다. 그러자 작은 열쇠가 보였다. 그는 열쇠를 집어 밖으로 나갔다. 정원으로 내려온 민석은 미유키의 방을 올려다봤다. 다시 한 번 확인하고 싶은 마음에서였다. 그녀의 방은 커튼으로 가려진 채 불이 꺼져 있었다. 민석은 그제야 안도하며 지하실로 내려갔다.
 지하실은 캄캄했다. 민석은 불을 켜지 않고 손을 더듬어 책장 쪽으로 향했다. 오래 묵은 책들이 깔끔하게 정리되어 있었다. 그는 오른쪽 구석 자리로 들어가 세 권의 책을 꺼내 제 발치에 가지런히 쌓아 뒀다. 이어 그는 책이 있던 자리에 팔을 밀어 열쇠를 꽂아 넣었다. 철컥 소리와 함께 잠금이 풀렸다. 스르륵 책장을 밀자 문이 열리며 한일단의 지하 통로로 이어졌다. 민석은 통로에 들어선 뒤 다시 문을 걸어 잠갔다. 그가 걸음을 옮기자 멀지 않은 곳에서 낯익은 쑥덕임이 들렸다. 한일단원들이었다. 민석은 그들의 투덜거림을 들으며 피식 웃었다.

"아, 졸려 죽겠는데 이 시간에 무슨 회의야."

영수는 늘어지게 하품을 했다.

"여자들이랑 놀 때는 이제 하루가 시작할 거라더니."

수찬이 핀잔을 줬다.

"여기 여자 있어? 다 냄새나는 남자들뿐이잖아."

영수는 여전히 구시렁댔다.

"그나저나 되게 어색하네. 말이 단장이지 언제 얼굴 보고 직접 이야기를 해 본 적이 있어야지."

길주의 시선이 무영을 향했다. 그의 얼굴에는 심란한 기색이 역력했다.

"미리 단단히 마음먹어 두는 게 좋을 거야. 그렇게 좋은 성격은 아니거든."

수찬이 알은체를 했다.

"철저한 사전 교육이군. 마음에 들어."

모두는 흠칫하며 상대를 확인했다. 당황하는 그들의 얼굴은 꽤나 볼 만한 것이었지만 민석은 애써 웃음을 밀어넣고는 무표정하게 자리에 앉았다. 새삼스레 감정을 드러낸다는 것은 참으로 겸연쩍은 일이었다.

"신경 쓸 거 없어. 욕먹는 데는 이골이 나 있으니까."

단원들은 머쓱해졌다. 민석은 그에 아랑곳 않고 사방을 둘러봤다. 모두는 대충 나무 궤짝을 하나씩 끌어다 놓고 그 위에 앉아 있었다.

"좋은 환경은 아니네. 변변한 의자 하나 없는 거 보니."

민석은 저 혼자 중얼댔다.

"환경 개선 좀 해 주시죠. 쇠 쪼가리에만 돈 쓰지 마시고 단원들한테도 돈 좀 쓰십쇼."

영수가 끼어들었다. 애교 있는 건의였다. 민석은 상자에 걸터앉으며 선선히 끄덕였다.

"생각해 보지. 다 모인 건가?"

민석은 대답을 바라듯 무영을 바라봤다. 그러나 무영은 그 시선을 외면했다.

"일단 주요 인물들은 다 모인 것 같은데요?"

영수가 대신 대답에 나섰다. 어색함을 못 견디는 성격의 일면이었다.

"총기 제작 진행 속도는?"

"광복군 쪽으로 보낼 무기들은 일본군 쪽에 납품되는 권총에 비해 최대 다섯 배 정도는 빠른 속도로 제작되고 있습니다. 쉽게 말해 자살 권총 하나 만들 동안 우리 측 무기는 다섯 개를 만든다는 거죠."

시원스러운 대답이었다. 민석은 만족스러웠는지 고개를 끄덕였다.

"좋아. 생각보다 빨리 움직여야 할 것 같아. 자살 권총 때문에 군에서도 슬슬 불만이 터져 나오고 있어. 시간이 길어질수록 경성 대장간에 대한 불신으로 이어질 거고, 그 이전에 나한테 먼저 의심의 눈총이 닿을 거야."

민석은 남의 일처럼 담담했다.

"곤란한데요. 아직 제대로 시작도 못했는데."

영수가 난색을 표했다.

"다른 민족이면 모르지만 일본이니까 괜찮을 거야. 아직은 시간이 있어."

"무슨 뜻입니까?"

수찬이 의아한 기색으로 물었다.

"자넨 아직 일본 물을 덜 먹었군."

수찬은 쓰게 웃었다. 익숙한 면박이었다.

"천황께서 하사하신 무기에 대해 공개적으로 불만을 토로하는 건 금기야. 천황에 대한 모독이지. 천황이 자살 권총밖에 내준 게 없다면…… 입을 꾹 다물고 몸을 대신 던져서 적과 싸워야 하는 게 일본인의 숙명이야."

모두는 어처구니가 없었다.

"이해할 수 없겠지만 제국주의에 미친 그놈들에게 천황은 종교 같은 거야. 무조건적인 믿음과 충성을 요구하는."

6

출근길의 민석은 피곤해 보였다. 밤새 회의를 끌어갔으니 무리는 아니었다. 그는 발개진 눈으로 현관을 나섰다. 미유키는 형식적으로 따라나서며 그를 배웅했다.

「오늘 집에 없을 거예요. 어차피 당신과는 상관없겠지만.」

미유키는 전에 없이 냉랭했다. 민석은 차분히 그녀를 살폈다. 미유키는 한동안 입지 않던 기모노를 꺼내 입었다. 단정하게 틀어 올린 머리에는 화려한 장식이 자리 잡고 있었다. 전에 없는 요란한 차림에서는 경건함마저 느껴졌다. 영락없는 일본 화족의 위엄도 함께였다. 치장이라기보다 다짐에 가까운 모습이었다.

「요즘 당신을 보면 인형이 숨을 쉬는 것 같군.」

익숙한 빈정거림에 그녀는 그를 쏘아봤다. 그러자 그의 입가에 냉소가 돌았다.

「예전보단 좋아 보여. 적어도 지금은 사람 같아서.」

그는 모자를 눌러쓰며 마지막 당부를 전했다.

「하지만 어설프게 내 뒤를 밟는 짓 같은 건 당장 그만두는 게 좋을 거야. 유치해 보이거든.」

미유키는 치밀어 오르는 모멸감에 입술을 깨물었다. 분명 과거와는 달라진 그녀였다. 민석의 여자로 인정받겠노라 조아리던 현숙했던 자아는 이미 숨을 거둔 지 오래였다. 하지만 미유키 안에 똬리를 튼 결연함과는 무관하게 민석은 모처럼 날이 선 그녀의 칼날을 조롱했다. 미유키는 그 오만한 태도에 가늠할 수 없는 굴욕을 느꼈다.

「언젠간…… 내 손으로 당신 심장에 칼을 꽂아 넣을 거예요. 당신 같은 냉혈한의 피도 뜨거운지 궁금하니까.」

그녀의 목소리가 떨려 왔다. 민석은 그 미세한 울림에서 이전과 비할 바 없이 커져 버린 그녀의 분노를 읽었다. 이상스러운 건 그 서늘한 살의에서 느껴지는 안도감이었다. 일방적으로 누군가를 밀어낸다는 건 사실 버거운 일이었다. 그런데 이젠 증오의 무게가 동등해져 버렸다. 이쯤 되면 공평한 노릇이었다.

「그런 날이 빨리 온다면 좋겠군. 그래야 우리 둘의 질긴 인연도 끝날 테니까.」

그는 별다른 동요 없이 사라졌다. 묘한 패배감에 미유키의 눈가에 경련이 일었다. 미유키는 민석이 뱉은 '인연'이란 단어를 곱씹어 봤다. 인연이라니. 가당치 않은 소리였다. 굳이 짧은 단어 하나에 두 사람의 관계를 밀어넣어야 한다면 악연이라는 편이 훨씬 적절했다.

「많이 변하셨습니다.」

무거운 하야토의 음성이 미유키의 진공을 깼다. 하야토는 애초에 그곳에 존재했던 물건인 듯 두 사람의 대화를 묵묵히 듣고 있던 참이었다.

「변하지 않는 게 이상하지 않아?」

미유키는 높낮이 없는 음성으로 대꾸했다.

「도대체 무엇이…… 아가씨를 이렇게까지 바꿔 놓은 겁니까?」

하야토는 심장이 저려 왔다. 조선에서만은 행복하리라 믿어 왔다. 그러나 지금의 그녀는 일본에 있을 때보다 몇 배는 더 불행해 보였다.

「글쎄……. 어려운 질문이네.」

그녀의 공기가 싸늘하게 식었다. 그 냉기만큼 하야토의 분노도 뜨겁게 달아올랐다.

「명령하신다면 제 손으로 제거하겠습니다.」

하야토는 멀어지는 민석의 뒷모습을 쏘아봤다.

「난 저 사람이 죽기를 바라는 게 아니야. 죽을 만큼 고통스러워하는 모습으로 사는 걸 지켜보고 싶을 뿐이지.」

미유키는 싸늘하게 밖으로 걸음을 옮겼다. 외출에 나설 모양이었다.

7

총독은 더없이 따뜻하게 민석을 맞이했다. 민석은 어색한 웃음으로 그에 화답했다. 그는 행여 총독이 악수라도 청하지 않을까 불안했다. 그러나 다행히 그런 일은 벌어지지 않았다.

「찾으셨습니까?」

「앉지.」

「네.」

「몸은 좀 어떤가?」

총독은 등받이에 몸을 묻었다.

「염려해 주신 덕분에 이젠 괜찮습니다.」

민석의 각진 어깨에는 힘이 들어가 있었다.

「자네가 참 고생이 많군. 양친을 비명非命에 보내고 본인은 피습을 당하다니.」

그는 진심으로 위로했다.

「심려를 끼쳐 드려 죄송합니다.」

민석은 의례적인 대답으로 상황을 정리했다.

「지난번 폭파 사건으로 자네 부탁을 들어주는 게 많이 늦어진 것 같군.

약속한 대로 현재 철도국에서 운영하는 철도 호텔의 경영권을 자네에게 넘기도록 하지.」

총독은 일전에 민석이 부탁했던 일을 끄집어냈다. 민석의 재산 헌납에 대한 답례였다.

「감사합니다.」

민석은 부드러운 미소를 보였다.

「그런데 이유가 뭔가? 느닷없이 철도 호텔의 경영권을 달라는 이유 말일세.」

총독은 턱을 괴며 묵은 질문을 끌어냈다. 내심 궁금했던 모양이었다.

「예전부터 생각해 왔던 거지만 최근의 사건들로 인해 얻은 깨달음이 있습니다. 제국과 제가 운명 공동체라는 사실 말입니다.」

틀린 말은 아니었다. 불행히도 그의 삶은 언제나 일본과 맞물려 왔다. 태어나는 순간부터 줄곧 그랬다.

「그래서 저는 이 전쟁을 빨리 끝낼 수 있는 효율적인 방법을 연구 중입니다. 그러기 위해서는 전국에 있는 철도를 제대로 통제할 수 있는 힘이 필요하다고 생각합니다.」

「역시 자네는 야망이 크군.」

총독은 흡족하게 웃었다.

「외람되지만 야망이라는 말은 적당하지 않은 것 같습니다. 제가 원하는 건 단지 최후의 승자가 되는 것뿐이니까요.」

민석은 솔직한 속내를 전했다. 야망이라니. 그런 속절없는 희망은 애초에 그의 몫이 아니었다. 그가 바라는 유일한 것이 있다면 오직 자신의 숨통을 죄어 오는 모든 속박에서 벗어나는 일뿐이었다. 매국노라는 오명, 한일단 수장으로서의 숙명, 그리고 마주칠 때마다 그의 이성을 잠식하는 미유키로부터 말이다.

민석과 헤어진 뒤 총독은 지체 없이 공문을 하달했다. 전국에 있는 철도 호텔의 경영권을 민석에게 넘긴다는 내용이었다. 마모루는 나카무라로부터 그 사실을 보고받은 뒤 경악을 금치못했다. 나카무라는 민석에 의해 해임된 스즈키의 후임이었다.

「그게 무슨 소리야! 총독이 뭘 어쨌다고?」

마모루가 핏대를 올렸다.

「정민석 자작에게 철도 호텔의 경영권을 넘기겠다고 발표하셨습니다.」

「총독이 완전히 미쳤군!」

그는 분한 마음을 주체하지 못해 안절부절못했다. 나카무라는 조용히 그의 분노가 가라앉기를 기다렸다.

「어떻게 하시겠습니까?」

「당장 차 대기시켜! 대책을 마련해야겠어. 우리 측 사람들에게 모두 연락하고! 서둘러!」

「네!」

나카무라는 스즈키에 비해 민첩했다. 그는 신속히 모두에게 연락하고 차를 대기시켰다. 덕분에 한참 동안 제 감정을 수습하지 못하던 마모루도 안정을 찾았다.

「망간 도난 사건과 관련한 수사는 어떻게 진행되고 있나?」

마모루는 나카무라를 대동한 채 분주히 움직였다.

「지난번에 발견된 쪽지 외에 특별한 점은 아직 없습니다.」

「유가족은 만나 봤나?」

「네.」

「뭐라고 하던가?」

「죽은 기관사의 옷과 함께 약간의 돈이 들어 있었다고 합니다.」

「우체국에서는?」

「발신인 이름이 없어 이상하다고는 생각했지만 흔히 있는 경우라 특별히 문제를 삼지는 않았다고 합니다.」

「인상착의는 기억하고 있다고 하던가?」

「특이 사항은 없습니다. 20대 후반 정도의 남자고, 키가 크고, 모자를 눌러쓰고 있어서 얼굴은 제대로 보지 못했다고 합니다.」

「신의주역 쪽은 어떤가?」

「한일단 놈들에게 당한 순사들 중 한 명이 병원에 입원 중입니다. 그자의 진술로는 망간을 싣고 도주한 자들 중 두 명은 죽은 순사들의 옷을 입고 있었다고 합니다.」

「그 증인 당장 경성 병원으로 이송해!」

「네! 알겠습니다!」

두 사람은 총독부 입구에서 헤어졌다. 그길로 마모루는 모임에 나섰다. 민석의 철도 호텔 경영권이 화근이 된 회합이었다. 마모루를 위시한 일본 고위 관료들이 한자리에 모였다. 무거운 공기가 공간을 짓눌렀다.

「제가 이렇게 자리를 마련한 건 조선 총독 해임안을 논의하기 위해서입니다.」

마모루는 충격적인 선언으로 침묵을 깼다. 자리에 모인 이들은 경악을 금치 못했다. 이들은 삼삼오오 머리를 맞대고 술렁이기 시작했다.

「현 총독은 자신의 본분을 잊고 정민석 자작의 손에 놀아나고 있습니다. 이에 본인은 현 총독을 해임하고 새로운 총독을 세울 것을 주장하는 바입니다. 어떻게 생각하십니까?」

「그렇게까지 하실 필요가 있겠습니까? 정민석만 제거하면 그만인 일을…….」

유우스케가 의견을 제시했다.

「제가 총독을 제거하고자 하는 건 사사로운 감정 때문이 아닙니다.」

마모루는 입술이 마르는지 연신 냉수를 들이켰다.

「현재 정민석은 자신의 권력 확장을 통해 조선인들의 입지를 굳히려 하고 있습니다. 물론 황국을 위한 충성심으로 교묘하게 치장하고 있습니다만, 하찮은 조센징들에게 본국의 시민들과 같은 대우를 하겠다는 게 정민석의 속셈이지요. 내선일체와 천황의 이름을 교묘히 팔아서 말입니다.」

은밀한 비난과 함께 마모루의 비근이 들썩거렸다.

「해석이 과한 것 아닙니까? 제가 보기엔 경무국장께서 지나치게 과민해 보입니다만……..」

구라토미는 난처한 기색이었다.

「아니요. 결코 과하지 않습니다. 경성 대장간을 보십시오. 조선인들의 실업난을 종식시킨다는 현란한 입놀림으로 은근슬쩍 국책 사업에 끼워 넣지 않았습니까?」

강경한 반론이었다. 일동은 다시 술렁였다.

「문제는 총독이 자꾸 여기에 보조를 맞추고 있다는 겁니다. 참으로 한심한 일이지요. 정민석을 암살한다고 해도 우리의 수뇌로 있는 총독이 저 지경이라면 대일본 제국의 미래는 없다고 해도 과언이 아닙니다.」

그는 더욱 목소리를 높였다.

「하지만 무슨 수로 총독을 끌어내리겠습니까? 표면적으로는 아무런 문제가 없지 않습니까?」

사실이었다. 실제로 그가 통치하고 있는 기간 동안 가시적인 공적은 오히려 높아졌다. 그는 창씨개명, 신사 참배 등 황국 신민화 정책을 강화하며 조선을 문화적 속국으로 전락시켜 가고 있었다. 이 모든 것이 규홍이 중추원을 틀어쥐고 있을 당시의 합작품이었다.

「그렇죠. 사실 저도 말은 이렇게 하지만 현실적으로는 총독을 끌어내릴 구실이 마땅치 않습니다. 그렇다면…….」

구라토미는 침을 꿀꺽 삼켰다. 마모루가 또 어떤 폭탄선언을 할지 긴장됐기 때문이었다.

「암살도…… 방법이 아니겠습니까?」

순간, 모여 있던 이들의 얼굴이 하얗게 질렸다. 분명 총독을 암살한다고 했다. 상상도 할 수 없는 일이었다.

「놀라실 것 없습니다. 만일 총독이 암살된다면 그 죄는 조센징들이 고스란히 덮어쓰게 될 테니까요. 우리는 어떤 놈들에게 덮어씌울지만 정하면 되는 겁니다.」

8

경성 병원 앞은 분주했다. 사방에는 순사들의 경비가 삼엄했다. 차량이 도착하자 의료진들이 분주히 움직였다. 환자는 사방에 깔린 순사들의 감시 속에 침대로 옮겨졌다. 신의주에서 피습당한 순사였다. 마모루는 망간을 훔친 조직이 증인을 해칠 것을 우려해 철저히 보호할 것을 지시했다. 환자의 담당의는 지은이었다. 진료 카드를 확인하던 지은은 잠든 환자의 상태를 살폈다.

「상태는 어떤가?」

나카무라가 고압적으로 물었다.

「회복은 매우 빠른 편이지만 장거리를 이동하는 바람에 체력이 많이 소모된 상태입니다. 가능하면 오늘은 쉬게 하는 게 좋겠습니다.」

「시간이…… 시간이 없어. 밖에서 대기하고 있을 테니까 환자가 깨어나면 알려 주도록.」

그는 마음이 급한 모양이었다. 지은은 대꾸하기 싫어 간호사에게 대답을 미뤘다.

「네……, 알겠습니다.」

결국 지은의 눈짓에 못 이긴 간호사가 대신 대꾸했다. 기어들어가는 목소리였다. 나카무라는 환자를 흘긋 살피다 복도로 나갔다. 그의 걸음 소리가 멀어지자 간호사는 한숨을 내쉬었다.

"또 무슨 일이래요? 전 순사들만 드나들면 심장이 벌렁거려 죽겠어요."

그러지 않아도 동그란 그녀의 눈이 겁에 질려 더욱 커졌다.

"죄지은 거 없으면 그냥 신경 꺼. 어차피 우리는 사람만 고치면 되는 거잖아."

지은은 짜증이 나는 눈치였다.

"아까 그 사람, 범죄자예요?"

간호사는 턱을 받치고 물었다. 겁이 난다고 하면서도 궁금증을 누를 수 없는 모양이었다.

"범죄자는 무슨. 순사래."

시큰둥한 대답이 돌아왔다.

"순사인데 왜 취조를 받아요?"

"취조가 아니라 증인이래. 신의주에서 무슨 사건이 있었다나 봐."

"무슨 사건요?"

호기심은 꼬리에 꼬리를 물었다.

"아예 자리를 옮겨라, 종로서로. 내가 알아봐 줄까?"

"으유, 무슨 그런 끔찍한 말씀을……."

"그런 거 아니면 밥이나 먹으러 가자. 아, 보기 싫은 놈들을 봐서 그런가? 왜 이렇게 배가 고프냐?"

지은과 간호사는 병실 밖으로 나섰다. 그러자 복도 밖을 서성이던 나카무라가 병실 안으로 들어섰다. 그는 환자가 깨어나길 기다렸다. 이래저래 조급증이 난 탓이었다. 다행히 잠들었던 순사는 오래지 않아 눈을 떴다. 나카무라는 제 신분을 밝힌 뒤 질문을 쏟아 냈다.

「생각나는 대로 말해 보게.」

그는 침대 쪽으로 의자를 당겨 앉았다.

「전부 다섯 명이었습니다. 운전하던 놈이 하나, 짐을 싣던 놈이 둘, 그리고 순사 복장으로 위장하고 있던 자가 둘이었습니다.」

환자는 갓 잠에서 깨어났지만 최대한 기억을 더듬어 증언했다. 서슬이 퍼런 상관의 기색 때문이었다.

「자네는 총상을 입었던데 그자들의 총 다루는 솜씨는 어떻던가?」

「순사 복장을 했던 놈들은 훈련된 자들이었습니다. 그놈들이 쏜 총에 맞은 자들은 다 즉사했으니까요.」

「그럼 자네는 다른 놈들에게 맞았다는 건가?」

「네. 저는 짐을 싣고 있던 놈에게 맞았는데……, 두 눈을 똑바로 마주쳐서 기억합니다. 그 자식은 완전히 초보였어요. 총을 잡고 있던 손도 부들부들 떨고 있었거든요.」

「그런데 자네를 명중시켰다 이건가?」

나카무라는 의아함에 이맛살을 찌푸렸다.

「산탄총이었으니까요.」

「산탄총?」

「네. 그러니 대충 쏜 게 한 발 얻어걸린 겁니다.」

「그럼 순사 복장을 한 놈들도 산탄총을 썼나?」

「아닙니다. 경황이 없어 제대로 보진 못했지만 얼핏 보기에 신형 권총 같았습니다.」

「이상한 일이군……. 도대체 어디서 자금이 생겨 그런 무기를 구하는 걸까…….」

나카무라는 골똘히 생각에 잠겼다. 그러다 그제야 생각났다는 듯 마지막 질문을 던졌다.
「1535라는 암호 같은 건 쓰지 않았나?」
「음……, 그런 건 들어 본 적이 없습니다.」
「그래……, 그렇단 말이지…….」
나카무라는 그것으로 대화를 종결했다. 문을 열고 나서던 그는 식사를 마치고 병실로 들던 지은과 마주쳤다. 두 사람은 모두 흠칫 놀랐지만 말없이 스쳐 지났다. 입구에 선 지은은 저 혼자 중얼거렸다.
"1535? 암호가 뭐 그래?"

9

혜상의 표정은 자못 심각했다. 그는 민석의 눈빛과 입 안을 살피며 뭔가를 적어 내려갔다.
"통 못 주무시나 보네요. 이대로 가면 좋지 않습니다."
그는 청진기를 꺼내 들며 잔소리를 늘어놓았다. 민석은 묵묵히 들었다.
"이 이상의 수면제도 곤란합니다. 이미 내성이 생기고 있어요."
혜상은 진심으로 걱정스러운 눈치였다.
"노력해 보겠습니다."
민석은 깍듯하게 굴었다. 말 잘 듣는 어린아이 같은 태도였다. 실제로 민석은 혜상을 만날 때면 아버지와 같은 굳건함을 느끼곤 했다. 물론 자신의 삶과 맞물린 아버지가 아닌, 일반적으로 통용되는 의미의 '아버지'였다.
"그럼 이만 가 보겠습니다."
혜상은 가벼운 목례와 함께 가방을 들었다.
"저, 박사님."
민석은 문 밖으로 나서는 혜상을 잡아 세웠다.

"아내에게는 아무 말씀 안 해 주셨으면 좋겠습니다."

"특별히 이유라도……?"

"걱정 끼치고 싶지 않습니다. 그 사람 신경 쓰는 거 보면 제가 더 예민해질 것 같기도 하고요."

민석의 목소리는 온화하기 짝이 없었다. 신뢰하는 이에게조차 속내를 드러내지 못하는 건 그의 오랜 병이었다.

"각하께서 원하신다면 우선은 그렇게 하겠습니다. 하지만 이 이상 불면증이 심해진다면 저로서도 어쩔 수 없습니다."

혜상은 깔끔한 수긍과 함께 협박을 덧붙였다. 민석은 머쓱한 얼굴로 웃었다.

"식사라도 하고 가시죠? 저 때문에 저녁시간을 넘기신 것 같은데요."

"아닙니다. 이제 늙어 가느라 그런 건지 집에서 먹는 밥이 제일 편하네요."

"언제 원장님 댁에서 밥 한번 얻어먹어야겠네요. 예전에 아버지 따라갔을 때 먹었던 밥, 정말 맛있었거든요."

"언제라도 오십시오. 잠이 잘 오는 음식으로 준비해 놓으라고 하겠습니다."

두 사람은 화기애애한 대화를 하며 1층에 내려섰다.

「식사도 안 하고 가시다니 서운하네요.」

거실에 있던 미유키는 사교적인 미소로 혜상에게 말을 건넸다.

「다음에 저희 집으로 초대하겠습니다. 그때 꼭 한번 같이 식사하시죠.」

혜상은 부드러운 미소를 보였다.

「그래 주시면 감사하고요.」

미유키는 능숙한 대응으로 혜상의 말을 받았다. 민석은 그녀에게서 달라진 공기를 느꼈다. 비단 단정해진 말투 때문만은 아니었다. 머리부터 발끝까지 곤두선 그녀의 세포가 긴장감을 조성한 까닭이었다.

「이 사람 건강은 좀 어떤가요?」

미유키는 자연스럽게 민석의 안부를 챙겼다. 부부간에 흔히 가질 수 있는 궁금증이었으나 민석은 언중에 드러난 미묘한 적개심을 놓치지 않았다. 그것은 감시자의 목소리였다.

「특별한 문제는 없습니다. 오늘은 의례적인 정기 검진이었으니까요.」

혜상은 적당히 얼버무렸다.

「아, 그렇군요.」

미유키는 생각에 잠겼다. 그녀는 본능적으로 혜상이 자신에게 속내를 드러내지 않고 있음을 알아챘다.

「신경 쓰는 일이 많아 힘들 거예요. 박사님께서 잘 좀 살펴 주세요.」

그녀는 부드러운 사교술로 마무리했다.

「걱정하지 마십시오.」

민석은 곁눈으로 미유키를 살폈다. 순간 그와 그녀의 눈빛이 마주쳤다. 그 찰나의 순간 미유키의 입가에는 묘한 웃음이 스쳤다. 혜상은 두 사람의 배웅을 뒤로 한 채 문 밖을 나섰다. 철문이 닫히자 민석은 미련 없이 등을 돌렸다. 언제나처럼 미유키는 철저하게 그림자 취급을 받고 있었다.

「당신이 이겼어요.」

그의 등 뒤에 그녀의 화살이 꽂혔다. 민석은 돌아보지 않은 채 그 자리에 멈춰 섰다.

「당신을 진심으로 미워하게 만드는 데 성공했다고요.」

미유키는 다부진 목소리로 도발해 왔다.

「축하할 일이군..」

「이제 내가 이길 차례예요.」

민석은 대답 없이 안쪽으로 걸음을 옮겼다.

「후회라는 게 뭔지 가르쳐 줄 거예요.」

미유키는 그의 뒤통수에 대고 모진 결심을 쏟아 냈다. 그제야 민석은 고개를 돌렸다. 그와 그녀의 사이로 싸늘한 공기가 들어찼다.

「당신은 이미 또 한 번 졌어. 여전히 나한테 묶여 있으니까.」

그는 질시 어린 눈길로 미소를 보냈다. 서늘한 눈매가, 날렵한 콧날이, 매끈한 입술이 모두 힘을 모아 그녀를 조롱하고 있었다. 미유키는 그의 입을 틀어막고 싶은 충동을 느꼈다. 아니, 할 수만 있다면 당장이라도 그의 목을 조르고 싶었다.

「당신은 살아가는 모든 의미를 타인에게서 찾는 사람이야. 그 방법이 상대에게 인정받는 것에서 상대를 증오하며 느끼는 쾌감으로 바뀐 것뿐이지.」

「마음대로 비웃어요. 그 비웃음이 나중에 독이 될 테니까.」

그녀는 가까스로 감정을 누르며 입술을 깨물었다.

「좋으실 대로.」

민석은 다시 걸음을 돌렸다. 유난히 묵직한 그의 발걸음 소리가 그녀의 가슴을 짓밟았다. 미유키는 그 걸음을 받아 내며 입술을 깨물었다.

10

혜림은 무거운 마음으로 민석의 거실에 들어섰다. 그녀는 두 시간 전쯤 미유키의 부름을 받고 이제 막 도착한 참이었다. 내키지 않는 걸음이었지만 거절할 수 없었다. 긴한 이야기가 있다 강조한 탓도 있었지만, 사실 미유키 쪽에서 먼저 만남을 청한 게 이번이 처음인 이유도 있었다. 그러니 혜림의 입장에서는 그만큼 중요한 일이라 여길 수밖에 없었다. 더군다나 민석은 자상까지 입은 상태였다. 그러니 어떤 이야기인지는 제대로 듣고 볼 일이었다.

「저희 집, 처음 오시죠?」

미유키는 혜림 앞으로 과일을 건넸다.

「네. 집이 참 좋네요.」

혜림은 형식적인 인사를 건넸다.

「좋은 집이죠. 계절마다 풍경이 달라지거든요. 아주 장관이죠. 개인적으론 겨울이 가장 예쁘던데……, 민석 씨는 봄이 가장 아름답다고 하더군요.」

미유키의 입에서 새어 나온 민석의 이름은 꽤나 달콤했다. 이는 혜림의 마음을 자극하기에 충분했다. 물론 의도된 행동이었다.

「다른 때랑 좀 달라 보이세요.」

혜림은 미묘하게 달라진 미유키의 공기를 놓치지 않았다. 그것은 살기였다.

「저요?」

「네, 좋아 보이세요.」

「그런가요? 하긴…… 그럴 만도 하죠. 얼마 전 민석 씨랑 아주 특별한 밤을 보냈거든요.」

미유키는 제법 요염한 기운을 뿜어내며 의미심장하게 웃었다. 혜림은 자신도 모르게 얼굴을 굳혔다. 그리고 미유키의 혀끝에 담긴 야사를 저 홀로 완성해 봤다. 그것이 진실인지의 여부는 중요하지 않았다. 다만 그 야릇한 장면을 상상하게 하는 두 사람의 정당한 관계에 마음만 참담해질 뿐이었다.

「저도 참, 손님 모셔 놓고 쓸데없는 소릴 했네요. 공연 준비 중이라고 들었는데 잘되고 있는 거예요?」

「네, 덕분에요.」

혜림은 떨떠름하게 답했다.

「이런 말 하긴 좀 그렇지만…….」

미유키는 야릇하게 웃으며 운을 뗐다.

「지난번에 병원에 갔었어요. 두 사람, 아주 애틋해 보이더군요. 안타까워 보이기도 하고요.」

「뭐가…… 안타깝다는 건가요?」

「서혜림 씨 처지가요.」

혜림은 미유키의 의중을 확인하려 눈을 마주쳤다. 형언할 수 없는 적개심이 그녀의 눈 속에 일렁이고 있었다.

「게이샤 아시죠?」

「…….」

「일본에서 게이샤는 참 특별한 존재죠. 사람들은 게이샤에 대해 예술가로서의 경외심을 품으면서도 한편으론 멸시하기도 하거든요.」

「…….」

「원래 게이샤는…… 최고의 예인이에요. 훌륭한 게이샤들은 어린 시절부터 화술은 물론, 악기 연주나 노래, 그리고 춤 같은 것들을 익히며 엄격한 생활을 한다고 하니까요.」

「그래서 하시고자 하는 말씀이 뭔가요?」

혜림의 날카로운 반응에 미유키는 여유 있게 웃었다.

「그렇게 오랜 시간 미모와 교양, 나아가 예술적 감각까지 키워 간 게이샤들도 권력자의 손아귀로 들어가면 몸을 파는 유녀들과 별다를 바 없는 취급을 받더군요. 세상이 예인을 몰라주는 거죠.」

「이만…… 가 보겠습니다.」

혜림은 모멸감에 벌떡 일어섰다.

「내가 민석 씨와 혜림 씨의 관계를 묵과한 이유가 뭔지 궁금하지 않아요? 권력자에게 버려진 게이샤들의 최후를 수없이 지켜봐 왔기 때문이에요.」

미유키는 조소 어린 눈길로 혜림을 도발했다. 혜림은 저도 모르게 미유키의 뺨을 치려 손을 번쩍 들었다. 하지만 미유키는 이미 그녀의 동선을 예상한 듯 손목을 잡아챘다.

「혜림 씨 정말 순진하네요. 설마…… 민석 씨가 아직도 혜림 씨를 사랑한다고…… 믿고 있던 거예요?」

미유키는 야릇한 미소로 혜림을 자극했다.

「민석 씨도 평범한 남자일 뿐이에요. 어떤 여자든 권력으로 사고 버릴 수 있는.」

혜림은 인내심을 잃고 돌아섰다. 미유키의 마지막 일갈이 그녀의 뒤통수를 잡아챘다.

「서혜림 씨 어머니, 기생이셨다면서요? 그것도 남의 남자를 가로챈…….」

미유키는 서서히 상대의 숨통을 조였다.

「당신 어머니의 가장 훌륭한 점이 뭔지 알아요? 자신이 사랑하는 사람을 위해 깨끗이 죽어 줬다는 거예요.」

미유키는 마지막 승부수를 날리고는 서늘하게 웃었다. 문득 미유키는 제 혀끝에 놓여 난 독설이 민석의 그것과 닮아 있다 생각했다. 사실 사람의 몸에 돌고 있는 피는 누가 어찌할 수 있는 것이 아니었다. 실제로 그 피의 주인이라 해도 다름없었다. 그런 일을 두고 상대를 질시하는 일은 실로 비겁했다. 하지만 미유키는 그 공략법이 주는 절망감을 누구보다 잘 알고 있었다.

혜림은 그길로 해일관으로 향했다. 이대로는 도저히 빈 연습실에 돌아갈 용기가 나지 않았다. 싸늘한 고독을 받아들이기에는 이미 속내에 입은 상처가 너무나 컸다. 그렇다고 민석을 찾을 수도 없었다. 이런 일을 털어놔 봐야 그의 어깨에 짐만 더 얹을 뿐이었다.

그러나 혜림은 이내 해일관 쪽으로 옮기던 걸음을 다시 돌렸다. 생각해 보면 슬픔을 전이시키는 일이었다. 더군다나 기녀에 빗대어져 모욕까지 받은 참이었다. 그러니 이를 해일관 식구들에게 하소연한다면 의도치 않게 그들까지 함께 욕보이는 일이 될지도 몰랐다.

"언니! 여기까지 오시곤 왜 그냥 가세요?"

외출에서 돌아오던 애종이 반색하며 다가왔다.

"그냥 지나다 홍연 씨 생각나서 들렀는데 생각해 보니 한창 바쁜 시간일 것 같아서요."

혜림은 애써 미소를 보였다.

"그렇다고 왔다가 그냥 가요? 들어가요. 홍연 언니 바쁘면 저하고 놀면 되는 거죠. 그런데 언니, 얼굴이 왜 이래요? 식은땀도 나고?"

애종은 심상치 않은 혜림의 안색에 눈을 동그랗게 떴다.

"그냥 별거 아니에요. 들어가요."

혜림은 애종을 안심시키려 애썼다. 애종은 그녀를 홍연의 방까지 데려다줬다. 다른 때 같았으면 호기심에 한 자리 차지하고 있을 그녀였지만 이번만은 눈치껏 밖으로 나섰다.

"드릴 거라곤 이거밖에 없네요. 모과차예요."

홍연은 찬찬히 혜림을 살폈다. 혜림은 자근자근 제 입술을 깨물고 있었다. 홍연은 그런 그녀 앞에 조심스럽게 차를 내려놓았다.

"고마워요."

혜림은 두 손으로 찻잔을 감싸쥐었다. 달아오른 잔에서 전해지는 온기에 혜림은 울컥 설움이 북받쳤다.

"무슨 일 있어요?"

"……어쩌자고 제가 여길 왔을까요."

혜림은 독백이라도 하듯 저 홀로 중얼거렸다.

"이야기를 들어드릴까요, 아니면 해 드릴까요?"

홍연이 가만히 물어 왔다. 익숙한 상담자의 자세였다.

"……글쎄요. 저도 잘 모르겠어요."

"아직 털어놓을 마음의 준비가 안 된 것 같네요. 그럼 이건 어때요? 그냥 지금 고여 있는 눈물…… 쏟아 버리는 거?"

혜림은 입술을 앙다물었다. 가슴속에서 끓어오르던 용암이 뜨겁게 솟구치는 까닭이었다.

"울어야 할 곳이 여기밖에 없다면 다 울고 가요. 누구에게나 웃어야 하는 게 숙명인 사람들은…… 우는 것도 숨어서 울어야 하니까요."

그 순간 눈두덩에 차오르던 습기가 볼을 타고 흘러내렸다.

"잘하고 있어요. 그렇게 우는 거예요."

홍연은 마치 어린아이를 어르듯 혜림을 가만히 안았다. 홍연은 혜림에게 눈물 흘리는 법을 가르치고 있었다. 혜림은 성실한 학생이 되어 뚝뚝 눈물을 흘렸다.

"여기서 울면…… 그 사람 앞에선…… 울지 않을 수 있겠죠?"

가속이 붙은 울음이 화산처럼 터져 나왔다. 혜림은 어린아이처럼 소리 내어 엉엉 울었다. 홍연은 그런 혜림의 등을 가만히 토닥였다.

11

무영은 다른 사람 같았다. 긴 머리와 수염을 말끔히 정리했고, 양장점에 들러 주문했던 양복에 중절모까지 갖췄다. 무영은 길을 걷다 유리창에 제 모습을 비춰 봤다. 영락없는 모던보이의 모습이었다. 실로 어색하기 짝이 없는 모양새였다. 하지만 정작 낯선 것은 그의 속내였다. 확실히 무영은 달라져 가는 제 자아의 속도를 따라잡지 못하고 있었다. 복수심에 걷기 시작한 독립군의 길은 갈피를 못 잡고 중심을 잃은 지 오래였다. 무영은 새삼 자신이 하는 일에 대한 막막함을 느꼈다. 그는 자신이 처한 독립군이라는 신분이 매끈하게 차려입은 양복만큼이나 이질적이라고 생각했다.

어쨌거나 무영은 그 모습 그대로 택시를 탔다. 행선지는 반도 호텔이었다. 민석과 맺은 계약을 이행하기 위해서였다. 호텔에 들어선 그는 곧장 직원에게로 향했다.

"스미스 교수님을 뵈러 왔습니다. 1층에서 기다리고 있다고 전해 주시겠습니까?"

직원은 부지런히 장부를 확인했다.

"죄송하지만 스미스 교수님은 아직 체크인 상태가 아닙니다."

"어제 이곳에 오신다고 들었는데……, 다시 한 번 확인해 주시겠습니까?"

"예약은 어제로 되어 있는데 아직 입실하지 않으셨습니다."

"알겠습니다."

무영은 근처에서 기다릴 마음으로 돌아섰다. 그러자 야릇한 미소로 선 미유키가 그를 마주 보고 있었다. 무영은 당혹감에 굳어 섰다.

「놀라운 변화네요. 하마터면 못 알아볼 뻔했어요. 무슨 모진 결심이라도 한 건가요?」

그녀는 달라진 무영의 모습이 마음에 들었는지 흡족한 눈길로 웃었다. 무영은 애써 그녀를 무시하며 지나쳤다.

「502호실이에요.」

그녀의 사각거리는 목소리가 그의 뒤통수를 잡아챘다.

「내 제안을 받아들이겠다면 오늘 저녁 8시…… 거기로 올라와요.」

제 말을 전한 미유키는 여유롭게 엘리베이터에 올랐다. 그렇게 그녀는 그의 시야에서 사라졌다.

미유키와 헤어진 무영은 민석에게 전화해 스미스의 부재를 알렸다. 그러자 민석은 호텔에 기거하며 상황을 보고하라는 지시를 내렸다. 자신이 먼저 연락하기 전까지는 절대 전화하지 말 것도 덧붙였다. 숙박할 때 가명을 쓰라는 당부도 잊지 않았다. 통화를 마친 무영은 바로 객실을 예약했다. 직원이 일을 처리하는 동안 무영은 미유키가 사라진 쪽을 응시하며 생각에 잠겼다. 미유키가 탔던 엘리베이터는 그녀가 머물고 있는 5층을 표시하고 있었다.

5층은 다른 층에 비해 특별히 전망이 좋았다. 숙소에 든 미유키는 커튼을 열어젖혔다. 그러자 햇살이 쏟아지는 통창 너머로 경성 시내가 한눈에 보였다. 나지막한 빌딩들이 자리 잡은 도시는 개화의 과도기를 증명하듯 양옥과 한옥이 뒤섞여 있었다. 사람들의 차림새 역시 거리의 행색과 마찬가지로 각양각색이었다. 미유키는 한참이나 거리를 구경했다. 새삼스러운 노릇이긴 했다. 하지만 그간에는 한가로이 경성의 전경이나 내다볼 여유가 없었던 것도 사실이었다. 그녀의 눈이 모처럼 총기로 반짝였다. 그러나 즐거움은 오래가지 못했다. 사색의 시간에 끼어든 방해꾼은 둔탁한 노크 소리였다. 미유키는 상대를 가늠하며 굳은 얼굴로 돌아봤다.

「누구세요?」

「나다.」

낯익은 목소리였다. 미유키는 조용히 문을 열었다. 다이칸이었다.

「오랜만이네요, 아버지.」

그녀는 싸늘한 기색으로 다이칸을 맞이했다. 다이칸은 특별한 인사 없이 소파에 앉았다. 미유키도 마주 앉았다. 두 사람 사이에 어색함이 감돌았다. 수년 만의 조우였지만 그들이 품은 공기는 냉랭하기 짝이 없었다.

「말씀드린 대로 하신 거죠?」

그녀는 본론부터 꺼냈다. 구태여 안부를 묻고 싶지는 않았다. 구구절절한 일상까지 챙길 만큼 다정한 부녀 사이는 아니었으니 말이다.

「그래, 내가 입국한 사실은 철저히 비밀로 했다.」

다이칸도 딱히 서운해하는 눈치는 아니었다.

「그래서, 알아보셨어요?」

「알아보긴 했다만…… 이미 죽었더구나.」

감정 없는 말투였다.

「그래요…….」

그녀는 낙심했다. 짧은 순간이지만 연민도 함께였다.

「사망 통지서를 보냈지만 받을 사람이 없던 모양이다.」

「하잘것없는 목숨이군요.」

그녀는 싸하게 웃었다. 잠시라도 일었던 나약한 동정조차 용서하고 싶지 않은 마음에서였다.

「그런데 그 사람들은 누구냐? 누구이기에 이미 죽은 지 2년도 넘은 조센징들을 찾느냐는 말이다.」

「낚싯밥이에요. 그런데 죽었으니…… 별로 쓸모가 없게 됐군요.」

그녀는 감정을 모두 걸러 내고 이성만 남겼다.

「많이 변했구나, 미유키.」

다이칸의 얼굴에 쓸쓸함이 돌았다.

「아버지 덕분이죠.」

「……원망하는 거냐?」

섬뜩함을 느낀 다이칸이 물었다. 미유키는 생경한 눈길로 제 아버지를 봤다. 거스를 수 없는 세월 탓에 그의 머리카락에도 서릿발이 내려앉아 있었다.

「그럴 리가요. 아버진 요코야마 가문을 위해선 뭐든지 하실 분이잖아요.

원망한다면 이 가문에서 태어난 제 운명에게 해야겠죠.」

12

「암살요?」

민석은 그답지 않게 목소리를 높였다. 적잖이 놀란 눈치였다. 구라토미는 안절부절못하며 주위를 살폈다.

「네, 그렇습니다.」

「마모루, 그 친구가 제정신이 아니군요.」

민석은 실소했다.

「어떻게 하시겠습니까?」

「일단은 두고 봐야겠지요. 아직은 구체적인 모의는 고사하고 의견도 모아지지 않은 상태인 것 같으니까요.」

「하지만 그러다 총독께서 일이라도 당하시는 날엔……..」

구라토미의 얼굴에는 불안한 기색이 역력했다. 그는 전형적인 일본인이었다. 천황을 중심으로 한 사회적 위계질서에 완벽하게 순응하는 인간형이었다. 그런 그에게 총독을 암살한다는 건 도저히 상상조차 할 수 없는 일이었다. 결국 구라토미는 자신의 총독을 구하기 위해 민석을 선택했다. 참으로 이율배반적인 일이었다.

「걱정하지 마십시오. 제게도 생각이 있습니다.」

그 순간 인기척이 들리며 수찬이 들어섰다. 수찬은 구라토미에게 정중히 인사했다. 구라토미는 떨떠름하게 인사를 받으며 민석을 봤다. 민석은 구라토미에게 나가라는 눈짓을 보냈다. 그는 조용히 자리를 떠났다.

"무슨 일이야?"

수찬이 닫힌 문을 돌아보며 물었다.

"이제 다시 말해 주기도 지치는군. 중추원 안에서는 긴장을 풀지 않았으면 좋겠네."

민석은 차분히 위계질서를 잡았다. 수찬은 머쓱해졌다.

"아, 네."

"좋지 않은 소식과 재미있는 소식이 있어."

수찬은 긴장한 얼굴로 그를 봤다.

"좋지 않은 소식은 신의주역에서 1535의 표식이 발견되었다는 사실. 그리고 재미있는 소식은…… 마모루가 총독 암살 계획을 세우고 있다는 거야."

"아니, 어떻게 그런 말도 안 되는……!"

수찬은 황당함에 말을 잇지 못했다.

"생각해 보면 크게 이상한 일은 아니야. 조선 사람들도 이해관계에 따라 친일과 반일의 관계로 나뉘어 있으니까, 일본 사람들이라고 무조건 한편일 수는 없겠지."

민석은 선선히 엄청난 사실을 받아들이고 있었다.

"어쩌실 생각이십니까?"

수찬이 걱정스레 물었다.

"고민 중이야. 어느 쪽이 우리에게 더 유리한 일이 될까 하고. 총독의 명줄이 붙어 있는 게 좋을지…… 끊어지는 게 좋을지……."

민석은 주어진 사태를 어떻게 이용할지에 대해 골몰하기 시작했다. 확실히 민석은 재앙을 활용하는 일에 익숙했다. 이는 후천적인 자질이었다.

수찬은 그런 제 친구에게 연민을 느끼며 대장간으로 걸음을 옮겼다. 자신이 전해 들은 비보를 전하기 위함이었다.

"1535 표식이 현장에서 발견됐다고?"

영수는 너무 놀란 나머지 목소리를 높였다. 그 바람에 그들의 대화는 창문 밖으로 고스란히 전해졌다. 사무실로 들어서던 명철은 그 소리에 멈칫했다. 명철은 화물을 적재하다 발견한 낯선 권총에 대해 영수에게 물어보려던 참이었다. 그것은 대장간에서 만드는 94식 권총이 아닌 한일단을 위해 준비된 무기였다. 승민이 실수로 챙기지 않은 물건이었다.

"응. 내가 듣기로는 기관사가 죽은 현장에서 발견됐대."

명철은 조심스레 안쪽을 살폈다. 수찬과 영수는 짐짓 심각해 보였다. 그는 알 수 없는 두 사람의 대화에 계속 귀를 기울였다.

"또 이무영이구먼. 도대체 누가 말리겠어."

문 밖으로 영수의 한숨 소리가 새어 나왔다.

"아무튼 당분간은 조심하는 게 좋겠어. 종로서에서 이번엔 정말 잡아들일 거라고 혈안이 되어서 찾고 있어. 게다가……."

"또 뭐?"

"망간 탈취할 때 있던 순사 중 하나가 살아서 지금 경성 병원에 입원해 있어."

"하……, 미치겠네. 그래서?"

"아직까지 뚜렷하게 잡아낸 건 없는 모양이야."

명철은 알 수 없는 두 사람의 이야기를 뒤로 하고 자리를 떠났다. 참으로 찜찜한 일이었다. 누군가가 죽었다는 이야기를 중심으로 종로서와 이무영이 맞물려 있었다. 잘은 모르지만 위험천만한 일이 분명했다.

"그리고 좀 다른 이야기가 있어."

명철의 고민과 상관없이 영수와 수찬은 논의를 계속 이어 갔다. 영수는 또 뭐가 기다리고 있을지 몰라 긴장했다. 사실 지금까지 들은 이야기만으로도 충분히 심장이 벌렁거릴 만했다.

"마모루가 총독 암살 계획을 세우고 있대."

"뭐?"

영수는 제 귀를 의심했다.

"잘못하면 우리가 독박 쓰게 될지도 몰라. 당분간은 무조건 근신하는 게 좋을 것 같아."

수찬은 제 의견을 조심스레 덧붙였다.

"정민석은…… 아니, 단장은 뭐라고 해?"

"모르겠어."

"모르겠다니?"

"글쎄……. 난 항상 그 자식 속을 모르겠어."

수찬은 낮은 한숨으로 복잡하게 응어리진 속내의 매듭을 풀었다. 상식적인 경우라면 총독의 암살이라는 명제 앞에 선 독립군들의 선택은 하나, 협력이었다. 혹여 조직 간의 이해관계가 다른 경우라 해도 최소한 묵과 정도의 결론이 마땅했다. 그러나 이번 경우는 다른 이들도 아닌 총독부가 중심이 되는 일이었다. 이런 상황에서 민석이 내리게 될 결론은 수찬이 상상할 수 있는 범주 밖의 일이 될 터였다.

결국 이 문제는 한일단원들이 모두 모인 자리에서 다시 화두에 올랐다. 소식을 접한 종호의 얼굴에는 대번에 그림자가 졌다.

"아버지는 어떻게 생각하세요?"

영수가 걱정스레 물었다.

"좋지 않을 것 같다."

"어째서요?"

"지금 총독이 죽으면 새 총독이 오게 될 거다. 그자가 어떤 세력을 등에 업고 있을지는 아무도 모르는 일 아니냐."

"그건 그렇죠."

영수는 고개를 끄덕였다.

"현재까지 우리가 얻어 온 많은 것은 현 총독이 민석이를 총애하기 때문에 가능했던 것들이다. 바꿔 말하면, 총독이 바뀔 경우 모든 상황이 달라질 수도 있다는 뜻이지."

종호는 가만히 민석에게로 시선을 옮겼다. 민석은 생각을 정리하느라 골똘한 눈치였다.

"이거 참……. 잘못하면 우리가 총독 경호까지 서야 하는 거 아니에요? 상황이 완전히 골 때리네요. 이건 뭐 일본놈들이 총독을 암살하겠다고 덤비고 우리가 총독을 보호하게 생겼으니……."

영수가 투덜대는 사이 종호는 담배를 꺼내 물었다. 뽀얗게 흩어지는 연기 속에 그의 상념이 묻어났다.

"분명 마모루는 구라토미를 먼저 끌어들이려고 할 거야."

공기 중에 흩어진 담배 연기 사이로 민석이 끼어들었다. 생각이 어느 정도 정리된 모양이었다.

"어째서?"

수찬이 반문했다.

"군의 실세가 가담하지 않으면 일이 복잡해지니까. 게다가 구라토미의 집안은 선대부터 마모루의 집안과 얽혀 있어. 가장 손을 뻗기 쉬운 상대이기도 하지."

정확한 판단이었다.

"큰일이네."

수찬은 낙담했다.

"걱정할 거 없어."

민석은 자신만만해 보였다.

"대책이라도 있는 거야?"

"하찮은 인연 하나 끊어 내는 게 뭐가 어렵겠어? 어차피 천황의 이름 하나면 무조건 복종일 텐데."

민석은 알 수 없는 말을 던져 놓고는 홀로 골똘해졌다. 수찬은 가늠할 수 없는 민석의 속내에 불안감을 느꼈다.

13

혜림의 연습실 문 앞으로 신문이 배달되어 왔다. 신문 1면에는 혜림의 얼굴이 커다랗게 인쇄되어 있었다. 그녀가 파병된 일본의 군사들을 위해 위문 공연을 준비하고 있다는 소식과 함께였다. 사진 속 혜림은 환하게 웃고 있었다. 혜림은 신문을 접어 서랍 안쪽으로 밀어넣었다.

연습실에서는 공연 연습이 한창이었다. 각자 어느 정도는 안무가 자리를 잡은 모습이었다. 혜림은 화려한 기교로 중심을 잡았다. 우아하게 흐르는 그녀의 안무를 보좌하는 것은 홍연의 몫이었다. 홍연은 역동적이고 힘찬 몸짓으로 부드럽고 강렬한 혜림의 춤사위에 보조를 맞췄다. 애종을 위시한 다른 이들도 안정적인 모습이었다.

"애종 씨, 진짜 많이 늘었어요."

음악이 멎자 혜림은 교정에 나섰다.

"당연하죠! 매일 혼자서 얼마나 연습을 많이 하는데요."

애종은 그 사이를 못 참고 제 자랑을 늘어놨다.

"잘하고 있어요. 그런데 이 장면에서 팔을 뻗을 땐 좀 더 절도 있게 확 치고 올라가 줘요. 이렇게……"

혜림은 차근차근 애종의 동작을 고쳐 줬다. 애종은 야무지게 따라했다. 홍연은 흐뭇한 미소로 그들을 봤다. 연습이 끝난 뒤 혜림은 부지런히 재봉틀을 돌렸다. 무대 의상을 손보기 위해서였다. 매혹적인 빛의 붉은 천이 조명을 받아 반짝거렸다.

"우와! 재봉질도 하세요?"

애종의 눈이 동그래졌다.

"잘은 못해요. 가끔 무대 의상 손봐야 해서 배워 뒀는데 손재주가 없어서 엉망이에요."

"지금 그거 자랑 같은데요?"

"눈치 챘어요?"

혜림은 홍연의 농담을 기분 좋게 받아쳤다. 사실 혜림이 지나치게 겸손한 부분은 있었다. 그녀가 만든 의상은 어지간한 의상실 옷보다 훨씬 독특하고 아름다웠기 때문이었다.

"하여간 우리 혜림 언니 데려갈 사람이 누군지 복도 많아요. 아 참! 임자가 있었지. 흐흐."

애종이 짓궂게 웃었다.

"가끔 각하 옷도 직접 만들어 주고 그러세요?"

신월이 끼어들어 물었다.

"아니요. 좋은 옷 많을 텐데요, 뭘."

혜림은 쑥스러운 마음에 대충 얼버무렸다.

"이렇게 남자 마음을 모르니까 이 미모에 여태 한 우물만 파시는 거 아닙니까? 입어서 맛이 아니라 정성이라니까요? 직접 만든 옷을 선물 받으면 얼마나 감동하시겠어요. 아, 나도 재주만 있으면 우리 오라버니 만들어 드리고 싶다."

결국 영수의 이야기로 빠져 버리고 말았지만 애종의 훈수는 꽤나 유용했다. 혜림의 속내에 민석을 위해 옷을 지어 보겠다는 결심이 섰으니 말이다.

그날 밤 혜림은 제 집에 들른 민석의 곁을 따라붙으며 셔츠를 벗어 달라 졸라 댔다.

"갑자기 왜 그래?"

민석은 모처럼 보는 혜림의 애교에 머쓱함을 드러냈다.

"치수 좀 재려고 그래."

"치수는 왜?"

"한 번쯤은 나도 해 보고 싶어서."

"뭘?"

"인형놀이."

혜림은 짓궂게 웃었다.

"뭐?"

"내 마음대로 당신 옷 좀 입혀 보고 싶다고."

그녀는 애종의 조언을 실천하기로 했다. 민석은 그런 혜림을 측은하게 봤다.

"그럼, 허락한 거다?"

혜림은 그의 셔츠 단추를 풀어 내렸다. 순간 민석의 손이 그녀의 손목을 잡아챘다.

"하지 마."

민석은 강하게 그녀를 저지했다. 그러나 이미 단추를 풀어낸 뒤였다. 혜림의 얼굴은 곧 참담함으로 물들었다. 셔츠 속으로 드러난 자상의 흔적 탓이었다. 아직 채 아물지 않은 상처에 그녀는 눈물을 보였다. 민석은 슬며시 제 셔츠를 여몄다.

"그러게 말 들으라니까……, 바보같이."

단추를 여미려는 민석의 품 속으로 혜림이 파고들었다. 그녀는 언제나처럼 따뜻했다.

"아파?"

"응."

"못됐어. 걱정하지 말라고 거짓말도 좀 하고 그래야 하는 거 아니야?"

그녀는 일부러 투정을 부렸다. 적어도 그와 함께하고 있는 동안만큼은 슬퍼하고 싶지 않았다. 우울함으로 소진하기에는 너무 아까운 시간이었다.

"너한텐 거짓말하기 싫어."

그는 그녀의 머리를 가만히 쓰다듬었다. 섬세한 그의 손가락이 그녀의 머리칼을 파고들었다.

"나, 이번 공연 끝나면 은퇴할 거야."

그녀는 뜻하지 않은 고백을 했다.

"뭐?"

민석은 놀라 그녀를 마주 봤다.

"은퇴하고…… 우리 아이, 가질 거야."

"혜림아!"

"나 그러고 싶어."

"안 돼!"

민석은 강경한 얼굴로 혜림의 양 어깨를 잡았다. 그녀는 예상했다는 얼굴로 빤히 그를 올려다봤다.

"이미 오래 전부터 해 왔던 얘기잖아! 난 싫다고! 이 땅에 매국노의 자식이 또 태어나는 거, 난 원치 않아."

민석의 목에 핏대가 섰다.

"당신이 바꾸면 되잖아! 당신이 벗어나면……."

"늦었어."

싸늘한 체념에 두 사람의 공기가 얼어붙었다. 어떤 반론도 허락하지 않을 것 같은 단호한 결론이었다.

"난 이미 너무 많은 사람을 희생시켜 왔고……, 죽여 왔고…… 앞으로도 그럴 거야."

"민석 씨……."

"게다가! 난 언제 죽을지 모르는 사람이야. 우리 아이가 아버지 없이…… 아니, 죽어서까지 매국노라는 이름으로 썩어 갈 그런 아버지를 두는 거 싫어."

"언제 죽을지 모르니까."

그녀의 싸늘한 시선이 셔츠 속 그의 상처에 닿았다.

"당신이 언제 사라질지 모르니까…… 그래서 갖고 싶다는 거야, 당신 아이가."

그녀는 결연했다. 절박함에 뿌리를 둔 결심이었다. 민석은 그런 그녀가 가여웠다.

"갑자기 네가 죽어 버리면…… 내가 살아야 할 이유가 아무것도 없잖아."

"그래서 기껏 생각해 낸 게 그거야?"

그녀의 뺨에 따뜻한 민석의 손가락이 닿았다. 이내 그의 손끝이 촉촉해졌다. 민석은 눈물의 온기를 거둬 내며 가만히 그녀의 양 볼을 감싸쥐었다. 혜림은 미소를 지으며 그를 올려다봤다. 화해의 의미였다. 그녀는 소파에 앉아 셔츠 속 그의 상처에 입을 맞췄다. 그 경건한 입술의 자취를 따라 갓 올라오기 시작한 새 살에는 열꽃이 피어올랐다. 치유의 온기였다. 민석은 그 야릇한 고통에 얕은 한숨을 뱉어 내며 혜림의 머리카락을 매만졌다.

"이제 안 아파?"

그녀가 그를 올려다봤다.

"아직 잘 모르겠는데?"

"깍쟁이……."

민석은 능청맞게 웃으며 곁에 앉았다. 그는 그녀의 손을 잡아 제 상처에 가져갔다. 부풀어 오른 살덩어리가 혜림의 손바닥에 닿았다. 혜림은 가만히 그의 복부를 쓰다듬었다. 그 익숙한 손길에 그의 불안이 서서히 녹아내렸다. 그 말랑말랑한 감정에 그가 제 입술을 그녀의 입술에 기대었다. 그러자 낯익은 온기와 숨결이 그의 입 속으로 밀려들어왔다. 민석은 그 살가운 기운을 놓치지 않으려 탐욕스럽게 그녀의 호흡을 집어삼켰다. 그러고는 섬세한 손길로 그녀의 옷자락을 가만히 풀어 냈다. 그리고는 수줍음에 달아나려는 그녀의 가는 어깨를 완력으로 잡아 세웠다. 목덜미를 파고드는 거친 호흡도 그녀를 제압하는 데 몫을 더했다. 결국 혜림은 달뜬 입술 사이로 항복 선언을 뱉어 내고는 그의 움직임에 운율을 맞췄다.

청아한 달빛이 커튼 사이로 스며들었다. 혜림의 보드라운 어깨에 은빛 가루가 흩뿌려졌다. 두 사람은 침대에 누워 나란히 머리를 맞댔다.

"이 땅이 영원히 해방되지 않는다면…… 우리는 행복할까?"

혜림은 민석의 품으로 파고들었다. 민석은 대답 대신 쓰게 웃었다.

"그럴 리가 없겠지?"

그녀 역시 쓸쓸히 웃었다.

"갑자기 왜 그런 말을 해?"

"그럼…… 해방이 되면…… 우리도 행복해질 수 있을까?"

해방. 꿈같은 단어였다. 민석은 한 번도 제 입에 올려 보지 못한 단어에 가슴이 벅차올랐다.

"해방이 되면…… 사람들의 품으로 조선이 돌아간다면……."

무겁게 입을 연 민석은 말문을 닫지 않고 머뭇거렸다. 잠시 동안 그는 조국의 자유와 함께 찾아올 제 삶을 꿈꿨다. 그러나 오래지 않아 그의 눈빛이 쓸쓸해졌다.

"조선은 날 내치고 벌하겠지. 당연히 그래야겠지."

14

무영은 제 숙소에 들었다. 여관과는 비교도 안 될 만큼 호사스러운 공간이었다. 무영은 피곤한 기색으로 재킷을 벗어 소파에 던졌다. 그러자 품 속에 있던 미유키의 편지가 바닥에 떨어졌다. 그는 조심스레 편지를 주워 들어 펼쳤다. 그는 마치 처음 보는 내용이기라도 하듯 다시 한 번 강렬한 충격에 휩싸였다.

이름, 이무영
고향, 평양
아버지, 이갑진
어머니, 박필녀
약혼녀, 김수진

편지의 시작은 한순간도 잊지 못했던 이름들로 채워져 있었다. 분노를 담은 무영의 손가락이 바들바들 떨려 왔다.

이갑진, 일본 단바 탄광으로 강제 징용
박필녀, 일본 방직 공장으로 강제 징용
김수진, 사망

"김수진…… 사망……."
무영은 수진의 이름을 쓰다듬으며 조용히 되뇌었다. 순간 걷잡을 수 없는 슬픔이 그의 속내에서 북받쳐 올랐다.
그는 충동을 누르지 않고 미유키에게로 향했다. 502호 앞에 선 무영은 한참을 망설였다. 그러다 그는 제 손을 들여다봤다. 방금 손가락으로 쓸어 올렸던 그리운 이름들의 자취가 남아 있었다. 잠시나마 가라앉았던 그의 슬픔이 다시 북받쳐 올랐다. 그는 조용히 문을 두들겼다.

「누구세요?」

안쪽에서 맑은 음성이 새어 나왔다. 무영은 잠시 머뭇거렸다. 자신을 누구라 밝혀야 할지 선뜻 떠오르지 않았다. 따져 보면 그들은 어떤 하나의 단어로 묶어 둘 수 있는 담백한 관계가 아니었다.

「누구세요?」

미유키는 다시 한 번 조심스레 물어 왔다. 그러다 여전히 반응이 없자 조용히 문을 열었다. 상대의 얼굴을 확인한 그녀의 얼굴에 부드러운 미소가 떠올랐다. 예상했다는 눈치였다. 무영은 여전히 망설임으로 굳어 서 있었다.

「들어와요.」

무영은 갈등했다. 안으로 들어서면 다시는 나올 수 없을 것만 같은 불안한 예감이 거세게 그의 발목을 잡아 세웠다. 복수심이라는 손아귀에 붙잡혀 제 몸을 불사를 것 같았다.

「누가 봐도 보기 좋은 장면은 아닌 것 같군요. 다른 사람들에게 광고할 생각이 아니라면 어서 들어와요.」

그녀가 옳았다. 두 사람의 만남은 어떤 의미에서건 긍정적인 모습은 아니었다. 무영은 마지못해 걸음을 옮겼다.

「한잔할래요?」

탁자 위에는 와인병과 잔이 놓여 있었다. 잔은 정확히 두 개였다. 무영이 올 때를 대비해 준비해 둔 모양이었다. 이미 한 잔에는 와인이 절반쯤 채워져 있었다.

「본론만 말하지.」

무영은 그 자리에 선 상태로 말했다. 미유키는 여유 있게 제 잔을 들고 소파에 몸을 묻었다.

「확실히 사람의 성격이란 쉽게 변하는 게 아니군요. 급한 건 여전하네요.」

「정말…… 찾아낸 거야?」

「그래요. 찾아냈어요. 그러니까 좀 앉지 그래요?」

「살아 계셔?」

미유키는 서늘하게 웃었다. 제 안에 움트는 죄책감을 지우기 위함이었다.

「살아 있냐고 묻잖아!」

거칠게 내지르는 소리와 함께 무영의 울대에 핏발이 섰다.

「최선을 다해 찾고 있어요. 현재까지 알아낸 건 애초에 조선에서 끌려가 일본 어느 지역으로 배속되었는지 정도예요.」

그녀는 태연하게 거짓말을 늘어놓았다. 무영은 혼란스러움에 소파 위로 스르륵 주저앉았다. 그의 손이 초조하게 떨려 왔다. 순간 미유키의 가느다란 손가락이 그의 손을 감싸 왔다. 무영은 놀라 그녀를 봤다. 그러자 미유키는 조용히 잔을 내밀었다.

「독이라도 탔을까 봐 그래요?」

무영은 말없이 그녀를 쏘아봤다.

「걱정 말아요. 동업자를 독살할 바보는 없으니까.」

무영은 술잔을 비웠다. 일종의 반발심이었다.

「나한테 원하는 게 뭐야?」

「이미 알고 있잖아요? 내 마음이 어떤 건지 먼저 깨우쳐 준 게 당신이니까.」

「나보고 그랬지? 다른 사람의 목숨을 거둬 얻을 수 있는 건 아무것도 없다고. 그건 당신도 마찬가지 아니야? 그 자식에게 복수한다고 얻을 수 있는 건 아무것도 없어.」

무영은 애써 그녀의 분노를 잠재우려 했다. 그녀를 멈춰 제 감정을 추스르기 위함이었다.

「당신도 뭔가를 얻기 위해 시작한 건 아니잖아요? 도저히 참을 수 없어서…… 너무 분해서…… 용서할 수 없어서…… 아니었나요?」

그녀의 검은 눈동자가 그의 심장을 파고들었다. 무영은 그녀 안에 잠재해 있던 모든 증오심의 봉인이 해제되었음을 느꼈다. 그녀가 옳았다. 그 역시 뭔가를 바라고 시작했던 일은 분명 아니었다. 무영은 반박하지 못했다.

돌이켜보면 무영 역시 미유키와 같았다. 지금까지 그를 끌고 온 복수라는 건 어차피 파멸을 향해 달려가는 여정에 불과했다. 그럼에도 굳이 그 길을 택했던 건 주체할 수 없는 억울함과 분노의 힘이 강했던 탓이었다. 심장이 짓이겨지는 아픔을 상대에게 되갚아 주어야겠다는 의지 하나로 버텨 온 세월이었다. 그러나 누구보다 그 복수의 허망함을 느끼고 있는 이 또한 무영 그 자신이었다. 그가 응징하겠노라 오랜 세월 칼을 겨눠 온 민석은 무영이 상상할 수 없는 질시와 고통을 감내하며 조선의 독립을 위해 일하는 자였다. 그 속내가 무엇이건 결과적으로 그는 복수의 대상이 아니었다. 만일 진실을 몰랐다면 무영은 엉뚱한 상대를 베어 버리고는 사랑하는 이들을 위해 제 몫을 다했노라 안도했을지도 모를 일이었다. 실로 우둔한 노릇이었다.

「더 이상 지킬 수 있는 게 없다면…… 해 볼 만하지 않아요? 복수라는 거.」

그가 그녀의 마음을 가늠하는 사이, 미유키는 사각거리는 목소리로 협력자가 될 것을 청해 왔다. 그때 갑자기 무영은 벌떡 일어섰다.

「아직은…… 아직은 있을지도 모르지.」

「뭐가요?」

「내가 지켜야 할 사람들.」

순간 무영은 생사의 고락을 함께해 온 한일단 식구들을 떠올렸다. 무심한 세월이었다 하나 함께한 그들이 겪어 온 여정들은 가족 이상의 끈끈함을 만들어 내기에 충분했다. 지금 미유키의 손을 잡는다는 건 그들 모두를 등지는 일이었다. 생각이 거기에 미치자 무영은 한시도 그곳에서 지체할 수 없었다. 빨리 그곳을 빠져나가야 할 것 같았다.

「생각이 바뀌면 언제든지 와요. 당신 부모님을…… 찾고 싶다면요.」

마지막 유혹을 뒤로 하고 무영은 문을 닫았다. 그는 허리를 숙여 제 가슴을 부여잡았다. 갑작스레 심장이 뻐근해졌다. 사실 뿌리치기에는 너무나 달콤한 제안이었다. 부모님의 흔적을 찾고 제 복수를 이룰 수 있는 절호의 기회였다. 그러나 차마 받아들일 수 없었다.

그렇게 민석을 축으로 두 사람의 이해관계는 어긋났다. 한 사람은 그를 위해 칼을 갈고, 다른 이는 그를 위해 방패를 세웠다. 어제의 적과 동지가 뒤바뀌는 순간이었다.

하지만 이는 그저 이성의 선택일 뿐이었다. 무영은 활화산처럼 타오르는 복수에의 미련에 홀로 술을 마셨다. 반도 호텔 내에 있는 바에서였다. 언제부턴가 그는 제어하지 못하는 제 감정을 술로 다스렸다. 맨정신으로 견디기에는 너무나 잔혹한 세월이었다. 그는 연거푸 술잔을 비웠다. 그의 눈가에 술기운이 올랐다.

"최승민, 한길주, 박영수, 이수찬, 빌어먹을 새끼들……. 네깟 놈들이 뭐라고. 너희가…… 뭐라고……."

무영은 다시 술을 따랐다. 그러나 아무리 잔을 채워도 제 안에 스민 찬바람을 잠재우기에는 역부족이었다. 그는 자책감에 괴로워했다. 부모의 생사조차 가늠하지 못하는 무능함과 복수라는 미명하에 흔들리는 얄팍한 대의명분이 그를 짓눌렀다. 무영은 그 무게에서 도망치기 위해 쉼 없이 술을 털어 넣었다. 그러자 신기하게도 다른 이름은 모두 사라진 채 하나의 이름만이 떠올랐다.

정민석……, 미친 새끼…….

그는 민석에 대한 증오심이 죽지 않았음을 새삼스레 깨달았다. 처음에는 그저 상징적인 악인에 불과했다. 하지만 지금은 달랐다. 그는 자신을 무력하게 만들고 있었다. 제 모두를 던진 복수도, 젊음을 바친 독립운동도 한순간 하찮은 존재로 전락시키고 있었다. 그런데도 세상은 언제나 그의 편이었다. 일본인들도, 조선인들도 모두 그에게 허리를 굽혔다. 심지어는 한일단 조차 그랬다. 세상이 미친 것 같았다.

그제야 무영은 미유키를 떠올렸다. 그녀는 민석의 편에 서지 않은 유일한 사람이었다. 기실 세상천지가 정민석의 적이라고는 하나 무영의 기준에선 의미 없는 노릇이었다. 일말의 타격도 주지 못할 자들이라면 적이건 무엇이건 관계없었다. 하지만 미유키는 달랐다. 그녀는 그 존재만으로도 충분히 영향력이 있었다. 정치적으로는 일본 화족이었고, 사적으로는 민석의 아내였다. 어느 쪽으로건 민석을 공략하기에는 최적의 조건을 갖춘 셈이었다. 더군다나 무영은 줄곧 그녀를 연민해 왔던 참이었다. 일본인이라거나 권력자라는 수식어를 덜어 내고 나면 그녀는 참으로 가엾은 여자였다. 게다가 그녀는 이따금 느껴지는 설렘에 가책을 느낄 만큼 몹시 아름다운 사람이었다. 우아한 여자였다. 여자. 그래, 여자였다.

무영은 새삼스레 미유키의 매무새를 떠올렸다. 달빛처럼 단아한 이마로부터 시작된 그의 여정은 우아하게 뻗어 내린 눈썹을 지나 영민한 눈망울에서 멈춰졌다. 무영은 문득 수만 가지 감정을 걸러 내는 그녀의 칠흑 같은 눈동자가 그리웠다. 속내를 알 수 없는 검은 눈동자 속에 담긴 그녀의 자아가 궁금해졌다. 그러다 이내 고개를 돌렸다. 미친 짓이었다. 그는 머릿속에 도는 상념을 지워 내기 위해 다시 술을 비웠다.

그러나 오래지 않아 그녀의 청아한 눈매가 다시 그의 가슴속에 똬리를 틀었다. 이상하리만치 잔상이 오래 남는 눈동자였다. 무영은 그 눈길에서 달아나려 애썼다. 그러자 그의 상상은 다시 단정하게 솟은 그녀의 콧날을 지나 도톰한 입술에 안착했다. 그가 기억하는 그녀의 마지막 입술은 붉었다. 훔쳐 내고 싶은 그 매혹적인 선홍빛에 무영은 문득 극심한 갈증을 느꼈다. 생각이 거기에 미치자 무영은 더 이상 그 자리에 앉아 있을 수가 없었다. 지금 당장 그녀를 만나야 했다. 그는 비틀거리며 걸었다. 엘리베이터에 탄 그는 한참 동안 버튼도 누르지 않은 채 빈 공간에 서 있었다. 잠시 후 문이 열리고 젊은 남자가 들어섰다. 무영은 비척거리며 다시 밖으로 나왔다. 그는 발끝을 보며 계단에 올랐다. 똑같이 반복되는 계단에 구역감이 치밀었다. 그러나 그는 포기하지 않았다. 머릿속에 '502'라는 숫자가 자꾸만 맴돌았다. 미유키가 머물고 있는 숙소의 번호였다. 그는 간신히 그녀의 방문 앞에 다다랐다. 그는 묵직한 몸을 벽에 기댄 채 주저함 없이 문을 두드렸다. 문이 열리자 분내가 훅 밀려왔다. 이제 막 목욕을 마친 미유키는 얇은 가운 차림이었다. 달콤한 그녀의 체취가 은은하게 풍겨 왔다. 무영은 저도 모르게 그녀를 외면했다.

「생각이 바뀐 것 같군요. 기다리고 있었어요.」

그녀는 침착하게 그를 안으로 이끌었다. 무영은 여전히 미유키를 똑바로 보지 못했다. 그러자 그녀는 매혹적으로 웃으며 그와 마주 섰다. 취기에 젖은 그의 눈이 그녀를 훑어갔다.

「내가 뭘 하면 되는 거지?」

「원하는 건 다 해 줄 건가요?」

「내가 바라는 것과 같다면.」

선선한 대답이었다.

「입 맞춰 줄래요?」

도발적인 물음에 무영은 당황했다.

「싫어요?」

미유키는 그에게 한 발 다가갔다. 다분히 유혹적인 자태였다. 무영은 그런 그녀를 강하게 뿌리쳤다. 제 안에 끓어오르는 욕망에 대한 강한 반작용이었다. 그러나 그녀는 조금도 흔들리지 않는 눈치였다. 미유키의 부드러운 입술이 그의 뺨에 닿았다. 무영은 놀라 그녀를 밀쳤다.

「미쳤군.」

「난 지금 완벽하게 믿을 수 있는 사람이 필요해요. 그러니까…… 증거를 보여요.」

무영은 그 가당치도 않은 말이 그녀의 진심이라는 걸 알았다. 그는 새삼 미유키가 측은해졌다. 그녀가 받았을 많은 학습 중에 마음을 주고받는 일만은 이뤄지지 않았음이 분명했다. 적어도 피붙이에게라도 온전히 애정을 받아 본 자라면 이런 식으로는 누구의 마음도 얻어 낼 수 없다는 사실을 알고 있어야 할 테니 말이다. 그러나 그와는 무관하게 무영의 마음에는 이제까지 감지하지 못했던 격한 감정의 파도가 일렁이고 있었다. 그녀의 입술이 스친 자리마다 발갛게 열꽃이 피어올랐다. 무영은 어지럽게 뒤엉킨 제 감정의 정체를 가늠하지 못해 혼란을 느꼈다. 그러나 한 가지 분명한 것은 지금의 감정에는 복수나 연민 같은 불순물이 끼어 있지 않다는 사실이었다. 지금은 그저 온전히 그녀의 편이 되어 주고 싶을 뿐이었다.

「당신은 내가 생각했던 것보다 더 가엾은 사람이군. 이런 식으로는 누구의 마음도 얻을 수 없어.」

「언젠가 그랬죠? 평생 눈길 한 번 안 줄 사람 마음 잡겠다고 애쓰지 말라고. 그래서 다르게 살아 보려는 거예요. 당신 말처럼…… 누군가의 증오를 견뎌 가며 지키고 싶은 사람을…… 찾고 싶어서.」

「그게…… 나라는 거야?」

「그래요.」

「왜…… 왜 나지?」

「날 일본인이 아니라 그냥 사람으로 봐 준 건 당신뿐이니까요.」

무영은 정신이 아득해졌다. 가늠할 수 없는 슬픔이 한꺼번에 그의 가슴 속으로 스며들었다. 그녀는 그저 절 사람으로 봐 줄 이 한 명에게 모든 걸 내던질 만큼 절박하게 외로웠다 했다. 그 담담한 절규가 겨우 누르고 있던 무영의 본능을 해제했다. 무영은 자기도 모르게 손을 뻗었다. 그녀의 눈물을 닦아 주기 위해서였다. 그녀의 투명한 뺨 위로 그의 굳은살이 스쳤다. 미유키는 가늘게 어깨를 떨었다. 평생을 두고 잊지 못할 잔상이 그녀의 세포 하나하나 속에 각인되고 있었다.

「그 누군가가…… 당신일 순 없는 건가요?」

여문 입술이 수줍은 고백을 전했다. 무영은 그 정갈한 음성을 통째로 삼켜 버리고 싶다 생각했다. 그러나 무영은 굳세게 마지막 이성을 거머쥐며 버텼다.

김수진.

하얗게 바래어 가는 의식 너머로 가련한 그 아이의 이름이 떠올랐다. 그러자 극한의 공포와 치욕감에 죽어 가던 비참한 그녀의 최후가 그의 목을 옥죄었다. 틀린 노릇이었다. 어찌 되어도 미유키는 그에게 여자가 될 수 없었다. 아니, 그래서는 절대로 안 되었다.

"내가 좀 더 참을성 있는 사람이면 좋겠어. 당신을…… 여자로 품지 않게."

무영은 실낱같은 이성의 끈을 놓으며 진심을 토해 냈다. 마지막 항거였다. 무영은 새삼 자신이 단단하지 않은 사내임을 깨달았다. 만일 그에게 민석과 같은 자제심이 있었다면 처음 이 방에 들어왔을 때의 목적 외에는 아무것도 생각하지 않았을 터였다. 아니, 실은 이 방에 들어온 순간부터 그녀에게서 얻어 낼 수 있는 이익 같은 것은 그와 무관한 상태였다는 것이 옳았다. 어쨌거나 무영도 알고 있었다. 이 여자를 품는 순간, 모든 것이 엉망이 되어 버릴 거란 사실을 말이다. 적국의 귀족에게 마음을 빼앗긴 독립군, 동료의 아내를 취한 사내. 그것이 그가 짊어져야 할 비난의 무게가 될 터였다.

하지만 그의 복잡한 속내와는 상관없이 미유키의 심장은 이제껏 한 번도 느껴 보지 못했던 강한 설렘으로 뻐근한 기지개를 켜고 있었다. 그 사이 미유키는 초승달같이 저문 눈으로 기쁘게 웃었다. 그가 뱉은 마지막 말의 의미를 읽어 낸 까닭이었다. 그 바람에 그녀의 눈가에 고여 있던 눈물이 왈칵 쏟아졌다. 미유키는 진심으로 슬펐다. 눈앞이 흐려져 무영의 모습을 제대로 담아 둘 수 없었다. 미유키는 흐릿한 형상을 향해 가만히 손을 뻗었다. 그러자 깔끄러운 그의 턱 선이 그녀의 촉수를 건드렸다.

「당신이 날…… 여자로 봐 줬으면 좋겠어요.」

매혹적인 언어를 등에 업고 그녀가 그의 품 안으로 파고들었다. 여인의 살 내음이 꾹꾹 누르고 있던 무영의 남자를 일깨웠다. 그 자극적인 마법에 무영을 괴롭혀 온 가책의 족쇄가 끊어졌다. 무영은 주저함 없이 그녀의 허리를 끌어안고 입을 맞췄다. 그녀의 입술이 독한 취기로 얼룩졌다. 미유키는 제가 술을 마신 양 정신이 혼미해졌다. 그 사이 그의 손길이 그녀의 부드러운 속살을 파고들었다. 미유키는 제 세포가 지닌 잔상 하나하나에 도취됐다. 투박한 손길, 거친 호흡 하나까지도 모두 그녀의 것이었다. 타인의 사랑을 훔쳐 내던 슬픈 기억과는 이제 안녕이었다.

취기와 정염에 젖은 밤은 삽시간에 지나갔다. 밤하늘을 지키던 달덩이의 찬 기운이 무색하게 발그레한 미유키의 두 뺨에는 따뜻한 온기가 돌았다. 무영이 잠든 사이 미유키는 완만한 그의 가슴에 얼굴을 묻고 그의 심장 소리를 들었다. 규칙적으로 반복되는 무영의 심박동은 자장가처럼 미유키를 얼렀다. 미유키는 모처럼 달고 긴 꿈을 꿨다.

미유키가 잠든 지 서너 시간 후, 하늘에는 태양이 흘깃 고개를 내밀었다. 잠든 무영의 얼굴에도 밝은 햇살이 쏟아졌다. 그 바람에 잠에서 깬 무영은 눈살을 찌푸리며 얼굴을 가리려 팔을 들어올렸다. 하지만 뜻대로 움직여지지 않았다. 처음에는 취기 때문이라 여겼다. 그러나 오산이었다. 그는 낯선 천장을 마주하고서야 이성을 되찾았다. 제 품 속에 잠든 미유키를 발견한 것이었다. 살포시 눈을 감은 그녀의 민낯은 더없이 평화로웠다. 무영은 당혹감을 느끼며 저도 모르게 벌떡 몸을 일으켰다. 그 바람에 미유키의 고개가 풀썩 침대 위로 떨어졌다. 하지만 그녀의 평온함은 깨지지 않았다. 무영은 망연히 주위를 돌아봤다. 흩어진 와인잔과 벗어던진 옷가지에 그의 정신이 맑아졌다. 그는 서둘러 몸을 추스르며 밖으로 나섰다. 무영은 빠른 걸음으로 복도를 벗어났다. 그는 구불구불한 복도에서 멀미를 느꼈다. 점점 두통이 느껴져 연신 손으로 머리를 짚었다.

믿기지 않는 현실에 그의 입술이 발발 떨렸다. 한갓 연민으로 시작된 인연이었다. 그냥 마음이 쓰이는 것뿐이었다. 결코 사랑 따위는 아니었다. 그러다 무영은 제 입속에 도는 '사랑'이라는 단어에 헛웃음을 쳤다. 사랑이라니. 그럴 리가 없었다. 삶의 모든 행복을 앗아 간 일본, 그 더러운 땅에서 온 여자를, 미치지 않고서야 그럴 리가 없었다.

"미친 놈……."

무영은 스스로에게 욕설을 퍼부었다. 그리고 그제야 제 마음속에 미유키가 여자로 들어와 있음을 깨달았다. 무영은 북받치는 죄책감에 어깨를 떨었다. 계단을 내려서던 그는 마음을 다잡으려 거울 앞에 섰다. 비겁한 사내가 퀭한 눈길로 마주 서 있었다. 그는 자책했다. 의리도 대의도 지켜 내지 못한 부끄러운 제 자신을 끝없이 원망했다. 그러나 약속까지 어기는 무능한 사람이 되고 싶지는 않았다. 무영에게는 이미 예정된 아침이 있었다.

그는 우선 주어진 일을 먼저 해결해야겠다고 생각했다. 그런 까닭에 정신을 수습하며 제 차림새를 매만졌다. 무거운 심호흡과 함께였다.

"스미스 교수는 체크인 되어 있습니까?"

무영은 침착하게 용건을 확인했다. 조금 전의 당혹감을 완전히 지워 낸 모습이었다.

"네. 입실하셨습니다."

서류를 확인하던 직원이 대답했다.

"전화 연결 부탁드리겠습니다."

정중한 말투였다.

"어느 분이시라고 전해 드릴까요?"

"제이콥이 1층 커피숍에서 기다리고 있다고 전해 주십시오."

"알겠습니다."

직원은 별다른 의심 없이 그의 요청에 따랐다. 무영은 커피숍으로 걸음을 옮겼다.

스미스는 10여 분이 지나서야 모습을 드러냈다. 낯선 서양인의 걸음에 사람들의 시선이 모여들었다. 무영은 제 품 속에 있던 스미스의 사진과 대조해 봤다. 분명하게 일치했다. 무영은 먼저 그에게 다가가 악수를 청했다.

"당신은 제이콥이 아니군요?"

그는 한국말에 능숙했다. 무영은 오히려 그런 그의 모습이 생경했다. 스미스는 난처한 표정이었다. 무영은 말없이 편지를 건넸다. 밀랍 봉인이 야무지게 마무리된 편지였다.

"제이콥이 보낸 겁니까?"

무영은 고개를 끄덕였다. 만남은 그것으로 끝이었다. 무영은 말없이 자리를 떠났다. 황망한 스미스의 시선이 편지로 옮겨졌다. 그 사이 구석에서 신문으로 얼굴을 가리고 있던 하야토가 모습을 드러냈다. 그는 무영의 뒷모습과 스미스의 얼굴을 번갈아 살폈다.

무영은 서둘러 엘리베이터 앞에 섰다. 그는 초조했다. 마음속에는 온통 빨리 짐을 챙겨 그곳을 벗어나고 싶은 생각밖에 없었다. 잠시 후 엘리베이터 문이 열렸다. 그러자 화려한 기모노 차림의 미유키가 눈앞에 나타났다. 무영은 묵묵히 그녀를 스쳐 지났다.

「그거 알아요? 몸을 나눠 보면 상대의 마음을 알 수 있다는 거.」

무서울 만치 차분한 목소리였다. 무영은 흠칫하며 그녀를 돌아봤다.

「그래서 알게 됐어요. 앞으로 당신은 결코 날 배신하지 않을 거라는걸.」

그녀는 자신만만한 얼굴로 웃고 있었다. 한 치의 의심도 품지 않은 표정이었다. 무영 역시 부정하지 못했다. 그렇게 두 사람은 온전한 한편이 되었다.

15

영수는 막바지 작업 관리에 나섰다. 평양으로 떠나기 전에 경성 쪽의 일을 정리하고자 함이었다. 그는 뭐가 재미있는지 노인들과 농을 주고받으며 낄낄거렸다. 명철은 범상치 않은 눈길로 그런 영수를 살폈다. 총기 관리에 분주하던 인호는 그런 명철을 수상쩍게 봤다.

"웬일로 형답지 않게 농땡이야? 그건 내 전문인데?"

인호가 그의 어깨를 툭 쳤다.

"그 이무영이란 사람 말이야, 좀 이상하지 않아?"

명철이 조심스레 입을 열었다.

"새삼스럽게. 그 형씨가 이상한 게 하루 이틀인가?"

인호는 심드렁했다.

"이무영이 누구랑 친하지?"

명철은 머릿속에 엉킨 생각을 정리하려 애썼다.

"뭐, 그 상해에서 왔다는 칙칙한 남자…… 아, 그래! 한길주하고, 그 옆에 졸졸 붙어 다니는 최승민이란 애하고도 친하지. 뭐, 요즘 보면 영수 형도 무지 잘해 주는 것 같던데. 갑자기 이무영은 왜?"

인호는 의아한 표정이었다.

"아무것도 아니야."

명철은 입을 꾹 다물며 다시 손을 놀렸다.

"하여간 요즘은 비밀 없는 사람이 없어. 가만 보면 영수 형도 뻑 하면 작업실 문 걸어 잠그고 뭔가 하더니만."

인호가 투덜거렸다. 그러자 명철이 바짝 다가앉았다.

"문을 걸어 잠가?"

"그렇다니까! 어디서 야한 사진이라도 구해다 보는 건지……."

"악!"

명철은 골똘히 생각하다 비명을 질렀다. 넋 놓고 있다 발등에 떨어뜨린 연장 때문이었다.

"형! 괜찮아? 어디 좀 봐!"

인호는 놀라 명철을 살폈다. 발등에 피가 흥건했다.

"무슨 일이야? 아, 피잖아? 어떻게 된 거야, 형! 당장 일어나, 병원부터 가자!"

비명 소리에 놀란 영수가 달려왔다.

"괜찮아. 좀 싸매면 되겠지."

명철은 얼떨떨했다.

"아, 괜찮긴 뭐가 괜찮아. 미련하게. 당장 같이 가자니까!"

영수가 재촉했다.

"거 형, 못 이기는 척하고 병원 좀 가 줘. 영수 형 요즘 그 의사 선생 꼬랑지 따라다니는 데 재미 붙인 거 같으니까."

인호는 그 와중에도 영수를 놀려 댔다.

"이게, 이게, 또 기어오르지!"

영수는 습관처럼 인호의 뒤통수를 쳤다.

"아, 아파! 아, 왜 만날 머리를 때려?"

인호는 아프지도 않은 머리를 연신 비벼 댔다.

영수와 명철은 시내를 걸었다. 택시나 인력거를 타기에는 제법 가까운 거리였기 때문이었다. 명철은 절뚝이며 걸었다. 하지만 발의 고통은 안중에도 없었다. 그는 심각하게 영수의 옆얼굴을 봤다. 태평스러운 표정이었다.

"너 요즘 좀 이상한 거 알아?"

"내가? 뭐가?"

"글쎄. 딱 집어 뭐라고 하긴 그렇지만…… 뭔가 바쁘고, 비밀스럽고……. 게다가 전에 안 어울리던 사람들하고도 막 어울리잖아. 이무영 패거리야 그렇다 치고, 그 중추원 샌님하고도……."

명철은 어설프게 그의 속내를 떠봤다. 영수의 얼굴에 삽시간에 그늘이 졌다.

"결국 형도 눈치 챈 거야?"

그가 무겁게 입을 열었다. 명철은 심장이 덜컹 내려앉았다. 영수는 한숨을 내쉬었다.

"그래……, 형한테는 진즉 털어놨어야 할지도 모르지. 사실 나……."

그는 망설임에 말끝을 흐렸다. 명철은 긴장하며 침을 꿀꺽 삼켰다.

"연애 세포가 다 죽었나 봐."

"……뭐?"

명철은 황당함에 입을 딱 벌렸다.

"요즘 계집애들이 반질반질한 놈만 좋아하는지, 어떻게 된 게 이수찬 같은 샌님만 좋아해요."

영수는 나름대로 심각했다. 명철은 어이가 없어 헛웃음만 쳤다.

"그래서 내가 자존심은 상하지만 이수찬한테 과외 좀 제대로 받고 있지.

아, 근데 그게 도대체 적성에 안 맞아서 말이야. 하는 말마다 왜 그렇게 근지러? 아주 말하다 보면 몸에 벌레가 기어다니는 것처럼 스멀스멀하다니까?"

명철은 영수를 빤히 봤다. 그는 여전히 쾌활했다. 명철은 그의 속내가 무엇인지 가늠하기 어려웠다.

그러는 사이 두 사람은 병원에 다다랐다. 영수는 빠른 순번인 다른 의사를 마다하고 굳이 지은의 진료실을 찾았다. 속이 뻔히 드러나는 상황이었다.

"타박상은 좀 심하지만 뼈가 다치거나 한 건 아니니까 너무 걱정하지 마세요."

영수는 공연히 그녀의 곁을 맴돌며 헤벌쭉 웃었다. 지은 역시 그런 그가 싫지 않으면서도 애써 새침한 기색을 보였다.

"치료 끝났으니까 나가 봐요."

명철은 느리적거리며 일어섰다. 아직 통증이 남아 있었다.

"형, 미안한데 밖에서 조금만 기다릴래?"

영수는 평소답지 않게 정중히 부탁했다.

"그래, 알았다."

명철은 눈치껏 자리를 피했다.

"나 좀 바쁜데? 오늘은 뭔데? 헛소리 빼고 본론만 말해."

지은은 괜히 퉁명스레 굴었다. 내심 그를 반기는 스스로가 민망해서였다.

"그래, 알았다. 미안해, 윤지은."

영수는 제법 심각한 얼굴이었다.

"뭐야, 또. 갑자기 정색을 하고."

뜻하지 않은 진지함에 지은은 당황했다.

"진짜 미안한데, 나 널 좀 좋아해야겠다."

담백한 고백이었다.

"……뭐?"

"그러니까 너도 날 좀 좋아하도록 노력해 봐."

지은은 멍한 눈으로 그를 봤다. 미동도 없는 그녀의 눈길에 영수는 민망함을 느꼈다.

"아, 진짜 창피해서 미치겠네. 나 간다."

영수는 후다닥 진료실 밖으로 뛰어나갔다.

"나 참, 그것도 고백이라고."

홀로 남은 지은은 괜히 구시렁거렸다. 하지만 이미 양 볼은 발갛게 상기되어 있었다.

영수가 어설픈 고백을 감행하는 사이 명철은 복도를 돌아다니며 서성이고 있었다. 그러다 그는 열린 병실 문틈에서 새어 나오는 이야기에 귀를 기울였다.

「그러니까 1535가 한일단 표식이란 말이야?」

명철은 '1535'라는 말에 흠칫 놀랐다. 그는 벽에 바짝 붙어 대화를 엿들었다.

「그렇다니까? 하여간 경무국장이 이번엔 단단히 벼르는 모양이야. 그 자식들 꼭 잡아내겠다고.」

순사들은 저희끼리 두런거렸다.

「근데 한일단이 정확히 뭐 하는 놈들인데 그 난리야?」

침상에 누워 있던 순사가 물었다. 신의주에서 피습을 당했던 문제의 순사였다.

「독립군 놈들이 다 거기서 거기겠지, 뭐..」

'독립군'이라는 세 글자에 명철의 뇌가 얼어붙었다. 상상도 못했던 일이었다.

"독립…… 군? 독립군이었다고? 네가?"

명철은 충격에 저 혼자 중얼대며 뒷걸음쳤다. 그러다 그의 어깨가 어딘가에 부딪혔다. 그는 놀라 뒤를 돌아봤다. 야비한 웃음을 짓고 서 있는 나카무라가 보였다. 그는 완벽하게 갖춘 제복 차림이었다. 명철은 머릿속이 하얘졌다.

「독립군? 누가 독립군이라는 건가?」

그는 고압적으로 다가서며 비죽 웃었다. 명철은 사방을 둘러봤다. 도주할 곳을 찾기 위함이었다. 그러나 사방에서 순사들이 그를 조여 왔다. 명철은 다리에 힘이 풀려 스르륵 주저앉았다.

16

「그게 사실인가?」

마모루는 모처럼 흡족한 표정이었다.

「그렇습니다. 분명 순사들의 이야기를 듣고 나서 혼자 중얼거리더군요. 네가 독립군이었냐고.」

나카무라는 의기양양했다.

「안에서 나눈 이야기는 뭐라고 하던가?」

「한일단 이야기였다고 합니다. 암호문 1535에 관한 이야기 말이죠.」

마모루는 득의에 찬 미소를 지었다. 확실히 나카무라는 스즈키에 비해 영민했다. 그는 민석이 스즈키를 해임한 일이 오히려 전화위복이 되었다고 생각했다. 결국은 민석 스스로가 무덤을 판 격이 되었다.

마모루는 나카무라를 앞세워 직접 고문실로 향했다. 수년 동안 눈에 불을 켜고 한일단의 흔적을 찾아왔던 그였다. 이번만큼은 어떻게 해서든 실토를 받아 내 끝장을 보고 싶었다. 마모루는 왈칵 소리와 함께 거칠게 문을 열어젖혔다. 일종의 기선 제압이었다. 고문실 안은 칠흑같이 어두웠다. 일부러 조명을 모두 꺼 둔 탓이었다. 아니나 다를까 그것은 명철에게 주효했다. 명철은 겁에 질려 이미 제정신이 아니었다. 가뜩이나 웅크리고 있던 마른 몸이 자꾸만 안으로 파고들어갔다. 마모루는 그런 그를 보며 싱긋 웃었다.

「나리! 저는 아무 죄도 없습니다. 제발 믿어 주세요.」

명철은 실낱같은 용기를 모두 끌어 모아 사정했다. 마모루는 말없이 그런 명철을 발로 걷어찼다. 상대는 맥없이 나가떨어졌다. 쉼 없는 군홧발이 명철의 몸에 쏟아졌다. 명철은 비명과 함께 피범벅이 됐다.

「죄가 있고 없고는 내가 결정한다.」

마모루는 제 신발을 툭툭 털었다. 명철은 언제 그 손가락이 제 뺨을 휘갈길지 모른다는 공포에 휩싸였다.

「지금부터 내가 하는 질문에 대한 답이 시원치 않다면 그 순간부터 너는 죄인이 되는 거야.」

명철의 앙상한 몸이 사시나무처럼 떨렸다. 마모루는 연극이라도 하듯 저 혼자 소리 높여 독백했다.

「죄인에 대한 처벌은 어떤 게 좋을까? 강제 징용? 사살? 그런 건 너무 싱겁겠지?」

마모루는 명철의 턱을 들어올려 시선을 맞췄다. 사냥감을 앞에 둔 맹수의 눈빛이 명철을 조롱하고 있었다.

「그래! 생체 실험이 좋겠군. 이렇게 비천한 몸뚱이라도 하나 둘 해체하고 나면 천황 폐하를 위해 영광되게 쓰일 테지.」

그는 눈 하나 깜짝하지 않고 어쩌면 명철의 미래가 될지도 모르는 참극에 대해 늘어놓았다. 제 몸이 해체될지도 모른다는 무시무시한 가설에 명철은 완전히 이성을 잃었다.

「나리! 제발 살려 주십시오……. 저한테는 동생이 다섯이나 있습니다. 제발, 제발…….」

그는 소리 내어 엉엉 울었다. 바닥에 엎드린 그의 몸뚱이가 일그러졌다. 이미 그의 몸 속에는 뼈 마디마디가 분해되는 극한의 공포가 들어차 있었다. 오장육부는 이미 잔뜩 졸아붙었다. 명철은 할 수 있는 모든 방법을 동원해 읍소했다. 그는 쉼 없이 빌고 머리를 조아렸다. 그들이 시키는 대로 마모루의 신발을 핥기도 했다. 살고자 하는 본능이 처참하게 바닥을 뒹굴고 있었다. 마모루는 흡족한 얼굴로 비죽 웃었다.

「그래, 이제 제대로 대화할 준비가 된 것 같군. 네가 아는 걸 말해 봐. 하나도 숨기지 말고 당장.」

명철은 남아 있는 의식을 모두 끌어 모아 자신이 보고 들은 일을 고해바쳤다. 그러나 영수에 대해서는 입에 올리지 않았다. 부모처럼 자신을 거둬준 종호에게만은 해를 끼치고 싶지 않았던 탓이었다. 그럼에도 그의 고백은 마모루에게 있어 매우 흡족한 것들이었다. 덕분에 영수에 대해 함구한 일은 그다지 문제가 되지 않았다. 다행한 일이었다.

「한길주, 최승민, 그리고…… 이무영이라고?」

마모루는 독사 같은 눈을 희번덕거렸다. 일종의 확인 작업이었다.

「네…….」

명철은 가책으로 울먹였다. 딱히 친분이 있는 이들은 아니었으나 한솥밥을 먹은 세월이 양심에 앙금으로 남았다. 더군다나 그들은 제 몸을 사리지 않고 나라를 구하려는 이들이었다. 자신은 지금 그런 이들을 팔아먹고 있었다.

「이무영이라……. 이무영이란 말이지.」

순간 마모루는 미친 듯이 폭소했다. 민석의 꼬투리를 잡았다는 생각에서였다. 쩌렁쩌렁 울려 퍼지는 웃음소리에 살기가 일었다. 괴기스러운 포효였다. 명철은 공포에 젖은 눈으로 상대를 올려다봤다. 그 가련한 시선에 마모루는 겨우 웃음을 거두었다.

「아, 미안, 미안. 재미있는 일이 생각나서 말이야. 그래서, 정말 수상한 자가 세 사람뿐인가?」

마모루는 다시 명철을 압박했다.

「제가 어떻게 감히 지금 거짓을 말하겠습니까? 제발 믿어 주십시오.」

명철은 울음을 쏟아 내며 마모루의 발아래 엎드렸다. 퉁퉁 부어 제대로 움직이지 않는 입술에서는 마른 통곡 소리가 새어 나왔다.

「정말 경성 대장간은 아무 관련이 없나?」

본전을 단단히 챙긴 마모루가 매섭게 몰아쳤다. 바닥까지 탈탈 털어 보려는 심산이었다.

「물론입니다. 어떻게 그런 일이 있을 수 있겠습니까? 경성 대장간은 선대 어르신 때부터 제국에 충성을 다해 온 집안입니다. 믿어 주십시오.」

명철은 울며 매달렸다. 혹여 경성 대장간까지 휩쓸린다면 제 몸이 부서지는 한이 있더라도 버텨 볼 생각이었다.

「좋아. 일단은 믿어 주지. 그 뒤는 그놈들을 잡다 캐면 될 테니까. 네놈은 돌아가서 조사를 좀 해 줘야겠어.」

「무슨……?」

명철은 맥없는 눈으로 되물었다.

「멍청한 조센징! 말귀를 못 알아듣나? 우리 쪽 정보원이 되란 말이다!」

명철은 제 앞에 놓인 상황이 믿기지 않아 멍해졌다. 그 사이 마모루는 나카무라에게 이런저런 지시를 늘어놓았다.

「이놈은 당장 치료부터 해. 멀쩡한 얼굴로 보내야 의심을 안 할 테니까. 그리고 당장 경성 대장간에 순사 배치하고 24시간 감시하도록 해. 한길주, 최승민에 대한 조서를 작성해서 보고하는 것도 잊지 말고.」

「이무영은 어떻게 할까요?」

나카무라는 야무지게 임무를 확인했다.

「그쪽은 건드리지 마. 좀 더 움직이게 놔둬 보자고. 어느 쪽 편인지 확실히 알아야겠으니까. 미유키 쪽인지, 아니면 정민석 쪽인지…….」

17

「외국인을 만났다고?」

미유키의 속눈썹이 바짝 치켜 올라갔다. 뜻하지 않은 하야토의 보고에 의아한 기색이었다.

「네.」

「이름은 들었어?」

「죄송합니다. 거리가 좀 있어서 듣지 못했습니다.」

「그래? 뭐 특별한 건 없고?」

「밀랍 봉인이 된 편지를 건넸고 이렇다 할 대화는 없었습니다.」

「알았어. 나가 봐.」

미유키의 속눈썹이 차분히 내려앉았다.

「어떻게 하실 겁니까?」

하야토는 앞으로의 계획을 물었다.

「이제 별다른 지시가 있기 전까지 이무영을 감시하는 일은 그만둬.」

확신에 찬 목소리였다. 자신을 향한 무영의 속내를 확인한 직후부터 미유키는 어쩐지 강인해졌다. 미유키는 제 몸 구석구석에 스며든 무영의 온기를 기억했다. 그것은 분명 민석에게서는 한 번도 느낄 수 없었던 정인의 손길이었다.

「어째서입니까?」

「그럴 필요가 없어졌으니까.」

미유키는 명쾌한 지시와 함께 하야토를 밖으로 내보냈다. 그리고 민석에게 전화를 걸어 함께 식사할 것을 제안했다. 거절을 예상했지만 생각 외로 흔쾌한 수락이 돌아왔다.

그들이 만나기로 한 곳은 서구식 레스토랑이었다. 목적지에 인력거가 멈추자 낯익은 얼굴이 알은체를 해 왔다. 마모루였다.

「마님과 저도 보통 인연은 아닌 것 같습니다. 이렇게 적절한 때에 자연스럽게 마주치게 되니 말입니다.」

마모루는 언제나처럼 능글맞게 알은체를 했다.

「저는 경무국장님께 특별한 볼일이 없습니다만.」

미유키는 굳은 얼굴로 마모루를 외면했다.

「그거 유감이군요. 재미있는 이야기를 전해 드릴까 했는데.」

마모루는 의미심장한 미소를 보였다.

「오늘 제가 오랫동안 쫓아오던 독립군 조직의 끄나풀을 하나 잡았는데, 그자가 흥미로운 말을 전하더군요. 그쪽 조직의 인물로 추정되는 자가 있는데…… 그자의 이름이 이무영이라고.」

순간 미유키의 심장이 덜컥 내려앉았다. 그러나 그녀는 당황하는 대신 담담하게 상대를 쏘아봤다. 제 속내를 들키지 않기 위해서였다. 그러나 그녀의 눈동자에는 숨길 수 없는 강렬한 동요가 일고 있었다.

「그래서 제가 그럴 리가 없다고 했습니다. 대일본 제국 귀족 가문의 식솔이 독립군일 리가 없지 않습니까? 제가 알기로는 자작 각하께서도 그자의 능력을 높이 사고 계시는 것 같습니다만…….」

마모루는 교묘히 말끝을 흐렸다.

「그 얘기를 저에게 하시는 이유가 뭐죠?」

「다른 뜻은 없습니다. 다만, 전 마님께서 특별히 그자를 아끼시는 것 같아 언질을 드린 것뿐입니다. 혹시라도 믿었던 자에게 당하시는 일은 없어야 하니까요.」

마모루는 한편으로 물러섰다. 볼일이 끝났으니 안으로 들어가라는 뜻이었다. 미유키는 싸늘히 스쳐 지났다.

「만일 마님께서 쥐고 계신 패가 있다면 지금 내놓으시는 게 좋을 겁니다. 그렇게 하면 적어도 한 사람 정도는 지켜 내실 수 있을 테니까요.」

마모루는 미유키의 뒤통수에 대고 쐐기를 박았다. 그가 옳았다. 마모루는 수단과 방법을 가리지 않고 그들을 옥죄어 오고 있었다. 이쯤 되면 민석과 무영, 두 사람을 모두 지켜 내는 일은 요원해 보였다.

미유키는 불안감에서 달아나려 서둘러 안쪽으로 걸음을 옮겼다. 실내에는 그녀의 마음과 상관없이 우아한 음악이 흐르고 있었다. 미유키는 더없이 고고한 자태로 공간에 들어섰다. 먼저 기다리고 있던 민석이 신사적인 미소로 그녀를 맞았다. 나무랄 데 없이 아름다운 정경이었다. 그러나 두 사람 사이에 흐르는 공기는 냉랭하기만 했다.

「이런 자리를 마련하다니 뜻밖이군.」

민석은 식사하는 내내 미소를 잃지 않았다.

「당신과 싸우지 않고 대화하려면 사람들의 시선은 필수니까요.」

담담한 대꾸였다.

「영리한 선택이군.」

민석은 기계적으로 접시 위의 음식을 입 안에 밀어넣었다.

「당신에게 마지막 기회를 주려고 왔어요.」

민석은 싸늘히 그녀를 응시했다. 미유키는 그 시선을 보며 자신의 위치가 격상했음을 느꼈다. 적어도 지금은 맞수로 인정해 주는 눈길이었으니 말이다.

「지금 날 잡으면 여기서 멈출 거예요. 내 아이와, 내 가족과, 내 명예를 지키기 위해서.」

미유키는 결연했다.

「대단한 꼬투리라도 잡은 모양이군. 긴장되는데?」

비웃음이 돌아왔다. 그러나 그녀는 그런 사소한 언사에 휘둘리지 않았다. 이런 식의 조롱은 익숙해진 지 오래였다. 그녀 안에 단단히 자리 잡은 굳은살 덕분이었다.

「난 슈헤이가 상처받지 않을 수 있다면 당신에게 짓밟히며 생긴 상처, 혼자 쓰다듬고 잊어버릴 거예요. 그러니까 당신도 우리 둘의 아이를 위해 멈춰요.」

「뭘?」

「지금 벌이고 있는 수상한 짓들요.」

민석은 실소했다. 그녀가 심어 둔 뼈의 무게를 간과한 탓이었다.

「왜 처음부터 마모루를 속였죠? 이무영이 떨어뜨린 단도, 그 사람이 쏜 탄피, 왜 전하지 않았죠?」

순간 민석의 반듯한 이마 아래로 양쪽 눈썹이 치솟았다.

「내가 맞은 총알을 바꿔치기하면서까지 그 사람을 보호한 이유가 뭐예요?」

미유키는 조곤조곤 따져 물었다.

「재미있게 돌아가는군. 내 책상을 뒤졌어? 감히 네가?」

민석은 매섭게 그녀를 쏘아봤다. 확실히 화가 난 모양이었다. 미유키는 그를 자극했다는 사실에 묘한 쾌감을 느꼈다.

「당신답지 않군요. 여기가 공개 석상이라는 걸 잊지 않았으면 좋겠네요.」

그녀가 옳았다. 민석은 창밖으로 시선을 돌렸다. 진정하기 위해서였다. 뽀얗게 눈이 내려앉은 경성 시내는 안으로 곪아 가는 상처와 상관없이 낭만적인 정경이었다.

「이유가 뭐죠?」

미유키가 재차 물어 왔다.

「네가 시작한 일이야.」

민석은 창밖에 눈길을 둔 채 대꾸했다. 감정이 삭지 않은 어조였다.

「처음부터 넌 그자의 얼굴을 알았고, 그자를 보호했어. 내 말이 틀렸어?」

미유키는 부정하지 못했다.

「그게 무슨 이유 때문이든 상관없어. 하지만! 난 어떤 식으로건 흠 잡히고 싶지 않아. 내 안사람이 범죄자를 옹호한다는 사실은 나에게도 허물이니까.」

민석은 그럴듯한 언변으로 상황을 마무리했다. 언제나 그렇듯 미유키와의 대화에서는 진심을 읽히지 않는 게 중요했다. 과거에는 감정으로 얽히고 싶지 않아서였다면 지금은 정치적인 이유에서였다. 아니, 실은 양쪽 모두였다.

「당신은 끝까지 솔직하지 못하군요.」

미유키는 문득 허무함을 느꼈다. 민석의 처세라면 그녀 역시 읽을 만큼 읽어 왔던 터였다. 그럼에도 불구하고 지금의 자리를 마련한 건 가족이라는 존재에 대한 마지막 미련에서였다. 그러나 미유키는 민석에 대한 질긴 집착의 끈이 이제 곧 끊어질 거라는 사실을 직감했다.

「나에게 모욕 준 걸 사과한다면 멈출게요. 나 때문이 아니라 슈헤이를 위해서라도 좋아요. 이번만 무릎을 꿇어요.」

미유키는 마지막 기회를 민석에게로 넘겼다. 아직까지 그녀에게 소중한 것은 자신을 위한 자존감이 아닌 가문과 가족이었다. 이는 오랜 세월 그녀에게 뿌리내린 가부장적 사고에서 기인한 것이었다.

「이제 보니 당신보다 슈헤이가 더 똑똑한 것 같군. 슈헤이는 나에게 아무것도 기대하지 않거든.」

민석은 매정하게 밖으로 나섰다. 미유키는 먹먹한 표정으로 홀로 남았다. 그녀는 진심으로 민석에게 감사했다. 어쨌거나 선택은 민석의 몫이었고, 그는 파멸을 택했다. 이는 아슬아슬하게 가족이라는 명제를 부여잡고 있던 미유키에게 적절한 면죄부가 된 셈이었다.

「고마워요. 내 죄책감을 덜어 줘서. 이제 나도 내 마음대로 내가 원하는 걸 위해서 살게요. 이제껏 당신이 그래 왔던 것처럼.」

미유키는 멀어지는 민석의 뒷모습을 보며 나직이 중얼댔다. 그녀를 옭아매던 마지막 가책을 잘라 내는 순간이었다.

18

무영이 들어서자 대장간에는 작은 술렁임이 일었다. 말쑥한 그의 차림새 때문이었다. 인호는 대번에 달려와 호들갑이었다. 영수와 오랜 세월을 함께해 온 탓인지 두 사람은 판박이처럼 닮아 있었다.

"이야, 이게 웬일이래요? 이발을 다 하고? 와, 수염도 밀었네? 여기다 양복만 입으면 딱이겠다. 뭐, 선이라도 봐요?"

인호는 무영의 주위를 돌며 위아래로 살폈다.

"박영수 어디 있어?"

그 와중에도 무영은 제 볼일만 챙겼다.

"하여간 말 잘라먹는 건 선수라니까. 어디 있긴 어디 있어요? 작업실에 있지."

무영은 곧바로 영수에게 향했다.

"아, 진짜 심심해 죽겠네. 그나저나 명철이 형은 어딜 이렇게 쏘다니는 거야."

무영의 뒤통수에 인호의 투덜거림이 들려왔다.

명철은 이틀이나 모습을 보이지 않았다. 그러나 애써 찾는 사람은 없었다. 평소 성실한 그였기 때문에 사라지는 데도 이유가 있을 거라는 생각에서였다. 영수 또한 마찬가지였다. 명철이 병원에서 소리 없이 사라졌음에도 크게 신경 쓰지 않았다. 게다가 그의 머릿속엔 지은에게 했던 어설픈 고백이 꽉 차 있었다.

"아, 내가 미쳤지……. 미쳤어……."

그는 민망함에 저 혼자 전전긍긍했다. 그러다 무영이 들어서자 금세 자신의 고민을 잊어버렸다.

"헉, 이게 누구야? 이야! 이거 완전히 모던보이네? 갑자기 뭔 바람이 불었대?"

영수는 감탄하며 말했다. 확실히 무영은 근사했다. 특히 그동안 머리카락에 가려 드러나지 않던 칠흑 같은 눈썹과 듬직한 콧날이 인상적이었다. 게다가 짧아진 옆머리 아래로 자리 잡은 잘생긴 귀와 탄탄한 턱 선은 미묘하게 수컷의 냄새를 풍겼다. 확실히 잘 다져진 그의 인상은 민석이나 수찬의 매끈함과는 다른 선이 굵은 매력을 지니고 있었다.

"앞으로 얼마나 남은 거야?"

무영은 무턱대고 영수에게 물음을 던졌다. 앞도 뒤도 없는 질문이었다.

"뭐가?"

"이 일 말이야."

"갑자기 뭔 소리야. 얼마나 남았느냐니? 우리 일에 끝이 있어? 일본놈들 죄 몰아내야 끝을 보는 거지."

영수는 심드렁하게 대꾸했다.

"넌…… 정민석을 어떻게 생각해?"

무영은 제 안의 혼란을 영수에게 전가했다.

"뭐?"

영수는 그제야 진지하게 무영의 말을 받았다.

"그 자식이 옳다고 생각해? 조선을 찾겠다는 명분으로 일본놈 앞잡이가 되어서 제 나라 사람들을 죽이고, 짓밟고, 이게 맞다고 생각하느냐고."

무영은 또다시 분개하고 있었다. 항상 그랬다. 민석의 이름만 떠올려도 속에서 울분이 치밀어 올랐다. 오랜 병이었다.

"옳고 그른 건 모르겠지만 어차피 누군가는 친일을 하고, 누군가는 사람들을 죽이고, 누군가는 사람들을 짓밟는다면, 난 그게 정민석이어서 다행이라고 생각해."

어렵사리 나온 대답이었다. 사실 누구도 쉽게 답할 수 있는 문제는 아니었다. 당사자인 민석조차도 마찬가지일 터였다.

"똑같은 족속들이군. 나라만 되찾는다면 수단과 방법 같은 건 상관없다는 건가?"

무영이 빈정거렸다.

"갑자기 왜 그래? 무슨 일 있어?"

영수는 정색을 하고 무영을 살폈다. 확실히 그는 다른 때와 달랐다. 처음에는 차림새 탓이라 여겼지만 그게 아니었다. 무영이 품은 공기에는 흥분과 혼란, 분노와 자괴감이 뒤죽박죽으로 섞여 있었다.

"……그렇다면 나도 괜찮은 거지?"

무영이 무겁게 입을 열었다.

"뭐?"

"조선을 독립시킬 수 있다면…… 일본인과 손을 잡고, 조선인을 짓밟을 수 있는 거지?"

무영은 필요하다면 조선을 독립시켜서라도 복수하겠다는 미유키의 말을 떠올렸다. 어쩌면 모두 이룰 수 있을지도 몰랐다. 조선의 독립도, 묻어 버린 복수도, 그리고 새롭게 마음속에 움튼 사랑까지도 말이다.

19

「그게 정말입니까? 네, 알겠습니다.」

수화기를 내려놓는 유우스케의 입가에 회심의 미소가 돌았다.

「무슨 일이십니까?」

수찬이 궁금증을 보였다.

「아무것도 아니야.」

유우스케는 들뜬 모습이었다. 수찬은 그런 그의 모습에서 범상치 않은 기운을 느꼈다.

「혹시, 정민석이 철도 호텔에 대해선 아무 말도 않던가?」

유우스케는 대답 대신 물음을 던졌다.

「철도 호텔요?」

수찬은 의아한 듯 되물었다.

「몰랐던 모양이군. 총독이 그자에게 철도 호텔 운영권을 넘기겠다고 선언했어. 미친 짓이지.」

수찬은 가슴 한구석이 답답해졌다. 항상 이런 식이었다. 민석은 자신이 이해할 수 없는 일을 계속해서 벌이고 있었다. 그것도 쉽게 가늠할 수 없는 굵직굵직한 사건들이었다. 수찬은 묘한 소외감에 씁쓸함을 느꼈다.

「자네는 가서 정민석이 왜 철도 호텔 경영권을 쥐려고 하는지 알아보게.」

유우스케가 지시를 내렸다.

「제가 그래야 할 이유가 있습니까?」

민석에 대한 서운함은 엉뚱한 반발심으로 불거졌다.

「뭐?」

유우스케는 당혹감에 수찬을 올려다봤다.

「서기관장님이나 경무국장님 두 분 모두 저에게는 아무것도 내보이지 않으십니다. 그런데 제가 왜 두 분을 믿고 그런 일을 해야 합니까?」

수찬은 조목조목 따졌다. 틀린 말은 아니었다. 사실 표면적으로 보면 그들은 수찬에게 이렇다 할 구체적인 조건도 내걸지 않은 상태였다. 솔직히 수찬의 입장에서는 그들의 수족이 될 이유가 없었던 것이었다. 물론 지금은 그들의 곁에서 역공을 펼치고 있는 상태였지만 말이다. 그런 상황에서 완벽하게 제 편으로조차 여겨 주지 않으니 수찬으로서는 당연히 던질 수 있는 물음이었다.

「그렇지. 그래, 당연한 주장이야. 일리가 있어.」

유우스케 역시 깔끔하게 수긍했다.

「좋아. 방금 통화했던 내용을 알려 주지.」

유우스케는 이야기를 시작하려 담배를 꺼내 물었다.

「자네, 한일단이라고 아나?」

「물론입니다.」

「지금 한일단의 끄나풀을 잡았다는 전갈이 왔어.」

말을 맺은 유우스케는 상대의 얼굴을 살폈다. 수찬은 여유롭게 웃었다.

「좋은 소식이군요.」

「그렇지. 아주 좋은 소식이야.」

유우스케는 진심으로 흡족해 보였다.

「그런데…… 누구라고 합니까?」

「누구라고 하면 자네가 알겠나?」

유우스케는 은근히 대답을 회피했다.

「듣고 보니 그렇군요.」

수찬은 더 이상 캐묻지 않았다. 속은 타들어 갔지만 더 이상 파고들면 의심을 살 수도 있었다.

유우스케는 수찬을 내보낸 뒤 약속 장소로 향했다. 마모루가 회의를 소집한 탓이었다. 한일단의 흔적을 찾았으니 이후의 일은 일사천리가 될 터였다. 유우스케는 예정된 시각보다 조금 일찍 마모루와 조우했다. 덕분에 회합이 예정된 일식집에서는 마모루와 나카무라, 그리고 유우스케 세 사람만이 마주 보고 있었다.

「가만있자……, 한길주라고 했나?」

마모루가 나카무라에게 물었다. 최근에 마모루는 중요한 자리마다 항상 나카무라를 대동해 왔다. 최근의 공적이 그를 흡족하게 한 까닭이었다. 그 바람에 유우스케 역시 그에게 신뢰의 눈길을 보냈다.

「그렇습니다.」

「한길주……, 한길주……, 한길주라면 얼마 전 정민석이 칼을 맞았을 때 목격자라고 발표했던 자 아니었나?」

골똘하던 마모루가 눈을 치떴다. 그 바람에 음흉스레 잡혀 있던 얼굴의 주름이 한꺼번에 펴졌다.

「아! 정말 그렇습니다. 그자가 한길주입니다.」

유우스케가 맞장구쳤다.

「그럴 줄 알았어. 정민석, 역시 뭔가 있다 했더니 한일단과 연관이 있는 게 분명해. 증거……, 이제 증거만 찾아내면 되는데……. 어쨌거나 세 사람이 작당을 하고 경성 대장간으로 들어왔다는 거군.」

마모루의 입가에 회심의 미소가 돌았다.

「네, 그렇습니다. 한길주라는 자는 이미 한참 전부터 수배령이 내려진 자입니다. 아버지 한진배가 신흥 무관 학교 출신이라 태어날 때부터 독립군으로 길러진 놈이죠. 이쪽으로 넘어오기 전까지는 상해에서 있었는데 거기서 독립군들의 교육을 담당하고 있던 걸로 알고 있습니다.」

야무진 보고였다.

「최승민이란 놈은 어떤가?」

「그놈은 이력이 좀 독특하더군요. 조사를 해 보니 형이 우리 쪽 프락치였습니다.」

「프락치?」

마모루의 본능이 코를 킁킁거렸다.

「네. 말단 순사 밑에서 정보를 팔아먹고 살던 놈이더군요.」

「재미있는 일이군. 형은 순사의 발바닥을 핥고 사는데 저는 독립군이라고 거들먹거린다……. 역시나 형만 한 아우가 없다더니 주제를 모르는 놈이군.」

마모루는 비식 웃었다.

「그 형이란 자는 뭘 하고 있나?」

유우스케가 끼어들었다.

「조센징들에게 살해당했다더군요.」

「그것 참 안타까운 일이군.」

마모루는 혀를 끌끌 찼다. 그 순간 문이 열리고 구라토미가 들어섰다. 마모루는 눈짓으로 나카무라를 물렸다. 방 안에는 다시 세 사람이 남았다. 마모루와 유우스케는 의미심장한 시선을 주고받았다. 마주 앉아 있던 구라토미는 그런 두 사람의 기색을 의식했다. 그 사이 마모루가 기선 제압을 해 왔다.

「거사 장소는 대륙 극장, 거사일은 서혜림의 공연 날로 잡죠.」

대담한 선언이었다.

「시간이 별로 없지 않습니까? 그리고 누가 감히 총독에게 총을 겨눌 수 있다는 말입니까?」

구라토미는 은근슬쩍 반론을 제기했다. 시간이라도 끌어 볼 참이었다.

「그 점은 걱정하지 마십시오. 제가 적임자를 생각해 뒀으니까요. 구라토미 상께서는 그저 군을 조금 늦게 움직여 주시기만 하면 됩니다. 암살자의 퇴로까지 살펴 주신다면 더할 나위 없이 감사하고요.」

구라토미는 인상을 찌푸렸다. 더 이상 버틸 재간이 없는 탓이었다. 확실히 그는 신의는 있으나 머리는 없는 자였다. 마모루는 그런 그의 기색을 살피며 두툼한 봉투를 내밀었다. 구라토미는 무심히 내용물을 확인하다 흠칫 놀랐다.

「3할입니다. 이 일이 성공하면 나머지를 드리죠.」

마모루는 어깨를 펴며 몸을 뒤로 젖혔다. 실로 거만한 태도였다.

「이보시오, 경무국장! 지금 돈으로 날 매수하겠다는 거요?」

구라토미가 벌컥 화를 냈다.

「이런. 호의를 무시하시면 곤란하죠. 누구의 돈은 받고 누구의 돈은 거절하겠다는 겁니까? 설마 아무런 사심 없이 경성 대장간과 기리조 남부 대령을 연결시키신 건 아니겠지요?」

그는 정곡을 찌르며 구라토미의 숨통을 조여 왔다. 민석이 그에게 건넸을 돈 봉투에 대해 이야기하는 것이었다. 구라토미는 창백하게 얼굴이 굳었다. 지레짐작으로 던져 본 미끼를 덥석 문 셈이었다.

「이게 다 구라토미 상과 저희 집안의 인연을 생각해서 베푸는 관용이라고 생각하십시오. 협박보다는 훨씬 신사적이지 않습니까?」

마모루는 교묘한 언변으로 구라토미의 마음을 쥐고 흔들었다. 결국 구라토미는 그가 건넨 봉투를 받아 들었다.

하지만 구라토미는 마모루의 편에 설 의사가 전혀 없었다. 걸음마를 시작하기 전부터 천황을 위해 살아야 한다는 명제 하나로 살아온 그였다. 그런 그에게 얄팍한 돈 봉투나 교묘한 협박 같은 건 통하지 않았다. 그러나 당장의 위장은 분명 필요했다. 그리고 민석의 도움 역시 절실했다. 이에 구라토미는 지체 없이 민석을 향해 걸음을 옮겼다.

민석은 온종일 집무실에 틀어박혀 있었다. 책상 위에는 산더미 같은 서류가 쌓여 있었다. 그는 완벽한 몰입 상태로 업무에 집중했다. 마치 현실에서 도망치고자 하는 모양새였다. 그러다 그는 고개를 뒤로 젖혔다. 서류 위로 떨어지는 코피 때문이었다. 그는 손수건을 꺼내 혈흔을 닦았다. 수건에 새겨진 혜림의 이름에 붉은 피가 젖어들었다. 민석은 문득 섬뜩한 기운을 느끼며 수건에 묻은 피를 지우려 일어섰다. 그 순간 인기척과 함께 구라토미가 들어섰다. 그는 사색이 된 얼굴로 마모루와의 만남에 대해 토로했다.

「혜림이 공연 날이라고요?」

민석은 머리가 하얘졌다. 손수건을 거머쥔 손에서 스르륵 힘이 풀렸다. 그 바람에 손에 쥐고 있던 수건이 바닥에 떨어졌다. 그는 굳은 얼굴로 몸을 굽혀 수건을 집어 들었다.

「그렇습니다. 생각보다 더 급박하게 움직이는 것 같습니다. 아무래도 뭔가 믿는 구석이 생긴 모양입니다.」

구라토미는 초조해 보였다.

「저격수는…… 저격수는 누구랍니까?」

민석은 공황 상태였다.

「아직 그것까진 알아내지 못했습니다. 그리고 제게 암살자의 퇴로 확보를 부탁했습니다.」

구라토미는 확실히 민석 쪽으로 노선을 잡은 모양이었다. 민석이라면 추후에 도덕성을 운운하며 자신을 쳐내는 불합리한 일은 벌이지 않을 거라는 판단에서였다. 뿐만 아니라 구라토미에게는 무엇보다도 총독의 안전이 중요했다.

「어떻게 하실 생각이십니까?」

구라토미가 조심스레 물어 왔다.

「일단 구라토미 상은 최대한 그들에게 협조적인 자세를 취하십시오. 그들을 안심시켜야 합니다. 그리고, 최대한 많은 정보를 알아내셔야 합니다.」

「알겠습니다. 각하를 믿어도 되겠습니까?」

구라토미가 결연하게 물어 왔다.
「물론입니다. 제 목숨을 걸고서라도 총독 각하를 지켜 낼 겁니다. 그게 바로 천황 폐하의 뜻을 받드는 일 아니겠습니까?」
민석은 상대가 가장 원하는 답을 패로 내어 놓았다. 혜림의 손수건을 꼭 거머쥔 채였다.

구라토미와 헤어진 민석은 밖으로 나섰다. 혜림에게 가기 위해서였다. 그는 지금까지 혜림의 문제에 소홀했던 스스로를 책망했다. 암살 사건이 아니라 해도 막았어야 할 일이었다. 혜림을 눈앞에 두고 총질을 하는 건 한 번으로 족했다. 더 이상은 그런 부끄러운 모습을 보이고 싶지 않았다. 이미 사랑이라는 방어막 하나로 너무 많은 치부를 보여 왔던 터였다. 그는 제 마음만큼 바삐 중추원을 나섰다. 그때 건물로 들어서는 수찬이 보였다. 민석은 수찬에게로 걸음을 옮겼다.
"잠깐 차에 타."
민석은 전에 없이 수찬의 팔을 잡아끌었다.
"무슨 일 있어?"
수찬은 그에게서 초조함을 읽었다.
"잠깐, 아주 잠깐이면 돼."
민석은 평소답지 않게 연신 손가락을 까딱거렸다. 적잖이 혼란스러운 기색이었다. 수찬은 조용히 차에 올랐다.
"마모루가…… 혜림이 공연 때로 정했어."
온전히 두 사람이 되자 민석은 멍한 눈으로 입을 열었다.
"뭘?"
"총독 암살 계획 말이야."
"……뭐?"

수찬의 얼굴에 핏기가 가셨다.

"자세한 건 나중에 얘기하자. 일단 한일단에게 이 사실을 알려. 난 혜림이한테 가 봐야겠어."

민석은 최대한 이성의 끈을 놓지 않으려 애썼다.

"정민석."

차에서 내리던 수찬은 경고하듯 당부를 덧붙였다.

"반드시 막아라. 만약 혜림이한테 무슨 일이 생기면…… 절대 널 용서하지 않을 거야."

수찬은 거칠게 차 문을 닫고 사라졌다. 이제 책임은 오로지 민석의 것으로 남았다.

수찬을 보낸 민석은 극장으로 달려갔다. 극장 입구에는 공연을 알리는 현수막이 펄럭이고 있었다. 민석은 착잡한 눈길로 현수막 속 제 연인의 이름을 올려다봤다. 서혜림. 그의 삶을 지탱해 주던 세 글자가 바람에 휩쓸리고 있었다. 민석은 그 바람에서 그녀를 지켜 내지 못할세라 초조해졌다.

혜림은 공연장에 있었다. 그녀는 이런저런 지시에 분주했다. 무대는 온통 하얀색으로 정갈하게 꾸며졌다. 민석은 다짜고짜 혜림을 끌고 차에 올랐다. 전에 없는 민석의 다급함에 혜림은 묵묵히 따라나섰다. 무거운 공기가 차 안을 짓눌렀다.

"마지막이야."

민석은 비장했다.

"뭐가?"

"너 말리는 거."

"당신답지 않게 왜 이렇게 안절부절못해? 자기는 허구한 날 외줄을 타고 날 불안하게 하면서. 그냥 지켜볼 수 없는 거야?"

혜림은 물끄러미 민석을 바라봤다.

"공연장에서 총독 암살 계획이 있을 거라는 정보가 들어왔어."

민석이 무겁게 입을 열었다.

"뭐?"

뜻하지 않은 상황에 혜림의 안색이 하얗게 질렸다.

"많은 사람이 다칠 거야. 너도…… 너와 함께 무대에 서겠다는 그 사람들도."

그녀는 입술을 꼭 깨물었다. 결심이 필요한 순간이었다.

"그러니까 멈춰."

그는 단호했다.

"그런데 왜 공문을 보내 중지시키지 않는 거야? 뭔가 있는 거지?"

일리 있는 의문이었다.

"암살을 계획하는 사람이 마모루야."

민석은 그제야 모든 것을 털어놓았다. 구체적인 것까지는 밝히고 싶지 않았지만 이 정도로 강수를 두지 않으면 그녀는 절대로 결심을 꺾지 않을 터였다.

"뭐? 어떻게 그런 일이……."

그녀는 믿을 수가 없다는 표정이었다.

"경찰과 군의 분위기가 심상치 않아. 그게 무슨 뜻인지 알아? 누가 누구에게 총을 겨누게 될지 모른다는 뜻이야! 그러니까……! 멈춰……."

그는 흥분을 멈추고 목소리를 낮췄다. 애원에 가까운 자제심이었다.

"싫어."

그녀는 고집스레 버텼다.

"서혜림!"

"할 거야."

혜림은 완강했다.

"이렇게까지 고집을 부리는 이유가 뭔데?"

민석은 가까스로 짜증을 눌렀다.

"……누구의 딸이라서 무대에 서야 하고, 누구의 애인이라 무대에서 내려와야 하는 그런 인생, 더 이상 살고 싶지 않으니까."

혜림의 속눈썹이 내려앉았다.

"무슨 뜻이야?"

"마모루가 그랬어. 이 무대, 수락하지 않으면 당신한테 해가 갈 거라고. 우리 엄마가 독립군이라는 걸 빌미로 당신을 옭아맬 거라고."

"너 바보야? 왜 진즉 말을 안 해!"

민석은 버럭 소리를 질렀다.

"말을 하면 달라져?"

혜림은 민석을 빤히 올려다봤다.

"내가 네 부속품인 게 달라지냐고."

"뭐……?"

"누구의 딸, 누구의 여자, 이렇게 멋대로 재단된 나 말고 진짜 나! 진짜 내 이름! 진짜 서혜림! 난 그게 필요했어! 그러면 안 돼?"

곪아 터진 그녀의 상처에 민석은 할 말을 잃었다.

"난 춤을 출 때만 나 같아. 무대에서 내려오면 그때부터 난 네 부속품 같다고! 내가 왜 그래야 해? 단지 널 사랑해서?"

혜림은 다부지게 맞섰다.

"……나도 좋은 사람일 수 있었어. 정민석, 너만 아니었으면."

혜림은 봉인된 금기를 끄집어냈다. 참담한 몰골로 고개를 내민 그 내밀한 언어에 민석의 이성이 소멸됐다.

"그래! 네 멋대로 해! 나도 더 이상은…… 말리지 않을 거야. 하지만 네가 무슨 뜻으로 무대에 서건, 그 자리에 오르는 순간 나랑은 끝이야!"

그는 인내심을 잃고 바락바락 악을 썼다.
"나, 두말하는 성격 아닌 거 알지? 무대에 한 발자국이라도 남기는 순간 내 마음속에 서혜림은…… 사라지는 거야."

20

자정이 가까워 올 무렵 종호는 한일단원들을 소집했다. 제법 심각한 분위기였다. 종호는 지도를 바닥에 펼쳤다. 모두가 그를 중심으로 동그랗게 둘러앉았다.
"광복군에게 전달될 무기의 이동 경로다. 이수찬 자네는 다음 주 신문에 반복적으로 경로 통보하고."
"알겠습니다."
"길주랑 승민이는 같이 움직일 단원들의 훈련을 맡아. 경로 숙지 먼저 하는 것 잊지 말고. 이동 경로 쪽의 단원들에게도 미리 연락을 취해 두도록 해."
"네."
"무영이 자네는 따로 민석이를 만났다면서. 무슨 일인가?"
종호는 무영을 향해 고개를 돌렸다.
"이 일과는 상관없는 일이었습니다."
무뚝뚝한 어조였다. 민석의 일을 놓고 구구절절 말을 섞고 싶지 않았다.
"상관없는 일이라 해도 알아야겠네. 무슨 일인가?"
종호가 재차 물었다. 약간은 노여운 기색이었다.
"반도 호텔에서 스미스라는 사람에게 편지를 전달했습니다."
무영은 마지못해 대답했다.
"스미스……?"

"미국인입니다."

"편지의 내용은?"

"아는 바 없습니다."

그는 사실대로 말했다.

"그래. 이제 곧 올 테니 필요하다면 직접 듣도록 하지."

"단장님이 오세요?"

승민이 물었다.

"상황이 허락한다면."

확실치는 않은 모양이었다.

"그런데 말입니다. 만약에 대한 대안도 있는 겁니까?"

길주가 끼어들었다.

"만약이라면 어떤 걸 말하는 건가?"

먼발치에서 민석의 목소리가 다가왔다. 일동은 고개를 들었다. 그러자 맞은편 문이 열리며 민석이 들어섰다. 그는 대충 바닥을 털며 무영 곁에 앉았다. 깔끔한 평소의 처사와는 다른 행동이었다. 그의 결벽은 일본인에 한해서만 생기는 모양이었다.

"작전이 실패하든가, 누군가 잡혀간다든가…… 아니면 은거지가 발각된다든가……."

길주는 말끝을 흐렸다.

"가설은 수백 개, 대안은 수천 개도 가능하겠지. 하지만 결국 최후에 선택할 수 있는 건 그리 많지 않을 거야."

모두의 긴장감이 민석의 어깨에 실렸다.

"현재 전국의 한일단원들에게 배포된 지도에는 표시되지 않은 것들이 있어."

민석은 새로운 사실을 털어놓았다.

"그럼 또 하나의 지도가 존재한단 말이야?"

수찬이 물어 왔다.

"응."

민석은 선선히 고개를 끄덕였다.

"내용이 뭔데?"

"주요 관공서와 연결된 통로지. 전국 주요 경찰서와 동양 척식 회사 같은 대형 건물과 연계된. 아쉽게도 군부대 쪽에는 연결하지 못했지만."

모두는 놀라움을 금치 못했다. 그의 말이 사실이라면 한일단의 지하 통로는 일본 수뇌부의 심장과 직결되어 있는 셈이었다.

"만약 연합군과 합세한 광복군에게 무기 전달을 하던 도중 발각이 되거나, 최악의 경우 우리의 본거지 및 조직이 노출된다면 난 주저하지 않고 그곳들을 폭파시킬 거야. 그렇게 되면 일본 측에서 세운 모든 주요 시설이 가루가 되겠지."

각자의 얼굴에 비장함이 돌았다. 생각하고 싶지 않지만 충분히 벌어질 수 있는 상황이었다.

"그리고 한마디 더 하자면, 만일 누군가가 총독부나 경찰에게 끌려가 고문을 당할 상황이라면…… 난 주저 없이 그 사람을 쏠 거야."

순간 승민의 눈동자가 흔들렸다. 겁에 질린 탓이었다.

"그 사람이 지금 이 자리에 있는 사람이라면?"

무영이 시비를 걸었다.

"상관없어. 그래도 쏠 거야."

민석은 단호했다.

"인정머리 없는 노릇이군."

무영은 민석에게 경멸을 보냈다.

"내가 인정머리 없는 인간인 걸 감사해. 이제까지 해 왔던 모든 일이 그랬으니까."

민석은 문득 단성사에서의 일을 떠올렸다. 자신의 총에 맞고 쓰러진 소년이 생각난 탓이었다. 아이는 나이답지 않은 여문 결의로 한일단을 지켜냈다. 대견하고도 가엾은 아이였다. 민석은 잠시 감상에 빠졌다. 하지만 그는 애써 가책을 지웠다. 자책감은 지금 상황에서 아무 도움이 되지 않는다는 판단에서였다. 실은 언제나 그랬다.

"허무하군. 동료를 쏴 죽이고, 조선 바닥을 가루로 만들어도 결국 조선을 되찾지 못할 수도 있다니 말이야."

무영이 비웃었다.

"아니. 모든 것이 가루가 된다고 해도, 심지어는 내 몸이 가루가 된다고 해도, 반드시 몰아낼 거야."

민석은 결연했다. 무영은 그런 그에게 질린 얼굴이었다.

"최후의 대안은 있어. 가장 쓰고 싶지 않은 방법이지만."

민석은 확신에 차 있었다. 하지만 그 맺음은 쓸쓸했다.

회의가 끝난 뒤 민석은 왔던 길을 되돌아 서재로 향했다. 째깍거리는 회중시계는 정확히 12시를 가리켰다. 그러자 책상 위의 전화벨이 요란한 소리로 울려 댔다. 민석은 회심의 미소를 지었다.

"제이콥입니다. 오랜만입니다, 스미스 교수님."

21

길주와 승민은 보안 여관으로 돌아갔다. 두 사람은 대충 깔아 둔 이불에 적당한 간격을 두고 누웠다. 그들은 각자의 생각에 잠이 오지 않는지 연신 뒤척였다.

"형, 자요?"

승민이 먼저 말을 걸었다.
"응."
어둠 사이로 무뚝뚝한 음성이 들려왔다.
"에이, 자는 사람이 어떻게 대답을 해요?"
승민은 피식 웃었다.
"이제 잘 거야."
"난 잠이 안 와요."
승민은 천장을 마주 보며 똑바로 누웠다.
"왜?"
"설레서요."
"뭐가?"
"우리 단장 말이에요. 되게 멋있지 않아요?"
"멋있기는 개뿔."
"뭐든지 분명하잖아요. 되면 된다. 안 되면 안 된다."
"멋있는 건 모르겠고 믿음직하긴 하지."
솔직한 속내였다.
"……정말 쏠까요?"
승민이 불안감을 내비쳤다.
"우리 중에 누가 해가 된다면…… 쏠까요?"
"그럴 거야. 본인 입으로 그랬잖아. 여태 그래 왔다고."
승민은 착잡해졌다.
"몇 달 전에 극장에서 접선 임무를 맡은 꼬마가 있었어. 대전 쪽 꼬마였는데 원래 상해에서 큰 녀석이었지."
"그런데요?"
"정민석 손에 죽었어."

승민은 놀라 벌떡 일어났다.

"같이 뭉쳐 다니던 녀석이 고문을 받고 밀고한 모양이더라고. 그 바람에 진을 치고 있던 총독부 놈들에게 딱 걸려들게 됐는데 그걸 정민석이 가차없이 쐈어. 그것도 확인 사살까지 깔끔하게 끝냈지."

길주는 담담히 단성사에서의 사건을 끄집어냈다. 승민은 할 말을 잃었다.

"어쩌면 단장 말이 맞는지도 몰라. 인정머리 없는 그 성격이 아니라면 차마 할 수 없는 일이었으니까. 하지만 만일, 만일 내가 폐가 된다면…… 넌 나를 쏴야 해."

길주는 비장했다.

"형!"

"어차피 치사하고 더러운 꼴 보며 사느니 폼 나게 죽고 싶다. 그리고 너라면 괜찮을 것 같아."

길주는 씩 웃었다. 승민은 두려웠다. 어쩌면 제 손으로 길주를 쏴야 하거나, 그 자신이 총에 맞게 될지도 몰랐다. 승민은 이런저런 생각에 밤새 잠을 이루지 못했다. 그는 동이 트는 모습을 보며 부스스 일어섰다. 잠들기는 이미 포기한 지 오래였다. 그는 잠든 길주의 얼굴을 보며 피식 웃었다. 길주는 근심 없이 아무렇게나 구르며 자고 있었다. 승민은 문득 잠든 길주가 친형제같이 여겨졌다. 함께 부딪쳐 온 세월을 생각하면 혈육 이상의 관계임에 틀림없었다.

승민은 길주를 깨우지 않고 홀로 대장간에 들어섰다. 잔업이라도 해 둬야겠다는 생각에서였다. 그때 맞은편에서 비척거리며 들어서는 명철이 보였다. 어쩐지 넋 빠진 얼굴이었다. 승민은 그에게 다가가 알은체를 해야겠다고 생각했다. 하지만 승민과 마주친 명철은 무서운 것이라도 본 양 바삐 사라졌다.

"왜 저래? 꿈자리가 불편했나?"

승민은 무심히 안으로 들어섰다. 담장 너머로 자신을 살피는 나카무라의 눈빛을 의식하지 못한 채였다.

명철의 복귀를 확인한 나카무라는 곧장 총독부로 향했다. 마모루는 일찍부터 사무실에서 기다리고 있었다. 어쩌면 밤새 그곳을 지키고 있었는지도 모를 일이었다.

「감시는 확실히 붙였나?」

마모루가 긴밀히 물어 왔다.

「물론입니다.」

시원스러운 대답이었다.

「빠르고 확실하게 처리해야 해.」

「알겠습니다.」

「서혜림 공연이 사흘 뒤인가?」

「그렇습니다.」

「재미있는 공연이 되겠군.」

마모루는 의미심장한 미소를 지었다.

22

길주는 연신 손을 비벼 대며 조립한 권총을 상자에 넣었다. 쌀쌀한 공기에 자꾸만 손이 얼어 왔다. 그는 습관처럼 제 몸을 더듬었다. 담배를 찾기 위함이었다. 그러나 담뱃갑은 텅 비어 있었다.

"아, 담배가 똑 떨어졌네."

길주의 얼굴에 낭패감이 스쳤다.

"사다 드릴까요?"

승민은 사뭇 친절한 기색이었다.
"됐어. 내가 갈게."
길주가 일어섰다.
"아니에요. 저 어차피 살 거 있어요."
승민이 만류했다.
"너 뭐냐?"
길주는 미심쩍은 눈으로 승민을 봤다.
"왜 그래? 닭살 맞게."
그는 정말로 스멀스멀한지 제 팔을 긁어 댔다.
"그냥, 어제 그런 이야기를 들어서 그런지 막 형한테 더 잘해 주고 싶고 그러네요."
승민은 진심을 털어놨다.
"자식, 싱겁긴. 그래, 그렇게 소원이라면 네가 가라."
길주는 동전을 던져 줬다. 승민은 익숙한 솜씨로 받아 냈다. 두 사람 사이에 친밀한 미소가 오고 갔다. 승민은 동전을 짤랑거리며 골목을 나섰다. 담배를 파는 상점은 10분 거리에 있었다. 가게로 들어간 승민은 담배와 군것질거리를 집어 들고 밖으로 나왔다. 추운 날씨 탓에 거리는 한산했다. 발자국이 닿는 곳마다 뽀드득거리며 눈 소리가 났다.

승민은 휘파람을 불며 골목길에 접어들었다. 그때 맞은편에서 베레모를 쓴 사내가 비죽 웃으며 다가왔다. 승민은 불길한 생각에 뒤돌아 도망치려 했다. 그러나 다른 편에서도 사람이 다가왔다. 사복 순사들이었다. 겁에 질린 승민은 옆길로 빠져 달렸다. 그러자 다른 순사 둘이 진을 치며 조여 왔다. 안절부절못하던 승민은 제 앞에 선 순사의 얼굴에 주먹을 날렸다. 상대는 급습에 맥없이 쓰러졌다. 승민은 사력을 다해 도망쳤다.

「저 조센징 새끼가……! 당장 가서 잡아!」

쓰러졌던 순사는 제 입의 피를 닦으며 소리쳤다. 나머지 순사 셋은 일사 분란하게 승민의 뒤를 쫓았다. 승민은 헉헉거렸다. 숨이 턱까지 닿았다. 그는 이성을 잃고 맹렬히 달렸다. 그러나 순사들은 어느새 그를 바짝 추격해 왔다. 승민은 지나는 길의 간판을 넘어뜨려 장애물을 만들었다. 하지만 순사들은 절대 놓치지 않겠다는 기세로 그를 압박해 왔다. 승민은 무조건 달렸다. 자신 있는 거라고는 오직 달리기뿐이었다. 그는 무조건 앞만 보며 질주했다. 그 정직한 달음질에 행상이 펼쳐 놓은 물건들이 사방으로 흩어졌다. 승민은 성난 노파의 욕지거리를 뒤로 하고 골목으로 숨어들었다. 하지만 옳지 못한 선택이었다. 그의 앞에 펼쳐진 도주로는 오로지 5미터 남짓한 길이 전부였다. 막다른 골목이었다. 경성 지리에 어두운 탓에 저지른 뼈아픈 실수였다. 승민은 황급히 돌아섰다. 골목을 빠져나가야겠다는 생각에서였다. 그러나 이미 골목 입구에는 순사들이 들어서고 있었다. 승민은 다급하게 좌우로 고개를 돌렸다. 담이라도 넘어야겠다는 생각에서였다. 그러나 벽은 그의 절망감만큼이나 높고 견고했다. 그동안 순사들은 서서히 승민에게 다가섰다. 그들의 얼굴에 야비한 웃음이 흘렀다. 승민은 뒷걸음질치며 손에 닿는 것은 모조리 앞으로 던졌다. 그가 할 수 있는 유일한 방어였다. 그러나 맥없이 떨어지는 물건들은 무력했다. 이제 그를 지켜 낼 수 있는 건 아무것도 없었다. 결국 승민은 도주를 포기한 듯 겁에 질린 표정으로 주저앉았다. 순사들이 비죽 웃으며 그에게 다가왔다. 한 사내가 승민의 얼굴에 주먹을 날렸다. 제 얼굴에서 피를 본 것에 대한 앙갚음이었다. 하지만 시작은 그나마 자비로운 편이었다. 이어지는 발길질은 그의 이성을 앗아 가기에 충분했다. 차가운 가죽 구두에 짓이겨진 몸뚱이에서 흥건하게 피가 쏟아졌다. 살점이 찢기는 소리와 함께였다. 순사는 그의 팔을 비틀고는 머리 위로 올려붙였다. 매서운 칼바람 틈으로 고통스러운 비명이 섞여 들었다. 공포스러운 통증과 함께 승민은 정신을 잃었다.

승민의 의식이 살아난 것은 족히 반나절은 지난 뒤의 일이었다. 승민은 세찬 물벼락과 함께 정신을 차렸다. 눈을 뜨자 머리카락에서 떨어지는 물줄기가 그의 시야를 가렸다. 하지만 그는 눈을 제대로 뜨기 전부터 자신을 감싸고 있는 살기를 느꼈다.

「이런, 이런…… 완전히 물에 빠진 생쥐 꼴이군. 정신이 드나?」

소름 돋는 저음이 승민의 목덜미에 감겨 왔다. 승민은 보이지 않는 상대에 대한 공포를 지우려 억지로 눈을 비벼 떴다. 그러자 양동이를 든 채 야비하게 웃고 있는 나카무라의 얼굴이 보였다.

「……여기……, 여기 어디야?」

승민은 겁에 질려 겨우 말문을 열었다.

「저런. 가련하기도 하지. 받아들이고 싶지 않겠지만 여기가 어딘지는 네가 제일 잘 알 텐데, 최승민?」

나카무라가 빈정거렸다.

「그래도 넌 참 복이 많은 놈이야. 아주 좋은 형을 뒀더군. 이름이 최승훈이던가? 제국에 충성하던 훌륭한 인재였더군.」

승민은 뜻하지 않은 이름에 놀라 상대를 봤다. 음습한 눈매를 지닌 사내였다. 승민은 그 기세에 단숨에 압도됐다.

「……우리 형을 알아?」

승민의 말에 격한 흔들림이 묻어났다. 듣기만 해도 측은해지는 떨림이었다.

「알다마다. 그러니까 이렇게 너에게도 기회를 주려는 거지.」

나카무라는 승민의 시선에 맞춰 자세를 낮췄다.

「헛소리 집어치워.」

승민은 제법 강단 있게 버텼다.

「그래. 항상 시작은 이런 식이야. 가끔은 이런 통과 의례가 지겹기도 하지만.」

 나카무라는 가차없이 승민의 뺨을 몰아쳤다. 승민은 맥없이 고꾸라졌다. 나카무라는 쓰러진 그의 머리를 군홧발로 짓이겼다. 날카로운 비명과 함께 승민의 몸부림이 이어졌다. 그 바람에 그의 머리칼이 한 움큼 뽑혀 나갔다. 승민은 왈칵 겁이 났다. 바닥을 뒹구는 머리카락 때문이었다. 신체의 일부가 자신에게서 떨어져 나갔다는 박탈감에서 온 공포였다. 그는 자신의 몸을 조여 오는 두려움에 꼼짝도 할 수 없었다. 어차피 움찔거릴 기운도 없는 터였다. 그는 다시 쏟아질지도 모를 발길질을 생각하며 마음의 준비를 했다. 그러다 그의 시야에 새로운 발걸음이 들어왔다. 마모루였다. 나카무라는 승민을 누르던 발을 치우며 정중히 인사했다.

「오셨습니까?」

 나카무라는 절도 있게 허리를 굽혔다.

「벌써 얻어터진 꼴이군.」

 마모루는 혀를 끌끌 차며 친근하게 승민에게 다가와 앉았다.

「이봐, 선입관을 버려. 우린 널 해치려는 게 아니야. 기회를 주려는 거지.」

 승민은 매섭게 쏘아봤다. 어차피 죽을 목숨이라면 가족 같던 이들은 지켜 주고 싶었다.

「어떤가? 영웅이 되고 싶지 않나?」

 만신창이가 된 승민의 몸뚱이에 마모루의 능청맞은 목소리가 감겨 왔다.

「일본놈들의 영웅이 되느니 차라리 이 자리에서 혀를 깨물고 죽어 버릴 거야.」

 승민은 비장했다.

「틀렸어, 틀렸어.」

 마모루는 고개를 저었다.

「넌 조선인들의 영웅이 될 거야. 어때? 그러면 구미가 좀 당기나?」

승민은 상대의 속내를 몰라 얼굴을 찌푸렸다. 그러자 마모루가 입술을 비죽거렸다.

「네 손으로 조선 총독을 제거하는 거야. 어때? 자신 있나?」

승민은 한동안 홀로 갇혀 있었다. 그는 한차례 몰아친 고문으로 엉망이었고, 얼굴은 형상을 알아보기 힘들 정도로 부풀어 올라 있었다. 그는 제 몸을 움츠렸다. 두려움과 고통으로 오그라든 몸이 바들바들 떨려 왔다. 그는 공포를 이겨 내기 위해 그리운 사람들을 떠올렸다. 가장 먼저 생각나는 이는 어린 시절 헤어진 형이 아닌 무영과 길주였다. 승민에게 있어 그들은 오랜 세월 함께해 온 가족이나 마찬가지였다. 그러다 영수와 수찬에게로 마음이 옮겨 갔다. 조금은 안정이 되는 것 같았다. 하지만 다음 순간 그는 민석의 말을 떠올리며 몸서리쳤다.

"만일 누군가가 총독부나 경찰에게 끌려가 고문을 당할 상황이라면…… 난 주저 없이 그 사람을 쏠 거야."

승민은 공포를 떨치려 머리를 싸쥐었다. 그러나 메마른 민석의 목소리는 끈질기게 그의 숨통을 조여 왔다. 승민은 두려움에 더욱 세게 몸을 오그렸다. 극한의 공포가 그를 잠식했다. 그러다 결심이 섰는지 승민은 벌떡 일어나 문을 두드렸다.

「할게요! 시키는 대로 다 할게요! 그러니까 문 좀 열어 주세요! 거기 아무도 없어요?」

23

구라토미는 민석의 서재에 들어 작전에 골몰했다. 민석은 신경이 잔뜩 곤두선 눈치였다. 그는 연신 손가락으로 테이블을 툭툭 쳤다. 구라토미는 그런 민석에게서 불안감을 읽었다.
「총독께선 이곳에 앉으실 겁니다.」
민석은 공연장 구조도를 펼쳤다.
「구라토미 상께서는 이쪽으로 퇴로를 마련한다고 일러 주시면 됩니다.」
민석은 손가락으로 출구를 가리켰다.
「알겠습니다. 저는 그것만 하면 되는 겁니까?」
구라토미는 침착하게 자신의 임무를 확인했다.
「아니요. 사건 직후 마모루의 체포를 맡아 주십시오.」
민석은 손가락의 까닥거림을 멈추고 지도 끝을 말아 쥐었다. 어느 쪽이나 초조해 보이기는 마찬가지였다.
「알겠습니다. 그럼 경호는 어떻게 하실 생각이십니까?」
「각하께서는 항상 현장에 다섯 명의 경호원을 두십니다. 그자들은 각하의 좌우에서 5미터 반경으로 자리하는 게 통상적이죠. 마모루도 이 점은 파악하고 있을 겁니다. 그래서 제 예상이 맞다면 저격범은 정면에서 각하를 노릴 겁니다. 마모루는 이 모든 자리가 보이는 뒤쪽에 앉겠지요. 제 추측이 맞다면 이 자리쯤 될 겁니다.」
민석은 공연장 구조도의 좌석 배치를 짚어 가며 조목조목 설명했다.
「좋습니다. 그렇게 진행하도록 하지요.」
민석은 자신 있게 웃었다. 그러나 마음속에 똬리를 튼 불안감을 몰아낼 수는 없었다. 실패를 두려워해서가 아니었다. 어쩌면 혜림을 지켜 내지 못할지도 모른다는 섬뜩한 예감 때문이었다. 순간 인기척이 들리며 미유키가 들어섰다. 그녀는 야무지게 과일을 깎아 든 채 안으로 들어섰다.
「이젠 무대까지 챙겨 줄 모양이네요?」
흘깃 공연장 구조도를 살피던 미유키가 빈정거렸다.

「저는 이만 가 보겠습니다. 생각보다 시간이 많이 늦어진 것 같아서요.」

구라토미는 이내 불편한 기색이 되어 자리에서 일어섰다. 두 사람의 미묘한 공기를 읽어 내는 것은 어려운 일이 아니었다.

「과일이라도 드시고 가세요. 집에 든 손님을 이대로 보낼 순 없잖아요.」

미유키가 방긋 웃었다. 민석은 입을 꾹 다물었다. 그녀의 가식까지 챙길 마음의 여유 따위는 없었다. 구라토미는 곤란한 눈빛으로 민석을 돌아봤다. 민석은 별다른 반응을 보이지 않았다. 결국 구라토미는 이런저런 핑계로 방을 나섰다. 문이 닫히자 두 사람만이 남았다. 잠시 동안 진공 상태가 이어졌다.

「그거 하나는 인정할게요. 당신의 그 대단한 사랑 말이에요. 당신에게도 피가 돌고 있다는 유일한 증거이기도 하니까요.」

미유키의 싸늘한 목소리가 공기를 갈랐다. 민석은 대꾸 없이 구조도를 접어 들며 일어섰다. 신경 쓰지 않겠다는 의지의 표현이었다.

「아쉽네요. 전 그 대단한 공연을 볼 수가 없어서. 무대도 무대지만 당신의 그 넋 빠진 얼굴, 한 번쯤은 보고 싶었는데.」

제대로 뒤틀린 독설이었다.

「당신은 행복했던 순간이 있어?」

처음 보는 이처럼 그녀의 얼굴을 빤히 보던 민석이 생경한 물음을 던졌다. 그와 그녀 사이에 어울리지 않는 감상적인 질문이었다. 미유키는 순간 굳었다. 그의 속내를 가늠할 수 없었기 때문이었다.

「단 한 순간이라도 절대 지워지지 않았으면 하는 기억이 있냐고.」

미유키는 쉽게 답하지 못했다. 한 번도 생각해 본 적 없는 일이었다.

「만일 없다면…… 지금부터라도 찾아. 그게 내가 당신에게 해 줄 수 있는 유일한 조언이야.」

민석은 예정에도 없던 조언을 던지고는 눈길을 돌렸다. 한 치의 관심도 두지 않던 미유키였지만 서서히 병들어 가는 그녀의 일상을 보니 어쩐지 서글펐다. 민석은 전에 없이 움트는 낯선 감정에 불편함을 느꼈다. 민석은 저도 모르게 구조도의 모서리를 구겨 쥐었다. 그녀의 불행을 바라지 않는 자신의 속내를 인정하고 싶지 않은 마음에서였다.

24

지하 통로에 분주한 발걸음 소리가 가득 찼다. 길주는 승민을 찾아 사방을 두리번거렸다. 그러나 자취조차 발견할 수 없었다. 밖으로 나선 길주는 영수의 작업실로 들이닥쳤다. 거친 문소리에 영수는 화들짝 놀랐다.

"아, 진짜! 사람이 왜 그렇게 조심성이 없어? 간 떨어지는 줄 알았네."

작업에 골몰하던 영수는 제 가슴을 싸쥐며 투덜거렸다. 그러나 길주는 그 말을 받아칠 경황이 없었다.

"승민이 못 봤어?"

"여기 안 왔는데?"

영수는 심드렁했다.

"아침에 담배 사러 간다고 나가서 아직까지 소식이 없어."

"뭐? 자정이 넘은 지가 언젠데……. 혹시 다른 볼일 있는 거 아니야?"

영수는 다른 가능성을 점쳐 봤다. 딱히 믿고 하는 말은 아니었다. 최악의 순간을 모면하고 싶은 마음에서였다.

"나 주겠다고 담배 사러 나간 새끼가 말도 없이 하루 종일 돌아다니겠어?"

길주는 벌컥 화를 냈다. 그제야 영수는 심상치 않은 상황을 인정했다.

"알았어. 일단 진정해. 난 동트자마자 이수찬 쪽하고 연락해 볼 테니까 형씨는 주변을 찾아봐. 알았지?"

길주는 영수의 다독임을 뒤로 하며 밖으로 나섰다. 그때 느지막이 대장간으로 들어서는 무영이 보였다. 길주는 분이 치밀어 버럭 소리를 질렀다.

"너 이 자식, 하루 종일 어딜 그렇게 쏘다녀?"

무영은 그런 길주에게서 심상치 않은 기색을 느꼈다.

"무슨 일이야?"

"……승민이가 없어졌어."

길주는 겨우 입을 뗐다.

"뭐……? 언제?"

무영은 가슴이 덜컹 내려앉았다.

"아침에 담배 사 오겠다고 나간 녀석이 지금까지 감감무소식이야. 어디 끌려가기라도 한 거 아니야?"

길주는 그답지 않게 초조해했다.

"그랬으면 여기가 이렇게 조용할 리가 없잖아. 형도 아니고, 나도 아니고, 승민이만 데려간다는 건 말이 안 돼. 일단 나는 경성 시내 좀 돌아볼 테니까 형은 지하도 쪽으로 다시 한 번만 찾아봐."

무영은 애써 길주를 안심시켰다.

"알았어."

길주는 황급히 뛰어나갔다. 무영은 다른 방향으로 달렸다.

무영은 밤새도록 경성 거리를 이 잡듯이 뒤졌다. 미로 같은 지하도부터 외딴 폐가까지 하나도 빼놓지 않았다. 그러나 헛수고였다. 무영은 헉헉거리며 하늘을 올려다봤다. 추운 날씨 탓에 뽀얀 김이 올라왔다. 하늘은 어느새 어슴푸레 밝아 오고 있었다. 무영은 제 무능함에 화가 치밀어 애꿎은 빈 상자를 걷어찼다. 그러나 공연한 짓이었다. 맥 놓고 있던 무영은 다시 거리를 배회했다. 그의 발길은 어느새 중추원 앞까지 닿았다. 그때 이른 출근에 나선 수찬과 마주쳤다. 무영은 눈물이 왈칵 쏟아질 것 같았다. 까닭 모를 반가뭄에서였다.

"혹시…… 승민이 못 봤어?"

"최승민? 못 봤는데? 이 시간에 거리를 돌아다닐 리가 없잖아?"

수찬은 대수롭지 않은 얼굴이었다.

"없어졌어."

무영은 낭패감에 스르륵 주저앉았다.

"……뭐?"

"경성 바닥을 이 잡듯이 뒤졌는데…… 흔적도 없어."

무영은 새삼스레 절망감에 사로잡혔다. 그는 비어져 나오는 울음을 애써 눌렀다.

"그렇다면…… 설마……."

수찬의 얼굴이 하얗게 질렸다.

"설마라니? 짚이는 게 있어?"

무영은 수찬을 다그쳤다.

"유우스케가 말하는 걸 들었어. 한일단원 중 하나를 체포했다고……."

수찬은 말끝을 흐렸다.

"뭐? 그 얘길 왜 이제 해!"

무영은 벌떡 일어나며 소리를 질렀다. 그는 극심한 현기증을 느꼈다. 충격과 과로의 합작품이었다. 무영은 정신이 혼미해졌다. 무슨 수를 써서라도 그 아이를 구해 내야 했다. 하지만 그것은 단지 의지일 뿐이었다. 그는 제 스스로에게 혐오감을 품었다. 목숨을 던질 각오는 되어 있었지만 결과를 얻어 낼 자신이 없었다. 그는 거대한 벽과 마주한 것 같은 막막함을 느꼈다.

두 사람은 그길로 지하 통로를 향해 내달렸다. 회의 소집을 위해서였다. 모두가 대장간을 중심으로 배회하고 있던 탓에 이들은 오래지 않아 한자리에 모였다. 수찬은 그 자리에서 승민의 체포 소식을 전했다.

"그럼 총독부에 잡혀 있단 말이야?"

영수는 경악을 금치 못했다.

"그런 것 같아."

수찬이 담담하게 답했다. 길주는 분한 듯 주먹으로 바닥을 내리쳤다.

"내가 빼낼게."

무영이 일어섰다. 묘안이 없다 해도 그대로 주저앉아 있는 건 비겁하다는 생각에서였다.

"앉아."

수찬이 말했다. 담담한 어조였다. 무영은 자신을 향한 분노를 담아 수찬을 쏘아봤다.

"시기가 좋지 않아."

감정이 제거된 판단이었다.

"무슨 소리야?"

무영이 되물었다.

"총독 암살 계획이 잡혔다는 정보야."

모두는 다시 한 번 경악했다.

"지금 섣불리 움직이면 우리가 생각할 수 없을 만큼 일이 커질 거야."

수찬은 방법을 찾느라 골똘해졌다.

"그럼 뭘 어쩌자고?"

길주가 흥분하기 시작했다.

"일단 폭풍은 피하고 봐야 하는 거 아니야? 어쨌든 오늘은 지나야 해."

말은 그렇게 했지만 수찬 역시 대안은 없었다.

"정민석도 알아?"

무영이 참았던 물음을 꺼냈다.

"아니. 말 안 했어."

"왜?"
"지금 총독 암살 건만 해도 머리가 복잡할 거야."
"그놈의 우정, 참 한가하구나. 지금 단장 머릿속 신경 쓸 때야?"
영수는 짜증 섞인 불만을 토로했다.
"그 녀석 머리가 엉키면 한일단도 끝장이라는 거 몰라? 하나라도 짐을 덜어 주자. 우리가 할 수 있는 일들은 신경 쓰게 하지 말자고."
수찬의 단호한 말에 모두는 입을 다물었다. 따지고 보면 타당한 말이었다. 그럼에도 정작 말을 뱉은 수찬의 속내는 복잡했다. 이 사실을 함구하기로 의견을 낸 이상, 그 자신이 민석을 대신해 한일단의 안위를 책임져야 하는 탓이었다. 그리고 이면에는 민석이 혜림의 안전에 집중했으면 하는 심정도 존재했다. 이기적인 노릇이지만 어쩔 수 없었다.
"단장 생각은 뭐야? 암살을 막겠다는 거야?"
영수가 끼어들었다.
"그렇겠지. 현재로서는 총독이 우리 편인 게 유리하니까."
"미치겠군."
무영은 생각에 잠겼다. 상황을 미뤄 보아 민석의 도움을 기대하는 것은 무리였다. 그렇다고 손 놓고 있을 수도 없는 노릇이었다. 그렇다면 방법은 하나였다.
"내일 다 함께 움직이는 걸로 하자. 승민이를 잡아들였다는 건 나랑 길주 형의 정체도 알고 있다는 얘기야. 그럼에도 불구하고 우릴 치지 않았다는 건…… 어떤 식으로건 승민이를 이용하겠다는 심산인 게 분명해."
모두에게 동요가 일었다. 쉽게 결정할 수 있는 문제가 아니었다.
"내 짐작이 맞다면…… 승민이는 내일 그 자리에 나타날 거야."
"이유는?"
"그건 나도 몰라. 방패가 될 수도 있고, 미끼가 될 수도 있고……."

그는 말끝을 흐렸다. 그러자 영수가 정리에 나섰다.

"그럼 각자 역할을 정해 보자. 일단 출입이 자유로운 사람은 우리 둘뿐이야. 이수찬하고 나. 이수찬은 중추원 소속이니까 자연스럽게 들어갈 수 있을 거고 난 인맥으로 우기면 되니까."

모두 고개를 끄덕였다.

"그럼 두 사람은 먼저 들어가서 안쪽에서 승민이 위치 파악해. 길주 형하고 나는 바깥쪽에서 대기하다가 기회를 봐서 움직일 테니까."

무영이 덧붙였다.

"일이 커지는데……. 내 생각엔 단장한테 말하는 게 좋을 것 같아. 혹시 저번에 이무영이 빼냈던 것처럼 나설 수 있을지도 모르잖아."

영수가 의견을 냈다. 하지만 수찬은 반론을 제기했다.

"그때랑은 상황이 달라. 그땐 무영이를 붙잡아 둘 명분이 없었어. 하지만 최승민은 지금 독립군의 일원으로 잡혀 있는 거야. 잘못하면 민석이까지 위험해진다고."

수찬은 민석의 입장을 고려했다. 무영은 그 배려에 속이 뒤틀렸다.

"꽤나 걱정해 주는군. 어차피 그 자식 도움은 필요 없어. 그 자식이 움직이지 않아도 승민이는…… 내 손으로 구해 낼 테니까."

무영은 오기로 주먹을 불끈 쥐었다.

25

「최승민이 하겠답니다.」

나카무라의 보고에 마모루는 빙긋 웃었다.

「그렇겠지. 어떻게 해서든 살리려고 발버둥 쳐야 할 테니까. 어차피 여기서 살아 돌아간다고 해도 한일단에서도 의심받게 된다는 걸 모르진 않을 거야.

머리가 있는 녀석이라면.」
 마모루는 상황을 즐기고 있었다. 수년간 한일단에 대한 집착을 버리지 못했던 그였다. 그런 마모루에게 승민의 검거는 천우신조였다. 더군다나 잘 하면 눈엣가시 같은 민석까지 한 번에 제거할 수도 있을 터였다.
「실력은 믿을 만하겠지?」
 마모루는 단속에 나섰다. 일이 잘 풀릴수록 신중해야 한다는 게 평소 그의 지론이었다.
「겁은 많은 놈이지만 오랫동안 훈련을 받아 온 놈이니 괜찮을 겁니다. 설령 실패한다고 해도 쏴 죽이면 그뿐이니까요.」
「성공해도…… 그놈은 사살이야.」
 마모루는 비열한 웃음과 함께 일어섰다.
「같이 가지. 조선의 영웅을 위해 만찬이라도 준비해 줘야 하지 않겠나?」
 마모루는 나카무라와 함께 고문실에 들렀다. 이미 순사를 통해 음식을 전달한 후였다. 문을 열자 허겁지겁 음식을 먹고 있는 승민이 보였다. 그는 반쯤은 넋이 나간 것 같았다. 극도의 정신적 충격 탓이었다. 더군다나 고문을 받느라 체력은 완전히 소진된 상태였다. 마모루는 야릇한 미소로 그런 승민을 바라봤다.
「그래, 그래. 든든히 먹어 둬. 내일 거사를 치러야 할 테니까.」
 승민은 우적거리며 음식에 집중했다. 마모루의 말은 귓등으로도 들리지 않는 눈치였다.
「내일 너에게 주는 총에는 탄피가 세 개 들어가 있을 거야. 총독에게 쓸 수 있는 탄피는 둘. 마지막 탄환은…… 실패했을 경우의 널 위해 넣어 둘 거야.」
 일순 음식을 밀어넣던 승민의 몸짓이 멈췄다. 그의 말간 눈이 마모루를 응시했다.

「그러니까 반드시 성공해야 해. 네가 살 길은 무조건 총독을 죽이는 것뿐이야. 그렇게 되면 넌 조선인들의 영웅이 되고, 한일단의 영웅이 되겠지.」

마모루는 교묘히 그의 생존 본능을 건드렸다.

「그런데 왜죠?」

승민은 그제야 물음을 던졌다.

「……당신들은 왜 총독을 죽이려는 거죠?」

당연히 품게 되는 의문이었다. 마모루는 그 순진한 물음에 조소를 던졌다.

「우리는 정의의 편이니까.」

26

"결국 설득 못한 거야?"

수찬은 집무실을 나서는 민석을 가로막으며 물었다.

"모르겠어."

민석은 모자를 눌러쓰며 문손잡이를 쥐었다. 수찬은 그의 어깨를 잡아챘다.

"네가 모르면 누가 알아?"

수찬은 격앙됐다. 승민의 일까지 겹쳐 예민해진 탓이었다.

"난 할 수 있는 말을 다 했어. 만약 혜림이가 무대에 서면…… 혜림이랑 나랑은 끝이야."

민석은 어렵사리 말을 맺었다.

"……뭐?"

"혜림이에게도 그렇게 얘기했어."

"너 이 자식……! 혜림이가 누구 때문에 그 무대에 서는지 알아?"

수찬이 따져 물었다. 그러자 민석이 싸늘히 웃었다.
"……나 때문이라고?"
자조 어린 그의 목소리가 안개처럼 가라앉았다.
"그래……. 모든 게 나 때문이지. 혜림이가 불행한 것도, 어머니가 돌아가신 것도, 이 조선 땅이 짓밟히는 것도! 전부 다! 그래! 전부 다 나 때문이야! 이제 속이 시원해?"

민석은 분을 쏟아 놓고 문을 쾅 닫았다. 복도에 선 그는 제 감정을 추스르려 벽에 기댔다. 그는 총독에게로 가야 했다. 그리고 이제부터 엄청난 일들을 감당해야 했다. 흥분은 금물이었다. 절대로 냉정해야 했다.

공연이 임박한 극장 앞은 활기찼다. 하나 둘 들어서는 차에서 고위 관료들이 쏟아져 나왔다. 덕분에 경호하는 이들도 분주했다. 그런 가운데 민석의 차가 매끈하게 들어섰다. 그는 차에서 바삐 내려 총독을 보좌했다. 두 사람의 등장에 입구에 있던 인파가 홍해처럼 갈라졌다. 민석은 총독과 함께 객석으로 향했다.

공연장 배치는 민석의 예상대로였다. 모든 자리는 서열순으로 마련되어 있었다. 관료들은 서로 악수하고 덕담을 나누기에 바빴다. 그러다 총독의 등장에 모두 기립했다. 총독은 손을 들어 그들에게 인사를 전했다. 민석은 총독을 자리로 안내하고 자신이 그 곁에 앉았다. 그는 긴장한 눈으로 주위를 둘러봤다. 무대를 중심으로 순사들이 각자의 위치에 자리 잡고 있었다. 그러다 일순 민석의 얼굴이 굳었다. 민석은 믿을 수 없다는 듯 눈살을 찌푸렸다. 무대 밑 정 가운데에서 순사복 차림의 승민을 발견한 탓이었다.

「오늘 공연을 시작으로 태평양 전선을 돌게 되다니. 나도 서혜림 양의 팬으로서 기대가 크네. 오늘도 분명 멋진 공연일 테지?」

총독이 말을 건네 왔다. 덕분에 민석의 진공이 깨졌다.

「실망시키지 않을 겁니다.」

명료한 대답이었다. 민석은 다시 무대 쪽으로 시선을 돌렸다. 그러자 승민과 시선이 마주쳤다. 승민은 당황하며 민석의 시선을 피했다. 민석은 혼란스러웠다. 승민이 왜 그 자리에 있는지 이해할 수 없었다. 마모루는 먼발치에서 이런 두 사람의 기운을 감지하며 비식 웃었다.

승민의 얼굴에는 핏기가 가신 지 오래였다. 그는 반쯤 얼이 나가 보였다. 마치 최면에 걸린 인형 같았다. 그는 나카무라가 하달한 지시 사항들을 떠올렸다. 나카무라는 총독이 가장 잘 보이는 위치에 승민을 배정했다. 저격하기 좋은 최상의 상태로 맞춰 준 셈이었다. 그는 승민의 순사복을 매만져 주며 몇 번이고 실패하면 안 된다고 당부했었다.

"실수 같은 거 안 해요. 반드시…… 살아남을 거니까."

승민은 망연히 중얼거렸다. 그러는 사이 차가운 민석의 시선이 그에게 닿았다. 승민은 저도 모르게 자꾸만 어깨를 움츠렸다. 민석은 그런 승민의 기색이 여간 수상하지 않았다. 그는 극도의 긴장감으로 공연장을 둘러봤다. 그러자 좌측 문이 열리며 초조한 얼굴의 수찬이 보였다. 그는 뭔가를 찾는지 사방을 두리번거렸다. 반대편에서는 영수까지 가세했다. 민석은 상황을 가늠할 수 없었다. 그 사이 유우스케가 수찬에게 다가가고 있었다.

「자리를 아직 못 잡은 건가?」

「저는 관람하러 온 게 아니라 진행 요원 자격으로 온 겁니다.」

수찬은 대충 둘러댔다.

「저 친구도 말인가?」

유우스케는 턱짓으로 영수를 가리켰다. 그는 뭔가 낌새를 채려는 듯 수찬의 기색을 살폈다.

「일손이 부족할 것 같아 제가 도움을 청했습니다.」

자연스러운 처세였다. 유우스케는 고개를 끄덕이며 제자리에 앉았다. 유우스케가 떠나자 수찬은 황급히 사방을 옮겨 다녔다. 그는 불안한 기색이 역력했다. 확실히 뭔가 심상치 않았다.

「잠시 일어서겠습니다.」

민석은 예를 갖추며 총독에게 양해를 구했다. 상황을 파악해야 한다는 판단에서였다.

「그러게.」

총독은 흔쾌히 그의 말에 응했다. 민석은 조용히 걸음을 옮겨 수찬에게 다가갔다. 수찬은 흠칫 놀랐다.

"잠깐 밖에서 좀 보지."

민석은 은밀한 목소리로 수찬을 불러냈다. 수찬은 묵직한 걸음으로 따라 나섰다. 민석은 고개는 고정한 채 눈으로만 사방을 살폈다. 조용한 곳을 찾기 위함이었다. 그는 비상구로 통하는 계단을 발견하고 수찬을 잡아끌었다. 수찬은 맥없이 끌려갔다.

"말해."

민석은 싸늘한 눈길로 수찬을 쏘아봤다.

"뭘?"

수찬은 잡아뗐다. 그러나 불안에 잠긴 눈동자는 이미 민석의 시선을 피하고 있었다.

"무슨 짓을 꾸미고 있는 거야?"

단도직입적인 물음이었다.

"뭔가 오해하는 것 같은데……."

수찬은 핑계를 찾지 못해 어물거렸다. 그러자 민석이 다그쳤다.

"너 아까부터 뭘 찾는 거야? 박영수는 왜 여기 있고? 최승민은 왜 여기 있는 건데? 그것도 순사복 차림으로!"

"……최승민을 봤어?"

놀란 수찬이 반문했다.

"오늘 무슨 일이 벌어질지 몰라서 이래? 여기다 그 녀석들을 왜 끌어들여?"

민석은 주위를 살피며 수찬을 몰아세웠다. 행여나 듣는 귀가 있을까 하는 염려에서였다.

"일부러 끌어들인 게 아니야. 마모루가…… 최승민을 쥐고 있어."

수찬은 그제야 상황을 털어놓았다.

"그게 무슨 소리야?"

민석은 한쪽 눈썹을 치떴다.

"어제 최승민이 실종됐었고……, 저녁때가 되어서야 알게 됐어. 마모루 손에 넘어갔단 걸……."

"그 얘기를 왜 이제 해!"

민석은 자제력을 잃고 버럭 소리를 질렀다. 그 소리에 순사들의 발걸음 소리가 몰려왔다. 그들은 한참이나 민석을 찾아다닌 모양이었다. 민석은 애써 표정을 수습했다.

「각하, 총독께서 찾으십니다.」

「알았어.」

순사를 따라 들어가는 민석의 얼굴에 핏기가 가셨다. 예민해진 눈가는 파르르 떨려 왔다. 수찬은 그런 민석을 뒤로 한 채 반대편으로 달려 나갔다. 무영과 길주에게 승민의 위치를 알려 주기 위해서였다.

27

길주와 무영은 극장 안으로 잠입하고 있었다. 두 사람의 표정은 사뭇 비장했다.

"이번엔 안 돼."

길주가 차분히 말했다.

"감정 섞지 마. 무조건…… 승민이가 먼저야."

길주는 몇 번이나 무영에게 다짐을 받았다.

"알아."

"믿는다."

"응."

길주는 군말을 보태지 않았다. 평소와 다른 그의 태도에 무영의 눈빛이 결연해졌다. 두 사람은 은밀한 걸음으로 모퉁이를 돌았다. 그들의 시야에 순사 두 명이 들어왔다. 그들은 공연장과 연결되는 비상구를 지키며 한가하게 수다를 즐기고 있었다. 무영은 날렵한 발차기로 이들을 쓰러뜨렸다. 상대는 저항할 새도 없는 기습에 무작정 허리춤으로 손을 옮겼다. 총을 꺼낼 생각이었다. 하지만 두 사람의 총은 빠른 속도로 복도를 미끄러져 가고 있었다. 이들은 망연한 눈길로 자신의 총을 바라봤다. 그 사이 무영은 세찬 발길질로 그들의 머리를 가격했다. 그들은 비명조차 지르지 못한 채 정신을 잃었다. 상대의 의식이 완전히 멀어진 것을 알자 무영은 이들을 빈 방으로 굴려 넣었다. 옷을 바꿔 입기 위해서였다.

그들의 옷을 벗긴 무영은 지체 없이 두 사람의 목덜미에 칼을 꽂아 넣었다. 밖에서 해치우지 않았던 이유는 비명 소리 때문이었다. 하지만 그대로 살려 두면 분명 족쇄가 될 게 분명했다. 무영과 길주는 잽싸게 옷을 갈아입고 다시 비상구를 향해 달렸다. 그러다 눈앞의 그림자에 흠칫 놀라 섰다. 수찬이었다. 그는 급한 길을 왔는지 숨을 헉헉거리고 있었다.

"최승민…… 공연장 안에 있는 것 같아."

수찬은 가쁜 숨을 몰아쉬었다.

"뭐? 어디에?"

길주는 흥분해 목소리가 높아졌다.
"모르겠어. 민석이가 본 모양이야."
수찬은 눈짓으로 그런 길주를 진정시켰다.
"그래서?"
무영이 찡그리고 나섰다.
"무슨 일이냐고 채근하기에 다 털어놨어."
수찬은 정황을 차분하게 설명했다.
"그럼 대책이 있는 거야?"
길주는 민석에게 뭔가를 기대하는 눈치였다. 혹시나 하는 마음에서였다.
"아니. 민석이는 총독이 불러서 들어갔어."
길주는 낙심했다.
"그럼 확실한 건 공연장 안에 있다는 것뿐이군."
무영이 상황을 정리하고 나섰다.
"형은 나랑 같이 움직이자. 그리고 이수찬 넌 이제 네 자리로 가. 더 이상 수상쩍게 움직이지 말고."
상황의 위험성에 비해 결론은 간단했다. 길주는 무영을 따라나섰다. 수찬은 걱정스레 그들을 봤다. 결국 무영과 길주, 두 사람이 승민의 운명을 짊어진 셈이었다.
무영과 길주는 계단을 통해 2층으로 올라갔다. 빠른 시간 안에 승민을 찾아내기 위해서였다. 두 사람은 순사들이 보초를 서고 있는 우측을 지나 좌측 출입구로 들어섰다. 등 뒤로 순사들의 시선이 꽂혔지만 신경 쓰지 않았다. 오히려 동요하면 더욱 수상쩍게 볼 터였다. 실내는 어두웠다. 이제 막 공연이 시작될 모양이었다. 무영과 길주는 조심스레 주위를 살피다 영수와 맞닥뜨렸다.
"찾았어?"

무영은 영수의 얼굴을 보자마자 다짜고짜 물었다.
"아직."
"순사복을 입고 있대. 다시 잘 찾아봐."
무영이 낮게 속삭였다. 영수는 시선만 돌리며 분주하게 승민을 찾았다. 무영은 반대편을 살폈다.
"찾았어!"
길주가 조용히 소곤거렸다.
"무대 앞이야. 귀빈석 쪽 출구 방향."
무영의 시선이 길주와 같은 방향으로 향했다. 무대 앞에서 경비를 서는 승민의 모습이 보였다. 무영과 길주는 황급히 밖으로 달렸다. 1층으로 내려가기 위해서였다. 하지만 1층의 진입은 쉽지 않았다. 10여 명의 고등 경찰이 철통같이 경비하고 있는 탓이었다.
"어쩔 거야?"
길주가 걱정스레 물었다.
"뚫어야지."
무영은 담담히 대꾸했다.
"미쳤어?"
"그럼…… 승민이 죽일 거야?"
길주는 할 말을 잃었다. 선택의 여지가 없었다. 무영은 확인을 받아 내듯 고개를 끄덕였다. 길주는 할 수 없이 마주 보며 동의했다.
무영은 단검을 여러 개 빼 들고 차례대로 순사들의 가슴팍에 던졌다. 정확한 조준에 절반의 순사가 피를 토했다.
「웬 놈이냐!」
살아남은 다섯 순사는 두 사람을 향해 총을 겨눴다.
"총소리가 나면 안 돼."

길주가 마주 선 순사를 베며 속삭였다. 그러자 무영은 날렵한 동작으로 순사 셋을 동시에 베어 버렸다. 결국 남은 순사 하나는 길주의 칼에 명을 다했다.

28

무용복을 갖춰 입은 애종은 들떠 있었다. 하얀 무용복을 입은 그녀는 아카시아 꽃처럼 앙증맞았다. 곁에 선 신월은 뭐가 불안한지 연신 왔다 갔다 했다. 혜림은 애종에게 다가앉아 화장을 고쳐 주고 있었다.
"언니, 진짜 촌스럽게 왜 그래요? 누가 보면 당장 무대에 올라가는 줄 알겠네."
애종은 거울에 비친 신월을 보며 면박을 줬다.
"언니! 나 좀 봐 봐요. 예뻐요?"
애종이 신월에게 물었다.
"벌써 이렇게 떨려서 어쩌냐……."
신월은 잔뜩 긴장한 탓에 애종의 말이 귀에 들어오지 않는 모양이었다.
"아 진짜, 나 예쁘냐고요!"
애종은 버럭 소리를 질렀다.
"그래 예쁘다, 이 계집애야!"
신월은 마지못해 대꾸했다. 그러자 애종은 만족스러움에 배시시 웃었다.
잠시 후 홍연이 애종의 곁에 앉았다. 그녀는 이제 막 무대 의상으로 갈아입고 단장에 들어갈 참이었다. 애종은 곁눈으로 홍연을 보며 말을 걸었다.
"언니는 어떻게 된 게 아직 분장 시작도 안 했는데 왜 이렇게 예뻐요?"
애종은 감탄해 마지않았다.
"애종 씨도 예뻐요."

혜림이 곁에서 애종의 흥을 돋워 줬다.
"자신 있어요?"
홍연이 혜림에게 물어 왔다.
"물론이에요. 홍연 씨는요?"
"당연하죠."
홍연도 지지 않았다.
"고마워요. 어려운 부탁이었는데."
혜림은 진심으로 감사를 전했다.
"아니에요. 내가 고마워요. 이런 무대에서 춤출 수 있게 해 줘서."
혜림은 홍연의 손을 꼭 잡았다. 홍연도 미소로 그 손을 마주 잡았다.

29

암전이 되자 술렁이던 객석이 조용해졌다. 넓은 무대는 온통 하얀색이었다. 정갈한 무대를 비추는 푸른빛의 조명이 달빛처럼 청아했다. 혜림은 홀로 무대에 올랐다. 그녀는 신비로운 하얀색 의상을 입고 우아한 독무를 펼쳤다. 이어 홍연이 무대에 올랐다. 그녀는 역동적인 손놀림으로 장검을 휘두르며 혜림에게 다가갔다. 그러자 혜림은 처연한 움직임으로 그런 홍연으로부터 달아났다. 음악이 격렬해지자 홍연의 동작도 점점 과감해졌다. 고통과 절규를 표현하며 몸을 뒤틀던 혜림은 하얀 옷자락을 가볍게 풀어냈다. 그러자 안에 입고 있던 붉은빛 의상이 모습을 드러냈다. 홍연이 퇴장하자 강렬한 혜림의 독무가 이어졌다. 관람석에서는 감탄사가 흘러나왔다.

「강렬한 공연이군.」
총독은 탄복했다.
「감사합니다.」

민석은 차분히 대답했다. 그러나 마음은 승민과 혜림으로 인해 불안하기 짝이 없었다.

「자네가 왜 저 친구를 놓지 못하는지 알 것 같군. 정말 아름다워.」

총독은 감탄해 마지않았다.

「과찬이십니다.」

민석은 의례적인 답변을 던지고 무대를 주시했다. 혜림은 음악에 제 몸을 던진 채 부유하고 있었다. 혜림의 독무는 그렇게 절정에 달했다. 그 순간 무대 한쪽에서 애종이 모습을 드러냈다. 그녀 역시 하얀 무용복 차림이었다. 붉은 옷의 혜림과 흰 옷의 애종은 연인의 사랑을 표현하며 호흡을 맞췄다. 그러자 홍연이 격렬한 몸짓으로 그런 두 사람을 압박했다. 결국 이야기는 결투로 이어졌다. 홍연과 애종은 서로의 검을 빼어 든 채 교차했다. 혜림은 두 사람 사이를 돌며 빠르게 무대를 압도했다. 드디어 최후의 검이 애종의 승리를 알렸다. 그러자 혜림은 애종과 뜨거운 포옹을 나눴다. 음악은 어느새 결말을 향해 치달았다. 순간 혜림은 애종의 품에서 길게 늘어뜨린 푸른빛 천을 꺼냈다. 그녀는 그 천으로 푸른 물결을 만들어 내며 환희에 찬 동작을 선보였다.

「저건……」

총독의 얼굴이 흙빛으로 변했다.

"……저 바보……"

민석은 저도 모르게 벌떡 일어나 중얼댔다.

「백의민족을 상징하는 하얀 무대, 하얀 의상……, 피를 부르는 일장기……, 그리고 구원의 대상이 되는 태극 물결이라……. 이 공연은 처음부터 끝까지…… 항일운동을 상징하는 거였어.」

총독은 매섭게 민석을 쏘아봤다.

「설마 자네 계획인가?」

민석은 대답이 없었다. 그저 멍한 눈으로 무대를 주시할 뿐이었다. 그러자 서릿발 같은 총독의 추궁이 쏟아졌다.

「다시 묻겠네. 자네 짓인가?」

「……모르는 일입니다.」

민석은 간신히 입을 열었다.

「그럼 당장 멈춰! 당장 무대에서 서혜림을 끌어내리란 말이야!」

민석의 눈빛이 혼란으로 강하게 흔들렸다. 혜림은 무대 위에서 싸늘하게 굳어 가는 민석의 얼굴을 봤다. 혜림은 그런 그를 향해 미소지으며 화려한 춤을 이어 갔다. 유연한 그녀의 몸짓이 그의 숨통을 조여 왔다. 민석은 혜림을 보며 품 속의 총을 꺼내 들었다. 매정하고 차가운 감촉에 그의 심장이 저려 왔다. 짧은 시간, 민석은 갈등했다. 총은 어차피 자신의 손에 있었다. 그러니 가볍게 검지를 들어 총독의 머리를 날려 버리면 그만이다. 그러면 지금 저 아이는 죽지 않아도 됐다. 멍청한 순사복 차림의 승민도, 우왕좌왕하며 공연장을 돌아다니는 얼빠진 한일단원들도 모두 살아 나갈 수 있다. 그러나 알고 있었다. 그 모든 가설이 거짓이라는 것을. 그것은 그저 혜림을 살려 내기 위한 변명에 불과했다. 만일 그의 손에 총독이 죽게 된다면 그것으로 모두 끝이었다. 당장에 자신의 숨통이 끊어지는 건 중요치 않았다. 그러나 그대로 그가 생을 놓아 버린다면 이후에는 아무것도 지켜 낼 수가 없다. 억울한 목숨을 버려 가며 사라진 이들의 희생도, 제 땅의 경멸을 받아 내며 악착같이 버텨 온 나날도, 이 자리에 있는 한일단원들의 안위도 모두 소멸되어 버릴 터였다. 어쩌면 그 모든 걸 버려서라도 살려 내고 싶은 혜림의 목숨까지도. 결국 결론은 명쾌했다. 지금 그가 할 수 있는 유일한 선택은 그녀의 심장에 총알을 박아 넣는 것뿐이었다. 고통스럽지 않게. 정확하고 깔끔한 한 발을.

민석은 결심한 듯 입술을 깨물었다. 그는 떨리는 손으로 총을 움켜잡았다. 단단하고 매정한 냉기에 머리카락이 쭈뼛 섰다. 민석은 그 생생한 공포를 누르고 총을 들어올렸다. 그는 달뜬 눈을 부릅뜨고 무대 위의 혜림을 쏘아봤다. 싸늘한 총구와 함께였다. 총을 쥔 민석의 손은 석고처럼 굳어 움직이지 않았다. 경직된 그의 어깨도 요지부동이었다. 오직 눈가에 고인 눈물만이 그의 혼란을 대변하듯 뜨겁게 움직였다. 그동안에도 혜림은 춤을 췄다. 민석은 낯선 이를 향하듯 혜림을 겨눴다. 총구 끝에 환하게 웃는 그녀의 미소가 잡혔다. 그는 매서운 눈빛으로 그녀를 쏘아보며 방아쇠를 당겼다.

탕!

봉인된 슬픔

1

탕!

날카로운 총성이 공간을 잠식했다. 가볍게 날아오르던 혜림의 발끝이 사뿐히 멈춰 섰다. 그녀는 가늘게 떨려 오는 눈동자를 민석에게로 돌렸다. 총구에서 나오는 매캐한 연기가 그녀의 시야를 가렸다. 그러나 안개는 이내 가라앉았다.

민석의 총구는 혜림이 아닌 승민에게로 향해 있었다. 혜림에게 방아쇠를 당기려던 찰나 승민의 총구가 총독에게로 향했기 때문이었다. 민석의 총알은 정확하게 승민의 복부를 관통했다. 그 바람에 승민의 총알은 애꿎은 순사에게로 꽂혔다. 총독은 뜻하지 않은 상황에 얼굴이 하얗게 질렸다.

「각하를 보호하라!」

민석은 목소리를 높여 명령했다. 사방에서 순사들이 분주히 움직이며 진을 짰다. 그 사이 승민은 제 가슴팍에서 뿜어져 나오는 더운 피를 낯선 눈길로 바라봤다. 승민은 식어 가는 제 몸뚱이를 의식하지 못한 채 바닥에 떨어뜨린 총을 주웠다. 바람은 하나. 살고 싶었다.

승민의 처연한 움직임에 민석의 눈두덩에 핏발이 섰다. 이번에도 마찬가지였다. 민석은 그를 쏘아야 했다. 그의 총은 언제나처럼 고락을 함께한 동지를 재물삼아 움직이고 있었다. 왜? 왜 하필? 민석은 제 운명을 저주하며 다시 승민을 겨냥했다.

탕! 탕! 탕! 탕!

민석이 총을 난사하자 돌연 무영이 뛰어들었다. 그는 승민을 끌어안고 옆으로 굴렀다. 승민의 가슴팍에 젖어든 피가 무영의 순사복을 흥건히 적셨다.

"최승민! 정신 차려! 최승민!"

무영은 절규하며 소리쳤다. 분노로 갈라진 그의 음성은 쇳소리처럼 날카로웠다.

"혀……, 형이다……."

승민은 고통에 찡그리면서도 힘겹게 웃었다.

"너 이 새끼 정신 못 차려? 최승민!"

무영은 정신없이 승민의 몸뚱이를 흔들어 댔다. 그 사이 진을 치고 있던 순사들의 총구가 모조리 무영과 길주에게로 향했다.

「어떤 경우에도 최우선은 각하의 안위다! 여긴 내가 맡을 테니 당장 각하를 안전한 곳으로 모셔!」

추상같은 민석의 명령에 한 무리의 순사들이 분주히 움직였다. 민석은 남은 순사들에게도 임무를 하달했다.

「밖에서는 마모루 경무국장이 체포되고 있을 거다! 자네들은 육군이 범인을 호송할 수 있게 엄호하도록!」

「알겠습니다!」

삼엄한 경비 속에 총독이 빠져나갔다. 민석은 급박한 눈길로 사방을 살폈다. 공연장에 남은 이들은 무영과 길주, 피범벅이 된 승민과 무대에 굳어 선 혜림뿐이었다. 무영은 승민을 끌어안은 채 민석을 노려봤다. 민석은 그런 무영을 향해 가차없이 총을 쐈다. 하지만 자꾸만 흘러나오는 눈물이 그의 시야를 방해했다. 결국 민석의 총알은 애꿎은 무대 장식으로 날아들었다. 그 바람에 허공에 매달린 하얀 천들이 하나 둘 무대 위로 떨어졌다. 그 사이 무영은 날렵하게 피하며 반격했다. 거침없는 총성이 민석에게 날아들었다. 민석은 객석의 의자를 방패삼아 몸을 낮췄다.

탕! 탕! 탕! 탕!

서로 몸을 숨긴 채 주고받는 총성이 요란했다. 혜림은 무대 위에 선 채 미동도 하지 않았다. 일의 끝을 지켜보기라도 하겠다는 듯 굳어 서 있을 뿐이었다. 무영은 그런 혜림을 흘깃 보다 갑작스레 무대 위로 뛰어 올라갔다. 그녀를 인질로 잡기 위해서였다. 무영은 그녀의 머리에 총을 겨눴다. 순간 맹렬하던 총성이 멈췄다. 민석의 총구는 여전히 무영에게 향했다. 그러나 눈빛은 상대를 가늠할 수 없을 만큼 격렬히 흔들리고 있었다.

"그걸 쏘는 순간 이 여자의 머리가 날아갈 거야."

민석은 무영의 살기를 고스란히 읽었다. 지금 그의 말은 협박이 아니었다. 진심이었다. 승민의 죽음으로 인한 분노의 산물이었다. 민석은 애써 총을 세게 거머쥐었다. 그러나 그의 각오가 무색하게 총을 쥔 손이 바들바들 떨려 왔다. 무영은 그런 민석의 기색을 살피며 더욱 세게 혜림의 머리로 총을 밀어넣었다.

"상관없어. 어차피 그 여자는…… 황국의 적이야."

민석은 새어 나오지 않는 목소리를 쥐어짜며 무영을 겁박했다. 그러자 무영은 돌연 미친 듯이 웃었다. 무대 위에는 공허한 웃음이 가득 들어찼다.

"너도 참 불쌍한 놈이구나."

무영의 입가에서 여전히 실소가 터져 나왔다. 그동안 혜림의 감정 없는 눈길이 민석을 향했다. 혜림은 그의 최선을 이해했다. 그리고 이것이 그녀의 최선이기도 했다. 그러나 속눈썹에 고스란히 내려앉은 눈물의 무게만큼은 버텨 낼 재간이 없었다. 결국 그녀의 뺨에 더운 눈물이 흘러내렸다. 민석은 애써 그 눈물을 외면했다.

"닥치고 총 내려!"

민석은 경계를 늦추지 않고 무영과 대치했다. 그 사이 길주는 승민을 업은 채 밖으로 뛰어나갔다. 민석은 길주를 향해 총알을 날렸다. 그러자 이미 축 늘어진 승민의 등에 총알이 꽂혔다. 길주는 제 몸에 전해 오는 날카로운 진동을 느끼며 사력을 다해 달렸다. 민석은 다시 한 번 길주에게 총을 겨눴다. 그러나 더 이상 총을 쏘지 않았다. 그는 삽시간에 제 시야에서 사라져 준 길주에게 진심으로 감사했다. 길주의 도주를 확인한 민석은 다시 무대로 총구를 겨눴다. 하지만 그를 맞이하는 건 아무도 없는 빈 무대뿐이었다. 무영도, 혜림도 어느새 사라지고 없었다.

무영이 혜림과 함께 무대에서 사라진 건 민석이 길주를 향해 마지막 총알을 날리던 순간이었다. 무영은 혜림의 머리에 총을 겨눈 채 분주히 복도를 걸었다. 또각또각 발걸음 소리가 긴장감을 더했다. 혜림은 저항 없이 순순히 움직였다.

"원망은 스스로에게 해. 피도 눈물도 없는 냉혈한을 선택한 자신에게."

혜림은 낮고 메마른 저음에서 민석을 향한 그의 분노를 읽었다. 그녀는 정제되지 않은 그의 증오심을 보며 상대에 대한 원망을 지웠다. 그럴 만한 까닭이 있을 거라는 일반론적인 이해심에서 기인한 감정이었다.

"민석 씨를 죽이려고 했던 사람이 당신인가 보군요."

뽀얗게 올라오는 입김 사이로 의연함이 묻어났다. 그 담담함은 무영의 반발심을 자극했다. 지독할 만큼 민석의 그것과 닮아 있는 의연함이었다.
 "그래. 하지만 그럴 필요가 없어졌지. 복수를 해야 하는 더 그럴듯한 이유도, 더 좋은 방법도 생각났으니까. 어쩌면 이미 시작된 건지도 모르지."
 그녀를 겁박하는 총에 힘이 들어갔다. 그녀는 그 무게에 밀려 걸음을 재촉했다.
 탕! 탕! 탕!
 무영은 맞은편에 나타난 상대를 향해 가차없이 총을 쐈다. 매캐한 연기 사이로 순사가 풀썩 쓰러졌다. 총소리에 몰려온 대여섯의 순사들이 두 사람을 발견하자 소리쳤다.
 「독립군 끄나풀들이다! 당장 잡아!」
 어지러운 총성이 그와 그녀를 향해 쏟아졌다. 무영은 저도 모르게 혜림을 구석으로 밀어젖혔다. 일종의 보호였다. 요란한 총성과 함께 유리가 박살 났다. 혜림은 반사적으로 고개를 숙이고 몸을 움츠렸다. 그러자 묵직한 천의 무게가 그녀의 어깨로 날아들었다. 무영이 던져 준 순사복이었다. 혜림은 그 연약한 보호막 아래서 상황이 잦아들기를 기다렸다. 캄캄한 어둠 속은 믿어지지 않을 만큼 아늑했다. 귀가 떨어져 나갈 것 같은 총성에도 그 작은 움막은 안전했다. 그러다 오래지 않아 거센 사내의 손이 그녀의 손목을 잡아챘다. 무영이었다. 그는 방금 전과는 다른 사람인 듯 매정하게 그녀를 몰았다. 혜림은 순순히 그의 요구에 응했다. 밖으로 향하는 동안 그녀는 무영을 향한 연민을 품었다. 자신을 겁박하는 이 남자가 생각보다 훨씬 선한 사람일지도 모른다는 슬픈 짐작 때문이었다.

2

「구라토미가 마련한 퇴로가 어딘가?」

마모루가 다급하게 물었다.

「서문입니다.」

「우선 서두르는 게 좋겠군. 최승민은 정민석이 알아서 처리해 줄 것 같으니. 이 자리에 오래 있어 좋을 게 없지.」

마모루는 예정된 길을 따라 서문으로 향했다. 다급한 발소리가 복도를 가득 메웠다. 그는 시종일관 얼굴을 찌푸렸다. 실패를 감안하지 않은 것은 아니었다. 그러나 총독의 경비 태세는 평소와 달리 훨씬 삼엄하고 철저했다.

「독사 같은 놈…….」

민석을 향한 독설이었다. 마모루는 이를 악물었다. 오늘의 전개를 보아 분명 민석이 작전을 알아챈 게 분명했다. 마모루는 불쾌한 걸음을 몰아 바삐 움직였다. 그때 군인들이 나서 그의 앞을 막아섰다. 마모루는 굳은 얼굴로 멈춰 섰다. 그러자 홍해처럼 갈라지는 군인들 사이로 구라토미가 모습을 드러냈다.

「구라토미 상, 이게 무슨 짓이오!」

마모루가 소리를 버럭 질렀다. 그는 상황을 파악하고 있으면서도 짐짓 시치미를 뗐다. 어떻게 해서든 능청을 떨어 빠져나가 볼 마음에서였다. 몸에 밴 처세이기도 했다.

「이자를 총독 각하 암살 사건의 배후로 체포한다. 끌고 가!」

구라토미는 수하에게 내리는 명령으로 대답을 대신했다.

「지금 제정신이오? 대일본 제국 경무국장에게 그런 누명을 씌우다니!」

마모루는 악을 쓰며 버텼다.

「증거라면 충분히 있습니다.」

구라토미가 차분히 말했다.

「절대 나 혼자 죽진 않을 테니 각오하는 게 좋을 거요. 당신도 함께 연루되었다는 사실을 총독이 알게 된다면 절대 무사하지 못할 테니까.」

「걱정 마시오. 내 발로 가서 내 입으로 말할 생각이니까.」

군인다운 기개였다.

「끌고 가라!」

「네!」

마모루는 이를 악물며 끌려갔다. 나카무라도 함께 연행됐다. 마모루는 움푹 꺼진 눈을 치뜨며 주위를 둘러봤다. 먼발치에서 승민을 둘러업고 달리는 길주의 모습이 보였다. 마모루는 입을 열다 말고 비식 웃었다. 밀고하려는 마음을 바꾼 것이었다. 어울리지 않는 측은지심이었다.

어쨌거나 마모루의 얄량한 배려 덕분에 길주는 무사히 위기에서 벗어났다. 그럼에도 길주는 쉬지 않고 달렸다. 승민을 업고 뛰던 그는 힘이 부쳐 헉헉거렸다. 등에 실린 승민의 무게도 갈수록 몫을 더했다.

"혀…… 엉…….”

승민이 나직이 속삭였다. 그의 몸은 젖은 솜뭉치인 양 자꾸만 축축 늘어졌다.

"왜?"

길주는 눈물을 삼키며 돌아봤다.

"우리 형아……, 우리 형아 등 되게 따뜻하다.”

승민은 이미 의식이 없는 모양이었다. 그는 꿈에도 그리던 제 형에게 마지막 인사를 전하고 있었다. 순간 참았던 길주의 눈물이 봇물처럼 터졌다.

"당연하지, 자식아. 형 등이 얼마나 따뜻한데.”

길주는 치미는 울음을 누르며 겨우 대답했다.

"앞으로도 만날…… 만날…… 업…… 어, 줄 거지?"

"그럼. 매일 업어 주지.”

길주는 목이 메어 웅얼거렸다.

"매일…… 매, 일…… 내일도…… 그 다음날도…… 그 다음날도……."

승민의 어깨가 풀썩 처졌다. 길주는 걸음을 멈췄다. 힘없이 떨어지는 승민의 고개가 그를 마주 봤다. 길주는 승민을 바닥에 내려놓고 세차게 흔들었다.

"……너…… 아니지? 최승민…… 너 아직은 아니지?"

승민은 미동도 하지 않았다. 단지 길주가 쥐고 흔드는 방향에 따라 맥없이 좌우로 움직일 뿐이었다. 길주는 멀어진 의식을 되돌리려 연신 승민의 뺨을 때렸다. 그러나 의식은 멀어진 게 아니라 사라진 것이었다.

"이 자식…… 내가 매일 업어 준다고 했잖아……. 너 이 자식……, 아니지? 아니지?"

피로 굳어진 승민의 순사복 위로 눈물이 뚝뚝 떨어졌다. 허허로운 공간에 길주의 울음소리가 흩어졌다. 그의 통곡을 뒤로 하고 승민은 말없이 식어 갔다.

3

해일관 일행은 무대복 차림으로 뛰고 있었다. 애종은 눈물범벅이었다. 화장도 채 지우지 못한 탓에 얼굴은 온갖 색깔로 얼룩져 있었다. 신월과 금옥은 다리가 풀렸는지 제대로 뛰지 못했다. 미향은 그런 두 사람을 재촉하며 다부지게 달렸다. 이들은 홍연의 지시하에 민첩하게 움직였다. 예정된 경로였다. 일사분란하게 움직이던 이들은 자신들을 향해 뛰어드는 그림자에 순간 흠칫했다. 일동은 공포에 질린 눈으로 상대를 확인했다. 망막에 걸린 이들은 다행히 영수와 수찬이었다. 이들은 그제야 긴장이 풀린 듯 숨을 몰아쉬었다. 애종은 털썩 주저앉아 대성통곡하기 시작했다.

"미쳤어? 당장 조용히 하지 못해? 여기서 걸리면 다 죽는 거야."

영수는 다급히 애종의 입을 틀어막았다. 애종은 순순히 고개를 끄덕였다. 그러나 치미는 울음을 쉽게 누르지 못해 끄윽거렸다.

"……혜림이는?"

수찬의 질문에 홍연은 고개를 저었다.

"혜림이는 어디 있냐고!"

수찬이 언성을 높였다.

"어떤 순사가 데려갔어요. 총으로 협박하면서……. 혜림이 언니 이제 어떻게 해요……."

애종은 말을 맺으려다 다시 울음을 터뜨렸다. 수찬은 망연자실했다.

"일단 여기부터 빠져나가자. 이러다 발각되기라도 하면 다 끝장이야."

영수는 분주히 정리에 나섰다.

"난 일단 민석이한테 가 볼게."

수찬은 저 혼자 내쳐 달렸다. 영수는 남은 이들을 다독여 조심스레 움직였다. 그들은 공연장 뒤쪽으로 향했다. 서구식으로 지어진 견고한 건물은 온통 벽과 벽으로 이루어진 미로 같았다. 비슷비슷한 구조 때문에 따라나서던 이들은 멀미를 느꼈다.

"오라버니, 어쩌려고요? 이러다 잡히겠어요."

"재촉하지 마. 다 왔으니까."

영수는 사방을 둘러봤다. 주위는 고요했다. 꼼꼼하게 살피며 인기척이 없음을 확인한 영수는 거의 막다른 곳에 있는 벽을 두드렸다. 그러나 둔탁한 돌 소리만 날 뿐이었다. 영수는 다급하게 뭔가를 찾으며 계속 벽을 두드렸다. 그러자 한 군데에서 빈 나무 소리가 났다. 영수는 조심스레 그 벽을 밀었다. 그러자 지하로 이어지는 나무 계단이 모습을 드러냈다. 일행은 영문을 알 수 없어 어리둥절해했다.

"얼른 내려가."

영수가 이들을 재촉했다.

"여긴 뭐예요, 오라버니?"

애종은 어안이 벙벙했다.

"아, 몰라. 지금 이 마당에 그게 문제야?"

영수는 벌컥 짜증을 냈다. 홍연은 그런 그를 응시하다 제가 먼저 아래로 내려갔다. 그러자 기생들이 하나 둘 따라 들어갔다. 영수는 애종을 밀어넣은 뒤 자신도 함께 했다. 물론 문단속도 잊지 않았다.

지하 통로에 내려선 해일관 기생들은 홀린 눈으로 사방을 살폈다. 상상조차 하지 못했던 광활한 공간이 그들을 맞이하고 있었다.

"설명해 주세요. 여긴 어디예요?"

홍연이 침착하게 물어 왔다. 애써 담담한 척했지만 그녀 역시 혼란을 느끼고 있었다.

"비밀 통로."

영수는 짧게 대답했다.

"뭘 위한 곳이죠?"

"조선의 독립을 위한 곳이지."

모두는 경악했다.

"보니까 그쪽들도 이제 독립군 다 된 것 같아 말해 주는 거야. 아주 간들이 부었지. 어쩌자고 그런 무대에 서서……. 누가 시작한 거야? 주동자가 서혜림이야?"

기생들은 침묵으로 긍정했다.

"아주 안팎으로 용감해서 좋겠네. 서혜림이나 정민석이나."

영수는 생각을 정리하느라 머리를 싸맸다.

"그게 무슨 소리예요?"

홍연은 그의 말을 예사로 넘기지 않았다.

"아, 몰라. 난 말 안 할 거야. 나중에 이수찬한테 물어보든가."
영수는 골치가 아픈지 구시렁거렸다.
"지금 대답해 주세요. 그게 무슨 뜻이죠?"
홍연은 눈길로 대답을 강요했다.
"아, 이 언니 집요하네."
영수는 한숨을 쉬었다.
"우리 조직 단장이…… 정민석이야."
그의 폭탄선언에 모두는 경악을 금치 못했다.
"이 공간 쥐고 움직이는 게 정민석이라고. 그 독사 같은 인간이 평생을 친일 귀족 탈을 쓰고 뒤에서 벌이는 일이 이런 거예요."
홍연은 가슴이 미어졌다. 순간 주체할 수 없는 눈물이 뺨으로 흘러내렸다.
"서혜림, 그 바보……. 그것도 모르고 그 무대에 선 거군요. 그분을 지켜 주겠다고."
애종과 신월은 흐느끼기 시작했다. 영수는 이래저래 착잡했다. 제 앞에서 목 놓아 우는 여자들도, 한 치 앞을 알 수 없는 한일단의 운명도 그러했다.

4
민석은 넋 나간 표정으로 총을 들고 달렸다. 완전히 이성을 잃은 모습이었다. 그는 공연장을 돌아다니며 사방을 뒤지고 다녔다.
"서혜림! 나와! 서혜림!"
그는 총을 겨누며 거칠게 대기실 문을 열어젖혔다. 그러나 그를 맞이하는 건 주인을 잃은 그녀의 물건들뿐이었다. 민석은 그 적막한 공간에서 그녀의 심장인 양 힘차게 뜀박질하고 있는 시계를 발견했다. 그와 그녀의 인연을 만들어 준 시계였다. 민석은 참담한 심정으로 거울 앞에 놓인 시계를 집어 들었다. 그는 손가락에 닿는 차가운 질감에서 처음 혜림에게 전했던 자신의 헛된 맹세를 떠올렸다. 그녀만큼은 자신이 원하는 자리에 서게 해 주겠다던 그의 맹세는 주인 잃은 낡은 시계처럼 하잘것없었다. 그는 그녀를 희생시킨 하찮은 제 연심이 경멸스러웠다. 민석은 시계를 꼭 쥐고 밖으로 달려 나갔다. 달음질에 따라붙는 초침 소리가 째깍거리며 그를 조롱하는 것 같았다.

"서혜림!"

그는 다시 복도를 헤집고 다니며 미친 듯이 절규했다. 그러나 황량한 공간에 울려 퍼지는 그의 외침에는 아무도 답이 없었다. 민석은 풀썩 주저앉아 오열했다.

누구에게도 기댈 수 없던 세월이었다. 아무에게도 바라지 않던 온기였다. 그런 말랑말랑한 감상 따위는 아무래도 좋다 여겼던 삶이었다. 그런 민석에게 혜림은 그도 그럴 자격이 있다 말해 준 유일한 존재였다. 그가 무어라 불려도, 그가 누구에게 손가락질받아도, 언제나 같은 자리에 있겠다며 품어 주던 여자였다. 그에게 허락된 단 하나의 온기였다. 그런 아이를 다름 아닌 그 자신이 버렸다. 그토록 증오해 마지않던 일본인을 지키기 위해.

"서혜림……! 서혜림……!"

그의 메마른 통곡 소리에 누군가가 다가왔다. 수찬이었다. 민석은 그의 기척을 느끼며 벌떡 일어섰다.

"넌, 알고 있었지?"

수찬에게 다가가는 민석의 눈에 살기가 일었다.

"혜림이가 그런 무대 준비해 온 거! 너는 알고 있었지?"

수찬은 대답하지 못했다. 민석은 수찬의 멱살을 거머쥐었다. 그의 손에

서 매캐한 탄약 냄새가 났다.

"그래. 알고 있었어. 그래서 말리려고 했었고."

착잡한 대답이 돌아왔다.

"왜 말 안 했어? 왜! 왜!"

민석은 분노를 쏟아 내며 수찬을 난타했다. 제 것으로 돌려야 할 무참한 주먹이 수찬에게로 쏟아졌다. 밀물처럼 들이치는 자책감에 민석은 절규했다. 수찬은 반격하지 않고 맞아 줬다. 민석은 쉼 없이 주먹질을 하다 그의 맥없는 반응에 제 풀에 지쳐 주저앉았다.

"언젠가 혜림이가 그랬어. 널 보면 눈의 여왕에게 잡혀 있는 카이 같다고."

제 입술의 피를 닦아 내던 수찬이 입을 열었다.

"심장에 얼음 조각이 박혀 버린 네가 너무 가엾다고……. 자기는 얼어붙은 네 마음을 녹여 내는 게르다가 되고 싶다고……."

분노로 마른 민석의 눈가가 다시 젖어들었다.

"혜림이는 네가…… 너 스스로가…… 일본이라는 족쇄를…… 매국노라는 족쇄를 깨길 바랐어."

민석은 비어져 나오는 울음을 참지 못하고 통곡했다. 수찬은 그런 제 친구를 먹먹히 봤다.

5

격노한 종호는 책을 집어던졌다. 영수는 맥없이 맞고 서 있었다.

"어쩌자고 너희끼리 작당해서 일을 이 지경으로 만들어! 네놈들이 지금 제정신이야?"

"죄송해요, 아버지. 걱정을 끼치지 않으려다가……."

영수는 면목이 없어 고개를 푹 수그렸다.

"이제 이 일을 어떻게 수습할 거야? 최승민은 죽고, 이무영은 사라지고! 민석이는……! 민석이는……!"

종호는 걷잡을 수 없는 분노로 말을 잇지 못했다. 영수는 굳게 입을 다물었다. 그것이 그가 할 수 있는 최선의 처세였다. 종호는 가까스로 흥분을 가라앉히며 생각에 잠겼다. 그는 한숨을 토했다.

"민석이 그 녀석이…… 끝까지 이성을 잃지 말아야 할 텐데……. 이제…… 이제 겨우 여기까지 다 왔는데……."

종호의 근심은 민석에게 있었다. 혜림이 사라진 이상 그의 정신력이 얼마나 온전할지 의문이었다. 사실 지금까지도 이 일을 위해 모든 것을 희생해 온 민석이었다. 그런 그가 혜림의 실종을 어떻게 받아들일지 종호의 입장에서는 가늠이 되지 않았다.

종호에게 불벼락을 맞고 난 영수는 지하 통로로 향했다. 다른 한일단원들과 향후 거취를 의논하기 위해서였다. 무영과 승민이 사라진 마당이라 딱히 모일 사람도 없었다. 길주와 해일관 기생들이 고작이었다.

"최승민은? 최승민은 어떻게 됐어?"

영수는 자리에 앉기도 전에 승민의 생사를 확인했다.

"죽었어. 그 자식……."

길주가 멍한 눈빛으로 대꾸했다. 모두는 숙연해졌다.

"……이무영은?"

영수는 부지런히 정황을 파악했다. 한 사람이라도 냉정해야 한다는 판단에서였다.

"몰라. 여자랑 같이 사라졌어."

"여자라니?"

"……서혜림 말이야."

"이무영이 서혜림을 데려갔다고? 그 자식, 뭘 어쩌겠다는 거야?"

영수는 벌컥 화를 냈다.

"혜림 언니 데려간 사람을 알아요?"

애종이 놀라 끼어들었다. 홍연은 애종의 입을 막았다. 자신들이 끼어들 상황이 아니라는 판단에서였다.

"도대체 뭐가 어떻게 된 거야?"

영수가 다시 길주를 채근했다.

"……승민이가 총독을 쐈어."

"뭐? 최승민이 왜……?"

"승민이가 총독을 쏘니까…… 단장이 승민이를 쐈어."

길주는 아직도 실감 나지 않는 듯 멍한 눈빛이었다.

"하……, 미치겠네."

"그래서, 그래서 무영이 그 자식이…… 또 폭주해서는…… 그 여자를 데려갔어."

"제길! 아, 뭐가 이렇게 엿 같아!"

영수는 제 앞의 상자를 걷어찼다. 냉정하려고 애는 쓰지만 그 역시 감정이 북받치기는 마찬가지였다.

"그럼 혜림이 언니는 어떻게 되는 거예요?"

애종이 걱정스레 물었다.

"아무도 모르지……. 이무영, 그 자식이 데려갔으니."

영수는 길게 한숨을 쉬었다.

6

총독의 관저에는 전에 없이 냉기가 돌았다. 민석과 구라토미는 총독과 마주 앉았다. 총독은 애써 감정을 눌렀지만 노기가 역력했다.

「설명을 해 주겠나?」

총독이 두 사람을 향해 질문을 던졌다.

「모든 게 제 불찰입니다. 마모루 그자가 접근해 왔을 때 기민하게 처리했어야 하는데…….」

구라토미가 먼저 나섰다.

「돌려 말하지 말고 똑바로 대란 말이야!」

총독은 언성을 높였다.

「마모루 그자가 수뇌부에게 접근해 이 일을 모의했습니다. 직접 말씀드리기 송구하지만 각하를…… 암살해야 한다고.」

총독은 분노를 누르지 못하고 손에 쥔 컵을 던졌다. 요란한 소리와 함께 깨진 유리 조각이 사방에 흩어졌다.

「이유가 뭔가?」

총독의 물음에 구라토미는 무심결에 민석을 봤다. 솔직히 이야기해도 되는지 동의를 구하기 위해서였다. 민석은 조용히 고개를 끄덕였다.

「세가…… 자작 각하에게 모이는 것을 견제하기 위함입니다.」

총독은 굳은 얼굴로 민석을 쏘아봤다.

「자네는 언제부터 알고 있었나?」

「이틀 전입니다.」

민석은 침착해 보였다.

「왜 바로 보고하지 않았지?」

총독은 민석을 추궁하기 시작했다.

「증거가 없었습니다. 게다가 아시다시피 이 사안은 매우 민감합니다. 각하께 총을 겨눈 것이 조선인이 아닌 일본 경찰이라는 게 알려지면 나라 전체가 크게 뒤집힐 일이니까요.」

「그래서, 어떻게 처리할 생각인가?」

「배후 조종자인 마모루 일당은 조용히 처리하겠습니다.」

민석은 깔끔하게 결론을 내렸다.

「언론은! 언론은 어쩔 거야? 이미 저격 사건이 있었다는 소문이 경성 바닥에 쫙 깔렸는데!」

총독은 고함을 질렀다. 민석의 담담한 태도에 더욱 부아가 치미는 모양이었다. 그러나 민석은 여전히 표정이 없었다.

「저격범만 내세우면 됩니다.」

그럴듯한 대안이었다. 총독은 조용히 감정을 추슬렀다.

「각하를 저격한 자는…… 한일단 일원인 최승민이라는 자입니다. 이 일의 배후는…… 한일단으로 공표하겠습니다.」

민석은 조용히 입술을 깨물었다. 제 동료의 숨을 거둔 것으로 모자라 누명까지 씌워야 하는 상황이었다. 그는 애써 죄책감을 외면했다. 그러나 양심이라는 놈은 여지없이 그의 심장을 난도질했다. 그렇게 그의 마음속에 피멍이 고여 들었다.

총독과 대면을 마친 민석은 직접 신문사로 향했다. 승민을 이번 사건의 실범으로 공표하기 위해서였다. 민석은 신문이 인쇄되는 새벽까지 뜬눈으로 밤을 지새우며 제 눈으로 신문에 인쇄된 승민의 이름을 확인했다. 승민은 세상에 다시없을 악질 독립군의 이름으로 지면을 장식했다. 그제야 그는 집으로 돌아가는 차에 몸을 실었다.

그러나 민석의 차는 미동도 않은 채 경성 한복판에 서 있었다. 그는 바깥의 소리가 새어들어 올 정도로만 창문을 열어 두고 신문이 배포되는 과정을 지켜봤다. 날이 밝자 조간신문이 사방에 뿌려졌다. 거리의 사람들이 삼삼오오 모여 술렁였다. 신문에는 승민의 이름과 함께 저격 사건이 다뤄지고 있었다.

"또 의로운 사람이 하나 죽었구먼. 쯧쯧……. 불쌍하기도 하지."

중년의 사내 하나가 혀를 끌끌 찼다.

"이번에도 정민석 그 죽일 놈이 쐈다면서? 왜놈을 구하겠다고 제 핏줄에게 총질을 하다니……. 천벌을 받을 놈."

행인들의 비난이 민석의 귓가를 파고들었다. 동호는 민망함에 시동을 걸었다. 출발하기 위해서였다. 그러나 민석은 고개를 저으며 저지했다. 욕설이라도 듣고 있지 않으면 속에서 움트는 자책감을 견뎌 내지 못할 것 같았다.

"그런데 그거 알아요? 서혜림이 조선 독립을 주제로 공연을 했다던데."

갑자기 혜림의 이름이 나오자 민석의 얼굴에 핏기가 가셨다. 그의 눈가에 붉은 기운이 올라왔다. 그러나 민석은 울지 않았다. 더 이상의 눈물은 사치였다. 그는 눈물을 삼키며 제 입술을 깨물었다. 그의 마른 입술이 조용히 떨렸다.

"그게 정말이야?"

"그렇다니까요? 아는 놈이 종로서에서 뒤치다꺼리하는 놈이라 주워들은 건데, 서혜림이 무대에서 태극기로 뭘 했다나 뭐라나……."

남자는 신이 나서 목소리를 높였다. 사람들의 관심을 끌어 모은 탓이었다.

"허허, 그것 참……."

"근데 정민석 그놈이 그걸 보고 제 여자한테 총질을 했다잖아요."

"피도 눈물도 없는 놈이구먼. 무슨 대단한 사랑이나 되는 양 허구한 날 주간지를 장식하더니 제가 죽게 생겼으니까 헌신짝처럼 버려?"

사람들은 혀를 끌끌 찼다. 민석은 그제야 동호에게 출발을 지시했다. 민석의 차는 곧장 집으로 향했다. 차가 대문 앞에 서자 민석은 조용히 땅에 발을 디뎠다. 순간 그의 마른 몸이 휘청했다. 동호가 놀라 그를 부축했다.

"도련님!"

동호는 어릴 적 그를 부르듯 애달프게 불렀다. 그의 모습이 어릴 적의 그 아이처럼 너무나 작아 보였다.

"괜찮아."

민석은 간신히 버텨 서며 손을 내저었다. 그러나 더 이상은 힘이 없었는지 스르륵 무너졌다. 동호는 다시 그를 부축했다. 허깨비 같은 그의 몸이 가벼이 기대 왔다. 그는 마치 껍데기만 남아 서 있는 사람 같았다. 민석은 잠시 동안 동호의 듬직한 어깨에 의지했다.

"형……."

실로 오랜만에 들어 보는 호칭이었다. 동호는 약해질 대로 약해진 제 주인의 얼굴을 봤다. 가뜩이나 작은 얼굴은 더욱 초췌해 보였다.

"미안한데……, 혜림이 좀 찾아 줄래?"

동호는 대답 대신 눈물로 끄덕였다. 입을 열면 울음이 터질 것 같았다.

"우리 혜림이…… 찾으면…… 나한테 좀 데려다 줄래?"

도드라진 광대 안으로 움푹 들어간 두 눈이 그를 응시했다.

"……제가 아씨 꼭 모셔 올게요. 제발 좀 들어가서 쉬세요."

동호가 조용히 그를 다독였다. 민석은 희미한 미소를 보였다.

"그래. 고마워."

민석은 동호의 말에 의지하며 안으로 들어섰다.

7

「뭐? 지금 뭐라고 했어?」

미유키는 믿기지 않는 기색으로 하야토에게 되물었다.

「공연장에서 총독 저격 사건이 벌어져 지금 아수라장이라고 합니다. 조간신문을 확인해 보니 한일단이라는 조직이 배후라고 밝혀진 모양입니다.」

「……이무영은?」

「뭔가 관계가 있는 것 같은데 자세한 내막은 알아보지 못했습니다. 다만, 자작 각하께서 그자와 대치했고 현재는 행방이 묘연하다고 합니다. 확실하진 않지만 그자가 서혜림을 인질삼아 빠져나갔다고 하더군요.」

「그래…….」

미유키는 골똘해졌다.

「게다가 공연을 주도했던 서혜림과 일당은 수배 중이라고 하더군요.」

「……서혜림이 수배 중이라고?」

미유키는 납득할 수 없다는 표정이었다.

「네. 대일본 제국을 모독하는 공연을 무대에 올린 혐의 때문이라고 합니다.」

하야토는 담담히 보고를 전했다.

「재미있게 돌아가는군. 서혜림이 반역 혐의를 받고 이무영의 인질로 끌려갔다 이거지?」

미유키는 싸늘히 웃었다.

「어떻게 하시겠습니까?」

「지켜봐야지. 그 사람, 굳이 내가 손을 쓰지 않아도…… 가슴을 쥐어뜯으며 고통스러워할 테니, 당분간은 조용히 즐길 수밖에…….」

미유키는 진심으로 즐거운 모양이었다. 하야토는 그런 미유키가 전에 없이 낯설었다. 비록 스스로가 고통을 짊어질지언정 타인에게 아픔을 전가할 줄은 모르던 그녀였다. 그러나 지금의 그녀는 제 남편의 불행에 웃고 있었다. 하야토는 그런 그녀에게서 깊게 뿌리내린 슬픔과 증오를 읽었다.

「하야토는 무슨 수를 써서라도 이무영과 서혜림의 행방을 찾아. 민석 씨가 찾아내기 전까지.」

「알겠습니다.」

그때였다. 민석이 현관으로 들어섰다. 하야토는 입을 닫으며 조용히 고개를 숙였다. 민석은 허깨비처럼 그런 하야토를 지나쳐 제 방으로 올라갔다. 미유키는 흥미로운 기색으로 그런 그를 따라나섰다.

서재에 들어선 민석은 소리 없이 의자에 제 몸을 묻었다. 그는 그림자처럼 공간에 녹아들어 미동도 하지 않았다.

「여러모로 꽤나 힘든 하루였겠어요.」

미유키가 조소를 보냈다. 그러나 돌아오는 건 침묵뿐이었다.

「어느 쪽이에요? 처음부터 한통속이었던 거예요, 아니면 속은 거예요?」

민석은 여전히 입을 열지 않았다.

「사랑하는 남자가 황국의 총애를 받는 귀족인데, 만인이 보는 앞에서 그 얼굴에 먹칠을 하다니⋯⋯.」

미유키는 더욱 그를 도발했다. 민석은 그제야 그녀를 봤다. 적개심도 분노도 느껴지지 않는 해쓱한 얼굴이었다.

「신기해서 그래요. 뼛속까지 타고난 친일 귀족과 항일 여전사의 사랑이라니.」

미유키는 그에게 치미는 연민을 지우려 애써 빈정거렸다.

「할 말 다 했으면 나가.」

민석은 기력 없이 겨우 대꾸했다. 미유키는 묘한 시선으로 그를 봤다.

「황국의 적이 된 이상, 그 여자, 나한테 아무것도 아니야.」

민석은 퀭한 눈을 깜박거리며 기계처럼 중얼거렸다. 미유키는 문득 치밀어 오르는 슬픔을 느꼈다. 지금 그의 모습은 거울을 마주하는 양 낯익었다. 두 사람 모두 장기판의 말 같았다. 그도 자신도 똑같이 가엾었다.

「이제 보니 당신도 남에게 충고 같은 거 할 처지는 못 되는 것 같군요. 맨얼굴을 드러내지 못하는 건 당신도 마찬가지인 것 같으니.」

민석은 그녀의 조롱과 상관없이 눈을 감았다. 미유키는 그런 그를 가만히 지켜봤다. 오래지 않아 민석은 잠들었다. 그는 악몽이라도 꾸는지 간헐적으로 흐느꼈다. 미유키는 그런 그의 어깨에 조용히 담요를 덮어 준 뒤 방을 나섰다.

8

잠든 혜림은 열에 들떠 식은땀을 흘렸다. 그녀는 고열로 인해 계속 헛소리를 웅얼거렸다. 그런 그녀를 바라보는 무영의 시선이 착잡했다.
"성가신 여자군."
무영은 신경이 쓰여 벌떡 일어났다. 밖으로 나서기 위해서였다. 그때 그녀의 낮은 중얼거림이 그의 발목을 잡아챘다.
"도망쳐, 민석 씨······. 이제 그만 도망쳐······."
무영은 그 자리에 굳은 채 뒤를 돌아봤다.
"더 이상은 버티지 마······. 너도······, 너도 무섭잖아······."
무영은 야멸치게 문을 닫고 나섰다. 그러다 도저히 걸음이 떨어지지 않아 다시 안으로 들어섰다. 무영은 조용히 혜림의 이마에 손을 올렸다. 불덩이같이 뜨거웠다. 그는 황급히 밖으로 달려 나갔다. 약을 사기 위해서였다. 그러나 자정이 훨씬 넘은 시간에 약국을 찾는 건 무리였다. 더구나 낯선 공간이라 어디인지조차 알 길이 없었다. 무영이 혜림과 함께 숨어든 곳은 나진이었다. 지하 통로를 이용할 수 있는 도주로였기 때문이었다. 그러나 개발이 더딘 탓에 나진에서 장시간 버티기는 힘들어 보였다. 게다가 그가 숨어든 창고에는 식수조차 없었다. 그렇다고 섣불리 떠날 수도 없는 노릇이었다. 혼자가 아닌 이상 무리한 일이었다.
별수없이 그는 바다를 향해 달렸다. 한참을 내달린 끝에 그의 코끝에 짠

내가 전해졌다. 그는 사방을 둘러보다 아무렇게나 굴러다니는 옹기그릇을 집어 들었다. 그곳에 바닷물을 담은 무영은 다시 창고로 돌아갔다. 그는 밤새도록 그 일을 몇 번이나 했다.

혜림이 다시 눈을 뜬 것은 해가 뜨고 난 뒤의 일이었다. 그녀는 제 이마에 얹어진 수건을 조용히 내려놓고 주위를 살폈다. 한쪽 구석에 쪼그리고 앉아 잠든 무영이 보였다. 그녀는 그가 밤새 자신을 간호했음을 알아챘다. 혜림은 조용히 일어서 그의 어깨에 이불을 둘러 줬다. 그러자 무영이 반사적으로 단검을 꺼내 그녀의 목을 겨눴다.

"왜 당신이 불안해하죠? 정작 두려운 건 나여야 하지 않나요?"

혜림이 담담히 물었다. 무영은 조용히 검을 거뒀다.

"민석 씨가 칼에 맞고 누워 있을 때 난 누군지도 모르는 당신을…… 원망하고 또 원망했어요. 그런데…… 결국 당신도 그저 아픈 사람일 뿐이군요. 마치 그 사람처럼."

"좀 더 자 두는 게 좋을 거야. 내일이면 떠날 테니까."

무영이 퉁명스레 입을 열었다.

"날 어디로 데려갈 생각이에요?"

"어디든. 정민석이 없는 곳으로."

"어째서요?"

"……그 자식이 미우니까."

건조한 목소리였다.

"복수를 생각하는 거라면 날 밀고해야 하는 거 아니에요? 진짜 그 사람을 고통 주고 싶다면요."

"한심하군. 그날 못 봤어? 네가 다치건 말건 안중에도 없이 총 쏘던 거. 넌 그저 이용당한 것뿐이야. 그 자식…… 원래 그런 놈이야."

무영은 까닭 없이 빈정거렸다. 상처를 주고 싶었다.

"그렇게 믿고 있다면 왜 날 막는 거죠? 그 사람이 날 버린 거라면 상관없잖아요. 어차피 내가 사라져도 상처받지 않을 텐데."

무영은 대답 대신 조용히 밖으로 나섰다. 딱히 대꾸할 말을 찾을 길이 없었다.

혜림이 다시 무영의 얼굴을 본 건 그날 밤이었다. 그녀는 그가 올 때까지 신문을 뒤적거리며 민석의 소식을 살폈다. 비교적 평온한 모습이었다.

"인질치고는 참 태평하군."

무영은 퉁명스레 말을 뱉었다.

"그쪽이 인질 대접을 잘해 주니까요."

혜림이 담담하게 대꾸했다.

"먹어."

혜림은 봉투를 받아 들었다. 얄팍한 종이 너머로 따뜻한 기운이 전해졌다. 안을 살피자 김이 모락모락 나는 찐빵이 그녀를 반겼다. 혜림은 옅은 미소로 찐빵을 뜯었다.

"우리는 아마 다른 세상에서 만났으면 좋은 인연이었을지도 몰라요. 그렇죠?"

혜림은 무영을 향해 빵 조각을 내밀었다. 무영은 뽀얗게 올라오는 증기 너머로 혜림을 찬찬히 뜯어봤다. 그녀는 재촉이라도 하듯 싱긋 웃으며 빵을 쥔 손가락을 그의 앞으로 들이밀었다. 살가운 여자였다.

"그런 말 해 봤자 소용없어. 어차피 그런 일은 일어나지 않을 거니까."

무영은 애써 그녀의 손을 외면했다.

"내가 왜 도망가지 않는지 알아요?"

혜림이 빵을 오물거리며 입을 열었다.

"도망갈 수가 없겠지. 나가 봐야 철창신세니까."

무영은 그녀를 비웃었다.

"기다리는 거예요."

그녀는 그의 손에 찐빵을 쥐어 줬다.

"알이 깨어나길…… 싹이 돋아나길. 당신도…… 그 사람도."

혜림은 다시 찐빵을 잡아 뜯었다. 무영은 담담히 그녀가 건넨 찐빵을 입에 밀어넣었다.

"그 사람…… 잘 지내죠?"

그녀의 말끝에 망설임이 묻어났다. 무영은 다시 일어섰다.

"한동안 돌아오지 않을 거야. 여기라면…… 들키지 않으니까. 굶지 말고 기다려."

혜림은 조용히 고개를 끄덕였다.

"꽤 긴 외출이 될 것 같으니 한마디만 해 주고 가지. 그 자식이 밉다고 너까지 괴롭힐 필요는 없을 것 같으니까."

혜림은 긴장하며 그를 봤다.

"너의 그 대단한 남자, 독립군이야."

무영은 감정을 걸러낸 어조로 묵직한 고백을 뱉었다. 지극히 건조한 말투였다. 하지만 혜림의 귓가에는 삽시간에 몰아친 파도 같은 격렬한 울림이 일었다. 독립군. 분명 독립군이라 했다. 다른 이도 아닌 민석을 두고 한 말이라니. 혜림은 상상치 못한 진실의 무게를 감당하느라 입술을 덜덜 떨었다.

"지금…… 뭐라고 했어요?"

"그 자식…… 일본놈들 몰아내는 데 제대로 미친 놈이야. 별로 인정하고 싶진 않지만."

무영은 이후에 감당할 머쓱함으로부터 도망쳐 바삐 밖으로 나갔다. 혜림은 완고하게 닫힌 나무 문짝으로 멍한 시선을 던진 채 미동도 하지 않았다. 말갛게 멈춰 버린 동공에 가만히 습기가 올라왔다. 가지런히 뻗어 내린 속눈썹의 잔가지마다 묵직하게 이슬이 맺혔다.

"······나도 좋은 사람일 수 있었어. 정민석, 너만 아니었으면."

혜림은 민석에게 던졌던 마지막 비수를 끄집어내며 단단하게 응어리진 울음을 토해 냈다. 그에게 옮아온 타인의 질시가 버거웠던 세월이었다. 그럼에도 그의 지독한 고독이 애달파 도망치지 못했던 나날이었다. 그것으로 그녀는 그를 충분히 사랑해 주었다 여겼다. 하지만 그 알량한 연정은 제 연인의 고통을 조금도 알아채지 못하는 백치였다.

"바보······."

혜림은 가슴이 미어져 엉엉 울었다. 그의 내밀한 비밀 하나 보듬지 못했던 스스로에 대한 원망과 자신에게 기대 오지 않고 긴 외로움을 버텨 낸 그에 대한 야속함이 더운 눈물에 녹아내렸다.

9

「조금만 기다려 주십시오. 제가 무슨 일이 있어도 꼭 모시고 나오겠습니다.」

취조실에 든 스즈키는 독이 올라 있었다. 비록 파면된 몸이었지만 인맥만은 여전히 건재했다. 덕분에 스즈키는 약간의 뇌물을 풀어 마모루의 취조실에 들어올 수 있었다.

「찾아낸 건 좀 있나?」

「아시지 않습니까. 워낙 약삭빠른 놈이라 냄새만 피우지 좀처럼 꼬리를 드러내지 않습니다.」

「그래······, 그 증거가 문제야.」

마모루는 골똘해졌다.

「하지만 이용 가치가 있는 놈을 하나 찾아냈습니다.」

스즈키가 눈빛을 빛냈다.

「그래? 누군가?」

「하야토라는 자로, 미유키 상을 어릴 때부터 호위해 온 자입니다.」

「하야토……? 처음 듣는 이름이군.」

마모루는 시큰둥한 기색이었다.

「원래 본국에 있다 이번에 입국했다고 들었습니다. 그자에게 접근하면 미유키 상을 요리하기 좀 더 쉬워질 겁니다.」

스즈키의 말에 마모루는 비식 웃었다. 듣고 보니 확실히 이용 가치가 있는 정보였다. 그때였다. 왈칵 문이 열리며 민석이 들어섰다. 스즈키는 사색이 되어 일어섰다.

「자네가 어떻게 여기에 들어올 수 있지?」

민석이 싸늘한 눈초리로 물었다.

「그, 그것이…….」

스즈키는 어물거렸다.

「꺼져.」

묵직한 저음이 그들의 공기를 파고들었다.

「……네?」

뭇매를 예상했던 스즈키는 뜻밖의 반응에 오히려 당황했다.

「안 들리나? 나가라고!」

민석은 핏대를 세웠다.

「네, 알겠습니다.」

스즈키는 후다닥 자리를 피했다. 끼이익 소리와 함께 취조실 문이 굳게 닫혔다.

「이런, 이런, 영웅께서 직접 납시셨구면.」

마모루는 첫 대면부터 빈정거리기 시작했다. 등받이에 기대앉은 자세는 거만하기 짝이 없었다. 민석은 차갑게 그를 쏘아봤다.

「그런데 어느 쪽 영웅이신가? 총독을 구한 대일본 제국의 충성스러운 신민인가, 아니면 가련한 조선 백성을 위해 일하는 한일단의 숨겨진 배후이신가?」

마모루는 특유의 능청맞은 미소로 민석을 도발해 왔다.

「닥쳐.」

퀴퀴한 곰팡이 냄새 속에 민석의 목소리가 녹아들었다.

「그래. 아쉽게도 물증이 없어. 그게 아쉬워. 어떻게 해서든 진작 널 처넣었어야 하는데.」

마모루는 혀를 끌끌 차며 고개를 가로저었다.

「넌 사형이야.」

민석은 감정 없는 말을 뱉으며 마모루를 응시했다.

「그렇게 쉬울까? 아쉽게도 이 나라는 법치 국가라서 말이야. 내가 널 잡아넣을 증거를 못 잡았던 것처럼 너도 증거가 없으면 날 죽이지 못해. 난 무죄가 될 테니까.」

마모루는 득의양양하게 웃었다.

「증인이라면 얼마든지 있지. 네 등 뒤에 붙었다가 살길을 도모하려고 노선을 바꾼 자들이 줄을 섰으니까.」

민석도 지지 않고 맞섰다.

「증인이라면 나도 있어. 아마 첫 번째 증인은 이무영이 되겠지.」

마모루는 물러서지 않았다.

「게다가 듣자니 네 여자도 데리고 사라졌다더군. 모르긴 몰라도 그자는 널 끌어내리는 데 꽤나 관심이 많아 보이던데. 내막은 모르겠지만 참 재미있어 보이는 인연이야.」

마모루는 진심으로 즐거워 보였다. 민석은 그의 웃는 얼굴을 곤죽으로 만들고 싶은 충동을 느꼈다.

「지금 네가 날 패지 못하는 이유를 알려 줄까?」

마모루가 이죽거렸다.

「너 못 견디잖아. 일본인의 몸에 손 대는 거.」

마모루는 서슴없이 민석의 약점을 후벼 팠다. 민석은 제 치부를 보인 불쾌감에 주먹을 부르르 떨었다.

「참 가련한 노릇이군. 그렇게 뼛속까지 조선인의 피가 뜨겁게 도는 작자가 일본인 마누라를 끼고 평생을 살아야 한다니.」

마모루는 낄낄거리며 미친 듯이 웃었다. 그의 얼굴에 주먹이 날아들었다. 마모루는 그대로 바닥에 나뒹굴었다.

「이 자식, 죽여 버릴 거야.」

민석은 마모루의 몸에 올라타 거침없이 주먹을 쏟아 냈다. 분노가 폭주하는 방향으로 마모루의 턱이 제멋대로 돌아갔다. 민석의 머릿속에는 온통 마모루의 입을 틀어막고 싶다는 생각뿐이었다. 하지만 그의 주먹이 거세질수록 마모루는 더욱 이악스럽게 웃었다. 민석은 괴성과 함께 상대의 팔을 꺾었다. 뼈가 해체되는 소리와 함께 기괴한 비명이 터져 나왔다. 웃음과 절규가 섞인 소름 끼치는 고성이었다. 민석은 그 소리에게 지고 싶지 않아 더욱 거세게 마모루의 몸을 비틀었다. 할 수만 있다면 상대의 영혼까지 모두 해체해 버리고 싶었다.

결국 민석은 문을 박차고 나섰다. 모진 뭇매에 기절한 마모루를 뒤로 한 채였다. 민석은 혼미한 정신으로 세면대를 찾았다. 그는 언제나처럼 쉼 없이 손을 닦았다. 민석은 거칠게 거품을 내며 바삐 손을 비벼 댔다. 그러다 제가 쥔 비누를 물끄러미 봤다. 이곳의 순사들이 수없이 썼을 비누였다. 민석은 괴성과 함께 거울 속 제 모습에 대고 비누를 짓이겼다. 뭉개진 비누 사이로 일그러진 그의 얼굴이 보였다.

10

대장간은 평소와 다름없이 분주했다. 일꾼들은 여전히 바삐 움직였다. 인호는 인부들 사이에서 활발히 움직였다. 그러나 명철은 그저 멍하니 앉아 있을 뿐이었다.

준익과 동진은 그런 명철을 이상하게 보면서도 대수롭지 않게 지나쳤다. 두 사람은 막걸리 한 병을 들고 뒷산으로 향했다. 그곳에는 승민의 주검이 묻혀 있었다. 그들이 목적지에 도착하자 작은 봉분 앞에 수찬과 영수, 그리고 길주가 서 있었다. 준익은 조용히 봉분에 술을 뿌렸다. 그러자 길주가 담배에 불을 붙여 봉분 앞에 뒀다. 담배 연기는 겨울바람을 타고 하늘로 둥실 올랐다.

"자식…… 어디서 사기를 쳐. 담배 사 온다더니……."

길주는 결국 울음을 참지 못하고 오열했다. 수찬은 고인 눈물을 참으며 고개를 돌렸다. 그러자 산 아래에서 이들을 바라보는 민석의 모습이 보였다. 민석은 수찬과 눈이 마주치자 조용히 발길을 돌렸다. 수찬은 차마 그를 잡지 못하고 한숨을 내쉬었다.

민석은 지하 통로에 들어섰다. 예정된 회의 때문이었다. 승민의 추도를 마친 이들은 속속 그곳으로 모여들었다. 뒤늦게 합류한 종호도 함께였다.

"면목 없게 됐구나."

종호가 무겁게 입을 열었다. 민석은 냉랭했다.

"죄송합니다. 제가 나서서 사실대로 알렸어야 하는데……."

영수가 사죄에 나섰다. 제 아비의 짐을 덜어 주고자 함이었다.

"말하지 말자고 한 건 나였잖아."

이번에는 수찬이 나섰다.

"내가 말렸어. 너 총독 건 때문에 신경 쓰일 것 같아서."

"입 다물어. 서로 싸고도는 삼류 영화 같은 거 볼 생각 없으니까."

싸늘한 일갈이었다. 공간은 찬물을 끼얹은 듯 조용해졌다. 민석은 차분하게 말을 이었다.

"시간이 별로 없어. 이번 총독 저격 사건 때문에 다시 한 번 한일단이 거론되고 있어."

민석은 사적인 감정을 말끔히 지워 냈다. 수찬은 그런 그가 안쓰러웠다.

"지금까지는 철저하게 후방 조직을 지향하면서 수사의 중심선상에서 배제되어 왔지만 이젠 상황이 달라. 이번 사건의 배후 조직으로 한일단이 지목되었으니까."

"하지만 사실이 아니잖아요. 우린 오히려 지키려고 했는데……."

영수는 억울한 모양이었다. 하지만 그 역시 말끝을 어물거렸다. 그런 변명이 먹힐 상황이 아닌 탓이었다.

"대안이 없어. 그리고, 어쨌거나 연루된 건 사실이니까."

순간 민석과 길주의 눈이 마주쳤다. 길주는 어두운 표정으로 민석의 시선을 피했다.

회의를 마친 뒤 모두는 자리에서 일어서 각자의 위치로 향했다. 그러나 길주는 여전히 쪼그려 앉아 미동도 하지 않았다. 그는 승민이 죽은 이후부터 다소 멍해 보였다.

"사과하지 않을 거야."

민석은 길주를 내려다보며 말을 이었다.

"미안해하지도 않을 거고."

"그러실 필요 없습니다."

길주는 민석의 입장을 완전히 납득하고 있었다. 적어도 그의 머리는 그랬다.

"앞으로 다시 그런 상황이 와도 난 그렇게 할 거야."

민석은 애써 냉정히 말했다.

"알고 있습니다."

길주는 주먹을 꼭 쥐었다.

"해방이 되면…… 그때 가서 흠씬 패 줘. 그래도 성에 안 차면 쏴 버리든가."

민석은 제 말만 전하고 어둠 속으로 사라졌다. 길주는 그런 그의 뒷모습을 먹먹히 봤다.

11

얼어붙은 한강에서 졸졸거리며 물소리가 났다. 눈송이가 휘날리던 하늘은 꽃가루가 덮었다. 어느새 봄이었다. 정원에도 꽃이 만개했다. 미유키는 그 청명한 하늘을 올려다봤다. 그러다 눈이 부신지 살짝 눈살을 찌푸렸다. 미유키는 목련꽃 그늘 아래로 제 얼굴을 숨겼다. 그녀는 모처럼 즐거워 보였다. 슈헤이의 웃음소리가 집 안에 가득했던 탓이었다. 그네에 앉아 발짓하며 노는 슈헤이의 표정은 유난히 밝았다.

「엄마, 그네!」

「알았어.」

미유키는 제 아들의 웃음에 취해 세차게 그네를 밀었다. 슈헤이의 그네가 기분 좋게 공기를 갈랐다. 미유키는 제 아이를 보며 조용히 미소지었다. 그러나 반복되며 시야를 오가는 그네에 이내 현기증을 느꼈다.

「마님! 마님!」

풀썩 쓰러진 미유키의 귓가로 나오코의 외침이 들렸다. 그녀의 시야에 푸른 하늘이 들어왔다. 기분 좋은 바람이 콧잔등을 스쳤다. 미유키는 마른 풀 내음을 맡으며 정신을 잃었다.

미유키는 한 시간쯤 후 정신을 찾았다. 눈을 뜨자 심각한 표정의 지은이 보였다. 미유키는 자꾸만 감기는 눈을 억지로 떴다. 친구의 방문이 달가웠기 때문이었다.

「이런 것도 괜찮네요. 아프다는 핑계로 볼 수 있어서.」

미유키는 옅은 미소를 보였다.

「저…….」

지은은 뭔가를 망설이고 있었다.

「나 안 좋아요?」

미유키는 대번에 그녀의 근심을 읽었다.

「아기가 생긴 것 같아요.」

지은이 조심스레 입을 열었다. 미유키는 숨이 멎는 것 같았다.

「네……? 지금…… 뭐라고 했어요?」

미유키는 가까스로 침대에 의지해 제 몸을 일으켰다.

「자세한 건 더 검사를 해 봐야겠지만, 제 소견으로는 임신이십니다. 축하드려도…… 되는 거죠?」

지은은 조심스럽게 미유키의 안색을 살폈다. 그러나 한눈에 봐도 기뻐할 만한 일은 아닌 듯 보였다. 미유키의 얼굴이 백지장처럼 창백했기 때문이었다.

「……살려 줘요.」

미유키는 돌연 지은의 손을 꼭 잡았다.

「네?」

「지은 씨가 도와줘야 해요.」

미유키가 결연한 표정으로 애원했다.

「왜 이러시는데요?」

지은은 영문을 몰라 당황했다.

「우리 아기…… 꼭 살려 줘요. 그 사람…… 분명히 이 아이를 죽이려고

할 거예요.」

지은은 이해가 되질 않았다. 아직 태어나지도 않은 아이였다. 그런데 누가 벌써부터 태아에게 원한을 품는다는 말인지 납득이 되질 않았다.

「이 아이, 이무영의 아이예요.」

뜻하지 않은 고백에 지은은 충격을 감추지 못했다.

「그러니까…… 비밀을 지켜 줘요. 이 아이가 잘 커 나갈 때까지……, 무사히 태어날 때까지.」

미유키는 간절한 눈빛으로 지은을 올려다봤다.

「하지만, 하지만…… 아이가 크면 배가 불러 올 거예요. 그건 저보다 더 잘 아시잖아요?」

지은은 난색을 표했다.

「어떻게든…… 어떻게든 숨겨 볼게요. 그러니까 윤 선생님…… 이렇게 빌게요. 비밀을……, 아니 우리 아기를 지켜 줘요.」

미유키는 제 손에 얼굴을 파묻고 오열했다. 기쁨과 절망이 함께 녹아든 눈물이었다. 지은은 그런 미유키를 감싸안으며 끝까지 아이를 지켜 주겠노라고 약속했다.

지은이 방을 나서자 미유키는 상자 속에 간직해 둔 오르골을 꺼냈다. 그녀는 태엽의 차가운 감촉에서 작은 설렘을 느꼈다. 단단하게 감긴 태엽을 놓자 아련한 음악이 흘러나왔다. 미유키는 가만히 오르골을 보듬었다. 새로운 생명. 그것도 무영의 아이였다. 처음으로 온전히 자신을 품어 준 남자. 그 사람의 흔적이었다. 미유키는 가만히 제 배를 보듬었다. 그리고 손끝으로 전해지는 기운에 형언할 수 없는 기쁨을 느꼈다. 태동과는 무관한 감흥이었다.

'나에게도…… 지켜야 할 것이 생겼어요. 누군가의 증오를 견뎌 내며 지켜야 할 사람요. 무슨 짓을 해서라도…… 이 아이 지켜 낼게요. 반드시.'

12

민석은 꼿꼿한 자세로 의자에 앉아 있었다. 눈은 감은 채였다. 그는 여러 날 잠을 이루지 못한 탓에 피곤한 기색이 역력했다. 몇 번이나 노크를 하던 수찬은 안에서 반응이 없자 조용히 문을 열고 들어섰다. 그러다 맥없이 잠든 민석을 보고 다시 걸음을 돌렸다.

"들어와."

건조한 목소리가 수찬의 걸음을 잡아챘다. 수찬은 한숨을 쉬며 자리에 앉았다. 민석은 몇 번이나 눈을 깜박거리다 소파로 옮겨 앉았다. 그의 눈 밑이 어둑했다. 몹시 피곤한 기색이었다.

"어제도 못 주무신 겁니까?"

수찬이 걱정스레 물었다.

"일이 많아. 시간은 없고."

민석은 탁자 위에 있는 물을 마셨다. 그제야 정신이 조금 드는 모양이었다.

"평양 쪽 진행 상황은 어때?"

민석은 반사적으로 업무부터 챙겼다.

"지금 한창 기계를 들이고 있습니다. 인근 주민들을 중심으로 인력도 확보하고 있고요."

수찬은 차분히 상황을 전했다.

"경성 대장간 쪽에서는 누가 파견되는 거지?"

"박영수를 중심으로 한길주, 이준익, 김동진이 이동할 예정입니다."

민석은 지친 기색으로 끄덕였다.

"초조해 보이십니다."

"별로."

민석은 대꾸하는 것조차 귀찮아 보였다.

"혜림이는…… 찾고 계신 겁니까?"

수찬은 망설이던 물음을 꺼내 놓았다.

"아니."

대답하는 민석의 가슴이 내려앉았다.

"저도 백방으로 알아보고 있습니다. 그러니까……"

"찾지 마."

단호한 목소리였다.

"……지금 움직이면…… 혜림이…… 죽어."

그의 목소리가 가늘게 떨렸다.

"그렇다고 이대로 두고 볼 거야? 어디서 어떻게 지내는지…… 넌 걱정도 안 돼? 어떻게 해서든 찾아서 다른 곳으로 보내면 되잖아."

수찬은 저도 모르게 울컥했다.

"혜림이가 원하는 건…… 그런 게 아니야."

민석은 수찬이 안중에 없는 듯 저 혼자 중얼거렸다.

혜림이 사라지고 벌써 한 계절이 지났다. 그녀가 사라진 민석의 일상에는 가책과 슬픔, 분노와 그리움이 뒤엉켜 있었다. 각각의 감정들은 저마다 날카로운 발톱을 세우며 그의 마음속에 생채기를 냈다. 그러나 그는 아파하지 않았다. 이미 마음에 굳은살이 단단히 박여 버린 지 오래였다.

수찬이 나간 뒤 민석은 종호를 불러들였다. 이동하는 시간조차 아까웠다. 주변의 이목이 신경 쓰이긴 했지만 표면적으로 문제 될 것은 없었다. 어쨌거나 종호는 국책 사업을 맡고 있는 인물이었으니 말이다.

"너무 서두르는 것 아니냐? 일정을 너무 무리하게 짜고 있어. 단원들 생각도 해야지. 다들 체력이 못 당하는 모양이다."

종호의 말은 사실이었다. 민석은 지난겨울 내내 엄청난 양의 무기 생산을 요구해 왔다. 그 탓에 한일단원들 사이에서도 불만이 속출했다.

"아무도 기다려 주지 않으니까요. 기회라는 거 말입니다."

민석은 가만히 고개를 숙였다.

"서혜림 때문이냐?"

종호가 정곡을 찔렀다.

"그 애를…… 구하고 싶어서?"

민석은 대답이 없었다.

"그래, 해방된 땅이 아니면 그 애가 설 곳이 없겠지. 하지만 냉정해야 한다. 이건 서둘러서 되는 일이 아니야."

종호는 민석을 타일렀다.

"알고 있습니다. 하지만…… 저도 피가 도는 인간입니다. 이 이상…… 어떻게 견뎌 내라는 거죠?"

종호는 그의 눈가에서 절망을 읽었다. 그는 진심으로 답을 구하고 있었다.

"그래……, 안다. 네가 가까스로 버티고 있다는 거. 하지만 명심해라. 지금 냉정해지지 않으면 이제껏 네가 견뎌 온 세월들, 그리고 우리가 쏟아 부은 시간들이 다 수포로 돌아갈 수도 있어."

13

민석은 유우스케를 불러들였다. 업무 지시를 위해서였다. 총독 저격 사건 이후로 두 사람은 업무 용건을 제외하고는 어떤 일로도 말을 섞지 않았다. 누가 먼저랄 것도 없이 서로를 경계하는 상황이었다.

「저는 예정대로 내일 평양으로 이동합니다. 제가 자리에 없는 동안 처리해야 할 사안들은 이수찬에게 지시해 뒀습니다.」

민석이 서류를 건넸다.

「알겠습니다.」

유우스케는 그가 건넨 문서를 받아 들었다.

「생각보다 뻔뻔하신 분이군요.」

뜬금없는 말이었다. 유우스케는 당혹감을 느꼈다.

「네? 무슨……?」

「제가 서기관장님이라면 지금처럼 차분하지는 못할 것 같아서요. 마모루를 빼내려 애써 보든가, 그렇지 못할 바에야 같이 들어앉아 있을 것 같은데요. 어떻게 생각하십니까?」

싸늘한 민석의 눈초리가 유우스케의 심장을 파고들었다. 유우스케는 간담이 서늘해졌다.

「죄송하지만 무슨 말씀인지 잘 이해가 가질 않습니다.」

유우스케는 당혹감을 누르며 발뺌을 시도했다.

「물론 그러시겠죠. 어떻게 자신의 입으로 총독 암살 미수 사건에 연루되어 있다고 하시겠습니까?」

민석은 차갑게 쏘아붙였다. 유우스케는 사색이 됐다.

「각하, 그건 오해입니다. 제가 아무리 마모루와 친분이 있다고 하지만 어떻게…….」

유우스케는 말끝을 흐렸다.

「제 오해를 풀려면 먼저 제대로 협조하시는 게 좋을 겁니다. 만일 그렇지 못한다면…… 정규홍 후작 암살 사건에 대한 책임까지 같이 지셔야 할 겁니다.」

날카로운 일격이었다.

「그게 무슨……?」

유우스케의 얼굴이 하얗게 질렸다. 민석은 서랍 속에서 서류를 꺼내 그의 발치에 던졌다.

「사본입니다. 이게 대답이고요.」

유우스케는 떨리는 손으로 서류를 집어 들었다.

「일을 도모하셨으면 증거는 남기지 마셨어야죠.」

「각하……」

유우스케는 털썩 주저앉아 무릎을 꿇었다.

「전 서기관장님까지 말려들게 할 생각은 없습니다. 마모루만…… 깔끔하게 처리해 주시면 됩니다. 하실 수 있겠습니까?」

민석은 냉소로 그를 내려다봤다. 유우스케는 몇 번이고 고개를 끄덕이며 바닥에 머리를 찧었다.

그 순간 문이 열리며 미유키가 들어섰다. 미유키는 생경한 눈길로 두 사람을 봤다. 민석은 굳은 얼굴로 미유키를 지나쳐 밖으로 향했다. 여전히 머리를 조아리고 있는 유우스케만 남겨 둔 채였다. 민석은 묵묵히 밖으로 나갔다. 미유키와 함께 온 하야토가 범상치 않은 눈길로 그를 쳐다봤다. 그러나 민석은 그 역시 무시했다.

「예전엔 인형 대하듯 하더니 이젠 아예 그림자 취급이군요.」

미유키가 그를 따라붙었다. 민석은 대꾸하지 않았다.

「우리…… 끝내요.」

민석은 그제야 걸음을 멈추고 미유키를 빤히 봤다.

「……헤어져요.」

그녀는 침착한 표정으로 그의 시선을 받아 냈다. 굳은 결심이 깃든 얼굴이었다. 민석은 돌연 폭소를 터뜨렸다. 점점 소리를 높이는 웃음소리는 어찌 보면 울음소리 같았다. 미유키는 그런 민석을 싸늘한 눈초리로 바라봤다.

「늦었어.」

민석은 제 웃음을 말끔히 거뒀다.

「난 너…… 놓지 않을 거야. 절대로.」

민석은 조용히 차에 올라 사라졌다. 미유키는 입술을 꼭 깨물며 모래안개 사이로 사라지는 그의 차를 주시했다.

「괜찮으신 겁니까?」

하야토가 걱정스레 물었다.

「응. 괜찮아.」

하야토는 그런 그녀를 측은히 봤다.

「이무영은…… 알아봤어?」

미유키는 멍한 눈길로 민석의 차를 좇았다.

「그림자도 없습니다. 아무래도 조선 땅을 빠져나간 게 아닌가 싶기도 하고.」

「아니, 그렇지 않을 거야. 서혜림과 움직이고 있으니까. 아마 국경을 넘기 쉽지 않을 거야.」

그녀는 확신에 찬 눈빛이었다. 하야토도 수긍했다.

「돈은 얼마든지 줄게. 사람을 풀든, 돈으로 매수하든…… 어떻게 해서든 찾아내. 반드시.」

하야토는 듬직하게 고개를 끄덕였다.

「눈치 채지 않게 평양으로 움직여 줘. 민석 씨 일거수일투족, 하나도 놓치지 말고 보고해.」

「알겠습니다.」

「그쪽 일정이 얼마나 걸린다고 했지?」

「한 달 정도로 알고 있습니다.」

「한 달…… 한 달이라…….」

미유키는 가만히 자신의 배에 손을 얹었다. 무심하게 자라는 아이를 지켜 내기에 한 달이라는 시간은 너무나 짧았다.

14

지하 통로는 공장이나 다를 바 없는 풍경이었다. 기생들은 둥그렇게 모여 앉아 총에 들어갈 부품을 정리하고 있었다.

"아, 진짜 오라버니 너무한 거 아니야? 이런 지하 구석에 처박아 놓고 일만 시키고."

애종은 입이 댓 발이나 나와 있었다.

"그런 소리 마. 우리 신세 잊었어? 밖에 나가면 우린 당장 체포야."

홍연이 나무랐다.

"에휴……. 처음에 그런 무대에 선다고 했을 때는 엄청 자랑스럽고 그랬는데……, 지금 이 꼴 되고 보니 내가 왜 그랬나 싶어요. 잠깐 폼 좀 재려다가……."

신월이 한숨을 토했다.

"그래도 그때 참 좋지 않았어? 난 짜릿하던데."

금옥이 끼어들었다. 애종은 세차게 고개를 끄덕였다.

"맞아, 맞아! 우리 되게 근사했죠? 그때 나 봤어요? 이렇…… 게!"

애종은 자랑스럽게 옆에 있던 칼을 집어 들고 마구 휘둘렀다. 미향은 식겁하며 몸을 피했다.

"야, 치워. 이러다 칼 맞겠다."

애종은 머쓱해 헤벌쭉 웃었다. 그러다 맞은편에서 영수가 나타나자 짐짓 새초롬한 표정을 지으며 돌아섰다.

"우리 애종이 힘들었나 보네? 요 얼굴 좀 봐."

영수는 미안한 마음에 넉살을 피웠다.

"몰라요. 나 진짜로 삐쳤어요."

애종은 괜히 어리광을 부렸다.

"음……, 그럼 우리 애종이, 이제 오빠 얼굴 안 볼 거야?"

"모른다니까요? 자꾸 말 시키지 말아요."

"하아, 이거 큰일이네. 난 내일이면 평양으로 가서 1년은 족히 넘어야 올 텐데."

"네? 평양요?"

애종은 놀라 눈이 동그래졌다.

"그래. 평양. 어때? 다들 같이 움직일까?"

영수는 그제야 본론을 꺼냈다.

"저희는 남을게요."

홍연은 고개를 가로저었다.

"언니, 같이 가요."

애종이 졸라 댔다.

"우리가 같이 움직이면 거치적거릴 거야. 우린 여기 남아서 하던 일이나 하자."

"싫어요. 난 따라갈 거예요. 오라버니 보내고 나 혼자 이 지하 구석에서 무슨 낙으로 살아요."

애종은 막무가내였다.

"애종아!"

"그럼 애종이만 같이 가는 걸로 할게요. 한 명 정도는 괜찮을 거예요."

영수가 중재에 나섰다. 애종은 홍연의 팔짱을 끼며 애원의 눈길을 보냈다. 홍연은 마지못해 끄덕였다.

"그럼 해일관 식구들은 이수찬한테 맡길게요. 두 사람, 잘해 봐요."

영수는 홍연을 보며 눈을 찡긋거렸다. 홍연은 담담히 손을 놀리며 하던 작업에 집중했다. 그러나 저도 모르게 상기되는 얼굴은 숨기지 못했다.

영수는 그날 아침 조간신문을 남겨 둔 채 자리를 떠났다. 홍연은 찬찬히 신문을 펼쳐 들었다. 수찬의 시를 보기 위함이었다. 지면을 읽어 내려가는 홍연의 눈가에 애틋함이 스쳤다. 애종은 그런 홍연을 흘깃 보다 소리 내어 시를 읊었다.

"안녕…… 간결한 두 글자가 향기를 머금고 봉오리 졌다. 안녕…… 하며 툭 치니 향기가 후드득 쏟아진다. 안녕…… 스러진 뒤에도 잊지 못할 아름다운 이름아……. 정말 아름다워요. 정말 나리는 천재예요, 천재! 읽고 있는데 막 눈물이 날라 그런다니까요."

실제로 금옥은 저도 모르게 눈물을 훔쳤다.

"아마…… 그 시를 쓴 사람은…… 정말 아프게 울었을지도 모르지."

홍연은 쓸쓸히 웃었다.

15

대장간 앞에는 트럭이 즐비했다. 인부들은 분주하게 짐을 옮겼다. 영수와 인호는 이런저런 지시를 내리느라 정신이 없었다. 명철은 그들 가운데 섞여 어두운 기색으로 일을 도왔다.

"아, 그거 살살 옮기라니까 그러네. 그게 얼마나 섬세한 건데. 아, 그리고 그쪽, 그건 놔두라니까요."

영수는 잔소리를 늘어놓으며 다른 쪽으로 향했다.

"형은 진짜 안 가?"

인호가 명철에게 물었다.

"응. 안 가. 너도 가지 마."

명철은 단호하게 말했다.

"아니, 영수 형 가는데 우리가 안 따라가면 누가 가?"

인호는 이해할 수 없다는 표정이었다.

"난 안 가. 아니……, 못 가. 내가 어떻게 거길 따라가……."

명철은 자책을 멈추지 않았다. 인호는 그런 그의 속내를 모른 채 여전히 갸우뚱할 뿐이었다.

이동 준비는 해가 넘어가서야 끝났다. 모두는 주린 배를 채우기 위해 식당으로 나섰다. 그러나 영수는 볼일이 있다며 어디론가 사라졌다. 그의 행선지는 경성 병원이었다. 언제 돌아올지도 모르는 차에 지은에게 작별 인사라도 해야겠다는 생각에서였다. 영수는 퇴근하는 지은을 가로막았다.

"이제 밤낮없이 나타나네."

지은이 샐쭉하게 대답했다. 싫지는 않은 기색이었다.

"좋아할 거라고 했잖아."

영수는 평소답지 않게 자못 진지해 보였다. 지은은 쑥쓰러움에 시선을 피했다.

"나, 내일 평양 간다."

"뭐?"

"그쪽에 군수 공장 들어가거든."

"아주 돈을 긁겠구나."

지은은 저도 모르게 날카롭게 굴었다. 상실감에서였다.

"가지 말까?"

영수가 그녀의 얼굴을 빤히 보며 물었다.

"무슨 못된 심보야? 다 가기로 정해 놓고 마지막에 보고하는 주제에."

지은은 괜히 날을 세웠다.

"그럼에도 불구하고."

영수가 빙긋 웃었다.

"시인 친구가 그러더라. 남녀 관계라는 건 원래 그럼에도 불구하고라고."

지은은 무슨 의미인가 싶어 그의 말을 곱씹었다.

"정말 돌이킬 수 없을 만큼…… 일이 커져 버렸지만. 그럼에도 불구하고…… 네가 가지 말라면 나 안 갈 거야."

"가."

지은은 장황한 영수의 말을 단칼에 잘랐다.

"이 계집애는 이렇게 낭만이 없어. 남자가 이렇게까지 말하는데."

영수는 못내 서운했다.

"만일…… 네가 사라졌는데도 나 멀쩡히 잘 먹고 잘 살면, 너랑 나랑은 아무것도 아닌 거야."

"야……!"

"만일 네 빈 자리 때문에 허전해진다면…… 그건 아마…… 아니다. 아무튼 가라. 나도 갈 거니까."

지은은 못다 한 말을 삼키며 돌아섰다. 그러자 영수는 그녀의 팔을 잡아끌며 가볍게 입을 맞췄다.

"네가 가라니까 간다. 무사히…… 잘 다녀올게."

영수는 손을 흔들며 사라졌다. 밝은 웃음과 함께였다. 지은은 제 입술에 남은 자취를 느끼며 준비되지 않은 이별을 맞이했다.

16

평양에 가기 전 민석은 제 부모의 묘를 찾았다. 규홍과 문선의 묘는 양지바른 곳에 나란히 자리하고 있었다. 민석은 싸늘히 규홍의 묘에 시선을 던지다 어미에게로 걸음을 옮겼다. 민석은 그녀의 비석 앞에 하얀 국화꽃을 내려놓았다.

"결국 전…… 아무것도 지키지 못했어요. 어머니도…… 혜림이도……."

그는 지친 기색으로 비석에 기대 눈을 감았다. 바람이 불자 마른 소나무

향이 코끝을 간질였다. 민석은 그 바람에서 제 어머니의 향기를 떠올렸다.

"조선 땅을 되찾으면…… 혜림이도 찾을 수 있는 거겠죠? 그렇죠, 어머니?"

민석은 가만히 비석을 쓰다듬었다. 매끈한 돌덩이에서 찬 기운이 올라왔다. 심장까지 저려 오는 냉기였다. 그러나 지금의 그에게는 자신을 보듬어 주는 유일한 안식처였다. 그러다 민석은 가까워져 오는 누군가의 발소리에 눈을 떴다. 말끔하게 양장을 갖춰 입은 무영이 그의 시야에 들어왔다. 민석은 굳은 얼굴로 벌떡 일어섰다.

"대일본 제국의 충실한 신민, 여기에 잠들다……. 조선 해방을 꿈꾸는 한일단 단장께서 읽기엔 심히 불편한 비문이겠군."

무영은 빈정거리며 비석의 글귀를 읽어 내려갔다. 민석은 살기 오른 눈으로 매섭게 그를 쏘아봤다. 무영은 옆에 핀 꽃의 가지를 꺾어 묘에 얹었다.

"내가 너라면…… 그냥 화장해 버렸을 거야. 어차피 이 땅이 해방되면 제일 먼저 파헤쳐질 묘지니까."

거침없는 민석의 주먹이 무영의 턱에 날아들었다. 그러자 무영도 민석의 얼굴을 가격했다. 두 사람은 치고받으며 언덕 아래로 굴렀다. 무영이 먼저 몸을 일으켜 민석을 걷어찼다. 민석은 그대로 바닥에 등을 진 상태로 무영의 복부를 가격했다. 쉼 없는 난타전이 이어졌다. 한쪽이 기선 제압을 하면 다른 쪽이 반격해 오는 식이었다. 결국 그들은 자신이 무엇을 향해 주먹을 쏟아 내는지조차 가늠이 안 될 지경이 되어서야 맨땅에 몸을 뉘었다.

"무슨 속셈이야?"

민석은 제 얼굴에 묻은 피를 닦았다.

"하던 일은…… 해야지."

무영이 입 안에 고인 피를 뱉어 냈다.

"지금은 다른 방법이 없잖아. 너 같은 자식 때문에…… 조선의 해방을 미루고 싶진 않으니까."

무영은 인정하고 싶지 않던 속내를 꾸역꾸역 뱉었다.

"내가 널 믿어야 하나?"

"믿지 마. 나도 널 믿지 않으니까."

민석은 생각에 잠겼다.

"평양에서 보자."

무영은 조용히 자리에서 일어섰다.

"혜림이는, 혜림이는 어떻게 됐어?"

무영은 대꾸 없이 제 갈 길을 갔다. 민석은 그를 따라가 거칠게 팔을 잡아챘다.

"혜림이는 어떻게 했냐고 묻잖아!"

무영은 담담히 상대의 눈을 봤다. 이성이 날아간 눈빛이었다. 그는 동공이 열린 상대의 눈을 향해 싸늘한 한 마디를 던졌다.

"꿇어."

"……뭐?"

"답이 듣고 싶으면 여기서 무릎을 꿇어 보라고."

민석은 무영을 쏘아봤다. 무영은 의기양양한 미소를 짓고 있었다. 그는 더 이상 약자가 아니었다. 제 목숨 줄을 쥐고 흔들 수 있는 강자였다. 그 새삼스러운 자각에 민석의 입술이 파르르 떨려 왔다. 갈등이 스치는 눈가에는 분노가 일렁였다. 그러나 어느 순간 이내 차분히 가라앉았다. 그리고 그 적막해진 눈빛에는 어느새 촉촉하게 물기가 올라왔다. 민석은 꼭 쥐었던 주먹에 힘을 풀었다. 당장이라도 무릎을 꿇을 기세였다.

"그래. 네가 그럴 수 있을 거라고 생각하지는 않았어. 평생을 살면서 누군가에게 무릎 같은 거 꿇어 본 적 없을 테니까. 더구나 자신이 아닌 남을 위해서라면 더더욱……."

무영은 서둘러 등을 돌렸다. 민석이 자신에게 무릎 꿇는 모습을 보고 싶지 않았던 까닭이었다. 그는 몇 걸음 앞서 걷다 뒤를 돌아봤다. 여전히 갈등에 사로잡혀 있는 민석의 이마에 핏줄이 서 있었다.

"죽지는 않았어. 강한 여자야. 미련하지만."

결국 민석의 눈에 고여 있던 눈물이 봇물처럼 터져 나왔다. 그는 새어 나오는 울음소리를 막으려 입술을 악다물었다. 마른 어깨가 제 슬픔을 누르며 파르르 떨렸다.

"나한테 너무 쉽게 무릎 꿇지 마. 그래 버리면…… 내 인생이 너무 싱거워지니까. 언젠가는 꼭…… 내 손으로 널 진창까지 끌어내릴 거야. 그래서 널 바닥에서 마구 짓밟아 줄 거라고."

무영은 의도하지 않은 독설을 쏟아 내고는 민석에게 등을 보였다. 민석을 등 뒤에 둔 순간 무영은 안도했다. 조금이라도 시간을 지체했더라면 불필요한 눈물을 들켰을지도 모를 일이었다.

슬픈 반전

1

"도련님!"

엉망으로 얻어터진 민석의 몰골에 차에서 대기하고 있던 동호의 얼굴은 사색이 됐다.

"신경 쓸 거 없어. 가자. 늦겠어."

"하지만……."

동호는 주위를 둘러봤다.

"내 말 안 들려? 타."

민석은 동호를 재촉했다.

"네."

동호는 마지못해 운전대를 잡았다. 민석은 탈진한 채 등받이에 기대앉았다. 민석의 차가 모래바람을 뒤로 한 채 자리를 떠났다.

무영은 착잡하게 그들을 주시하다 터벅터벅 걸음을 옮겼다. 그때 느닷없이 하야토가 길을 가로막았다. 무영은 경계하는 눈빛으로 품 속의 검을 꺼내 들었다. 그러나 하야토는 여유 있게 걸어왔다. 싸울 마음이 없는 기색이었다.

「예상 밖의 수확이군. 여우 사냥에 나섰더니 범이 걸려드네.」

하야토는 비죽 웃었다.

「너랑 실랑이할 시간 없어.」

무영은 그의 말을 무시하며 가던 걸음을 재촉했다.

「싸우자는 거 아니야. 마님이 찾으셔.」

가감 없는 하야토의 말이 무영을 잡아 세웠다. 무영은 갑작스레 심장이 뻐근해지는 것을 느꼈다. 짤막한 소식이었지만 미유키의 아픔은 원래부터 그의 것인 양 생생하게 각인되어 왔다. 그러나 더 이상 그녀에게 말려들고 싶지 않았다. 족쇄를 차고 나면 더 이상 내달릴 수 없을 것 같은 공포감 때문이었다.

「많이 아프셨어.」

하야토의 말끝에 연민이 묻어났다. 무영은 그의 기색에서 미유키가 겪은 고통의 깊이를 읽었다.

「……그리고 널 계속 찾으셨어.」

하야토가 망설이던 말을 덧붙였다. 결국 무영은 하야토의 청을 거절하지 못했다.

하야토는 미유키에게 전화를 걸기 위해 서둘러 시내로 내려갔다. 행여 무영의 마음이 바뀔까 하는 염려에서였다.

그 시각, 미유키는 피아노 앞에 앉아 있었다. 그녀는 앙상한 손가락을 들어 조심스레 건반을 눌러 봤다. 그녀는 건반의 울림 하나하나가 세상에서의 첫 조우인 양 해맑게 웃었다.

「아가야, 소리가 참 예쁘지? 이 세상에 태어나면 이 음악처럼 예쁜 소리가 많단다. 우리 아가, 세상에 나오면 엄마가 예쁜 것만 보여 주고, 예쁜 것만 들려줄게. 엄마가 꼭 약속할게.」

미유키는 지켜 낼지 가늠할 수 없는 다짐을 뒤로 한 채 간단한 소곡을 연주했다. 명쾌한 곡임에도 맑은 음색은 유난히 구슬펐다. 미유키는 부드럽게 연주를 이어 가며 쓸쓸히 미소지었다. 그 순간 요란하게 전화벨이 울렸다. 하야토였다.

-「이무영을 찾았습니다.」

수화기 너머로 들리는 하야토의 목소리는 다소 흥분되어 있었다.

「뭐? 거기 어디야?」

-「이제 경성입니다. 지금 같이 있습니다.」

「나 지금 나갈게. 반도 호텔로 모셔.」

-「알겠습니다.」

미유키는 서둘러 제 방으로 올라갔다. 단장을 하기 위해서였다. 그녀는 들뜬 마음으로 거울 앞에 앉았다. 곱게 분칠하는 미유키의 얼굴에 화색이 돌았다. 그녀는 곱게 풀어낸 머리를 살짝 묶고 양장을 갖춰 입었다. 그녀의 마음처럼 생기발랄한 차림새였다.

그녀는 한달음에 반도 호텔로 달려갔다. 먼저 도착한 것은 미유키였다. 그녀는 초조한 기색으로 제자리를 오가며 그를 기다렸다. 그렇게 한 시간여가 지나서야 노크 소리와 함께 무영이 들어섰다. 물론 하야토와 함께였다.

「모셔 왔습니다.」

미유키의 눈짓에 하야토는 깍듯이 인사를 전한 뒤 밖으로 나갔다. 무영은 어색하게 안으로 걸음을 옮겼다. 미유키의 담담한 시선이 그를 훑어 내렸다. 무영은 안절부절못하고 있었다.

「찾느라고 힘들었어요. 사라질 때 사라지더라도 귀띔 정도는 해 줄 줄 알

앉는데.」

미유키는 차분했다.
「용건만 말해. 빨리 가야 해.」
「그게 다예요? 몇 달 만에 나타나서 나한테 해 줄 말이…… 그게 전부냐고요.」

원망 섞인 물음이었다. 그녀의 싸늘한 공격에 무영은 겨우 입을 뗐다.
「미안해. 그날은……」

무영은 속내에 있는 수많은 말들을 밀어 둔 채 비겁자의 언어를 택했다. 보고 싶었다거나, 혹은 걱정이 되었다거나, 그도 아니면 사랑한다거나 하는 흔한 밀어들이 속절없이 버려졌다. 그도 사내였다. 자신이 품었던 여자에게 가감 없이 진심을 전하고 싶은 평범한 남자였다. 그러나 그 말랑말랑한 내면을 싸고도는 껍데기는 너무나 견고하고 무거웠다. 그는 일본인을 사랑하면 안 되는 독립군이었고, 동지의 여자를 탐할 수 없는 조직의 일원이었으니까. 미유키 또한 마찬가지였다. 독립군을 사랑할 수 없는 일본의 화족이요, 남편의 정적과 연을 맺을 수 없는 누군가의 아내였다.

「그만. 그냥 내가 말할게요.」

미유키는 말을 잘랐다. 무영의 입에서 쏟아져 나올 말이 두려웠다. 만일 그것이 거절의 언어라면 도저히 버텨 낼 재간이 없을 것 같은 마음에서였다.

「아이가 생겼어요.」

무영의 얼굴에 핏기가 가셨다. 그는 제 귀를 의심했다.
「당신 아이예요.」
「헛소리.」

무영은 충격에 제 입에서 무슨 말이 나오는지조차 몰랐다.
「뭐가 헛소리라는 거예요? 아이가 생겼다는 거요? 아니면 이 아이 아빠가 당신이라는 거요?」

미유키는 실소했다.

「당신, 제정신이 아니군.」

무영은 바삐 자리에서 일어섰다. 도저히 믿을 수 없고, 믿고 싶지도 않은 이야기였다.

「민석 씨하고 나, 절대 아이 같은 거 생길 수 없는 사이예요.」

미유키는 쐐기를 박았다. 무영은 혼란에 눈앞이 흐려졌다. 아이. 아이라고 했다. 자신과 그녀의 체온을 나눠 가진 혈육. 이 세상에 단 하나밖에 없을 핏줄. 그러나 만인의 비난과 경멸 속에 태어나고 자라날 아이. 그런 아이가 그녀 안에 잉태되었다 했다.

「당신이 지켜 주지 않으면 이 아이, 죽어요.」

무영은 그제야 미유키와 시선을 맞췄다. 촉촉하게 젖어든 그녀의 눈가에 미소가 번졌다.

「당신에게도, 나에게도 이제 지켜야 할 존재가 생긴 거예요.」

2

"그래. 알았다."

수화기를 내려놓는 종호의 얼굴이 착잡했다.

"무슨 일입니까?"

수찬이 조심스레 물었다.

"이무영이 나타났다는구나."

"네?"

"이무영이 민석이를 찾아왔단다."

"그래서, 혜림이는요?"

수찬이 다급하게 물었다.

"그 이야기는 없었다. 그냥 이무영이 다시 합류하겠다고 했다는구나."

수찬은 황급히 수화기를 들었다. 민석에게 전화하기 위해서였다.

"그만둬."

종호가 만류하고 나섰다.

"이무영도 민석이도…… 사력을 다해 자기감정을 누르고 있을 거다. 이 땅을 살려 보겠다고. 그러니까 괜히 헤집어 놓지 마."

수찬은 심란해졌다. 물과 기름 같은 두 사람이 다시 뭉쳤다고 했다. 서로가 서로의 원한을 밀어넣은 채 대의를 위해 달리겠다고 했다. 하지만 그런 그들의 희생을 알면서도 수찬은 두 사람이 원망스러웠다. 수찬에게 있어 조국의 해방보다 더 중요한 것은 혜림의 안전이었다. 그는 그 비밀 때문에 홀로 괴로웠다. 민족의 운명보다 사적인 연심에 쏠린 제 관심에 대한 자책과 독립운동이라는 거대한 미명 때문에 혜림을 희생시켜야 하는 현실이 그랬다.

종호와 헤어진 수찬은 무거운 마음을 짊어지고 거리로 나섰다. 그는 하릴없이 신문사로 향했다. 행여나 혜림의 소식을 들을 수 있을까 하는 희망에서였다. 그런데 거기서 뜻하지 않은 수확을 얻었다.

"그게 정말입니까?"

수찬은 흥분하며 의자를 당겨 앉았다.

"그렇다니까요. 분명히 서혜림이었답니다."

"거기가 어딘가요?"

수찬은 흥분을 감추지 못했다.

"나진 부근이라고 하더군요."

"나진요?"

"네. 확실하답니다. 신문에 도는 사진하고 몇 번이나 비교해 봤다더군요."

 수찬은 이런저런 생각에 머리가 아파 왔다.
 "어떻게 하시겠습니까? 아직 편집장님께는 보고드리지 않았습니다. 특종도 좋지만 여자의 몸으로 뜻있는 일을 하고 쫓기는 분을 기사 몇 줄에 팔아넘기고 싶진 않으니까요."
 김 기자는 착잡한 기색으로 커피를 홀짝였다.
 "제보자는 믿을 만한 사람입니까?"
 수찬이 조심스레 물었다.
 "그거야 모를 일이죠. 하지만 믿지 않는 편이 안전하지 않겠습니까? 돈 몇 푼 바라고 기삿거리로 제보하는 자라면 치도곤 치르기도 전에 경찰에게 줄줄 불어 버릴 가능성이 크니까요."
 수찬은 불안해졌다. 따지고 보면 믿을 사람이 아무도 없었다. 심지어 제 앞에 앉아 있는 김 기자조차 언제 마음이 변해 그녀를 밀고할지 모를 일이었다.
 수찬은 그길로 홍연에게 향했다. 이 일에 대해 의논하기 위해서였다. 예전 같으면 한일단원들과 머리를 모을 일이었으나 지금은 모두 평양에 가 있으니 어쩔 수 없는 노릇이었다.
 홍연은 지하도에 혼자 덩그러니 앉아 이런저런 부속품들을 정리하고 있었다. 다른 기생들은 외출한 모양이었다.
 "횅하네."
 수찬이 중얼거렸다.
 "다들 갔으니까요."
 홍연은 조용히 애종이 있던 자리를 보듬었다. 애틋한 눈길이었다.
 "가고 싶어?"
 "아니요. 누군가는 남아 있어야죠. 그래야…… 돌아와야 할 사람이 돌아오니까."

　혜림을 심중에 둔 말이었다.

"이무영이 나타났다나 봐."

　수찬이 무겁게 입을 열었다.

"그럼 혜림 씨는요?"

　홍연이 다그쳐 물었다.

"방금 신문사에서 오는 길인데 나진에서 혜림이를 봤다는 사람이 있어. 그래서 내가 좀 가 봐야 할 것 같아."

"가지 마세요."

　홍연은 단호하게 그를 막아섰다.

"가지 말라고? 혜림이를 봤다는 목격자가 있어! 그대로 두면 언제 경찰 귀에 들어갈지 모른다고!"

　수찬은 저도 모르게 버럭 소리를 질렀다.

"모르겠어요? 오라버니가 움직이면 더 수상하게 여길 거예요. 자작 각하가 왜 혜림 씨를 그냥 두고 있겠어요? 오라버니만큼 걱정이 안 돼서? 아니면 정말 사람들 말처럼 혜림 씨를 배신해서?"

　홍연은 조목조목 따지고 들었다. 그 바람에 수찬은 더욱 엇나가기 시작했다.

"그 자식 판단이 항상 옳아? 그 자식이 하지 말라면 그냥 놔둬야 해? 이유야 어찌 됐든 혜림이한테 총까지 겨눴던 놈이야. 그 자식만 믿고 있다간 혜림이 죽는다고!"

　홍연은 냉정히 그를 마주 봤다. 애꿎은 감정싸움으로 번지고 있었기 때문이었다.

"지금이라면 혜림이를 마음에서 보낼 수 있겠지만 이대로 죽기라도 하면…… 난 영원히 혜림이 보내지 못할 거야. 그래도 말릴 거야?"

수찬은 어느새 협박을 늘어놓기 시작했다.
"오라버니, 참 잔인한 사람이네요. 상대의 연심을 이런 식으로 이용하다니."
홍연은 체념한 듯 한숨을 내쉬었다. 수찬은 순간 미안해졌다.
"상관없어요. 난 정말 혜림 씨가 걱정돼서 했던 말이지만, 오라버니가 가는 게 옳다고 믿는다면 다녀오세요. 어쩌면 이 모든 걸 움직일 수 있는 힘은 사람이 아닌 운명이 쥐고 있는 건지도 모를 일이니까요."

3

"제이콥입니다. 평양 철도 호텔로 이동할 예정입니다. 불편하시겠지만 같이 움직여 주셔야겠습니다."
짧은 통화를 마친 민석은 짐을 챙겨 밖으로 나섰다. 드디어 평양으로 향하는 길이었다. 민석은 대문 앞에 선 채 제 집을 돌아봤다. 당분간은 이 끔찍한 집에서 놓여날 수 있을 터였다. 그는 하루빨리 제 목적을 이뤄 이 집에서 영원히 벗어날 수 있기를 조용히 빌었다.
"마모루 재판 일정이 잡혔나?"
차에 오른 민석은 눈을 감았다. 언제부턴가 그는 낮에도 자주 눈을 감고 있었다. 밤에 잠들지 못하는 까닭이었다. 확실히 그는 반년 전에 비해 훨씬 수척해져 있었다. 가냘프던 얼굴은 볼까지 움푹 들어가 안 그래도 날카롭던 인상을 더욱 매섭게 했다. 하루하루를 악으로 버티는 셈이었다.
"한 달 뒤로 알고 있습니다."
"그래. 밟아 주려면 한 달이나 남았단 말이지."
민석은 독이 오른 눈으로 이죽거렸다.
"이대로 괜찮으시겠습니까?"

동호가 조심스레 입을 열었다.

"뭐가?"

"큰마님 돌아가실 때부터 혜림 아씨까지……, 큰일은 계속 터지는데 계속 감정을 누르기만 하셔서……."

"혜림이 살아 있대."

민석은 조용히 혜림의 생존을 알렸다. 그의 목소리에서 미묘한 떨림이 느껴졌다. 함부로 입 밖에 내어놓으면 그 비밀에 흠집이라도 날 것 같은 마음에서였을 터였다.

"네? 그게 정말입니까?"

동호는 화들짝 놀랐다.

"그러니까 정신 바짝 차려야지. 다시는 놓치지 않게."

민석은 평온한 다짐을 뒤로 한 채 잠에 들었다. 실로 모처럼의 달고 긴 잠이었다. 그는 꿈속에서나마 혜림의 안위를 확인했다. 덕분에 그의 입가에도 모처럼 부드러운 미소가 돌았다.

민석의 차는 반나절을 꼬박 달리고서야 평양 철도 호텔에 도착했다. 그가 내려서자 입구에 대기하고 있던 순사 및 호텔 관계자들이 양쪽으로 나눠 서서 맞이했다. 일동은 무표정한 민석의 뒤를 우르르 따랐다. 민석이 안으로 들어서자 내부 직원들이 긴장하며 그를 맞이했다. 그는 입구의 직원에게 숙박 명부를 요구했다. 직원은 굳은 얼굴로 서류를 건넸다. 민석은 찬찬히 기록을 뒤지다 스미스의 이름을 확인하며 냉소를 지었다. 그는 돌연 명부를 들어 직원의 뺨을 후려쳤다. 일동은 경악했다. 직원은 급습에 놀라 하얗게 질렸다.

「지금까지도 이런 식이었나?」

민석은 매섭게 상대를 쏘아봤다.

「무슨 말씀이신지…….」

직원은 완전히 얼어 있었다.

「투숙객의 정보 보호는 기본 중의 기본이야. 이렇게 아무나 와서 개인 정보를 살펴볼 수 있도록 방치하고 있었느냐는 말이야!」

민석은 명부를 흔들며 기선 제압에 나섰다. 직원은 필사적으로 사죄했다.

「아닙니다. 다른 분도 아니고 각하께서 보시는 거라…….」

그는 울먹이며 말끝을 흐렸다.

「내가 아니라 총독께서 오셔서 보자고 하셔도 안 돼. 반드시 지켜! 하늘이 무너져도! 무슨 말인지 알아?」

민석은 고압적인 말투로 쐐기를 박았다. 스즈키에게 행적을 들키지 않으려는 속셈이었다.

「명심하겠습니다.」

민석은 숙박 명부를 직원의 가슴팍에 던져 주며 싸늘하게 엘리베이터에 올랐다. 동호는 말없이 그를 따랐다.

"박영수 도착하면 곧바로 올려보내."

"알겠습니다."

민석은 홀로 엘리베이터에서 내렸다. 조용한 복도에 민석의 구두 소리가 가득 들어찼다. 그는 제 방 앞을 지나쳐 낯선 방문 앞에 멈춰 섰다. 번호를 확인한 민석은 조용히 문을 두드렸다.

"누구시죠?"

안쪽에서 경계심이 깃든 목소리가 전해졌다.

"제이콥입니다."

민석은 제 신분을 밝혔다. 그러자 문이 열리며 환하게 미소짓는 스미스의 얼굴이 보였다. 민석은 경계를 풀지 않고 주변을 살핀 뒤 서둘러 들어갔다.

"오랜만이네, 제이콥."

스미스는 따뜻하게 민석을 맞이했다.

"뵙고 싶었습니다, 교수님."

민석 역시 미소를 보였다. 그는 긴장을 풀지 않고 소파에 앉았다.

"그때 이야기했던 건 어떻게 됐나?"

민석은 영문으로 된 문서를 내밀었다.

"우선 공문만 전하겠습니다."

"무슨 뜻인가?"

"전 어떻게든 이 전쟁에서 이겨야겠습니다."

스미스는 물끄러미 민석을 봤다.

"그러려면 서류가 아니라 제가 직접 움직여야 합니다."

"제이콥, 그건 최후의 선택이라고 하지 않았던가?"

스미스가 조심스레 반문했다.

"지금 전 선택의 여지가 없습니다. 조선 땅을! 무조건 찾아야 합니다. 그러니 교수님께서 도와주십시오."

스미스는 민석의 기색을 살폈다. 전에 없이 절박한 모습이었다.

"하지만 자네가 견디기 힘들 거야. 다시 한 번 생각해 보게."

스미스는 만류했다.

"이탈리아도 결국 연합군에게 항복을 하지 않았습니까? 일본도 결국 그들에게 무릎을 꿇게 만들 겁니다. 그러기 위해선 제가 연합군의 힘을 필요로 하듯, 연합군도 제 도움이 절대적으로 필요하겠지요. 일본을 치려면 일본에 대해 제대로 알아야 할 테니까요."

민석은 이미 결심을 굳힌 눈치였다.

"자신 있나?"

"물론입니다."

망설임 없는 대답이었다.
"알았네. 자네 뜻이 정 그렇다면 내가 돕겠네."
스미스는 더 이상 말리지 않았다.
"감사합니다. 감사합니다, 교수님."
민석은 스미스의 손을 꼭 잡았다. 스미스는 그런 민석의 손을 물끄러미 봤다. 타민족과의 신체 접촉을 극도로 혐오하는 그의 성격을 잘 아는 까닭이었다. 예전이라면 자신의 손을 잡는 건 상상도 할 수 없는 일이었다. 그는 민석의 변화에서 극한의 절박함을 느꼈다.

4

총독은 매서운 눈초리로 유우스케를 쏘아봤다. 유우스케는 차마 자리에 앉지도 못한 채 쭈뼛거리며 서 있었다. 총독은 그런 그를 예사롭지 않은 기색으로 살폈다. 유우스케는 제 풀에 주눅이 들어 상대의 시선을 피했다.
「자네도 가담되어 있던 건가?」
「각하! 그건 오해이십니다. 전 단지……」
유우스케는 당황하며 변명에 나섰다.
「마모루는 정민석을 견제하기 위해 날 죽이려 했다지?」
총독은 유우스케의 말을 잘랐다. 뻔한 변명이나 듣자고 부른 자리는 아니었다.
「그렇습니다.」
「이유가 뭐라던가?」
총독은 골똘한 표정이었다. 유우스케는 조심스레 총독의 눈치를 살폈다. 질문의 의도를 파악하기 위함이었다.
「날 제거하면서까지 그자를 막고 싶었던 이유 말이야. 차라리 정민석을 죽이는 편이…… 쉽지 않았나?」

유우스케는 선뜻 대답하지 못했다. 간이 부은 사람이 아니고서야 총독의 면전에 대고 그의 암살에 대해 쉽게 입을 뗄 수는 없는 노릇이었다.

「단순히 개인적인 증오심인지, 아니면 제국을 위한 일인지를 묻는 거네.」

총독은 불쾌감을 애써 누르며 재촉했다.

「그게…….」

유우스케는 망설이며 우물쭈물했다.

「얼른 대답하지 못해!」

총독의 언성이 높아지자 유우스케는 마지못해 입을 열었다.

「마모루는…… 정민석을 한일단의 배후로 보고 있습니다.」

순간 총독의 얼굴이 일그러졌다. 그러나 잠시 후에 자리가 떠나갈 듯 크게 웃음을 터뜨렸다. 유우스케는 그런 총독을 망연하게 봤다.

「정민석이 독립운동을 해? 정민석이? 그자가 미치지 않고서야 그럴 리가 있겠나? 자네들, 참 발상이 재미있군.」

총독은 터져 나오는 웃음을 참지 못해 미친 듯이 폭소했다.

「마모루는 확신하고 있습니다.」

「한일단이라……. 한일단……. 날 저격하려 했던 자가 한일단 소속이라 했었지?」

그제야 그의 웃음이 조금씩 잦아들었다.

「그렇습니다.」

「하지만 정민석은 그자를 사살했어.」

총독은 반론을 제시했다.

「입막음을 위해서라면 충분히 가능한 일입니다. 평소 정민석의 성격대로라면 아무리 조직원이라 해도 계획에 지장을 준다면 가차없이 죽이고도 남을 겁니다.」

틀린 말은 아니었다.

「증거는 있나?」

「없습니다.」

「증거를 찾아와. 그걸 찾아낸다면 마모루의 죄는 묻지 않겠다고 전해.」

총독은 웃음을 거두고 싸늘히 명령했다. 단호한 말투였다.

「단, 기한은 한 달이야. 그 안에 찾지 못하면 마모루는 이유 불문하고 사형이야.」

「알겠습니다. 그렇게 전하겠습니다.」

유우스케는 정중히 인사를 전한 뒤 자리를 떠났다. 총독의 관저를 빠져나오는 유우스케의 얼굴은 착잡했다. 도대체 어느 쪽을 잡아야 할지 감이 오지 않았다. 어쨌거나 그는 민석과 총독 중 한 사람을 택해야 했다. 그러나 어느 쪽으로도 쉽게 발을 담그지 못했다. 잘못 디디면 천 길 낭떠러지로 굴러 떨어질 것이 분명했기 때문이었다.

유우스케는 궁리 끝에 마모루를 찾아 나섰다. 그와 이야기를 나누다 보면 답을 구할 수도 있겠다는 생각에서였다. 어차피 총독의 말을 전해야 했으니 구실 또한 그럴듯했다.

「총독께서 한 달을 주셨습니다.」

마모루는 무슨 뜻인지 몰라 유우스케의 얼굴을 살폈다.

「정민석이 한일단의 배후라는 증거를 찾으라 하시더군요. 한 달 안에 찾지 못하면, 무조건…… 사형이라고.」

「드디어 총독의 마음에 의심이 싹텄군요.」

마모루는 비죽 웃었다.

「지금 웃음이 나옵니까? 증거를 찾지 못하면 사형이랍니다.」

「총독이 정민석을 경계하기 시작했다는 것만으로도 이미 정민석의 날개는 절반이나 꺾인 셈입니다. 한 번 녹이 슬기 시작한 쇠 쪼가리는 결국 온

몸뚱이가 부식돼서 버려지기 마련이니까요.」

마모루는 회심의 미소를 보였다. 자신의 승리를 확신하는 얼굴이었다. 그는 유우스케에게 부탁해 스즈키를 불러들였다. 민석마저 평양으로 떠난 터라 어려운 일은 아니었다.

마모루와 조우한 스즈키는 그간의 상황에 대해 보고했다. 그는 반도 호텔에서 목격한 무영과 하야토의 만남을 상세히 전했다.

「하야토가 이무영을?」

「네, 그렇습니다.」

「대충 그림이 그려지는군.」

마모루는 와자하게 웃었다.

「이거 진짜 재미있군. 일본 여자와 사랑에 빠진 독립군이라. 둘이 그런 거였어? 이제야 모든 게 이해가 되는군. 아귀가 맞아.」

마모루는 다시 한 번 크게 웃어 젖혔다. 스즈키는 내심 흐뭇했다. 이번에야말로 정민석과 미유키에게 당한 모욕을 갚을 수 있다는 생각에서였다.

「잘만 이용하면 모두를 한꺼번에 보내 버릴 수 있겠어. 이무영도, 미유키도…… 그리고 정민석 그 자식도…….」

마모루의 눈빛이 승부욕으로 빛났다.

「재판까지 한 달입니다. 서두르셔야 할 겁니다.」

「나도 알아. 하지만 일단은 즐기자고. 지금 보니 하늘은 내 편인 거 같으니까.」

5

대장간 인부들은 영수의 인솔 아래 기차에 올랐다. 영수는 그 와중에도 자꾸만 두리번거렸다. 남장한 채 그의 곁에 선 애종은 그런 영수를 뚫어져라 쳐다봤다.

"오라버니, 누구 찾아요?"

애종은 영수의 턱 밑으로 고개를 들이밀었다.

"아니야. 그냥…… 다들 탄 건지 해서."

영수는 당황하며 말을 얼버무렸다.

"아, 빨리 타요, 오라버니. 나 무서워 죽겠단 말이에요. 여기서 걸리면 저 완전 끝이라고요."

애종은 애가 타는 모양이었다.

"아 참, 내 정신. 얼른 가자."

영수는 애종의 중절모를 꾹 눌렀다. 어느새 출발을 알리는 증기 소리가 들렸다. 영수는 반쯤 기차에 오른 채 마지막으로 플랫폼을 바라봤다. 하지만 그 누구의 그림자도 보이지 않았다. 영수는 결국 체념하며 돌아섰다. 그 순간 낯익은 목소리가 영수의 귓가에 울려 퍼졌다.

"박영수!"

영수는 놀라 돌아봤다. 가쁜 숨을 몰아쉬며 사력을 다해 달려오는 지은의 모습이 보였다. 기차는 이미 천천히 움직이고 있었다. 영수는 함박웃음을 지으며 지은을 향해 손을 흔들었다. 애종은 질투 어린 표정으로 창문에 들러붙어 삐죽거렸다.

"야, 이 나쁜 놈아! 가란다고…… 그냥 가냐?"

지은은 목이 터져라 외치며 울먹였다.

"윤지은! 나 네가 오라면 꼭 올 거야! 기다릴 거지?"

영수는 흥에 겨워 목청을 높였다.

"오지 마! 너 같은 놈 돌아와도 절대 알은체 안 할 거야!"

결국 지은은 울음을 터뜨렸다.

"나 그럼 진짜 안 온다!"

영수는 짓궂은 협박을 건넸다. 기차는 점점 속도를 더했다. 지은은 시야에서 멀어지는 영수로 인해 마음이 다급해졌다.

"기다릴게! 박영수! 기다릴게!"

영수는 그녀의 말을 알아들었다는 듯 손을 흔들었다. 지은은 끝내 눈물을 참지 못하고 엉엉 울었다.

기차가 출발한 뒤 영수는 괜한 흥겨움에 콧노래를 불렀다. 지은의 울음 끝이 마음에 남기는 했지만 그에게는 그녀의 마음을 얻어 냈다는 사실이 더 중요했다. 덕분에 영수는 평양에 도착하고 나서야 애종의 불편한 심기를 알아챘다.

"너 왜 그래? 무슨 일 있어?"

겨우 흥분을 가라앉힌 영수는 그제야 애종의 기분을 살폈다.

"오라버니 바보예요, 아님 멍청한 거예요?"

애종은 돌연 소리를 버럭 질렀다.

"깜짝이야! 애가 왜 이래? 하늘 같은 오라버니한테?"

"그 하늘, 지금 바뀌려고 하거든요? 지조를 지키세요! 지조를!"

애종은 새침하게 자리를 떠나 호텔 안으로 들어가 버렸다. 영수는 그제야 그녀의 심기를 눈치 채고 머리를 긁었다.

"아, 진짜 이놈의 인기. 너는 그냥 동생 같은데 어쩌라고. 야! 잠깐 서 봐!"

곁에 있던 길주가 한심하다는 듯 혀를 차며 걸음을 옮겼다. 영수는 바지런히 길주를 따라 숙소에 들었다. 영수는 방에 들어서자마자 짐을 한구석에 던져둔 채 침대에 벌렁 누웠다.

"인심 좀 써서 두당 하나씩 방을 내줘야지. 왜 우울하게 형씨랑 묶어, 묶기를."

영수는 저 혼자 구시렁거렸다. 길주는 묵묵히 제 짐을 정리했다.

"형, 우리 애종이랑 방 바꿔 줄래?"

영수가 벌떡 일어나 앉아 물었다.

"지랄."

"아니다. 안 되겠다. 지조를 지켜야지, 지조! 지은이가 알면 얼마나 섭섭하겠어. 그럼, 그럼."

그는 애종의 말을 써먹고는 다시 벌렁 누웠다.

"혼자 다 해 먹어라."

길주는 귀찮은 기색으로 돌아앉았다. 그러자 영수가 다시 벌떡 일어나 앉았다.

"가만, 가만! 그리고 보니 우리 애종이는 누구랑 방을 쓰나? 이거 어떤 시커먼 놈이 덤벼들기라도 하면 큰일인데······."

영수는 돌연 자리에서 일어나 나갈 차비를 했다. 길주는 어처구니가 없어 고개를 저었다. 그때였다. 밖에서 인기척 소리가 났다. 문을 열어 보니 동호가 마주 서 있었다.

"각하께서 잠시 뵙자고 하십니다."

동호는 영수를 불러냈다.

"나? 아님 둘?"

"혼자 오시랍니다."

길주는 못 들은 척 짐만 꾸리고 있었다. 영수는 민망함에 머리를 긁었다. 길주에게 괜히 미안했던 까닭이었다.

"하여간 그 인간은 사람 쉬는 꼴을 못 봐."

영수는 구시렁거리며 민석의 방에 들었다. 문을 열자 창밖을 바라보는 민석의 뒷모습이 보였다. 정장을 매끈하게 갖춰 입은 그는 새삼스레 근사해 보였다. 그리움으로 깊어진 눈매는 그 서글픈 매력에 몫을 더했다.

"하여간 되게 폼 재네."

영수는 제 나름의 감탄사를 중얼댔다.

"뭐든지 하려면 제대로 해. 대놓고 욕을 하든가, 아예 안 들리게 뒤에서 하든가."

민석이 돌아보며 핀잔을 줬다.

"네……."

영수는 덥석 소파에 앉았다.

"이무영이 올 거야."

"네?"

영수는 적잖이 놀랐다.

"이무영이 여기로 합류할 거라고."

"이무영이요? 이무영이 어떻게……?"

영수는 놀라 눈을 동그랗게 떴다.

"다행히 이쪽에는 이무영 얼굴을 아는 자가 없으니까, 움직이긴 어렵지 않을 거야."

민석은 영수의 감정과는 상관없이 본론만 전했다.

"네……."

영수는 갑자기 머리가 아파 왔다.

"그래도 시끄러운 친구니까…… 자네가 잘 챙겨. 사고 안 치게."

민석은 조용히 당부했다.

"아, 그거라면 진짜 사양인데. 차라리 나가서 일본놈들을 쏴 죽이라고 해요. 저더러 무슨 수로 이무영을 막으라고……."

영수가 투덜대기 시작했다. 그러나 민석의 싸늘한 눈초리에 곧 입을 다물어야 했다.

"네……."

영수는 마지못해 대답하며 한숨을 쉬었다.

"가 봐."

민석은 다시 창밖으로 시선을 돌렸다.

"저, 서혜림 씨는……."

영수는 조심스레 혜림의 일을 물었다. 그러나 민석은 굳은 얼굴로 차갑게 쏘아볼 뿐이었다.

"네……."

영수는 움찔하며 입을 삐죽였다. 민석은 그런 영수에게 이런저런 당부를 늘어놓고는 한일단원들의 소집을 부탁했다.

영수는 각 단원들의 도착 여부를 확인하고는 그들에게 회의 장소를 알렸다. 집결지는 평양 철도 호텔 후문과 인접해 있는 지하 통로였다. 민석을 중심으로 영수와 길주가 나란히 앉았다. 일행과 함께 이동했던 동진과 준익도 한자리에 있었다.

"이동 상황은?"

"광복군 쪽이 요즘 좀 뒤숭숭해서 접선이 쉽지가 않아요. 중국 정부에서 손 떼고 상해로 넘어가는 시기이기도 하고, 아시다시피 이번에 조선 의용대까지 편입돼서는……."

영수가 보고에 나섰다.

"김원봉이 부사령관이 됐다고 했던가?"

"네."

민석은 잠시 골똘하다 말을 이었다.

"이쪽 공장은 이제 시작이니까 당분간은 경성에서 8할 정도는 무기 공급량을 책임져야 할 거야. 일본군 쪽도, 광복군 쪽도."

"알고 있습니다."

"경성은 자네 없이도 지장 없는 거지?"

"그럼요. 이미 반년 이상 작업하면서 자리를 잡았으니까요. 게다가 아버지가 꽉 잡고 계시고, 좀 어설프기는 하지만 이수찬도 있잖아요."

"경성 쪽은 박영수가 없어도 돌아간다……. 그럼, 조선 땅에서 내가 사라져도 지장 없겠지?"

민석이 느닷없는 질문을 던졌다.

"네?"

영수는 당혹감에 빠졌다.

"내가 없어도 자네, 이 작전 끝까지 완수할 수 있나?"

"갑자기 그게 무슨……."

영수는 갑작스러운 물음에 말을 잇지 못했다. 그때였다. 느닷없는 목소리가 분위기를 가로챘다.

"사랑의 도피라도 할 작정인가 보지?"

모두의 시선이 목소리의 주인에게 꽂혔다. 무영이었다. 길주는 벌떡 일어서 그를 노려봤다.

"너 이 자식……."

무영은 개의치 않고 빈정거리며 앉았다.

"조선 땅에 정민석이 없다……. 만백성이 춤추고 환영할 일이지만……, 일을 이렇게까지 벌여 놓고 내빼겠다는 거야?"

무영은 차갑게 민석을 쏘아봤다.

"앞일을 가늠하겠다는 거야. 또 모르잖아. 어느 날 네 손에 죽게 될지도."

민석은 냉소로 받아쳤다. 두 사람은 팽팽한 긴장감으로 맞섰다. 자칫 잘못 끼었다가는 본전도 찾지 못할 상황이었다.

"죽을 때 죽더라도 내가 묻힐 땅에 그놈들이 있는 건 싫어. 참을 수가 없다고. 그러니까 무슨 일이 있어도…… 이 작전은 성공해야 돼."

민석은 모처럼 가식 없이 제 속내를 쏟아 냈다.

"내가 원하는 걸 얻을 때까지 넌 맘대로 못 죽어. 그렇게 도망치게 내버려 두지 않을 거야."

무영은 그에 대한 연민을 독설로 풀었다. 두 사람만의 미묘한 공존 방식이었다.

회의를 마친 후 민석은 서둘러 방으로 돌아갔다. 남은 일정을 처리하기 위해서였다. 민석이 사라지자 길주는 기다렸다는 듯이 무영의 멱살을 거머쥐었다.

"너 이 자식 뭐야?"

길주는 눈알을 부라렸다.

"놔."

낮게 깔린 목소리가 길주를 위협했다. 길주는 기가 막혀 헛웃음을 쳤다.

"뭐?"

"형한테 멱살 잡혀 주는 것도 이게 마지막이야."

"이 자식이 근데!"

길주는 주먹을 날렸다. 그러나 무영은 한 손으로 이를 막아 반격에 나섰다. 그 바람에 길주는 그대로 고꾸라졌다. 무영은 쓸쓸한 눈으로 그런 길주를 내려다봤다.

"이제 불안해하지 마. 나…… 예전 같진 않을 테니까."

길주는 황당한 기색으로 그를 올려다봤다. 그는 무영에게서 여느 때와는 다른 기운을 느꼈다.

"지켜야 할 사람이 생겼어. 찾아야 할 사람도."

6

미유키는 호텔에서 다이칸과 만나고 있었다. 다이칸은 지루한 일정을 마치고 일본으로 돌아가겠다고 선언했다.

「내일 돌아가신다고요?」

「그래, 가야지. 네가 하도 부탁해 오긴 했다만……, 하릴없이 이런 더러운 땅에서 한 계절을 났으면 충분히 있었지 싶은데.」

다이칸이 퉁명스레 내뱉었다.

「아버지께선 한시도 머물고 싶지 않은 땅에 절 밀어넣으셨던 거군요.」

싸늘한 일갈이었다. 다이칸은 쉽게 대꾸할 말을 찾지 못했다.

「이갑진……, 박필녀…… 두 사람, 어떻게 죽은 거죠?」

미유키의 눈썹이 죄책감에 떨려 왔다. 무영의 마음을 얻기 위해 망자의 이름을 이용했다는 생각에서였다.

「착취당하다 죽은 조센징들의 최후가 어떨 거라고 생각하는 거냐?」

다이칸이 조소를 내비쳤다. 미유키는 제가 모욕을 받은 것 같은 불쾌감을 느꼈다. 그녀는 감정을 누르기 위해 조용히 입술을 깨물었다.

「그분들의 시신은…… 어떻게 수습했나요?」

「수습? 진짜 듣고 싶어 물어본 건 아니겠지?」

다이칸이 비열한 웃음을 보였다. 분명 상상도 할 수 없을 만큼 참담한 최후였을 터였다. 미유키는 조용히 고개를 저었다.

「아버지.」

그녀는 결연한 표정으로 다이칸을 바라봤다.

「그분들의 흔적을 만들어 주세요.」

「가짜 유해라도 만들라는 거냐?」

다이칸의 실소에 미유키는 담담히 고개를 끄덕였다.

「그래요. 가능한 예를 다해서, 비참하지 않게, 그리고…… 완벽하게요. 저에 대한 죄책감을 조금이라도 가지고 계시다면요.」

미유키는 싸늘한 일갈과 함께 다이칸에게 등을 돌렸다. 그러고는 뜻하지 않은 상황에 이내 이맛살을 찌푸렸다. 창밖의 풍경 때문이었다. 미유키의 부름을 기다리던 하야토에게 익숙한 얼굴이 다가서고 있었다. 스즈키였다.

「오랜만이군, 하야토.」

하야토는 말을 섞고 싶지 않아 외면했다.

「조선 땅은 절대 밟지 않을 줄 알았는데 여기서 다시 보게 될 줄은 몰랐네.」

「용건 없으면 꺼져.」

거침없는 적개심이었다.

「잔정이라고는 찾아볼 수가 없군. 역시 그 목석같은 마음을 움직이는 건 오로지 요코야마 미유키뿐인가?」

스즈키의 빈정거림에 하야토는 매서운 눈으로 맞섰다.

「너의 소중한 아가씨 일로 온 거야. 이대로 두면 너의 그 대단한 사랑이 또다시 짓밟힐지도 모르거든.」

스즈키는 조롱을 멈추지 않았다. 하야토의 주먹이 부르르 떨렸다.

「그때도 지키지 못했지 않나? 가쿠슈인에서 말이야.」

스즈키는 야비한 웃음을 보였다. 하야토는 스즈키의 도발에 가슴 한구석에 묻어 뒀던 가쿠슈인에서의 참혹한 오후를 떠올렸다. 더운 햇살에 머리카락이 흠뻑 젖어들던 여름날, 미유키는 그곳에서 정절을 잃었다. 그녀가 태자비로 간택되는 것을 원치 않던 이들의 가혹한 술수 때문이었다. 하야토는 언제나 미유키를 그림자처럼 따랐지만 애석하게도 그 처참한 순간만큼은 막아 내지 못했다. 다이칸의 부름이 있다는 거짓 명령에 자리를 비운 탓이었다. 결국 그가 할 수 있는 일이라고는 찢겨 나간 기모노 사이로 드러난 그녀의 창백한 살갗을 묵묵히 수습해 주는 일뿐이었다.

「그때 네가 제대로 막았다면 너의 아가씨가 지금처럼 비참하게 살지는 않았을 거야. 대일본 제국의 태자비마마로 화려하게 살았을 테니까.」

하야토는 스즈키를 향해 일격을 가했다. 사실은 제 스스로에게 날리고 싶은 주먹이었다. 그는 제 주인을 지키지 못했던 자신의 과거에 분노를 감추지 못했다.

「이번에도 같은 실수를 하고 싶지 않다면 내 말대로 하는 게 좋을 거야.」

스즈키는 비식 웃더니 제 입술의 피를 닦아 내며 마모루의 편지를 건넸다. 하야토는 조용히 편지를 받아 들고 안으로 들어섰다. 그때 맞은편에서 미유키가 걸어 나왔다. 다이칸과의 대화를 마친 모양이었다. 미유키는 하야토의 어깨 너머로 스즈키의 뒷모습을 확인했다. 그녀의 얼굴이 싸늘하게 굳었다.

「무슨 일이야?」

「마모루가 이걸 전하라고 했답니다.」

하야토는 조용히 편지를 건넸다.

「마모루가?」

미유키는 굳게 봉인된 편지를 뚫어져라 바라봤다.

「읽지 않으면…… 반드시 후회할 거라고 하면서 넘기더군요.」

하야토는 묵묵히 스즈키의 말을 전했다. 미유키는 코웃음을 쳤다.

「아직 살 만한가 보네. 이런 술수까지 부리는 걸 보면.」

하야토는 물끄러미 미유키를 바라봤다. 이제는 웃음마저도 냉기에 저당 잡힌 그녀가 가여웠다. 그는 제 주인의 뿌리까지 잠식해 버린 분노의 기운에 참담함을 느꼈다.

「아가씨.」

미유키는 하야토의 눈을 똑바로 응시했다. 그녀는 그가 자신에게 느끼는 연민이 좋았다. 유일하게 자신이 기댈 수 있는 언덕이었기 때문이었다.

「어떻게 사시고 싶으십니까? 말씀만 하시면…… 제가 반드시 이루실 수 있도록 만들어 드리겠습니다.」

하야토의 비장함에 미유키는 실소했다.
「절 믿지 못하시는 겁니까?」
하야토의 얼굴이 굳었다.
「아니. 난 널 믿어.」
「그런데 왜 웃으십니까?」
「이 비정한 세상을 바꾸기에…… 넌 너무 약하니까.」
감정 없는 목소리였다.
「하야토 네가 독한 사람이었다면 더 좋았을 텐데.」
그녀는 진심으로 아쉬워했다. 하야토는 무안함에 입을 다물었다.
「날 위해 죽을 수 있어?」
「물론입니다.」
「그럼…… 내가 사랑하는 사람을 위해서도…… 죽어 줄 수 있어?」
그녀의 검은 눈동자가 그의 심장을 헤집었다.
「아가씨께서 원하신다면요.」
미유키는 하야토에게서 거둔 눈길을 손에 쥔 봉투로 가져갔다. 그녀는 한참을 망설이다 봉투를 열었다. 그녀는 찬찬히 편지를 읽어 내려갔다. 다음 순간 그녀의 눈동자에 격렬한 동요가 스쳤다.

7

미유키는 그길로 서대문 형무소로 향했다. 면회실로 나온 마모루는 득의양양한 웃음을 보였다. 그가 몰고 나온 여유로움이 미유키의 마음을 불안하게 했다.
「어지간히 마음이 급하셨군요. 남의 이목도 있을 텐데 이렇게 누추한 곳까지 한달음에 달려오시다니.」

마모루는 비죽 웃었다.
「나한테 바라는 게 뭐죠?」
미유키는 본론부터 꺼냈다.
「정보입니다. 정민석이 반역자라는 정보. 그리고 증거.」
마모루는 능청맞게 주도권을 거머쥐었다.
「반역자요? 나도 제발 그랬으면 좋겠네요. 그게 사실이라면 당장이라도 그 사람과의 징그러운 연을 끊어 낼 수 있을 테니까요.」
미유키의 입에서 헛웃음이 새어 나왔다.
「우린 좋은 동지가 될 것 같군요. 이 일이 성공하면 나는 이곳을 나가고, 당신은 정민석과의 악연을 끊어 내는 겁니다.」
마모루는 교묘하게 미유키의 마음을 헤집었다.
「기억하십시오. 조선이 해방되는 순간, 당신이 이제 갓 맛보기 시작한 사랑은 처참하게 깨지고 말 겁니다.」
미유키는 독이 오른 눈으로 그를 쏘아봤다.
「그런 눈으로 보실 것 없습니다. 다 마님을 위해서 드리는 말씀이니까요. 설마 이무영과 함께 일본으로 간다는 무모한 생각을 하시는 건 아니겠죠?」
마모루는 능숙한 조롱으로 미유키의 사랑을 흔한 가십거리처럼 폄하해 버렸다. 미유키는 모멸감에 몸을 떨었다.
「태자비 자리에서 밀려난 화족이 천황을 능멸해 온 독립군과 사랑에 빠졌다……. 일본에서도 조선에서도 가만히 두고 볼 리 없는 노릇이죠. 그러니 어쩌겠습니까? 계속 지금처럼 조선을 쭉 일본의 발밑에 두고 지낼 수밖에요.」
미유키는 그의 이죽거림을 뒤로 한 채 자리에서 일어섰다. 뜻하지 않은 충격에 그녀는 극심한 어지러움을 느꼈다. 그녀는 바깥쪽 벽에 기대 쓰게 웃었다. 이미 절반쯤은 그에게 설득된 얼굴이었다.

「그 사람이…… 독립운동이라도 한다는 거야?」

미유키는 어이없다는 듯 웃었다. 그러다 조용히 자신의 배로 손을 가져가 봤다. 그녀의 손가락 마디마디마다 작은 꿈틀거림이 느껴졌다. 태동이었다. 미유키는 짧은 순간 기쁨과 절망을 동시에 느꼈다. 어쨌거나 분명한 건 아이를 지키기 위해서라면 정말로 뭐든지 해야 한다는 사실이었다. 생각이 거기에 미치자 미유키는 당장이라도 무얼 하지 않으면 안 될 것 같은 초조함을 느꼈다.

결국 집에 돌아온 미유키는 뭔가에 쫓기는 사람처럼 황급히 민석의 서재로 향했다. 그러고는 정신없이 사방을 뒤지기 시작했다. 책이란 책은 모조리 꺼내 바닥에 내동댕이쳤지만 수확은 없었다. 그녀는 책장을 샅샅이 뒤지다 서랍으로 향했다. 그러나 서랍은 단단히 잠겨 있었다.

「하야토! 하야토!」

미유키는 날 선 목소리로 하야토를 불러들였다. 하야토는 황급히 달려왔다. 그러자 난장판이 된 서재가 보였다. 하야토는 당혹감에 제 주인을 봤다. 미유키는 멍한 눈빛으로 서 있었다.

「열어.」

핏기가 가신 음성이었다.

「네?」

「이 서랍, 열란 말이야.」

「아가씨…… 각하께서 돌아오시면…….」

「열라고!」

앙칼진 목소리가 그를 다그쳤다. 그녀 안에 굳은살처럼 박여 있던 오랜 금기가 산산조각 났다. 이제 더 이상 그녀에게 순종이나 희생 따위의 강박은 존재하지 않았다.

「네.」

하야토는 체념하며 한숨을 쉬었다. 그는 장검을 꺼내 들어 책상 서랍을 향해 휘둘렀다. 미유키는 생경한 얼굴로 칼끝을 지켜봤다. 처참하게 부서진 책상 서랍 속에서 서류들이 쏟아져 나왔다. 미유키는 그 자리에 주저앉아 정신없이 서랍을 뒤졌다. 하야토는 그런 미유키를 측은한 눈길로 봤다.

「독립군? 당신이 독립군이라고? 제발 그렇다고 해. 그렇다고 하라고.」

미유키는 뭔가에 사로잡혀 서랍을 뒤졌다. 민석을 끌어내릴 수 있는 사소한 약점이라도 찾아내기 위해서였다. 그러나 그녀가 원하는 단서는 나타나지 않았다. 그녀는 잔뜩 곤두선 채 서류를 집어던졌다.

「제국주의자로 똘똘 무장한 서류 말고 제대로 된 증거를 보이란 말이야!」

미유키는 산더미처럼 쌓인 서류 속을 헤집어 가며 집착을 보였다. 하야토는 그런 그녀의 어깨를 감싸안으며 만류했다.

「제가, 제가 찾겠습니다. 그러니까 진정하세요. 각하를, 아니 정민석을 제거하시려는 거라면 그 증거, 제가 찾겠습니다. 그러니까 제발 이러지 마세요.」

「찾아 줄 거야?」

미유키는 멍한 눈으로 하야토를 돌아봤다.

「날…… 지켜 줄 거야?」

하야토는 말없이 끄덕였다. 미유키는 그제야 조용히 일어섰다.

「미안해, 하야토. 널 이용해서.」

미유키는 기척 없이 밖으로 나갔다. 홀로 남은 하야토는 말없이 서재를 정리했다.

8

평양에 도착한 지 이틀째 되는 날부터 신설된 군수 공장의 시찰이 시작됐다. 민석은 구석구석 돌아다니며 꼼꼼하게 현장을 살펴봤다. 그럴 때마다 인부들은 일손을 멈추고 공손히 그에게 인사했다. 먼발치에 있던 무영은 그런 민석을 못마땅한 기색으로 쏘아봤다.

공장을 돌아보는 일은 생각보다 고됐다. 상상 이상으로 방대한 규모 탓이었다. 덕분에 일정은 해가 저물기 직전에야 끝났다. 물빛 하늘이 어느새 붉게 물들고 있었다. 시찰을 마친 민석은 지친 기색으로 공장을 나섰다. 동호는 조용히 차 문을 열었다. 그러자 무영이 그의 앞을 가로막고 나섰다.

"제가 모시겠습니다."

"뭐야?"

동호는 경계하며 무영을 노려봤다.

"동호 넌 박영수 차로 따라와."

민석이 조용히 무영의 편을 들고 나섰다. 동호는 납득할 수 없었다. 언제 어떤 일이 벌어질지 모르는 외지였다. 더군다나 이무영이었다.

"하지만……."

민석은 말없이 차에 올랐다. 고집을 꺾지 않을 참이었다. 동호가 차에서 내리며 무영을 향한 얼굴에 불편한 감정을 드러냈다. 무영은 냉소를 보내며 운전석에 올랐다.

차 안에 있는 동안 두 사람은 한 마디도 섞지 않았다. 두 사람은 마치 약속이라도 한 것처럼 굳게 입을 다물고 있었다. 심지어 민석은 그가 어디로 향하는지조차 묻지 않았다. 딱히 어디라도 상관없다는 태도였다.

무영이 차를 세운 곳은 인적이 드문 벌판이었다. 두 사람은 장대하게 펼쳐진 모란봉을 바라보며 묵묵히 서 있었다. 긴장감과 동질감이 섞인 기묘한 공기가 그들 사이에 흐르고 있었다.

"하나만 묻자."

무영이 먼저 입을 열었다.

"왜 직접 이 땅에서 부딪치지 않는 거야?"

민석은 담담하게 무영을 봤다. 그는 살의에 지배되지 않은 채 순수하게 조선의 독립을 논하고 있었다. 이제까지와는 사뭇 다른 태도였다.

"우리에겐 동선도 있고, 사람도 있고, 무기도 있어. 그런데 왜…… 비겁하게 뒤통수를 치겠다는 거야?"

무영이 재차 물었다.

"힘이 없으니까."

묵묵히 듣고 있던 민석이 입을 열었다. 명료한 말투였다. 무영은 그 대답이 마뜩지 않아 인상을 찡그렸다.

"지하 통로? 그래, 정말 유용한 자원이지. 하지만 그 좁은 통로로 부대가 이동할 수 있을까? 하긴, 그리로 움직일 만한 부대 같은 건 있지도 않지만. 그래, 한일단원들도 있지. 정식으로 훈련도 안 받은 주제에 제 목숨 던질 용기만 충만한 인간들."

민석의 말끝에 비웃음이 묻어났다. 무영은 떨리는 눈가로 그를 쏘아봤다. 그러나 민석은 거침이 없었다.

"그런 사람들을 끌고 전쟁이라도 일으키라는 거야? 악착같이 긁어모은 돈으로 이제 겨우 쓸 만한 무기를 만들었는데 훈련도 안 된 사람들에게 쥐어 주고 황금 같은 기회를 다 날리라고? 산탄총이나 겨우 쏠 줄 아는 그런 사람들에게?"

"그게 지금 조직원들에게 할 소리야?"

결국 무영은 인내심을 잃고 따져 물었다.

"내 식구라고, 내 민족이라고 무조건 어르고 감싸야 해? 애초에 똘똘하게 굴었으면 이 땅! 빼앗기지도 않았어! 인정에 끌려 어정쩡하게 굴다 이 지경까지 된 거잖아! 대의! 명분! 지조! 이런 것들 골라 가며 기다리다간 영원히 이 땅을 찾을 수 없어!"

민석은 전에 없이 감정적으로 나왔다. 무영은 혜림의 부재가 그의 인내를 갉아먹고 있다는 걸 알아챘다. 그와 동시에 해방을 향한 그의 집념이 얼마나 대단한지도 느낄 수 있었다.

"이거 하나는 인정해야겠군. 적어도…… 조선 독립을 더 간절히 원하는 건 내가 아니라 너라는 거."

무영은 쓴웃음과 함께 멀리 하늘을 올려다봤다. 붉게 물든 노을이 핏물인 양 그의 속내를 적셔 왔다.

9

지도를 펼쳐 든 수찬은 어느 때보다 진지해 보였다. 그는 홍연과 머리를 맞대고 앉아 나진으로 이동할 방법을 모색했다.

"지하로 움직이실 참이에요?"

지도를 보던 홍연이 물었다.

"응. 사람들의 시선을 피하기엔 그게 딱이니까."

"아니요. 그렇지 않을 거예요."

홍연이 반론을 제기했다.

"마모루는 잡혀 있다 치더라도 유우스케는 항상 오라버니를 주시하고 있잖아요. 갑자기 사라져 버리면 의심할 거예요."

틀린 말은 아니었다. 더군다나 지하 통로를 이용하면 상당한 시간이 걸렸다. 간소화된 이동 수단이 있긴 하지만 빠른 시간 내에 장거리를 이동하는 데는 역시 무리가 있었다. 수찬은 다시 고민에 빠졌다.

"항구를 이용하면 어때요?"

홍연이 의견을 제시했다.

"항구?"

"차라리 구실을 만들어 일본으로 가세요. 그렇게 유우스케의 시선에서 멀어지고 나면 일본에선 좀 쉽지 않겠어요? 배를 타고 나진으로 가면……."

순간 수찬의 머리에 묘안이 떠올랐다.

"내가 왜 그 생각을 못했지? 아예 정정당당하게 나진으로 갈 방법이 생각났어."

"그래요?"

홍연은 미소로 그를 봤다.

"너 진짜 제대로구나. 내가 따라가질 못하겠다."

수찬은 밝은 기색으로 홍연의 머리를 쓰다듬었다.

"근데 괜찮을까요? 이번 일, 자작님께 말씀드리지 않아도……."

홍연이 조심스레 물었다. 그러자 수찬의 얼굴이 금세 어두워졌다.

"기회 봐서, 내가 말할게."

그는 대충 얼버무리며 내키지 않는 대답을 했다.

"혜림 씨랑 무사히 돌아오세요."

홍연이 말했다.

"홍연아."

수찬은 그녀의 손을 잡았다. 홍연은 물끄러미 그에게 잡힌 제 손을 봤다. 수줍은 손가락은 미동도 없이 그의 온기를 느끼고 있었다. 수찬은 그 손에 개나리 한 가지를 쥐어 줬다. 그녀의 입가에 미소가 번졌다.

"꽃이네요. 이건 또 꽃말이 뭔가요?"

"나의 사랑은 당신보다 깊습니다."

수찬의 눈빛이 깊어졌다. 담백한 고백이었다.

"기다릴게요."

촉촉이 젖은 홍연의 눈이 살포시 웃었다.

"아니, 기다리지 마."

홍연은 무슨 뜻인지 몰라 빤히 그의 얼굴을 봤다.

"같이 가자."

수찬은 그녀의 이마에 입맞춤을 전했다.

수찬은 그길로 중추원으로 향했다. 조금이라도 망설일 이유도, 시간도 없었다. 지체할수록 혜림의 위험도만 높아질 뿐이었으니 말이다.

「나진으로 가겠습니다.」

중추원에 들어선 수찬은 유우스케에게 뜻밖의 제안을 했다.

「나진?」

「마모루 상을 석방시키고 싶으신 것 아닙니까?」

수찬은 제법 호기 있게 물었다.

「그래서?」

「석방의 열쇠로 민석이를 궁지에 몰아넣고 싶으신 거고요.」

수찬은 간략히 유우스케의 계획을 정리했다. 유우스케는 딱히 입을 열지 않았다. 긍정의 뜻이었다.

「곰곰이 생각해 보니 망간 도난 사건을 파헤치다 보면 뭔가 나올 것 같더군요. 그러니 제가 직접 증거를 찾아 오겠습니다.」

명료한 결론이었다.

「자네 의중을 모르겠군.」

유우스케는 이맛살을 찌푸리며 말을 이었다.

「자네는 우리 쪽에 정보를 주긴 했지만 정민석에게 아직도 호감을 갖고 있다는 느낌이 있었네만, 어째 갑자기 발톱을 세우는 것 같군. 이유를 물어봐도 되겠나?」

유우스케는 뚫어져라 상대의 안색을 살폈다.

「서혜림을…… 좋아했습니다. 아주 오래 전부터요.」

수찬은 솔직히 속내를 털어놓았다. 유우스케는 뜻하지 않은 고백에 적잖이 놀랐다.

「하지만 그 애가 민석이를 택했고, 전 그 선택을 존중해 왔습니다.」

유우스케는 비죽 웃었다.

「그런데 보시지 않았습니까? 민석이가! 혜림이에게 총을 겨눴습니다.」

수찬은 진심으로 민석을 원망하고 있었다. 유우스케는 그런 그의 기색을 대번에 알아챘다.

「황국의 신민이라면 누구라도 그랬어야 했지.」

유우스케는 여유롭게 처세를 부렸다.

「네, 알고 있습니다. 하지만 신민이기 이전에 남자로서, 민석이를 용서할 수 없습니다. 이제 답이 됐습니까?」

수찬의 얼굴은 흥분으로 붉게 상기되어 있었다. 목적을 이루려다 뜻하지 않게 감정을 들킨 셈이었다. 그러나 돌발적으로 솟아오른 감정은 상상 이상의 수훈을 세웠다. 어쨌거나 유우스케의 허락이 떨어졌으니 말이다.

하지만 수찬이 자리를 떠난 뒤 유우스케는 스즈키를 불러들였다. 수찬의 감시를 맡기기 위해서였다. 어쨌거나 수찬은 조선인이자 민석의 친구였다. 그러니 무작정 믿고 안심할 수는 없었다.

10

「이야! 심장 소리가 아주 우렁차네요. 정말 건강한 아기인가 봐요.」

지은은 짐짓 밝은 목소리로 말했다.

「그래요?」

미유키는 잔잔히 웃었다.

「기쁘신 거죠?」

「그럼요.」

지은은 미유키의 안색을 살폈다. 한동안 음식을 제대로 넘기지 못했는지 파리한 얼굴이었다. 지은은 안쓰러움에 뭐라 말을 잇지 못했다.
「사실 슈헤이한테는 너무 미안해요. 그 아이…… 정말 상처가 많은 아이거든요.」
미유키는 새삼스레 가슴이 미어지는지 잠시 머뭇거렸다.
「전 늘 슈헤이가 아버지 사랑을 받지 못한 게 가엾다고만 생각했는데…… 이 아이를 갖고서야 알았어요. 사랑하는 사람의 아이를 품고 있다는 게…… 어떤 기분인지.」
미유키는 배 속의 아기가 주는 기쁨에도 가책을 느끼고 있었다. 지은은 그런 미유키가 가여웠다.
「이 아이가 태어나도…… 이전만큼 슈헤이를 사랑하겠죠?」
제 자신에게 바라는 간절한 물음이었다. 미유키는 진심으로 배 속의 아이가 슈헤이의 사랑을 앗아 갈까 걱정했다. 민석과 무영을 향한 감정의 간극 탓이었다.
「부러워요.」
지은은 밝게 화제를 돌렸다.
「뭐가요?」
「사랑이라는 거 하고 계시잖아요.」
미유키는 그녀의 따뜻한 마음씨가 고마워 옅게 웃었다.
「전 아직 모르겠어요. 내가 느끼는 감정이…… 그런 건가 싶기도 하고.」
지은은 서툴게 제 마음을 고백했다. 미유키는 반색했다. 따지고 보면 언제나 미유키만 제 속을 보였을 뿐 지은이 먼저 뭔가를 털어놓은 것은 처음이었다.
「좋은 사람이 있는 거예요?」
「글쎄요. 사랑이라는 말을 쓰기엔 너무 대충인 녀석이라……. 근데 가지 말라고 하면 안 가겠다고 하고, 기다린다고 하면 돌아오겠다니까…… 왜 이렇게 마음이 들뜨고 싱숭생숭한지…….」

지은은 어설프게 제 심정을 털어놓으며 한숨을 푹 내쉬었다.

「부러워요.」

미유키가 빙긋 웃었다.

「뭐가요?」

「사랑이라는 거 하고 계시잖아요.」

두 사람은 마주 보고 웃었다. 이제는 제법 소통이 되는 모양이었다.

지은은 현관까지 미유키를 배웅했다. 미유키는 몇 번이고 손을 흔들며 밖으로 나섰다. 그때 맞은편에서 들어오던 김 기자가 고개를 갸웃하며 그런 그녀를 봤다. 김 기자는 호기심에 지나가는 간호사를 붙들었다.

"저 여자, 혹시 그 대단한 자작 나리 댁의 미유키 상 아닙니까?"

그는 묘하게 비꼬아 말했다.

"뭐 대단한지 아닌지는 모르지만 미유키 상 맞아요."

간호사는 상대의 뒤틀림에 퉁명스레 반응했다.

"어디가 아픈가요? 병원엔 왜 온 거죠?"

김 기자는 반사적으로 취재 본능을 드러냈다.

"아프긴요. 임신하신 거예요. 축하는 못해 줄망정 초를 치기는……."

간호사는 새침하게 돌아섰다. 지은의 친구가 박대당하는 것이 싫은 까닭이었다. 홀로 남은 기자는 저 혼자 구시렁거렸다.

"임신이라……. 나라는 이 지경인데 지들은 할 거 다 하고 사는구나."

11

민석은 자정 즈음 한일단원들을 모두 소집했다. 평양으로 터전을 옮겼으니 이제 그들의 일정 또한 박차를 가해야 할 터였다.

"질문이 있습니다!"

영수가 손을 번쩍 들었다.

"철도 호텔을 어떻게 활용하실 계획이십니까? 여러 가지 무리수를 둬 가면서까지 철도 호텔 경영권을 따내신 걸 보면 뭔가 뜻이 있을 것 같아서요."

민석은 모두를 둘러봤다. 그들의 시선이 모두 민석의 얼굴로 쏠렸다. 다들 한참 전부터 궁금해하던 눈치였다.

"자네들은 날 믿나?"

민석이 묵혀 뒀던 질문을 끄집어냈다.

"난 최승민을 쐈어. 아마 필요하다면 자네들도 쏠 거야."

무영은 싸늘하게 웃었다. 적절한 문제 제기였다. 길주는 입술을 깨물었다. 새삼스레 승민의 죽음이 아프게 다가왔다.

"내가 자네들에게 줄 수 있는 믿음은 무슨 일이 있어도 이 땅을 독립시킬 거라는 사실 하나야. 하지만 자네들을 보호한다는 약속은 할 수가 없어. 아니, 오히려 목적을 위해서라면 이 자리에 있는 누구라도…… 희생시키는 데 주저하지 않을 거야."

"믿어."

무영이 담백한 대답을 전했다. 일동은 놀라 무영을 봤다. 다른 이도 아닌 무영의 입에서 나온 말이었으니 말이다.

"적어도 그 잘난 머리로 일본놈들을 밀어낼 거라는 거 하나만은 믿어."

민석은 담담히 상대를 봤다. 그는 분명 진심이었다.

"이 자리에 그거 말고 다른 거 바라는 사람이 있나? 안전하게 잘 먹고 잘 살겠다고 마음먹었다면 여기까지 올 필요도 없었겠지."

길주는 조용히 수긍했다. 영수 역시 세차게 고개를 끄덕였다. 민석은 피식 웃었다. 드디어 무영과 뜻이 통한다고 여겼던 탓이었다.

"그러니까 새삼스럽게 인간적인 척하지 말고 본론을 말해."

무영은 민석을 빤히 봤다. 재촉이었다.

"좋아. 믿음엔 믿음으로 답을 해야겠지."

민석은 잠시 뜸을 들였다.

"일전에 잠깐 말한 적이 있을 거야. 한일단 지하 통로와 연결된 주요 관공서와 경제 기반 시설에 폭약을 설치해 뒀다고."

"폭약의 종류는 뭡니까?"

영수가 호기심에 끼어들었다.

"암모날 폭약이야. 고무 가방에 들어 있지."

"그럼 전국 각지에 그걸 다 깔아 놨다는 겁니까?"

길주도 호기심을 보였다.

"전국 주요 시설 58군데야. 그걸 설치하는 데 정확히 18개월하고 2주가 걸렸지."

정확한 설명에 일동은 경악했다. 그의 집념과 꼼꼼함에 대한 놀라움이었다.

"이게 그 지도야."

민석은 준비했던 지도를 나눠 줬다.

"보면 알겠지만 내가 관장하고 있는 모든 철도 호텔에는 폭약이 있어."

"그럼……?"

영수는 설마 하는 표정으로 민석을 봤다.

"그래. 만약, 우리 작전이 결실을 보지 못한다면 난 각 지역 철도 호텔에 총독 이하 고위 관료들을 초대하고 한 번에 폭파시킬 생각이야."

영수는 기가 질린 얼굴로 멀거니 그를 봤다. 상상을 넘어서는 작전이었다.

"지금 당장 시행하지 않는 이유는 뭡니까?"

길주가 물었다.
"잊었어? 여긴 우리 땅이야. 폭파를 하면 넝마가 되는 건 우리 조선이라고."
모두는 완벽하게 수긍했다.
"난 가능하면…… 다른 땅에서 일을 끝내고 싶어."

12

플랫폼에 선 수찬의 뒤에서 키 작은 소년이 짐 가방을 지키고 있었다. 남장한 홍연이었다. 그녀는 순사들의 등장에 바짝 긴장했다. 수찬은 그런 홍연의 손을 가만히 거머쥐었다.
"걱정하지 마. 내가 같이 있으니까."
홍연은 말없이 끄덕였다.
순사는 두 사람이었다. 그들은 한가로이 걷다 수찬을 보고 알은체를 했다.
「서기관 나리 아니십니까?」
반가운 기색이었다. 그들은 종로서 소속이었다.
「오랜만이군. 애들은 잘 크나?」
수찬은 여유 있게 안부를 챙겼다.
「그럼요. 뭘 먹고 그리들 거센지……. 그래도 그놈들 보는 맛에 살죠. 나리도 얼른 결혼하셔야죠?」
일상적인 대화였다.
「그런가? 난 아직 노느라 바빠서.」
수찬은 멋쩍게 웃었다. 그때 순사 하나가 묘한 시선으로 홍연을 훑었다. 홍연은 애써 침착하려 주먹을 꼭 쥐었다.

「이자는 누구입니까?」

상대가 물어 왔다.

「아, 우리 형이 붙인 감시꾼이야. 내가 가는 곳마다 여자 문제로 시끄럽다고 이번엔 아예 사내 녀석을 붙여 뒀지 뭔가? 영 번거로워서…….」

능청맞은 처세였다. 수찬은 홍연의 굳은 어깨를 툭 쳤다.

「뭐 하나? 어서 짐 들고 가 먼저 자리 잡지 않고?」

홍연은 말없이 고개를 끄덕이고 기차에 올랐다. 순사들은 무심히 그런 그녀의 뒷모습을 봤다.

「이렇게 만난 것도 인연인데 둘이 국밥이나 들고 가게.」

수찬은 그들의 손에 돈을 쥐어 줬다. 적절한 환기였다.

「아이고, 감사합니다, 나리.」

그들은 반색을 하며 사라졌다. 수찬은 여유롭게 기차에 올랐다. 반대편 승강장에서 자신을 지켜보는 스즈키의 미소를 미처 알아채지 못한 채였다.

수찬이 열차에 오르자 굳은 어깨로 앉아 있는 홍연이 보였다. 수찬은 그녀의 긴장을 풀어 주려 모자를 툭툭 쳤다.

"제법 귀엽다?"

"장난치지 마세요."

새침한 대답이 돌아왔다. 수찬은 부드럽게 웃으며 등받이에 기댔다. 그때 그의 시야에 신문팔이 소년이 들어왔다. 수찬은 그에게서 신문을 구했다.

"뭘 보시게요?"

"내가 올린 시. 제대로 나갔나 봐야지. 잘못 나가면 큰일이잖아."

수찬은 평온하게 신문을 펼쳐 들었다. 그러다 곧 하얗게 질렸다. 홍연은 수찬의 기색을 살피다 신문으로 눈길을 돌렸다. 순간 그녀의 얼굴에서도 핏기가 가셨다.

13

한일단의 회의는 동이 트고 나서야 끝이 났다. 영수는 허기진 배를 움켜쥐며 호텔로 향했다.

"하여간 진짜 인간미라고는 손톱만큼도 없지만 난 놈은 난 놈이야. 안 그러냐, 이무영?"

영수가 동의를 구했다. 그러나 돌아온 것은 침묵이었다. 이성의 판단으로 민석의 편에 섰지만 마음속에 남은 앙금은 어쩔 수 없었다.

"아, 왜 이래? 형씨라고 안 한다고 째리는 거야? 내가 뭐 형씨라고 부른다고 형이라고 생각하나? 그냥 이름이 형인가 보다 하는 거지."

영수는 일부러 호들갑을 떨며 무영의 어깨에 팔을 걸쳤다. 길주는 어처구니가 없어 웃었다.

"잘했어. 우리 일단은 싸우지 말자. 적어도 우리끼리는 뭉쳐야지."

영수는 무영을 다독였다. 무영은 달리 할 말을 찾지 못해 고개를 돌렸다.

"하여간 멋대가리들 없기는. 나가서 밥이라도 먹자. 뭉치자는 의미에서."

영수는 무뚝뚝하게 나서는 무영과 길주를 앞세우고 흥겹게 걸었다. 그러다 밖에서 헐레벌떡 뛰어들어오는 동호와 마주쳤다. 영수는 범상치 않은 기색의 동호를 잡아 세웠다.

"무슨 일 났어요?"

동호는 급한 마음에 영수의 말을 지나쳐 엘리베이터 앞에 섰다. 그는 다급한 기색으로 연신 버튼을 눌러 댔다.

"저 집안사람들은 걸핏하면 말을 먹더라? 무슨 일이냐고요."

궁금증을 참지 못한 영수가 따라붙었다. 동호는 귀찮다는 듯 들고 있던 신문 중 한 부를 던져 주고 뛰어들어갔다.

"아, 도대체 무슨 일인데 그래?"

영수는 무심히 신문을 펼쳐 들었다. 무영과 길주의 시선도 함께 모였다.

순간 무영의 얼굴에 핏기가 가셨다. 무영은 떨리는 눈길로 엘리베이터를 살피다 계단 쪽으로 달려갔다.

"이무영! 어디 가? 밥 안 먹어? 이게 뭐 어쨌다고?"

영수는 갸우뚱하며 길주의 얼굴을 마주 봤다. 길주 역시 무영과 동호의 반응이 이해되지 않는 눈치였다. 무영은 비상구 계단을 통해 달리고 또 달렸다. 전에 없이 다급한 모습이었다. 그는 헉헉거리며 달려 겨우 동호를 따라잡았다. 동호는 이제 막 민석의 방으로 들어가는 참이었다. 무영은 황급히 복도를 달려 그를 잡으려 했다. 그러나 동호는 이미 안으로 들어간 뒤였다.

"각하, 큰일 났습니다."

동호는 경황이 없어 보였다. 모처럼 여유 있게 커피를 마시던 민석은 심상치 않은 기색으로 그를 살폈다.

"무슨 일이야?"

"이걸 보십시오."

동호가 건넨 신문을 받아 담담한 얼굴로 기사를 읽어 내려가던 민석의 얼굴이 굳었다. 그는 신문을 펼쳐 둔 채 밖으로 나갔다. 그러자 황급히 달려오던 무영이 그의 앞을 가로막았다. 민석은 싸늘한 웃음으로 그를 쏘아봤다. 무영은 초조한 기색으로 안을 살폈다. 그의 시야에 탁자 위에 펼쳐진 신문이 들어왔다. 무영은 조용히 안으로 들어 신문을 집어 들었다. 미유키의 생일날 찍었던 가족사진이 그를 마주 보고 있었.

요코야마 미유키 '임신', 습작 문제 변수 될까?

핏빛 낙인

1

"너야?"

민석의 시선이 무영에게로 향했다. 무영은 입술을 달싹였다. 무슨 말이라도 해야 할 것 같았기 때문이었다. 그러나 그의 입술은 마비라도 된 것처럼 소리를 내지 못하고 달달 떨렸다.

"일단 안으로 들어가는 게 좋겠군."

민석은 동호를 물리고 안으로 들어섰다. 그는 애써 침착하게 소파에 앉았다.

"뭔가 할 말이 있어서 온 것 같은데."

민석은 냉소로 그를 쏘아봤다. 무영은 완벽하게 공황 상태였다. 민석은 신문에서 떨어질 줄 모르는 그의 시선에 헛웃음을 쳤다.

"아이는…… 어떻게 할 거야?"

무영은 가까스로 입을 열었다. 그러자 민석의 입에서 폭소가 터졌다. 공허한 웃음은 마치 울음소리 같았다.

"아이를 어떻게 할 거냐고? 무슨 질문이 그래?"

"……죽일 거야?"

"남의 가정사에 이렇게 관심이 많은 성격인 줄 몰랐네."

"빈정대지 마. 다 알아듣잖아!"

"뭘?"

민석은 무영을 빤히 봤다. 실토를 요구하는 눈길이었다.

"저 아이……."

"내 아이라고?"

얼음장 같은 목소리였다. 무영은 그 냉기에 눌려 차마 입을 떼지 못했다.

"어떻게…… 그런 일이 가능하지? 난 이해가 안 돼. 그 여자를 안는 게 가능해? 그게…… 너는 되는 거야?"

무영은 측은히 그를 봤다. 그도 자신도 가엾기 그지없다는 생각에서였다. 이런 상황에서 자신의 결벽을 먼저 드러낸다는 건 확실히 평범하지 않은 반응이었다. 그러나 무영은 어떤 경우에도 속내를 숨겨야 하는 오랜 고질병의 발현이라 여겼을 뿐 그에게 있어 그 사실이 얼마나 중요한 일인지까지는 미처 가늠하지 못했다.

"난 스치는 것도 견딜 수 없을 만큼 싫었는데…… 도대체 미유키는 너한테 뭐야?"

민석이 재차 물었다. 진심으로 궁금한 모양이었다.

"사람. 일본 사람이 아니라 그냥 사람. 그리고…… 여자."

"그래서…… 사랑이라도 한다는 거야?"

민석은 모든 것이 혼란스러웠다. 가늠할 수 없이 복잡한 감정의 실타래가 여지없이 그의 숨통을 조여 왔다. 그러나 그중에서 가장 선명하게 떠오르는 울림은 연민이었다. 찰나의 인연에서 온기를 느끼려 했던 미유키, 칼을 겨눠야 할 상대에게 마음을 빼앗긴 무영, 아내와 동료의 배신을 품어 내야 하는 제 자신까지. 누구 하나 불쌍하지 않은 이가 없었다. 하지만 그는 무엇보다 자신이 결코 이 일을 묵과하지 못한다는 사실을 잘 알고 있었다. 그러니 세 사람은 분명 상상 이상으로 더 처참한 상황을 맞이하게 될 터였다.

"미유키가…… 가엾게 됐군."

무영은 그의 말뜻을 알아채지 못해 긴장했다.

"요코야마 미유키가 정민석의 아내로 존재하는 이상, 저 아이는 내 아이로 태어날 거야. 내 아이로 자라게 될지는 모르겠지만."

민석은 말끝에 독을 묻은 채 조용히 일어섰다.

"서혜림, 서혜림을 데려올게. 그러니까……."

무영은 그의 발밑에 무릎을 꿇었다. 민석은 싸늘한 얼굴로 그를 내려다봤다. 무영은 차라리 그가 자신의 얼굴을 걷어차거나 뺨을 올려붙여 주길 바랐다. 그렇게 해서라도 갚음을 하고 미유키와 아이를 지키고 싶었다. 그러나 애석하게도 민석은 무영이 원하는 방식의 자비는 내려주지 않았다.

"잊었어? 난 이미 그날 그 여자를 쏴 죽였어. 그 여자를 데려오건 말건 이 일과는 상관없어."

민석은 무영으로서 선택할 수 있는 최후의 속죄 방법을 야멸치게 거절했다. 그러나 무영의 입장에서는 무조건 손 놓고 기다릴 수만은 없는 노릇이었다. 이에 무영은 부지런히 말을 달려 나진으로 향했다. 한시라도 빨리 혜림을 민석에게로 데려다 주기 위해서였다. 그는 초조한 기색을 달래려 애꿎은 말을 재촉했다.

사실 그는 한동안 혜림을 찾지 않았다. 혜림이 도주하지 않을 거라는 믿음에서였다.

실제로 혜림은 무영의 손아귀에서 벗어날 생각이 조금도 없었다. 현재로써는 자신이 민석의 곁에 있어 봐야 득이 되지 않을 거라는 판단에서였다. 더군다나 무영은 한일단원이었다. 그와 소통한다면 민석과의 끈 역시 끊어지지 않을 터였다. 그런 까닭에 혜림은 한 계절을 나는 동안 무영이 정한 거처에서 은둔 생활을 했다. 쇠약해진 몸이 바깥공기를 거부하는 탓도 있었다. 혜림은 가벼운 몸살과 열 감기를 반복하며 몇 달을 보냈다. 덕분에 가벼운 산책을 제외하고는 거의 바깥 공기를 쐬지 못했다. 그러는 사이 혜림은 어깨까지 내려오던 탐스러운 머리칼을 제 손으로 잘랐다. 예전과는 다른 삶을 살겠노라는 일종의 결의였다. 실제로 귀밑으로 절도 있게 자리 잡은 단발머리는 한층 다부진 느낌을 줬다.

창가에 자리 잡은 혜림은 바느질에 한창이었다. 재봉틀이 없는 탓이었다. 쉼 없이 바늘을 옮기는 손끝이 야물었다. 그녀는 단단한 매듭과 함께 실을 끊었다. 옷이 완성됐다. 혜림은 흐뭇한 미소로 완성품을 펼쳐 들었다. 민석의 몸에 꼭 맞을 것 같은 하얀 면 셔츠였다.

"슬프다. 당신을 볼 수 없어서."

혜림은 주인 없는 옷을 향해 가만히 말을 건넸다. 슬프다는 말은 그 짤막한 울림만으로도 가슴을 헤집었다. 아련한 그리움은 어느새 눈물이 되어 그녀의 눈에 고여 들었다.

혜림은 제 옆에 있던 신문을 펼쳐 들었다. 신문에는 평양에 신설된 무기 공장과 관련한 소식들이 즐비했다. 물론 그 중심에는 민석이 있었다. 혜림은 그리운 눈길로 신문 속 그의 얼굴을 가만히 쓰다듬었다.

"미안해. 그때 당신을 온전히 믿어 주지 못해서."

혜림은 얌전히 셔츠를 접어 탁자 위에 얹어 뒀다. 그러다 식은땀이 나 수건으로 연신 얼굴을 닦았다.

혜림은 선반을 뒤져 먹거리를 찾아봤다. 그러나 지난 저녁을 끝으로 쌀

항아리는 바다을 보였다. 그녀는 한숨을 쉬며 마른 빵을 꺼내 오물거렸다. 무영의 배려에도 불구하고 숙소는 초라하기 짝이 없었다. 사실 남자가 준비할 수 있는 물품에는 한계가 있었다. 더군다나 무영은 정착 생활이 생소한 이였다. 여자에 대한 배려도 서툴기 짝이 없었다. 그런 까닭에 식재료 또한 부족할 수밖에 없었다. 게다가 그가 준비한 식재료 중에 그녀가 입에 댈 수 있는 종류는 많지 않았다. 편식을 하는 혜림의 성향도 한몫했다. 결국 그녀는 대다수의 시간을 굶다시피 하며 보내야 했고, 몸은 날로 쇠약해질 수밖에 없었다.

그녀는 빡빡한 마른 빵을 넘기다 이내 포기하며 침대에 누웠다. 혜림은 침대 속으로 몸이 빨려들어가는 것 같은 노곤함을 느꼈다. 그녀는 조용히 눈을 감고 잠을 청했다. 감은 눈꺼풀이 후끈거렸다. 또다시 열이 오를 모양이었다.

2

미유키의 손목이 파르르 떨려 왔다. 덕분에 손에 쥐고 있던 신문은 맥없이 바닥으로 흩어졌다. 그녀는 정신을 가다듬으려 이를 악물었다. 그러나 쇠약해진 몸은 충격을 이기지 못하고 휘청거렸다.

「마님, 괜찮으세요?」

미유키는 창백한 안색으로 바닥에 주저앉았다. 나오코는 그런 그녀를 안아 일으키고 바닥의 신문을 치우려 손을 뻗었다. 그러다 눈이 동그래졌다.

「마님……, 이게 무슨?」

미유키는 얼이 나간 사람처럼 멍한 얼굴이었다.

「마님, 아기씨를 가지셨어요? 왜 진작 말씀을 안 하셨어요? 당장 동경에 전화부터 넣어야겠네요.」

내막을 모르는 나오코가 반색했다. 그녀에게 있어 새 식구의 잉태는 반가운 소식인 모양이었다.

「하지 마.」

「네?」

「하지 말라고.」

「마님······.」

나오코는 그제야 미유키의 안색을 제대로 살폈다. 핏기 없는 안색은 평범한 어미의 징후가 아니었다. 극도의 불안함에서 오는 반응이었다.

「하야토를······, 하야토를 불러 줘. 아니야, 아니야. 인력거 불러. 경성 병원에 가야겠어.」

미유키는 초조함에 어쩔 줄을 몰랐다. 그 순간 요란하게 전화벨이 울렸다. 미유키는 불길한 예감으로 수화기를 들었다.

「······여보세요?」

─「나야.」

미유키의 눈빛이 떨렸다. 민석이었다.

─「그런 소식을 신문으로 보게 돼서 유감이야. 당신이 직접 알려 줬으면 더 좋았을 텐데.」

그는 처음부터 빈정대기 시작했다.

「무슨 생각을 하는 거예요?」

─「당신이 보고 싶다는 생각.」

소름이 돋을 만큼 침착한 목소리였다. 미유키는 그의 평상심에서 끝을 알 수 없는 공포를 느꼈다.

─「우리 아이가 생겼다는데 한달음에 달려가 축하해 주는 게 남편의 도리 아닌가?」

「민석 씨······.」

―「우리 잘하는 거 있잖아. 근사하게 치장하고, 웃고, 사진 찍는 거. 그러면 되는 거야. 달라질 건 없어. 그 아이는 정민석의 아이니까.」

민석은 마지막 문장에 유독 힘을 줬다.

「민석 씨, 일단 내 말 좀……」

―「누가 왔군. 일단 끊지. 곧 집으로 갈게.」

민석은 그녀의 말을 자르며 전화를 끊었다. 싸늘한 기계음이 그녀의 귓가에 맴돌았다. 미유키는 손에 쥔 수화기를 맥없이 내려놓았다. 그러다 그녀는 벌떡 일어나 민석의 서재로 향했다. 무슨 수를 써서라도 그의 약점을 찾아내야겠다는 생각에서였다. 그녀는 필사적으로 그의 방을 다시 뒤지기 시작했다.

3

나진에 도착한 수찬과 홍연은 혜림을 봤다는 목격자부터 만났다. 다행스럽게도 상대는 상상 이상으로 순박한 인물이었다. 더군다나 자신이 혜림을 동경해 왔음을 밝히며 최대한 협조하겠노라는 약속까지 더했다. 덕분에 그들은 상세한 위치 설명과 함께 든든한 식사까지 대접받을 수 있었다. 그러나 수찬과 홍연의 얼굴에는 여전히 그림자가 졌다. 미유키의 임신 소식 때문이었다. 내막이야 어찌 되었든 그들에게 있어 좋지 않은 소식임에는 분명했다.

"이제 어쩌실 생각이에요?"

홍연이 걱정스레 물었다.

"일단은 혜림이부터 찾자. 나머지는 그 뒤에 생각하고."

그들은 목격자가 그려 준 약도를 쥐고 나진 부근 숲길을 뒤졌다. 수찬은 가는 내내 한일단의 지도와 그가 준 약도를 비교해 봤다.

"아무래도 한일단 지하 통로와 연결된 건물 같아."

홍연은 지도를 확인했다. 그의 짐작이 맞는 듯했다. 두 사람은 서둘러 목적지를 향해 걸음을 옮겼다.

"저 집인가 봐요."

그들이 건물을 발견한 건 한 시간쯤 뒤의 일이었다. 지도를 살피던 홍연의 손가락이 낡은 창고를 가리켰다. 사람이 산다고는 생각되지 않을 만큼 초라하고 낡은 집이었다. 수찬은 마음이 아려 왔다. 유난히 기승을 부렸던 지난겨울의 추위를 생각하니 더욱 그랬다. 그는 그동안 혜림이 해 왔을 고생을 생각하며 가슴 아파했다.

수찬은 인기척도 없이 왈칵 문을 열어젖혔다. 다급한 마음에서였다. 실내는 캄캄했다. 하지만 그들의 등장과 동시에 어두운 창고 안으로 햇빛이 쏟아져 들어왔다. 두 사람은 눈살을 찌푸리며 안을 살폈다. 침대 위에 맥없이 잠들어 있는 혜림의 모습이 보였다. 앓아누워 있는 혜림의 베개는 식은 땀으로 푹 젖어 있었다.

"혜림아! 괜찮아? 너 왜 이래……. 혜림아!"

수찬은 세차게 그녀를 안아 흔들었다. 그 바람에 혜림은 힘겹게 눈을 떴다. 그녀는 마치 환상이라도 보는 듯 두 사람을 보며 웃었다.

"이수찬이네……. 되게…… 반갑다."

고열에 들뜬 그녀가 마른 입술을 달싹였다.

"혜림 씨, 정신 좀 차려 봐요. 괜찮아요?"

홍연은 사색이 되어 그녀의 이마를 짚었다.

"열이 너무 높아요. 수건 좀 가져올게요."

홍연은 서둘러 서랍 속의 수건을 집어 들고 마당으로 나갔다. 물수건을 만들기 위해서였다.

"민석 씨…… 잘 있지?"

정신이 든 혜림은 민석의 안부부터 챙겼다. 수찬은 울컥한 마음에 목소리를 높였다.

"바보야! 넌 이 지경이 되고도 그 자식부터 찾아? 그 자식이 너한테 어떻게 했는데……, 어떻게 했는데……."

수찬은 슬픔을 참지 못하고 울음을 쏟아 냈다.

"원래 사랑은 바보들이나 하는 거라잖아."

혜림은 옅은 미소로 그런 그를 다독였다. 그때였다. 거센 발걸음 소리가 공간에 들어찼다. 수찬은 범상치 않은 기색을 느끼며 돌아봤다. 고개를 가로젓는 홍연의 모습이 보였다. 수찬의 시선이 그녀의 등 뒤로 옮겨 갔다. 그러자 스즈키가 비죽 웃으며 그와 시선을 교환했다. 그는 홍연에게 총을 겨눈 채 야비한 웃음을 흘리고 있었다.

「거, 감동의 상봉 장면을 제가 방해하게 됐군요. 죄송해서 어떻게 합니까, 서기관 나리?」

그는 말꼬리에 비웃음을 달며 안으로 들어섰다. 총은 여전히 홍연의 머리를 향한 채였다. 수찬은 일어서서 혜림을 방어했다.

「참으로 가엾은 노릇이군요. 조선의 꽃이라 불리던 서혜림이 하루아침에 꺾여 이런 누추한 곳에 숨어 지내는 신세라니.」

스즈키는 창고 안을 둘러보며 이죽거렸다.

「총 내려.」

수찬은 싸늘한 기색으로 상대에게 명령했다.

「아이고, 나리. 그렇게 노려보며 말씀하시면 제가 너무 무섭습니다.」

스즈키는 여유롭게 빈정거렸다.

「하지만 안타깝게도 나리께서 잊고 계신 게 있는 것 같네요. 나리는 수배자를 숨겨 준 범죄자라는 사실을 말이죠.」

「오해예요. 우리도 서혜림을 잡으러 온 것뿐이에요.」

홍연이 나서 수찬을 옹호했다. 그러자 스즈키는 가차없이 홍연의 뺨을 후려쳤다.

「어디서 기생 년이 끼어들어? 건방지게!」

홍연의 얼굴이 맥없이 돌아갔다. 그녀의 하얀 뺨에 붉은 손자국이 선명하게 남았다.

「총 내려놔!」

분노에 찬 수찬의 이마에 핏발이 섰다.

「어허, 갑자기 흥분하시는 걸 보니 이 아이가 걱정이라도 되시는 겁니까? 생각보다 이야기가 쉽게 통하겠군요.」

스즈키는 딸각 소리를 내며 총알을 장전했다. 이제 손가락만 까딱하면 홍연의 머리가 날아갈 터였다.

「하지 마…….」

수찬은 신음을 토하듯 중얼댔다.

탕!

매서운 총성이 창고에 울려 퍼졌다. 그 바람에 인근에 숨어 있던 순사들이 창고 쪽으로 달리기 시작했다. 스즈키의 지시에 의해 잠복해 있던 이들이었다. 혜림과 수찬은 총성에 놀라 하얗게 질려 있었다. 그러자 매캐한 연기 사이로 스즈키가 풀썩 쓰러졌다.

"이무영…… 너……?"

수찬은 놀라움에 채 말을 맺지 못했다.

"시간 없어. 이 여자 데리고 도망가."

무영은 홍연을 수찬 쪽으로 밀었다.

"이 자식! 내가 너한테 혜림이를 넘길 것 같아?"

수찬은 악을 썼다.

"주변에 순사들 쫙 깔렸어. 이 자식만 죽이면 널 본 사람은 아무도 없어.

그러니까 어서 도망가라고!"

아직 숨이 끊어지지 않은 스즈키가 자신이 놓친 총을 향해 손을 뻗었다. 무영은 그런 그의 심장에 다시 한 번 총알을 꽂아 넣었다.

탕!

결국 스즈키는 두어 번 까부라지다 숨을 거뒀다. 그의 죽음을 확인한 무영은 밖을 살폈다. 멀리서 올라오는 순사들의 모습이 보였다. 무영은 서둘러 한쪽 바닥을 들었다. 그러자 지하 통로로 통하는 출입문이 나왔다.

"맹세할게. 서혜림, 내가 반드시 정민석한테 데리고 갈 거야. 그러니까 빨리 가! 네가 여기 있는 거 순사들한테 들키면 우리 임무고 뭐고 다 끝이야."

"웃기지 마! 혜림이도 내가 데려갈 거야!"

수찬은 완강히 버텼다.

"억지 그만 써! 저 지경이 된 여자 끌고 다니다 다 죽고 싶어?"

무영은 설득에 나섰다. 그러나 수찬은 막무가내였다.

"저기까지만 같이 가면 돼. 혜림아……, 걸을 수 있겠어?"

수찬은 혜림을 안아 일으켰다. 그러나 그녀는 도주는커녕 서 있는 것조차 힘들어 보였다. 인내심을 잃은 무영은 목소리를 높이기 시작했다.

"지금까지 해 왔던 일 다 망치고 싶어? 저 통로가 발각되면 모든 게 끝장이야!"

"내가 널 어떻게 믿어! 다른 사람도 아니고 너, 이무영을!"

두 사람은 맹렬하게 맞섰다.

"저 사람, 나 해치지 않아. 그러니까 믿어. 믿어도 돼."

혜림이 나서서 수찬을 달래기 시작했다.

"혜림아!"

"죽일 거였으면 여태 두지도 않았어. 그리고 나, 도망갈 거였으면 진즉

갔을 거야. 그러니까 가. 저 사람이…… 나 지켜 줄 거야. 부탁이야."

혜림은 미소로 수찬을 안심시켰다. 그는 마지못해 홍연의 손을 잡았다.

"너, 혜림이 못 구하면 내 손에 죽는다."

무영은 조용히 끄덕이며 두 사람을 지하 통로로 밀어넣은 뒤 입구를 봉쇄했다. 그 순간 요란한 총성과 함께 유리창이 산산조각 났다. 순사들이 들이닥치는 소리였다. 무영은 침대 위의 이불을 끌어당겨 혜림을 감싸안은 채 굴렀다. 순사들은 무영이 움직이는 방향을 따라 총을 난사했다.

탕! 탕! 탕! 탕! 탕!

폭포수 같은 총알이 쏟아졌다. 무영과 혜림은 몸을 낮춘 채 낡은 궤짝 뒤로 숨어들었다. 혜림은 여전히 이불에 감싸여 있는 상태였다. 무영은 쉴 틈 없이 날아드는 총성을 들으며 정신을 가다듬었다. 혼자라면 무조건 달려들 수 있었겠지만 지금은 혜림을 보호해야 했다. 무영은 머릿속으로 남아 있는 총알의 수를 가늠했다. 여섯 발 중 두 개가 스즈키의 몸뚱이에 박혀 있었다. 결국 남은 탄환은 모두 네 발이었다. 가능하면 총알이 날아오는 방향을 정확히 파악한 뒤 깔끔하게 승부를 봐야 했다. 콩 볶듯 튀는 총알 틈으로 무영의 시선이 분주히 움직였다. 그러다 그의 눈길이 탁자 위에 올려 둔 하얀 셔츠에 꽂혔다. 혜림이 민석을 위해 만들어 둔 것이었다. 무영은 가볍게 몸을 굴려 탁자로 이동했다.

탕! 탕! 탕! 탕!

그의 움직임에 여지없이 총성이 터졌다. 무영은 빗발처럼 쏟아지는 탄환이 잦아들기를 기다렸다. 그러다 찰나의 침묵에 셔츠를 힘껏 던졌다. 그러자 공중에 뜬 하얀 셔츠는 삽시간에 수십 개의 검은 구멍을 품고 바닥에 떨어졌다. 무영은 셔츠가 떨어진 방향과 굴러다니는 탄피들을 보며 순사들의 위치를 파악했다.

탕! 탕! 탕! 탕!

무영은 깔끔하게 제 총의 탄환을 모두 비웠다. 연이은 총성에 순사들이 차례로 쓰러졌다. 무영은 경계를 풀지 않고 품 속의 단도를 꺼냈다. 혹여 남아 있는 이들을 대비하기 위함이었다. 그러나 더 이상의 총성은 없었다. 무영은 조심스레 몸을 일으켰다. 그때 출입문 쪽에서 기다란 총구가 고개를 내밀었다. 무영은 힘껏 의자를 들어 상대에게 던졌다. 그러자 메마른 신음소리와 함께 총성이 허공을 갈랐다. 무영은 탁자를 발판삼아 몸을 날려 순사의 심장을 찔렀다. 정확한 일격에 사내는 깔끔히 숨을 거뒀다. 무영은 순사의 총을 거머쥔 채 혜림을 업었다. 그 순간 멀리서 다시 총성이 들려왔다. 뒤늦게 합류한 이들인 모양이었다. 무영은 그녀를 말에 태운 채 정신없이 내쳐 달렸다. 두 사람의 뒤로 순사들의 총알 세례가 이어졌다. 축 늘어진 혜림은 이미 정신을 잃은 상태였다. 무영은 그런 그녀를 지탱하며 순사들을 향해 총알을 날렸다. 그 바람에 그를 따라오던 순사들의 말이 줄지어 바닥에 주저앉았다.

탕! 탕! 탕! 탕! 탕!

폭포수 같은 총알이 도주하는 두 사람의 등을 덮쳤다. 맹렬히 쏟아지던 총알 중 하나가 무영의 어깨에 스쳤다. 그 바람에 무영은 고삐를 놓치고 말았다. 결국 무영의 말은 요란한 소리와 함께 혜림을 바닥으로 내동댕이쳤다. 기절해 있던 혜림은 맥없이 바닥을 굴렀다. 무영은 사력을 다해 말 위에서 버텼다. 그러자 연이은 총성에 놀란 말은 엉뚱한 곳으로 내쳐 달렸다. 결국 일부 순사들은 무영을 추격하고 나머지는 혜림을 에워쌌다. 그녀는 그렇게 생포됐다.

4

탕! 탕! 탕! 탕! 탕!

경성으로 떠나기 전 민석은 평양에 있는 사격장에 들렀다. 어떤 식으로건 분을 삭이지 않으면 안 될 것 같은 마음에서였다. 그는 열 오른 눈으로 쉼 없이 총을 쐈다. 그러나 까닭 모를 분노는 가라앉을 줄을 몰랐다. 결국 민석은 제 성질을 못 이기고 총을 바닥에 던져 버렸다. 모든 것이 엉망이었다.

그는 신경질적으로 차에 올라 경성으로 출발할 것을 명했다. 예정에 없던 일정에도 동호는 군말 없이 차를 몰았다. 그러나 잠시 후 그는 차를 돌려야 했다. 군수 공장을 한 번 더 돌아봐야겠다는 민석의 고집 때문이었다. 잠시나마 자리를 비워야 하는 일이 못내 불안했던 모양이었다.

공장은 여느 때와 다름없이 분주했다. 영수와 길주는 인부들을 관리하기에 여념이 없었다. 그러다 민석의 차가 들어서자 영수는 일손을 놓고 그에게 달려갔다.

"갑자기 무슨 일이십니까?"

"사흘 정도 경성에 있다 올 거야. 좀 더 빨리 돌아올 수도 있고."

민석은 창문만 내린 채 용건을 전했다.

"참! 마님께서 임신하셨다면서요?"

속 모르는 영수는 괜한 호들갑을 떨었다. 그 바람에 모두의 시선이 이들에게로 모여들었다. 민석은 저도 모르게 인상을 찌푸렸다. 영수는 그제야 민석의 불편한 심기를 읽었다.

"경성 쪽 일 처리하는 대로 돌아올 거야. 그때까지 무기 이동 차질 없게 해."

"알겠습니다."

민석은 영수의 말을 뒤로 하고 바삐 떠났다. 경성까지는 꼬박 반나절이 걸리는 거리였다. 그 사이 그는 내내 눈을 감고 있었다. 그는 진심으로 잠을 청하고 싶었다. 그러나 겹겹이 생각이 들어찬 그의 머릿속은 쉴 틈을 주지 않았다. 결국 그는 집에 오는 내내 눈을 붙여야 한다는 강박에 시달려야 했다.

5

    모처럼 돌아온 집 앞에는 꽃이 활짝 피어 있었다. 한창 탐스럽게 물이 오른 꽃망울이 제 주인을 맞았다. 미유키가 아끼는 꽃이었다. 민석은 무심히 제 집 나무를 올려다봤다. 일렁이는 바람을 타고 하얀 꽃잎이 그의 발밑에 날아들었다. 민석은 지그시 그 꽃잎을 밟았다. 말간 꽃잎은 삽시간에 참혹한 암갈색 상처를 드러냈다. 민석은 싸늘하게 웃었다. 제어할 수 없는 분노에서 오는 냉소였다.
    그가 집 안에 들어서자 나오코는 어찌할 바를 몰라 하며 거실을 오고 갔다. 현관에 서 있던 하야토는 마지못해 목례를 했다. 민석은 집 안을 돌아봤다. 엉망으로 어지럽혀진 거실 한편에는 미유키가 멍한 눈빛으로 주저앉아 있었다.
    「나리, 죄송합니다. 제가 치웠어야 하는데……」
    겁에 질린 나오코가 대신 변명에 나섰다.
    「나가.」
    민석의 입에서 단호한 명령이 떨어졌다. 하야토는 말없이 그를 쏘아봤다. 민석은 묵묵히 그 시선을 받았다.
    「두 사람 다 나가.」
    하야토는 내키지 않는 걸음을 밖으로 돌렸다. 나오코는 불안한 기색으로 그를 따랐다. 미유키는 여전히 망연하게 앉아 있었다. 민석에게는 조금의 시선도 주지 않은 채였다.
    「아이를 가지면 예민해진다더니 정말인가 보군.」

민석은 차분히 그녀에게 다가갔다.

「찾았어야 하는데…… 결국 못 찾았어요.」

대화라기보다 독백에 가까운 울림이었다.

「내 약점이라도 찾고 싶었던 거야? 이거 반성해야겠군. 내가 그렇게 쉽게 보였다니.」

스산함마저 느껴지는 침착한 어조였다.

「아이를…… 어떻게 할 셈이에요?」

미유키는 가감 없이 본론부터 물었다. 그녀의 심중에는 오직 배 속 아이의 안전만이 꽉 차 있는 듯했다.

「왜 자꾸 나한테 그런 걸 묻지? 당신이나…… 이무영이나.」

민석은 교묘하게 무영을 화두에 올렸다.

「……살려 줘요, 우리 아기.」

미유키는 절박한 얼굴로 그에게 읍소했다.

「우리 아기라…….」

공허한 헛웃음이 민석의 심장을 울렸다. 바람이 새어 나오듯 제멋대로 터져 나오는 절규였다. 미유키는 그 실소에 극도의 불안감을 느꼈다.

「당신도 알다시피 난 태생적으로 타민족의 피에 거부감을 느끼는 사람이야. 무슨 뜻인지 알아? 당신이 말하는 그 우리 아기, 나에게는 그저 또 하나의 일본인일 뿐이라고.」

민석은 거침없이 상대에게 비수를 꽂아 넣었다. 그의 말끝에 묻은 독설은 그녀의 심장에 박혀 뜨거운 눈물로 녹아내렸다.

「슈헤이는……, 그래도 슈헤이는 당신 아들로 받아들였잖아요. 그 아이가, 그리고 이 아이가…… 일본인이 되길 선택한 건 아니잖아요.」

「당신은 내가 슈헤이를 왜 받아들였을 거라고 생각해? 설마 내 핏줄이기 때문에 보듬어 온 거라고 생각한 거야? 만약 그렇게 착각해 온 거라면 지금부터라도 똑똑히 알아 둬. 난 그저 내 실수에 대해 책임을 져 온 것뿐이니까. 하지만 지금 그 아이…… 내가 책임질 필요 없는 아이잖아? 그러니까 당신이 알아서 지켜.」

민석은 무참하게 그녀의 희망을 짓밟았다. 곱씹어 보면 민석의 입장에선 배 속의 아이를 지켜 줘야 할 이유가 조금도 없었다. 이 대목은 그가 미유키에게 품고 있는 경멸감과는 별개의 문제였다. 어쨌거나 미유키는 그의 아내였다. 그런 그녀가 다른 사내의 아이를 품고 있다는 사실 하나만으로도 민석은 충분히 불쾌해할 자격이 있었다. 물론 딱히 질투 같은 성질의 문제는 아니었다. 아니, 그런 하잘것없는 단어로 귀결시킬 감정이 아니었다. 민석은 궁지에 몰려 있었고 어느 누구 하나 그의 동선을 가로막지 않는 이가 없었다. 더군다나 상대는 무영이었다. 한일단의 일원인 그가 지금처럼 민감한 시기에 이런 어처구니없는 사고를 쳤다는 사실에 민석은 감당하기 힘든 분노와 낭패감을 느꼈다.

「내일 당신의 그 대단한 임신, 공식적으로 발표할 거니까 준비해 둬. 그 아이가 제대로 태어나는 걸 보고 싶다면 정신 차리고 똑바로 하는 게 좋을 거야.」

민석은 미련 없이 2층으로 올라갔다. 캄캄한 서재로 들어선 민석은 조용히 불을 켰다. 그러자 처참하게 박살 난 책상이 보였다. 엉망으로 파헤쳐진 책상 한쪽에 혜림과 함께 찍은 사진 액자가 산산조각으로 부서져 있었다. 민석은 가만히 액자를 집어 곱게 유리 조각을 거둬 냈다. 그 바람에 가느다란 손가락 끝에서 붉은 핏방울이 떨어졌다. 핏물은 그대로 사진 속 혜림의 얼굴에 얼룩졌다. 민석은 조심스레 제 소매를 들어 혈흔을 지웠다.

"조금만……, 조금만 더 버텨 줘. 이제 정말 얼마 남지 않았어. 그러니까…… 조금만 더…….”

민석은 혜림이 지치지 않기를 간절히 기도했다. 그러나 정작 기력이 소진되어 가고 있는 건 그 자신이었다.

6

아침이 되자 전국 각지에 혜림의 체포 소식이 전해졌다. 그녀와 연루된 모든 이가 각자의 이해관계에 맞는 반응을 쏟아 냈다. 혹자에게는 슬픔이, 다른 이에게는 기쁨이 되는 사건이었다. 그런 가운데 민석은 기자 회견을 감행했다. 미유키의 임신과 관련한 뜬소문들을 잠재우기 위한 자리였다.

중추원 앞은 아침부터 기자들로 북적였다. 민석의 의도와는 상관없는 가십거리 때문이었다. 그들은 젊은 조선 귀족이 제 연인의 체포 소식에 어떤 반응을 보일지에 대해 극도의 궁금증을 보였다. 기자 회견이 진행되자 강당에서는 쉼 없이 플래시가 터졌다. 민석은 여느 때보다 훨씬 더 밝은 기색으로 이들의 촬영에 응했다.

"정규홍 후작께서 사망하신 후 자작 각하께서는 아직까지 습작 절차를 밟지 않은 것으로 알고 있습니다. 혹시 이번 미유키 상의 임신이 변수가 될 수 있습니까?"

기자의 말대로 민석은 규홍의 작위를 이어받지 않았다. 뿐만 아니라 아직까지 중추원 수장의 자리조차 공석으로 둔 상태였다. 그들의 입장에서는 궁금증을 품을 만한 사안이었다.

"분명 아내가 아이를 가진 것은 기쁜 일이지만 아직 태어나지도 않은 아이를 두고 습작 이야기를 꺼내는 것은 지나치게 호들갑스러운 반응 같군요. 게다가 제겐 이미 아들이 있습니다. 그 아이도 정치와 연을 맺기엔 너무 어린 나이지만요."

그의 말은 사실이었다. 이것은 자식에 대한 그의 애정도와 무관하게 심한 호들갑인 셈이었다.

"조금 다른 질문을 해 보겠습니다. 어제 서혜림 씨가 전격적으로 체포된 걸로 알고 있습니다. 이에 대한 공식적인 답변을 부탁드립니다."

강당은 삽시간에 찬물을 끼얹은 듯 조용해졌다. 모두가 궁금해하면서도 감히 입에 올리지 못한 물음이었다. 기자들은 조용히 민석의 눈치를 살폈다. 한바탕 불벼락이 떨어질지도 모른다는 생각에서였다. 그러나 예상과 달리 민석은 온화한 미소를 보였다.

"참으로 다행스러운 일이라고 생각합니다. 지난번 공연 때 서혜림 씨를 놓친 것에 대해 개인적인 책임을 통감하던 참이었으니까요."

기자들은 술렁이며 이야기를 주고받기 시작했다. 민석은 그들의 반응에는 아랑곳하지 않고 자신의 말을 이어 갔다.

"아시다시피 천황께서는 항상 내선일체를 강조하셨습니다. 대일본 제국과 조선이 진정으로 융합을 이루려면 먼저 그 정신이 하나로 묶여야 합니다. 한데 나라를 대표하는 문화인이 자신의 지위를 악용, 불온한 정신문화를 퍼뜨린다면 이는 간과할 수 없는 일입니다."

민석의 낭창한 목소리는 라디오를 통해 전국에 전해졌다. 평양에 있던 영수와 길주 역시 이 방송에 귀를 기울였다.

— 그런 의미에서 서혜림 씨의 체포는 마땅한 수순으로, 향후에 일어날 수 있는 또다른 불행한 사태를 막기 위해 엄한 법적 처벌이 뒤따라야 한다고 생각합니다.

영수는 고개를 가로저었다. 조금의 흔들림도 느껴지지 않는 목소리에 기가 질린 탓이었다.

"하……, 진짜 사람이 할 짓이 못 되는구나."

영수는 착잡함에 한숨을 내쉬었다. 길주는 침울한 얼굴로 총을 조립했다.

"그만 용서해."

영수가 길주의 어깨를 툭 쳤다.

"뭘?"

"정민석 말이야. 최승민이 쏜 거."

"나 멍청한 놈 아니야. 그래야 한다는 거 알고 있어."

길주가 퉁명스레 내뱉었다.

"알고만 있지, 아직 용서 못했잖아."

영수는 정곡을 찔렀다.

"이제 할 거야. 저 자식도 불쌍한 놈이니까."

길주는 민석을 향하듯 측은히 라디오를 바라봤다. 전파를 타고 전해지는 담담한 음성에서는 깊이를 알 수 없는 고통이 묻어났다.

7

음산한 복도에 메마른 발걸음 소리가 울려 퍼졌다. 유우스케였다. 그는 마모루를 만나러 가는 길에 이런저런 핑계로 혜림의 투옥 현장을 살피고 있었다. 침울한 감옥 안에는 혜림이 웅크린 채 잠들어 있었다. 죄수복 차림이었다. 아직 회복되지 않았는지 머리카락은 땀에 흠씬 젖어 있었다. 두런두런 간수와 이야기를 나누며 곁눈질하던 유우스케의 입가에 야비한 웃음이 스쳤다. 그는 가뿐한 걸음으로 면회실로 향했다. 예정된 일정인지 마모루는 이미 나와 그를 기다리고 있었다. 일반 죄수라면 상상도 할 수 없는 특혜였다. 사실 이런저런 이유로 마모루의 면회는 규정된 횟수를 초과한 지 오래였다.

「스즈키가 죽었다고요……?」

마모루는 옛 부하의 죽음에 적잖이 놀랐다. 잔정이라고는 없는 그였지만 착잡한 모양이었다.

「아무래도 이수찬의 뒤를 쫓다 당한 모양입니다.」

「샌님 실력은 아닌 것 같군요.」

「제가 보기에는 다 한통속인 것 같습니다. 이무영, 이수찬, 그리고 정민석까지도요.」

「재미있는 건 그러면서도 서로 상대를 견제하고 미워한다는 거지요.」

마모루는 고개를 끄덕이며 비식 웃었다.

「미유키 쪽은 소식이 있습니까?」

제 말을 전하고 난 유우스케는 마모루의 답을 기다렸다.

「아직은요. 하지만 곧 움직일 겁니다. 미유키가 가졌다는 그 아이…… 누구 아이일 것 같습니까?」

마모루는 의미심장한 미소를 보였다.

「설마……? 말도 안 됩니다.」

유우스케는 지레 부정하고 나섰다.

「말이 안 되는 건 정민석이죠. 서기관장께서는 정민석의 결벽증이 얼마나 심한지 모르시는 모양이군요. 일본인에게 손 대는 거 자체를 못 견디는 족속입니다. 그런 자가 미유키랑 아이를 가져요? 웃기는 노릇이지요.」

그는 너털웃음을 지었다.

「하지만 두 사람은 이미 아이가 있지 않습니까?」

「독한 놈이니까…… 필요에 의해 만들었겠죠. 그렇게 증오하면서도 공식석상에선 항상 웃는 얼굴만 보이던 놈이니까요. 하지만 두 번은 필요 없지 않습니까?」

「그럼 경무국장의 생각은?」

「그 아이, 분명 이무영의 아이일 겁니다.」

유우스케는 더 이상 부정하지 않았다. 따지고 보면 그럴듯한 추론이었다.

「그러니 미유키는 더 절박해질 수밖에요. 아이를 살리고 싶을 테니까요.」

유우스케는 복잡한 심정을 떠안고 중추원으로 복귀했다. 모든 일이 기묘하게 맞물려 있는 탓이었다. 그는 여전히 어느 쪽에 제 몸을 담가야 할지에 대해 고민했다. 양쪽 모두 자신의 약점을 쥐고 있는 상황이었다. 그러나 지금의 판단으로 보면 민석의 힘이 기울고 있는 것은 명백해 보였다. 어쨌거나 상대는 하찮은 조선인이었다. 제아무리 귀족이라고 날뛰어도 그 역시 천황이 내린 작위일 뿐이었다. 말하자면, 그가 황국의 적이 되는 순간 그의 부모에게 가했던 범죄 역시 정당화될 수도 있다는 뜻이었다. 생각이 거기에 미치자 유우스케의 노선은 분명해졌다. 민석을 적으로 돌리면 간단한 일이었다.

마침 그의 생각을 알아채기라도 한 듯 맞은편에서 민석이 나타났다. 유우스케는 여유로운 미소로 그에게 말을 건넸다.

「마모루를 보고 오는 길에 서혜림에 대한 소식을 들었습니다.」

유우스케는 심상한 척 혜림의 이름을 올리고는 민석의 기색을 살폈다. 그러나 언제나처럼 민석의 얼굴에서는 표정이 읽히지 않았다. 살며시 떨리는 동공만이 심장의 울림을 전해 올 뿐이었다.

「가엾게도 병이 들었는지 열이 심하다는군요. 지금은 고문이고 뭐고 손을 쓸 수 없는 처지라 그냥 내버려 두고 있는 모양입니다. 그대로 두셔도 되겠습니까?」

유우스케는 민석의 의중을 떠보았다.

「……의사를 보내세요.」

민석은 목이 메어 겨우 입을 열었다.

「네?」

「살려 내야 배후를 밝힐 수 있을 것 아닙니까?」

그럴듯한 구실이었다.
「지당하신 말씀입니다.」
민석은 끝내 유우스케의 얼굴을 마주하지 않은 채 제 방으로 들어갔다. 적에게 제 눈물을 보일 수 없는 까닭이었다. 방에 들어서자 미리 대기하고 있던 동호가 그를 맞이했다. 민석은 그의 얼굴을 보자 무너지듯 소파에 주저앉았다. 핏기 없는 그의 마른 입술이 파르르 떨렸다.
"혜림이 담당하는 간수가 누군지, 어느 방에 갇혀 있는지 알아봐 줘."
"알겠습니다."
"……많이 아프대."
그의 슬픈 독백에 동호는 가슴이 미어졌다.
"혜림이가…… 많이 아프대."
절절한 메아리가 그의 입속에서 웅얼거렸다.
"어쩌실 생각이십니까?"
동호가 조심스레 물었다.
"아직은…… 아직은 나도 모르겠어."
민석의 달뜬 눈이 습기를 머금고 반짝였다. 감당할 수 없는 절망에 눈가에 핏발이 섰다. 그는 모든 기력을 소진한 기색이었다. 그러나 민석은 애써 독하게 버티며 자신의 자리로 걸음을 옮겼다. 그 순간 요란하게 전화벨이 울렸다.
"정민석입니다."
고통을 말끔하게 지운 정갈한 목소리였다.
— 혜림이……, 혜림이…….
상대는 수찬이었다. 그는 차마 말을 맺지 못하며 울먹였다.
"말해."
— 미안해. 나 때문에……, 나 때문에 발각됐어. 숨어 있던 곳…….

민석은 참담히 듣고 있었다.

– 이무영이…… 책임지고 지키겠다고 했는데……. 아니……, 내가 그 말을 믿으면 안 되는 거였는데……. 믿고 맡기는 게 아니었어.

"이무영! 이무영, 이무영!"

민석은 미친 듯이 고함을 질렀다. 너덜너덜해진 인내심은 그의 분노를 제어하지 못한 채 무능하게 바닥을 나뒹굴었다. 민석은 전화기를 내던지며 길길이 날뛰었다. 동호는 차마 제 주인을 막아서지 못했다. 그렇게라도 하지 않으면 도저히 제정신으로 버틸 수 없을 거라는 판단에서였다.

8

미유키는 커다란 나무 상자에서 유골함을 꺼내 들었다. 두 개의 유골함에는 각각 '이갑진', '박필녀'라는 이름이 쓰여 있었다. 무영의 부모님 이름이었다. 미유키는 그것을 실제 그들의 것인 양 조심스레 보듬어 비단 천에 쌌다. 하야토는 그런 미유키를 표정 없이 지켜보고 있었다.

「누구였을까?」

높낮이 없는 목소리에는 감정이 묻어나지 않았다. 어느 순간부터 슬픔은 그녀의 일부인 양 친밀해져 제 색깔을 드러내지 않았다. 하야토는 서투른 반문 대신 침묵을 택했다. 제 주인의 자유로운 독백을 위해서였다.

「이 유골의 진짜 주인 말이야.」

하야토의 눈길이 비단 천을 감싸안은 미유키의 손끝에 머물렀다. 보기만 해도 가슴이 저미질 만큼 앙상한 손이었다.

「조선인의 것이 맞기는 할까? 적어도 그렇다면…… 이무영에게 조금은 덜 미안할 텐데.」

「아마 맞을 겁니다.」

하야토는 어설픈 위로를 건넸다.
「그렇겠지. 일본인의 것보다 구하기 쉬웠을 테니까.」
그녀의 검고 긴 속눈썹이 가늘게 떨려 왔다. 자책감 때문이었다.
「행복하십니까?」
하야토가 걱정스레 물었다.
「응.」
「그럼 됐습니다.」
하야토는 더 이상 그녀의 마음을 확인하려 하지 않았다. 제 질문조차 미유키의 상처를 헤집어 놓을 수 있다는 깨달음에서였다.
「지금 이무영…… 어디 있는지 알아?」
「자작 각하와 함께 평양 쪽에 있던 것까지는 포착됐습니다만, 그 뒤로는 묘연합니다.」
「위치 확인되는 대로 나한테 알려 줘.」
「알겠습니다.」

9

형무소 마당에는 스산한 기운이 돌았다. 발을 들이기만 해도 병이 옮을 것 같은 음습한 기운이 등짝에 엉겨붙었다. 한구석에서는 참담한 몰골의 죄수 하나가 멍한 눈으로 햇빛을 쬐고 있었다. 꼴은 말이 아니었지만 사내는 미소를 짓고 있었다. 참혹한 고문의 흔적과는 어울리지 않는 평화로운 얼굴이었다. 모처럼 마주하는 햇살의 따뜻함 덕분이었다. 끼이익거리며 철문이 열리자 민석이 들어섰다. 간수 일동은 예를 갖춰 그를 맞이했다. 죄수의 시선이 민석 쪽으로 쏠렸다.
"누군가 했더니 대단하신 자작 각하시구먼."

죄수는 대뜸 빈정거렸다. 간수는 당황하며 그의 얼굴을 걷어찼다.

「이 자식이 어디서 함부로 입을 놀려!」

간수는 자신에게 불똥이 튈까 싶어 모진 발길질을 쏟아 냈다. 그러자 민석이 손을 들어 그만 하라는 신호를 보냈다. 뭇매가 멈추자 죄수는 입 안에 고인 피를 뱉었다. 매질에도 오기가 죽지 않았는지 그는 독한 눈으로 민석을 쏘아봤다.

"나를 아나?"

민석은 가만히 선 채로 그를 빤히 내려다봤다.

"조선 땅에서 독립운동하는 놈치고 네놈을 모르는 놈이 있겠나?"

적개심이 가득한 눈초리였다.

"그럼 진즉 죽이지 그랬어."

민석은 서글프게 웃었다. 상대는 그 뜻을 몰라 이맛살을 찌푸렸다.

"진즉 죽여 버리지……."

민석은 조용히 안으로 걸어 들어갔다. 혜림을 대면하기 위해서였다. 한 무리의 간수들이 그를 따라 분주히 움직였다. 그 중 하나는 자리에 남아 죄수를 향해 쉼 없는 발길질을 쏟아 냈다.

간수와 함께 들어서던 민석은 싸늘한 형무소의 공기에 입술을 꼭 깨물었다. 그는 그 스산함을 누르려 바삐 걸음을 옮겼다. 그러다 혜림의 옥사를 나서는 의사의 모습에 조용히 멈춰 섰다.

「상태가 어떤가?」

간수가 의사를 잡아 세웠다.

「그게…….」

의사는 선뜻 입을 열지 못했다. 민석은 대답을 강요하듯 쏘아봤다. 의사는 민석의 눈치를 살피며 겨우 말을 꺼냈다.

「임신 중입니다.」

「……임신?」

간수는 반사적으로 민석의 안색을 살폈다. 그의 얼굴에는 변화가 없었다.

「취조실로 옮겨.」

「네!」

민석은 뒤돌아 취조실 쪽으로 앞서 걸었다. 그의 등 뒤에서 혜림의 수인 번호를 외치는 간수의 목소리가 들려왔다. 민석은 그 소리로부터 도망치듯 바삐 걸었다. 그 바람에 고여 있던 눈물이 주르륵 쏟아졌다.

혜림을 기다리는 동안 민석은 휑한 취조실에 앉아 미동도 하지 않았다. 그는 그곳에 앉아 있는 내내 허울 좋은 제 신념을 원망했다. 조금만 견뎌 달라며 그녀의 희생을 강요한 지난 시간을 후회했다. 이루지도 못한 조선의 독립을 위해 희생된 수많은 목숨 앞에서 참회했다. 그러나 달라지는 것은 아무것도 없었다. 그의 앞에 놓인 것은 참담한 자학의 흔적뿐이었다.

그러는 사이 문이 열리고 혜림이 들어왔다. 그녀는 몰라보게 수척해져 있었다. 덕분에 가뜩이나 큰 눈이 훌쩍 더 커 보였다. 발그레하던 두 뺨은 생기를 잃었다. 맥없이 들어서던 혜림은 민석을 보자 옅은 미소를 보였다. 웃는 얼굴에는 눈물이 흘렀다. 간수는 거칠게 혜림을 의자에 꽂아 넣었다. 그 야박한 움직임에 민석의 눈가에 살기가 일렁였다.

"멋대로 굴더니 꼴좋군."

민석은 간수에게 향해야 할 분노를 엉뚱한 곳으로 쏟아 냈다. 사실 그것이 최선이기도 했다. 혜림은 희미한 미소를 지었다. 민석을 진정시키고 싶은 마음에서였다. 실은 반가움이 더 컸다.

"배후가 누구야?"

의례적인 질문이었다. 그러나 민석은 그 구태의연한 물음에 실낱같은 희망을 걸었다. 혹시라도 혜림의 입에서 그녀 자신을 구출할 수 있는 엉뚱한 이름이 튀어나와 주길 바라는 마음에서였다. 하지만 그의 삶이 언제나 그러했듯 기적 같은 건 일어나지 않았다.

"그런 거 없어."

"서혜림!"

"내가 남의 말 듣는 사람 아니라는 거, 민석 씨가 더 잘 알잖아."

그 순간 간수 하나가 그녀의 뺨을 몰아쳤다. 앙상한 혜림의 어깨가 맥없이 휘청거렸다.

「이런 건방진 년! 어디서 감히 각하의 이름을 함부로 올려!」

매서운 손놀림에 그녀의 입술에서 피가 흘러나왔다. 순간 민석의 눈이 분노로 발갛게 달아올랐다. 혜림은 그의 동요를 느끼며 눈짓을 보냈다. 만류의 의미였다.

"그날 분명히 말했지. 그 무대에 한 발자국이라도 남기면…… 너와 나의 사적인 관계는 끝이라고."

민석은 이를 악물며 제 말을 이었다. 무슨 말이라도 끌어내지 않으면 눈앞에 있는 간수의 숨통을 끊어 놓을지도 모를 일이었다.

"그래, 기억해."

담담한 대답이었다.

"내가 널 구할 거라는 기대 같은 건 버리는 게 좋을 거야. 모든 건 네가 자초한 일이니까."

민석은 야멸치게 독설을 쏟아 내고는 벌떡 일어섰다. 더 이상 그녀의 참담한 얼굴을 마주하고 있을 자신이 없었다. 그는 매정하게 돌아섰다. 그러나 오들오들 떨고 있는 혜림의 맨발이 자꾸만 그의 시선을 잡아챘다. 파랗게 질린 앙상한 발등은 추위 탓인지 핏발이 서 있었다. 연못 위의 백조처럼 무대를 날아오르던 발이었다. 봄날의 참새처럼 바지런히 재잘대던 발이었다. 하지만 지금은 흙먼지에 내던져진 채 제 주인의 공포를 대변하고 있었다. 그 처연한 현실에 민석은 가슴이 미어졌다.
「문 앞에서 기다리고 있어.」
민석은 간수들에게 지시했다. 상대는 갸우뚱하며 미동도 하지 않았다.
「내 말이 안 들리나?」
「네!」
간수들은 마지못해 자리를 비워 줬다.
굳은 철문이 닫히자 민석은 뚜벅뚜벅 걸어 혜림 앞에 섰다.
"말랐네."
혜림은 미소로 그를 올려다봤다. 민석은 말없이 그녀 앞에 꿇어앉았다. 그리고 가만히 혜림의 두 발을 손에 꼭 쥐었다. 그의 손바닥에 그녀의 냉기가 맞닿았다. 민석은 심장을 조여 오는 싸늘함에 입술을 발발 떨었다. 그는 그 입술에 가만히 그녀의 발을 가져갔다. 그러고는 더운 입김으로 그녀의 언 발을 녹였다. 혜림은 고요한 미소로 그의 머리를 가만히 쓰다듬었다. 머리칼을 헤집는 그녀의 자취에 민석의 눈에서 눈물이 왈칵 쏟아졌다. 그는 그녀의 발 위로 떨어지는 제 눈물을 조심스레 닦아 냈다.
"……바보. 그냥 가지."
혜림의 눈에서 쉼 없이 눈물이 흘러내렸다. 민석은 깡마른 엄지를 들어 그녀의 눈물을 거둬 갔다. 그러고는 말없이 그녀의 손에 수건을 쥐어 줬다. 수건은 묵직했다. 혜림은 가만히 손수건을 들췄다. 눈에 익은 시계가 모습을 드러냈다. 그와 그녀의 연을 이어 줬던 시계였다.
"나 괜찮아. 이제 혼자가 아니니까."
혜림은 끝까지 미소를 잃지 않았다. 그녀가 보일 수 있는 유일한 허세였다. 민석은 그 웃음을 뒤로 한 채 밖으로 나섰다. 문이 왈칵 열리자 간수들이 흠칫 놀랐다. 행여나 하는 마음에 두 사람의 대화를 엿듣고 있던 탓이었다. 놀란 간수들은 긴장하며 기립했다.

「먹방으로 옮겨.」

「네?」

「12옥사 안에 있는 먹방으로 옮기라고.」

「거기는 특별범들만 수용한다는……」

먹방은 한 사람이 겨우 누울 수 있을 정도의 작은 독방이었다. 그곳은 사방이 쪽창 하나 없이 막힌 탓에 햇빛 한 줌조차 허락되지 않는 곳이었다. 먹방이라는 이름 또한 안에 들어앉아 있으면 마치 먹물처럼 깜깜하다 하여 붙은 이름이었다. 민석의 뜻하지 않은 지시에 간수들은 적잖이 놀라는 기색이었다.

「악질적인 여자야. 저렇게 입을 다물고 있으니 원하는 대로 해 줄 수밖에.」

「알겠습니다!」

「그리고 당분간 고문 금지야.」

민석은 혜림의 뺨을 쳤던 간수를 쏘아봤다. 매서운 눈초리에 상대는 당혹감을 감추지 못했다.

「네?」

「언론에 재판 일정이 공개됐어. 가혹 행위가 드러나서 좋을 게 없다는 얘기야. 배후나 정황에 대해선 내가 어떻게든 캘 거니까 나서지 마. 이건 명령이야.」

「하지만……」

상대는 떨떠름한 눈치였다. 민석은 감정적으로 그의 뺨을 후려쳤다. 분노의 가속을 담은 손끝이 채찍처럼 간수의 얼굴에 감겼다.

「너도 저 안에 처넣어 줄까?」

「아닙니다! 분부대로 하겠습니다.」

「명령 불복종이 발각되면 자넨 참수야. 명심하는 게 좋을 거야.」

민석은 담담히 으름장을 놓고 싸늘히 밖으로 나갔다.
「저 조센징 새끼가…….」
민석이 사라지자 뺨을 맞은 간수는 노골적으로 적개심을 드러냈다.

10

지은은 어두운 거실로 조심스레 들어섰다. 비썩 마른 혜상이 소파에 몸을 묻은 채 앉아 있었다. 지은은 조심스레 그에게로 걸음을 옮겼다.
"왜 안 주무세요?"
"그냥 잠이 안 오는구나."
"……아프세요?"
혜상은 미소로 끄덕였다. 그는 담담하게 제 안의 변화를 받아들이는 눈치였다.
"걱정 마세요. 아빠는 내가 살릴 거니까."
지은은 다부지게 입술을 깨물었다.
"아빠가 날 믿고 살아 주면…… 수영 언니, 엄마로 모실게요."
"죽겠다는 협박에 넘어가기라도 한 거냐?"
혜상은 짓궂게 웃었다.
"아니요. 사랑이라는 놈…… 그놈 참 보통 힘을 가진 놈이 아니구나……, 그런 생각이 들어서요."
"우리 딸이 또 한 뼘 커 버렸구나. 우리 작은 아가가."
혜상은 아련한 눈으로 제 딸을 지켜봤다. 몸만 훌쩍 컸지 아직 어린아이나 다름없는 딸이었다. 그런 그녀를 두고 땅에 묻힐 생각을 하니 새삼스레 가슴 한쪽이 아렸다. 그 순간 요란한 벨 소리가 두 사람의 시간에 끼어들었다. 전화를 받던 혜상의 얼굴에서 웃음이 걷혔다.

"그게 사실인가? 알았네."

그는 침통하게 전화를 끊었다.

"무슨 일이에요?"

지은이 걱정스레 물었다.

"서혜림이…… 임신 중이라는구나."

"네?"

지은은 적잖이 놀랐다.

"방금 학회 친구가 형무소에서 진료를 보고 나왔나 보더라."

혜상은 한숨을 토했다.

"어떻게 그런 일이……."

지은은 혜림보다 미유키에 대한 걱정이 앞섰다.

"참으로 가여운 일이구나. 서혜림도……, 각하도……."

혜상은 한숨을 쉬었다.

"서혜림은 그런 공연을 하고 잡혀갔으니 그렇다 쳐도 아빠는 정민석이 불쌍해요?"

지은은 이해할 수 없다는 표정이었다.

"분명 민석이 아이일 텐데, 너는 가엾지 않니?"

혜상이 되물었다.

"그 사람, 공연장에서 서혜림을 쏘려고 했다면서요. 게다가 미유키 상한테 하는 거 보면 정말 피도 눈물도 없는 사람 같아요."

지은은 분한 기색을 감추지 못했다.

"이 비정한 세상이……, 그 아이에게서 피도 눈물도 거둬 간 거지. 그 아이도 갖고 싶었을 거다. 심장의 말대로 따를 수 있는 더운 피 말이다."

혜상은 진심으로 민석을 연민했다. 지은은 그런 혜상을 이해할 수 없었다.

11

무영은 멍한 눈으로 터덜터덜 대장간으로 들어섰다. 명철은 맥없는 눈으로 일을 하고 있다가 무영을 보더니 죄지은 사람처럼 자리를 피했다.
"뭐야?"
무영이 명철의 어깨를 잡아챘다.
"……뭐가?"
명철이 떨떠름하게 답했다.
"저번부터 왜 슬금슬금 피하냐고."
"허튼소리 마."
명철은 황급히 걸음을 옮겼다. 하지만 무영은 집요하게 따라붙었다. 그러자 명철은 내쳐 달렸다. 무영은 무서운 기세로 질주해 그의 앞을 가로막은 후 거침없는 주먹으로 기선 제압에 나섰다. 명철은 짐짝처럼 나뒹굴었다.
"말해. 너 뭐야?"
압도적인 기세에 명철은 저도 모르게 울음을 터뜨렸다.
"뭐냐고, 이 자식아."
무영은 명철의 멱살을 잡아 그를 일으켜 세웠다.
"더 이상은…… 더 이상은 못 담아 두겠어……."
명철은 오열했다. 무영은 심상치 않은 눈길로 그런 그를 바라봤다.
"한길주, 최승민, 이무영……. 너희 이름 발설한 게 나야."
뜻하지 않은 고백이었다. 무영은 둔기로 머리를 맞은 것 같은 충격을 느꼈다.
"너희 암호인 1535, 너희 정체, 마모루라는 작자가 다 알고 있어."
명철은 무릎을 꿇고 무영의 발아래 머리를 조아렸다.
"잘 알잖아. 난 독립운동 같은 거 몰라. 동생들을 죽인다고…… 날 생체 실험용으로 쓰겠다고…….."

명철은 차마 말을 잇지 못했다.

"그만 해."

"나도 너희 밀고하고 싶지 않았어……. 나도……."

"그만 하라고, 이 자식아!"

무영은 다시 주먹을 날리려 그를 잡아 세웠다. 원망은 아니었다. 그의 의지가 버틸 수 없는 상황이었다는 걸 무영 역시 알고 있던 까닭이었다. 그러나 지금은 누군가를 두들겨 패지 않으면 견딜 수 없을 것 같았다. 하지만 무영은 명철을 치지 않았다. 자신을 바라보며 비죽 웃고 있는 하야토 때문이었다. 그는 전통적인 일본의 복식을 갖추고 있었다. 사람들의 시선을 의식한 무영은 스르르 명철의 멱살을 놓으며 하야토를 따라나섰다. 명철은 멍한 눈으로 그런 무영의 뒷모습을 바라봤다.

"저 자식 뭐야……. 왜…… 일본놈을 따라가……?"

명철은 의아한 기색으로 바닥에서 일어섰다. 굳이 납득할 생각은 없었다. 어차피 그가 이해하고 이해하지 않고는 중요한 일이 아니었다. 다만 그의 관심은 가책에서 벗어나는 것과 이후에 종호에게 미칠 영향에 쏠려 있었다. 그는 이렇게 된 바에야 더 이상 종호에게 누가 되지는 말아야겠다는 생각이 들었다. 아사 직전이었던 자신과 동생들을 거둬 준 은인이었다. 그런 그에게 신세를 갚는 일은 자신이 아는 바를 그대로 고하는 것일 터였다. 명철은 그길로 방에 들어가 장문의 편지를 써내려 갔다.

자신이 한일단의 실체에 대해 알게 된 경위와 총독부에 끌려간 일들을 낱낱이 적었다. 감히 용서를 구하는 대신 경성을 떠나 독립운동에 밑거름이 되어 죄를 갚아 가겠다는 다짐도 덧붙였다. 그는 조심스레 편지를 접어 봉투에 넣었다. 그러다 다시 내용물을 꺼내 들었다. 아무래도 하야토를 따라나선 무영의 모습이 찜찜하게 남았던 까닭이었다. 명철은 편지 말미에 이 사실에 대해 적어 넣었다. 사건은 없는 내용이었다.
 명철은 종호의 방으로 향했다. 그의 방은 불이 꺼져 있었다. 외출이라도 한 모양이었다. 명철은 종호의 방을 향해 큰절을 했다.
 "어르신 죄송합니다. 제가 어르신의 은혜를 갚을 길은 이거밖에 안 남은 것 같습니다. 부디 만수무강하십시오."
 그는 편지를 방으로 밀어넣고 마당을 나섰다.

12

 민석과 종호는 지하 통로에 앉아 수찬과 홍연을 기다리고 있었다. 어쨌거나 남은 일을 도모해야 하기 때문이었다.
 "한일단을 어르신께 맡기겠습니다."
 민석이 무표정한 얼굴로 입을 열었다.
 "그게…… 무슨 뜻인가?"
 종호는 당혹감에 젖었다.
 "저는 빠지겠다는 뜻입니다."
 단호한 말투에는 결코 굽힐 수 없는 결심이 묻어났다.
 "민석아!"
 종호가 다급하게 그의 이름을 불렀다. 무슨 수를 써서라도 그의 마음을 돌려야겠다는 생각에서였다.
 "제가 한일단의 책임자 맞습니까?"
 싸늘한 물음이 돌아왔다.
 "최승민의 일도, 이번 혜림이 일도 다 저에겐 쉬쉬하며 벌어진 일입니다! 조직원들이 저를 신뢰하지 않고 멋대로 구는데 왜 모든 건 제가 감당해야 합니까?"

종호는 한숨을 쉬었다. 입이 열 개라도 답할 말이 없는 상황이었다.

"한길주! 이수찬! 박영수! 이무영! 이자들이 벌여 놓은 일의 결과가 뭡니까? 저는…… 최승민을 죽이고……, 혜림이를 겨누고……, 이젠……, 이제는…… 제 손으로 그 아이를……."

결국 민석은 눈물을 쏟아 냈다. 종호는 조용히 그를 토닥였다.

"그래. 미안하다……. 매번 너 혼자 감당해야 했지……. 정말 미안하구나……."

민석은 그간의 슬픔을 모두 녹여 내며 오열했다. 북받치는 설움에 마른 어깨가 흔들렸다. 멈출 것 같지 않은 울부짖음이 지하에 울려 퍼졌다. 맞은편에서 걸어오던 수찬과 홍연은 차마 걸음을 떼지 못한 채 굳어 서 있었다.

"민석아……."

수찬은 미안함에 말끝을 흐렸다. 두 사람을 발견한 민석은 삽시간에 제 눈물을 지웠다.

"……미안해."

가감 없는 사과였다.

"입 다물어."

민석은 매몰차게 그의 말을 자르며 눈물을 삼켰다.

"작전 회의야. 다른 말 하지 마."

말은 그렇게 했지만 울음 끝이라 목은 반쯤 잠겨 있었다. 수찬은 무안함에 조용히 제 자리를 찾았다. 홍연 역시 그 옆에 앉았다.

"광복군 쪽에서 연락이 왔다. 대규모 진격 작전을 짠 모양이야."

종호는 그들이 자리를 잡고 난 뒤 지도를 펼쳐 들었다.

"진격 작전요?"

수찬이 물었다.

"작전 내용은 아직 미정이야. 하지만 대략적인 방향은 좁혀졌어. 광복군이 중국에서부터 남하하면 잠복해 있던 미국 잠수함이 올라와 협공으로 치는 방법. 다른 하나는 현재 샌프란시스코 카탈리나 섬에서 훈련받고 있는 조선인 비밀 군사들을 이용해 공중에서 침투하는 작전이야. 미국 전략 사무국과 광복군의 연합 작전이지."

민석이 설명을 대신 했다.

"그럼 우리가 할 일은 뭐야?"

"크게 달라질 건 없어. 제작하고 있는 우리 군의 무기를 현재 훈련이 진행 중인 시안과 푸양에 보급하면 되는 거야."

수찬은 고개를 끄덕였다.

"앞으로 이 작전, 네가 책임졌으면 좋겠다."

민석은 조용히 지령을 내렸다. 경건함마저 느껴지는 당부였다.

"그게 무슨 소리야?"

수찬은 당혹감을 느꼈다.

"나는 다른 일을 좀 해야 할 것 같아서."

뜻하지 않은 돌발 선언에 수찬은 얼떨떨했다.

"박영수가 똘똘하니 별 문제 없을 거야. 어르신도 계시고."

종호를 염두에 둔 말이었다.

"넌 뭘 할 건데?"

수찬은 만류하는 대신 그의 의중부터 확인했다.

"이 전쟁, 한두 가지 방법으로 미련하게 밀어붙인다고 끝낼 수 있는 게 아니야. 그러니 할 수 있는 건 뭐든 다 해 봐야지."

"그래서?"

"어쨌거나 이 일은 네가 맡아. 원래 보급로를 공표하던 것도 너였으니까."

수찬은 선선히 그의 뜻을 받아들였다. 민석의 기세로 보아 쉽게 꺾을 걸심이 아니라는 것쯤은 본능적으로 감지할 수 있었다.
 "박영수, 한길주는 지금까지처럼 무기 제작과 보급 담당이야. 그리고 이무영은…… 방출이야. 그러니까 누구든지 이무영 만나면 지도 회수해. 평양 쪽엔 내가 연락할 거야."
 수찬은 긍정했다. 충분히 예상 가능한 일이었다. 오히려 그간의 사고들을 종합해 보면 민석이 너무 오랜 시간 그를 비호해 왔다고 해도 과언이 아니었다.
 "이무영이 쥐고 있는 건 두 개야. 기본 무기 경로랑 주요 관공서의 폭탄 설치 위치가 표시된 것."
 수찬은 한숨을 쉬었다. 머리로는 이해가 가능한 일이나 무영 역시 친구였다. 민석은 인정할 수 없을지라도 그 자신에게는 그랬다.
 "만일 회수 과정에서 필요하다면…… 제거해도 좋아."

13

 미유키의 복잡한 눈길이 호텔 창밖에 닿았다. 그녀는 유리 너머로 펼쳐진 경성의 모습을 살폈다. 한때는 자신의 안식처가 될지도 모른다는 헛된 꿈을 심어 주던 땅이었다. 그러나 지금의 그녀에게는 회복할 수 없는 모멸감과 상처만 남겨 준 비정한 곳이었다. 하지만 괜찮았다. 적어도 일본에 있을 때보다는 나았다. 어쨌거나 지금은 자신이 무엇을 원하는지 명확히 알 수 있었으니 말이다. 누군가의 삶을 위해 자신이 거름이 되는 일만은 더 이상 하지 않을 터였다. 무엇보다도 지금 그녀의 배 속에는 사랑하는 사람의 아이가 자라고 있었다. 그거면 다 좋다고 생각했다. 그때였다. 문 밖에서 인기척이 나고 무영이 들어섰다.
 「얼굴 보기 정말 힘드네요.」

미유키는 미소로 그를 맞았다.

「괜찮은 거야?」

미유키는 빤히 무영의 얼굴을 살폈다.

「정민석이…… 다 알아 버려서…….」

그는 진심으로 걱정하고 있었다. 미유키는 그의 서툰 감정 표현에 더할 수 없는 감동을 느꼈다.

「그 사람…… 당장은 어쩌지 못할 거예요. 세상이 이 아이를 정민석의 아이라고 알고 있으니까.」

마음의 동요와 달리 목소리는 담담하기 짝이 없었다.

「서혜림을…… 그 자식에게 돌려줬어야 했는데.」

무영이 무겁게 입을 열었다.

「자책할 거 없어요. 그 두 사람은 그저 죗값을 치르는 것뿐이니까.」

미유키는 싸하게 웃으며 상자를 내밀었다. 유골함이었다.

「미안해요. 조금 더 일찍 찾았더라면 두 분, 살아 계신 모습으로 돌아올 수 있었을 텐데…….」

무영은 믿기지 않는 얼굴로 유골함에 적힌 제 부모의 이름을 보듬었다. 그의 입술이 감당할 수 없는 슬픔으로 가만히 떨려 왔다. 미유키는 조용히 그를 끌어안았다.

「이제라도 편하게 모셔요.」

무영은 나약한 어깨를 그녀에게 맡겼다. 그녀는 아이를 어르듯 가만히 그를 토닥였다.

「이제 우리 더 이상은 잃지 말아요. 우리에게 소중한 사람들…… 당신과 나, 그리고 이 아이. 서로 놓지 말고 지켜 주기로 해요.」

미유키는 모질게 제 입술을 깨물었다. 이제 더 이상은 주저할 까닭이 없었다. 그녀는 무영에게 제 어깨를 내어 준 채 창밖으로 시선을 돌렸다. 폭포

수 같은 빗방울이 창가에 쏟아져 내리고 있었다. 그녀는 후드득 쏟아지는 빗소리에 취해 눈을 감았다. 그러자 다급하게 달음질하는 그의 심박동이 느껴졌다. 그녀는 가만히 그의 심장에 제 손을 가져갔다. 순간 그의 어깨가 긴장으로 굳어졌다.

「당신도…… 내가 싫은 건가요?」

「…….」

「그렇겠죠……. 당신의 인생을 이렇게 난도질해 버린 일본인의 피를 가진 사람이니까요.」

미유키는 진심으로 이해했다. 그러나 마음 한쪽에서는 그가 다른 답을 내어 주기를 기대했다.

「그런 게 아니야.」

무영이 무겁게 입을 열었다. 그는 몸을 일으켜 미유키를 마주 봤다. 그의 고요한 눈이 그녀의 심장을 헤집었다.

「그냥…… 알 수가 없어서.」

「뭐가요?」

「당신과 나…… 이래도 되는 건가…….」

「…….」

「조선의 독립을 위해 움직이는 내가 당신과 이러는 게 가당키나 한 일인가. 내가 이러는 게…… 나라를 팔아먹고, 동지를 배신하고, 내가 지키지 못했던 그 사람들에게 죄를 짓는 일이 아닌가……」

그의 자책이 그녀의 마음을 무겁게 짓눌렀다. 그녀는 자신을 향한 죄책감의 무게가 버거워 그의 말을 잘랐다.

「나에게 그랬죠. 누군가의 증오를 견뎌 가며 지키고 싶은 사람이 있느냐고.」

미유키는 무영의 얼굴을 빤히 봤다.

「나에겐 당신이 그래요. 이 아이가 그렇고.」

「……..」

「당신에게도 나와 이 아이가 그런 존재였으면 좋겠어요.」

미유키는 조용히 그의 품 속으로 파고들었다. 그녀의 더운 숨결이 그의 목덜미에 닿았다. 무영은 취기에 느끼지 못했던 나른한 행복감에 젖어들었다. 그 순간 그는 제 자신에게 조금쯤은 관대해질 수 있지 않을까 생각했다. 독립군이기 이전에, 조선인이기 이전에, 그는 사람이요, 사내였다. 그녀가 일본인이기 이전에 그의 여자였던 것처럼.

얼마 지나지 않아 무영은 잠이 들었다. 지친 기색이었다. 미유키는 조심히 무영의 머리를 쓸어 주다 가만히 일어섰다. 그녀는 무영이 벗어 둔 옷을 뒤지기 시작했다. 무영은 몇 번이나 뒤척였지만 잠에서 깨어나지는 않았다. 미유키는 그의 옷 속에서 서너 장의 종이를 찾았다. 조심스럽게 종이를 펼치는 미유키의 시선이 가만히 떨렸다. 종이의 정체는 두 장의 지도와 한일단의 계보였다. 그녀는 상상 외의 수확이 흡족해 미소를 지으며 고이 종이를 접었다. 그러다 이상한 기분에 다시 종이를 펼쳐 들었다. 그러자 종이 맨 아랫줄에 무영이 적어 둔 글귀가 보였다. 미유키는 몇 번이나 제 눈을 의심하며 그 문장을 읽었다. 놀라움으로 커진 그녀의 눈에 어느새 살기가 스쳤다.

「한일단 단장……, 중추원 부의장 정민석…….」

도주

1

　무영은 유골함에서 골분을 꺼내 강에 뿌렸다. 그는 눈을 감고 지켜 내지 못한 제 부모를 애도했다. 미유키는 그의 곁에 선 채 강바람을 맞고 있었다. 그녀는 제 안에 움튼 연민과 죄책감 사이에서 방황했다. 그 사이 유골함을 비운 무영은 스르륵 강둑에 주저앉았다.

　「어제 밤새 비가 오더니 강이 많이 불었네요.」

　미유키는 날씨 이야기를 꺼냈다. 화제를 돌릴 요량이었다. 그러자 무영의 표정이 일순 멍해졌다.

　「비가…… 왔었어……?」

　무영은 믿을 수 없다는 듯 중얼댔다. 미유키는 그런 그를 의아하게 봤다.

　「비가…… 왔었구나.」

　무영은 서글프게 웃었다.

「왜 그래요?」

미유키는 호기심을 누르지 못한 채 그의 답을 기다렸다. 어느 때부터인가 그녀는 그의 일거수일투족을 하나도 놓치고 싶지 않아 전전긍긍했다. 하야토가 성실히 제 본분을 다하고 있었지만 그의 보고만으로는 성이 차지 않았다. 더군다나 하야토가 전하는 그의 일상이란 껍데기에 불과했다. 미유키는 이무영이라는 존재가 온전히 자신의 것이기를 바랐다.

「나, 그 아이를 정말 보낸 건가 봐. 비가 오면…… 도저히 잘 수가 없었는데…….」

미유키는 직감적으로 그가 말하는 이가 옛 연인임을 알아챘다. 그녀는 조용히 입을 다물었다. 연민과 질투 중 어느 쪽에 무게를 주어야 할지 알 수 없는 까닭이었다.

「이제 어쩔 셈이에요?」

망연히 강가를 보던 미유키가 다시 화제를 돌렸다.

「뭘?」

「당신과 나. 조선과 일본.」

수진과의 추억을 상쇄할 만큼 무거운 주제였다. 미유키는 자연스레 이야기의 중심을 자신에게로 몰아갔다.

「당신은 이 땅이 자유롭길 바라나요?」

새삼스러운 질문이었다.

「당신은 바라지 않는다는 건가?」

무영은 행간에 숨겨진 의미를 용케 찾았다.

「사실 난 나랏일에는 관심 없어요. 다만…… 어느 땅에 발을 디뎌야 우리가 잘 살 수 있을까, 생각했었죠.」

「그래서?」

「난 조선이 영원히 지금 상태로 있길 원해요.」

무영은 이맛살을 찌푸렸다. 그는 그제야 스스로의 과실을 깨달았다. 사실 무영의 머릿속에는 오로지 복수를 위해 이 땅을 해방시킬 수도 있다는 미유키의 각오만이 남아 있었다. 그러나 목적을 이루기 위한 방법은 어느 때고 바뀔 수 있음을 간과했던 것이 사실이었다. 만일 조선의 독립이 그녀의 목적에 저해가 된다면 미유키는 언제라도 일본의 편에 설 수 있는 인물이었다. 그것도 상상을 넘어서는 막강한 힘을 지닌 정적으로 말이다.

「조선이 해방되면 난 이곳에서 살 수 없어요. 당신도 일본으로 갈 수 없겠죠. 그래서 내린 결론은…… 이 땅이 영원히 이 상태로 얼어 버리는 거예요.」

「바보 같은 소리 하지 마.」

무영은 다급하게 그녀의 말을 막았다.

「지금 이 땅에서 너와 난, 아무도 허락하지 않는 존재야.」

「그건 어느 곳이나 마찬가지예요.」

미유키는 지그시 입술을 깨물었다.

「하지만 이젠 누구의 허락 같은 것도 원치 않아요. 내가 원하는 대로 살아갈 테니까.」

미유키는 조용히 그의 품에 안겨 왔다. 순간 어디선가 찰각거리는 카메라 셔터음이 울렸다. 그러나 미유키와 무영은 그 사실을 알아채지 못했다. 각자의 혼란을 잠재우느라 분주했던 탓이었다.

2

정원에 들어서던 하야토는 지하 창고에서 나오는 민석과 마주쳤다. 민석은 태연히 정원으로 올라섰다. 하야토는 허리를 숙여 정중히 인사를 건넸다.

「미유키는?」

「외출 중이십니다.」

「외출이라…….」

민석은 피식 웃었다.

「찾으시는 게 있으십니까?」

하야토는 수상쩍은 눈길로 지하실 쪽을 살폈다. 사실 그가 의구심을 품는 것도 무리는 아니었다. 지하에 보관할 만큼 자주 손이 가지 않는 물건이라면 관리인들에게 심부름을 시켜도 될 법한 일이었다. 그럼에도 불구하고 민석이 굳이 스스로 지하실을 드나든다는 것은 그의 호기심을 자극하기에 충분한 일이었다.

「자네는 확실히 무사답군.」

하야토는 민석의 의중을 몰라 긴장했다.

「머리는 쓸 줄 모르는 하급 무사.」

민석은 내키는 대로 비아냥거렸다.

「상대에게 캐고 싶은 게 있으면 자신부터 숨겨. 특히 숨겨야 할 것부터 제대로 말이야. 자신 없으면 캐지를 말든가. 역으로 당하는 수가 있으니까.」

민석은 부드러운 협박을 뒤로 하고 자리를 떠났다. 하야토는 모멸감에 주먹을 부르르 떨었다. 분명 저런 칼날 같은 독설로 미유키의 마음을 후벼 파 왔을 터였다. 하야토는 무슨 일이 있어도 자신의 손으로 민석의 등에 칼을 꽂아 넣겠노라고 결심했다.

하야토의 비장함과는 상관없이 민석은 바지런히 중추원으로 향했다. 수찬과 만나기 위해서였다. 평소라면 사담을 나누기에 적합지 않은 장소였지만 자정이 가까워 오는 시간에는 요긴한 곳이기도 했다. 그때까지 중추원에 남아 업무를 보는 이는 없으니 말이다. 더군다나 공무를 위해 밤을 지새운다 해도 의심할 이는 아무도 없었다. 수년 동안 그곳에서 야근을 불사하던 유일한 인물이 민석이었기 때문이었다. 민석이 집무실에 들어서자 이미 와 있던 수찬이 그를 맞았다.

"너 기자들하고 친하지?"

민석은 자리에 앉을 여유도 없이 용건부터 꺼냈다.

"갑자기 왜?"

"믿을 만한 기자 있어?"

"믿을 만하다는 기준이 뭔데?"

수찬이 반문했다.

"정치에 능하고, 공명심 있는 기자."

명료한 기준이었다.

"뭘 하려는 거야?"

수찬은 재차 그의 의도를 물었다.

"혜림이…… 아기가 생겼대."

민석의 눈빛이 깊어졌다.

"……뭐?"

"오래 버티지 못할 거야."

수찬은 충격에 정신이 멍해졌다.

"우선 시간을 벌어야 해. 저대로 두면 무슨 짓을 당할지 알 수가 없으니까."

민석은 전에 없이 초조한 기색이었다.

"기자를 붙여 주면 방법이 있어?"

"혜림이, 공인이야. 더군다나 아기를 가졌다는 사실까지 알려지면 함부로 대하지 못할 거야. 보는 눈이 많아지는 거니까. 재판하는 날까지 버티게 해야지. 아무 일 없게."

"그렇게 해서 버티다가 어쩌겠다고?"

"말했잖아. 시간을 버는 거라고."

민석은 지그시 입술을 깨물었다.

"혜림이 빼낼 거야. 그걸 위해서…… 너한테 남은 일을 부탁했던 거고."

"너……."

"나…… 그러면 안 되는 거야?"

민석이 무겁게 물음을 던져 왔다. 짧지만 절박한 질문이었다.

"한 번만 날 위해서……, 내가 지키고 싶은 사람을 위해서 살면 안 되는 거야?"

3

"네, 알겠습니다."

수화기를 내려놓는 영수의 얼굴에 그림자가 졌다.

"무슨 일이야?"

세수를 하고 나오던 길주는 무슨 일인가 싶어 그의 안색을 살폈다. 길주는 최근 들어 부쩍 의기소침해졌다. 승민의 죽음 이후 더욱 그랬다. 그는 주변의 기색이 조금만 여느 때와 달라도 긴장하고 나섰다. 승민으로 인한 가슴앓이의 후유증이었다.

"이무영……, 한일단에서 축출됐어."

영수는 최대한 침착하게 민석의 뜻을 전했다. 혹여 제 감정이라도 섞여 들었다가는 엉뚱한 오해로 번질 수 있다는 판단에서였다.

"이무영 찾아내서 발견 즉시 지도 회수하라는 명령이야. 필요하다면…… 제거해도 좋대."

영수는 '제거'라는 단어를 되뇌며 쓴 침을 삼켰다. 입에 올리는 것만으로도 무영의 죽음이 가까워지는 느낌이었다. 길주는 성질이 치미는지 짜증스레 수건을 던졌다.

"그 자식 그거 그럴 줄 알았어. 제멋대로 굴더니. 진즉 죽었어야 할 놈은 이무영이었는데."

길주는 마음에도 없는 소리를 내뱉었다.

"그 자식, 내 손으로 잡으러 간다."

길주는 분이 안 풀리는지 거세게 문을 닫고 나갔다. 영수는 그를 잡지 않았다. 그의 성격을 익히 아는 까닭이었다. 어쩌면 길주는 그런 생각을 하고 있을지도 몰랐다. 만일 피치 못할 상황에 몰려 무영의 목숨을 거둬야 한다면 절대로 다른 이의 손을 빌리고 싶지 않다는 생각을.

4

천장이 높은 형무소는 유난히 휑해 보였다. 수찬과 김 기자의 무거운 발걸음 사이로 알 수 없는 비명 소리가 섞여 들었다. 누구의 것인지, 어디서 오는지조차 가늠할 수 없는 절규였다. 간수의 뒤를 따라 걷던 수찬은 저도 모르게 옷깃을 여몄다. 까닭 모를 한기가 자꾸만 파고드는 것 같은 기분 때문이었다. 그러다 그는 낯익은 흥얼거림에 걸음을 멈췄다. 혜림의 노랫소리였다. 수찬은 소리의 뿌리를 찾아 사방을 둘러봤다. 소리는 멀지 않은 곳에서 새어 나오고 있었다. 그러나 간수는 퉁명스러운 눈길로 그들을 면회실로 몰아넣었다. 귓가에 맴도는 애달픈 음성은 다시 멀어졌다. 김 기자가 면회실에 앉아 있는 동안에도 수찬은 하릴없이 서성였다. 조바심이 나서 도저히 앉아 있을 수가 없었다.

끼이익……

날 선 쇳소리와 함께 문이 열렸다. 비썩 마른 얼굴에 자리 잡은 퀭한 눈이 수찬을 응시했다. 낯선 이목구비가 그를 향해 웃었다. 그제야 익숙한 혜림의 얼굴이 보였다. 수찬은 저도 모르게 그녀를 외면했다. 마주하는 것만으로도 참담함이 느껴지는 몰골이었다.
"처음 뵙겠습니다. 경성일보의 김성민입니다."
김 기자가 먼저 인사를 청했다.
"서혜림입니다."
혜림은 가볍게 목례를 전했다.
"앉으시죠."
혜림이 자리에 앉자 김 기자는 간수의 손에 돈을 쥐어 주며 눈짓했다. 간수는 예정된 수순인 듯 조용히 밖으로 나갔다.
"고생이 많습니다."
김 기자가 의례적인 말을 건넸다. 심중에 없는 말은 아니었다. 그녀의 참담한 몰골을 보니 그 역시 마음이 좋지 않았다. 하지만 어쨌거나 그는 일 때문에 이 자리에 와 있으니 냉정을 찾아야 했다.
"미리 들으셨겠지만 저는 취재를 위해서 왔습니다. 다시 말해 이 자리에서 하시는 말씀은 기사화되어 나간다는 뜻입니다."
"알고 있습니다."
혜림은 희미한 미소를 보였다. 김 기자는 필기를 시작했다.
"항일운동의 정신을 담은 공연을 한 혐의로 수감 중이신 걸로 알고 있습니다. 혐의를 인정하십니까?"
"공연의 취지는 맞지만 범죄라고 생각하진 않습니다."
명료한 대답이었다.
"공연을 기획하신 동기가 궁금합니다."
"당당해야 할 것 같았어요."
"……네?"
"두 사람이 다 매국노라 손가락질받으면…… 우린 가망이 없는 거니까요."

담담한 어조였다.

"정민석 자작을 변호하고 싶으셨던 겁니까?"

혜림은 조용히 고개를 끄덕였다.

"물론 그런 공연을 세웠다고 해서 그 사람이 지은 죄를 사라지게 할 순 없겠죠. 그건 제 자신 또한 마찬가지라고 생각합니다."

"그런데요?"

"다만 변명이라도 할 수 있는 자격을…… 갖고 싶었어요. 그 사람의 진짜 얼굴은 그런 게 아니라고……."

"정민석 자작이 그럴 만한 가치가 있는 사람입니까?"

기자는 전에 없이 날을 세웠다.

"물론입니다."

망설임 없는 대답에 기자는 어깨를 으쓱했다. 마뜩잖은 얼굴이었다.

"그렇다면 지금까지 정민석 자작이 보여 준 정치 행보에 대해 어떻게 생각하십니까?"

기자는 다시 평상심을 찾으려 주제를 환기했다.

"누군가는 조선 땅이 일본으로부터 독립되어야 한다고 생각하지만, 일본의 힘을 빌어야 조선의 힘이 커진다고 믿는 사람들도 있습니다. 저는 지금까지 자작 각하께서 일본의 힘을 빌어 조선을 키워 가고 싶어한다고 생각해 왔습니다. 그런데……."

혜림은 말끝을 흐렸다.

"그런데 아니었다는 겁니까?"

"네, 제가 잘못 생각해 왔더군요."

김 기자는 그 말의 의미를 몰라 고개를 갸웃거렸다. 그러자 혜림은 의미심장한 눈길로 수찬과 시선을 주고받았다.

"전 그 사실을 공연이 끝난 뒤에야 알았습니다."

5

미유키는 심각한 얼굴로 앉아 있었다. 면회실로 들어서던 마모루는 그런 미유키의 얼굴을 보며 회심의 미소를 지었다.
「귀한 분께서 납시셨군요.」
「여기도 지낼 만하신가 보네요. 이렇게 여유로우신 걸 보니.」
빈정거림에 어울리는 화답이었다.
「뭔가 찾아내신 겁니까?」
마모루는 눈빛을 빛냈다.
「성격이 급하군요.」
미유키는 애써 뜸을 들였다.
「찾아내신 모양이군요.」
상대가 비식 웃었다.
「내가 그쪽을 도와주면 당신은 날 위해 뭘 해 줄 수 있죠?」
미유키는 마지막 순간까지도 망설였다. 솔직히 마모루는 믿을 수 있는 상대가 아니었다. 하지만 혹시나 하는 기대에 모든 것을 내던질 만큼 미유키는 충분히 절박했다.
「자유를 드리죠.」
마모루는 득의양양하게 웃었다. 열쇠를 쥐고 있는 것은 미유키 쪽이었음에도 어쩐지 주객이 전도된 느낌이었다.
「만일 정민석이 한일단의 배후로 지목된다면, 그리고 그게 사실이라고 드러난다면, 미유키 상이 더 이상 조선 땅에 머물 이유가 없어집니다. 어디든 원하는 곳으로 갈 수 있죠. 조선도, 일본도 아닌 곳으로.」

「그런 선택은 지금도 할 수 있어요. 굳이 마모루 상의 도움이 아니라도.」

「과연 그럴까요? 출국 허가를 받기 쉽지 않을 텐데요. 더군다나 이무영과 함께라면 더더욱요.」

미유키는 그를 차갑게 쏘아봤다.

「배 속의 그 아이, 이무영의 아이 아닙니까?」

능청맞은 마모루의 시선이 미유키의 심중을 꿰뚫었다.

「총독 각하와 직접 이야기하는 편이 좋겠군요.」

그녀는 벌떡 일어섰다. 파랗게 질린 제 얼굴을 상대에게 들키고 싶지 않다는 생각에서였다.

「그렇게 쉬울까요?」

마모루의 비아냥거림이 그녀의 발목을 잡았다.

「총독께서 독립군과 당신의 사랑을 이해하실 거라 생각하는 건 아니겠죠?」

「……당신은 다른가요?」

「적어도 전 방해는 하지 않겠죠. 이해할 순 없겠지만.」

마모루는 어깨를 으쓱했다.

6

안주머니를 뒤지던 무영의 낯빛에서 핏기가 가셨다. 당황한 그는 제 옷을 훌훌 털어 사라진 문서를 찾았다. 그러나 애꿎은 주머니에서는 먼지 한 톨 나오지 않았다. 그는 믿을 수 없다는 기색으로 제 옷을 헤집었다. 물론 헛수고였다. 그는 그제야 지도에 손을 댄 범인이 미유키임을 알아차렸다. 무영은 경황없이 그녀의 집을 향해 달렸다. 미유키의 집 앞에 도착한 무영은 무턱대고 안으로 돌진했다. 그러자 입구를 지키던 경호원들이 그를 막아섰다.
「이 자식은 뭐야? 여기가 어디라고 함부로 굴어?」
무영은 다짜고짜 그들을 향해 주먹을 날렸다. 상대는 맥없이 바닥을 나뒹굴었다. 그들은 바닥에 쓰러진 채로 총을 꺼내 들었다. 그러자 하야토가 나서서 그들을 막아섰다.
「무슨 일입니까?」
하야토는 무표정한 얼굴로 무영에게 물었다. 생전 감정이라고는 내비치지 않을 것 같은 표정이었다.
「미유키 불러.」
무영은 간신히 분노를 누르고 있었다.
「뭔가 착각하시는군요. 아가씨는 당신이 원할 때 아무 때나 불러낼 수 있는 그런 분이 아닙니다.」
하야토는 그의 감정을 여지없이 비웃었다.
「미유키 데려와!」
무영은 이성을 잃고 악을 썼다. 그러자 하야토는 칼집으로 그의 급소를 쳤다. 무영은 복부를 움켜쥐며 그대로 고꾸라졌다.
「끌어내!」
하야토의 지시가 떨어지자 안쪽에서 10여 명의 경호원이 우르르 쏟아져 나왔다. 이들은 바닥에 쓰러진 무영을 모질게 구타하며 골목 밖으로 내쫓았다.
무영은 독기 어린 눈으로 입 안의 피를 뱉으며 다시 일어섰다. 무슨 수를 써서라도 안으로 들어설 참이었다. 그런 그의 앞을 낯익은 그림자가 막아섰다. 길주였다.
"형……?"
무영은 침침한 눈으로 상대를 확인했다. 그러자 다짜고짜 주먹이 날아들었다. 무영은 영문을 몰라 멍한 눈빛이었다.

"지도 내놔."

"……뭐?"

"한일단 지도 내놓으라고!"

길주가 소리를 질렀다. 엉망으로 꼬여 버린 모든 일에 울분이 솟는 모양이었다. 무영은 그런 길주를 외면했다. 돌려줄 마음도 없었지만 돌려줄 지도도 없었다.

"단장 명령 떨어졌어. 넌 축출이고, 지도는 회수하래."

길주가 참담한 듯 입을 열었다.

"……없어."

그는 면목이 없어 고개를 숙였다.

"뭐……?"

"사라졌어."

"이 새끼가 근데!"

길주가 멱살을 쥐었다. 그러자 공허한 무영의 눈길이 그의 시선에 맞닿았다.

"내가 찾아올게."

무영이 맥없는 다짐을 했다.

"뭐? 찾아와? 뭘! 어디서!"

길주는 헛웃음을 쳤다.

"누가 쥐고 있는지 알아. 그러니까…… 내가 찾아올게."

"혹시…… 그 일본 여자 손에 있는 거야?"

길주의 입에서 미유키의 존재가 부각되었다는 사실에 무영은 놀라움을 감추지 못했다.

"왜? 모를 줄 알았어? 장바닥에 그 여자랑 네 면상 박힌 신문이 쫙 깔렸는데 나만 모를 줄 알았냐고!"

　무영은 그제야 자신을 향한 길주의 적개심을 이해했다. 정황상 미유키와 자신의 관계가 언론에 노출되었음이 분명했다.

　"이 새끼! 여자 때문에……, 그것도 그딴 일본년 때문에 조직을 팔고 나라를 팔아?"

　길주는 무영을 향해 연거푸 주먹질을 해 댔다. 무영은 맥없이 맞고 서 있었다.

　"치고 싶으면 얼마든지 쳐. 하지만 지금 찾지 않으면 그 지도…… 어디로 갈지, 누구 손에 갈지 몰라."

　길주는 마지막 주먹을 몰아치려다 말고 답답한 듯 괴성을 내질렀다. 확실히 틀린 말은 아니었다.

　"……시간을 줘. 무슨 일이 있어도 내 손으로 찾아서 가져올게."

　무영은 어렵사리 입을 뗐다.

　"내가 널 뭘 보고 믿어? 어떻게 믿으라고!"

　"조선 땅은 내 어머니가, 내 아버지가……, 그리고…… 수진이가 잠든 곳이야."

　길주는 이래저래 화가 치미는지 연신 제 머리를 쥐어뜯었다.

　"그 땅이 피로 물드는 거 나도 원치 않아. 그러니까, 마지막으로 한 번만 날 믿어 줘. 믿든 안 믿든, 나 누구보다도 이 땅의 독립을 원해."

　무영은 간절하게 호소했다. 그러나 말을 뱉어 내는 동안에도 무영은 수없이 제 안의 감정을 확인하려 애썼다. 물론 그는 독립을 원했다. 하지만 '왜'라는 물음은 언제나 그의 속내에 자책의 뿌리를 내렸다. 가족과 수진에 대한 복수로 시작되었던 여정은 어느새 타인에 대한 속죄의 의미로 변질되어 가고 있었다. 고락을 함께했던 한일단을 배신하고, 조국을 위해 삶을 희생했던 민석의 계획을 수포로 돌리고, 민족의 적인 일본 화족을 사랑해 버린 제 과오에 대한 속죄. 그 모든 것이 무영이 해방에 집착하는 이유를 대신했다.

"이번이 마지막 기회야."

길주는 마지못해 그의 뜻을 받아들였다. 무영은 결연하게 고개를 끄덕였다.

두 사람은 반나절 동안 미유키를 찾아 경성을 배회했다. 그들은 기모노를 입은 여자만 봐도 눈빛을 바꾸며 따라붙었다. 하지만 온 시내를 다 뒤져도 그녀의 흔적은 보이지 않았다. 무영은 절박한 심정으로 그녀와 함께했던 반도 호텔을 뒤졌다. 그러나 헛수고였다. 무영은 망연자실하며 빈 객실에 주저앉았다. 그런 무영을 보는 길주의 눈에 경멸이 일었다.

"미친 새끼. 넌 이용당한 거야."

7

"알았지? 평양 공장 쪽에선 길회선 지하를 타고 지린吉林까지 움직일 거야."

민석과 수찬은 지도를 펼친 채 마주 앉았다. 민석은 수찬에게 작전의 내용을 설명하느라 분주했다.

"만일 이동 중에 발각되면 여기, 그리고 여기를 시작으로 폭약을 터뜨려."

민석은 두 번째 지도를 가리켰다.

"각 지역의 퇴로는 철도 호텔 지하로 연결되어 있어. 각 호텔마다 다섯 명에서 열 명까지 한일단원이 직원으로 배속되어 있으니까 작전 개시 시점부터 협조가 이뤄질 거야."

수찬은 묵묵히 들었다. 상상을 넘어서는 방대한 작전이었다. 그는 갑작스레 제 어깨를 누르는 책임감의 무게를 느꼈다.

"네가 독해져야 다 사는 거야. 알아들어?"

민석은 수찬의 눈을 보며 재차 다짐을 받았다.

"알았어."

수찬은 얼떨떨한 기색으로 대답했다.

"그리고 나, 혜림이 빼낼 거야."

민석은 무겁게 결심을 털어놓았다.

"어떻게?"

"서대문 형무소에서 직접."

"뭐?"

수찬은 화들짝 놀랐다. 가능할 리가 없다는 생각에서였다.

"혜림이 특별 수감실로 옮겨진 거 맞지?"

민석은 확인에 나섰다.

"응."

"거기…… 지하 통로와 연결되어 있어."

수찬은 새삼스레 놀랐다. 예상을 뛰어넘는 방대하고 세밀한 지하 통로의 실체 때문이었다.

"다만…… 혜림이가 탈출하면 경성 쪽 통로는 전부 발각될 거야. 군데군데 단절되어 있긴 하지만 대부분은 연결되어 있으니까. 말하자면 나도 이곳도…… 끝장인 셈이야."

민석의 말은 이제껏 한일단이 벌여 온 모든 일의 종결을 의미했다. 수찬은 쉽게 입을 열지 못했다. 선뜻 한 마디를 꺼내는 것조차 어려울 만큼 민감한 문제였다.

"역시…… 그만둘까?"

민석은 여전히 망설이는 눈치였다.

"아니. 혜림이 구해야지. 너, 그럴 자격 있어."

수찬은 민석의 결심에 힘을 실어 줬다. 이제껏 제 삶 모두를 바쳐 희생해 온 민석이었다. 모든 이해관계와 상관없이 그 생각 하나만으로도 결론은 명쾌해졌다.

"자격이 있을까?"

민석은 쓸쓸히 웃었다.

"내 총에 죽었던 한일단 사람들도…… 혜림이처럼 살고 싶었을 텐데."

수찬은 먹먹히 제 친구를 봤다. 그가 짊어지고 있는 삶의 무게가 가여웠다.

"난 조직을 희생시킬 수 없다는 이유로 가차없이 쐈어. 그랬던 내가…… 내 사람을 구하겠다고…… 그래도 될까?"

8

「이무영이 집 앞까지 왔었습니다.」

하야토는 조심스러운 기색이었다. 미유키가 무영을 보고 싶어하지 않을 거라 판단한 탓이었다. 하지만 그에게는 무영의 일거수일투족을 보고할 의무가 있었다.

「그랬겠지. 미안하지만 당분간은 어쩔 수 없어. 내가 따로 지시할 때까지 마주치지 않게 해 줘..」

「알겠습니다.」

하야토는 한숨을 쉬며 돌아섰다. 제 주인의 의중을 제대로 읽어 냈다는 것에 대한 안도였다.

「다치게 하지 마, 그 사람.」

「네.」

「그리고 지켜 줘. 분명히…… 그 사람 가만두지 않을 거야.」

미유키는 이미 조직에서 쫓기게 될 그의 운명까지 점치고 있었다. 하지만 크게 걱정하지는 않았다. 어차피 지도와 조직도는 그녀의 손에 있었기 때문이었다. 최악의 경우 민석과 지도를 놓고 마주 앉아 담판을 지으면 그만이었다. 물론 섣불리 꺼낼 술책은 아니었다. 미유키는 민석의 기색을 살필 요량으로 서재에 들었다. 민석은 타자를 치며 뭔가에 골몰하고 있었다.

「어지간하면 알은척 좀 하지 그래요?」

기척을 하는 미유키의 말투에는 가시가 돋아 있었다. 그제야 신경질적인 타자기 소리가 잦아들었다. 민석은 조용히 타자기의 종이를 잡아 뺐다.

「뭐에 대해? 전국 방방곡곡에 광고하고 다니는 당신의 대단한 사랑에 대해?」

민석은 미유키의 발치로 신문을 던졌다. 미유키는 신문을 집어 들었다. 그러자 무영과 함께 찍힌 사진과 기사가 보였다. 미유키는 치부를 들킨 듯 얼굴이 굳어졌다.

「늦게 맛본 감정놀이에 앞뒤 분간이 안 되나 본데, 당신이 이러면 위험해지는 건 이무영이야.」

일말의 애정이 녹아든 독설이었다.

「지금 남의 사람 걱정할 때는 아닌 것 같은데요.」

미유키는 냉소를 지으며 민석을 쏘아봤다.

「서혜림과 나, 인연은 인연이에요. 그 여자도…… 아이를 가졌다면서요?」

미유키는 민석의 얼굴을 빤히 봤다.

「그 아이는 사랑해 줄 건가요?」

미유키는 진심으로 궁금했다.

「슈헤이한테는 한 번도 마음을 주지 않았잖아요. 그 아이한테는 어떻게 할 거죠?」

「그 아이…… 태어날 수는 있을까?」

민석이 쓸쓸히 중얼거렸다.

「무사히…… 태어나긴 할까…….」

미유키의 비아냥은 안중에도 없는 기색이었다. 미유키는 어쩐지 가슴이 아파 왔다. 태어나지 않은 생명에 대한 연민이었다. 자식을 품고 있는 어미가 느낄 수 있는 묘한 동질감이기도 했다.

덕분에 미유키는 밤새 뒤척였다. 그녀는 자신이 틀어쥐고 있는 민석의 약점을 어떻게 써먹어야 할지 결정할 수 없었다. 분명 한일단의 계보와 지도를 들이밀면 민석의 인생은 그것으로 끝이었다. 혜림 역시 나락으로 떨어지는 것은 설명할 필요도 없는 일이었다. 하지만 민석은 제 아이의 아비이고 혜림은 누군가의 어미였다. 그런 이들의 목을 자신의 손으로 죄어야 한다는 사실이 미유키에게는 가책으로 다가왔다.

더군다나 민석이 독립운동에 가담했다는 사실은 미유키에게 상당한 충격으로 자리매김하고 있었다. 미유키는 살아오면서 민석처럼 이기적이고 싸늘한 인간을 본 바 없었다. 그런 자가 자신의 모든 인생을 걸고 타인의 삶을 위해 희생해 왔다는 사실은 대단히 놀라운 일이었다. 미유키는 그가 짊어진 희생의 크기와 지독한 인내심에 문득 섬뜩함을 느꼈다.

미유키는 그렇게 뜬눈으로 밤을 새웠다. 부족한 잠으로 기운은 없었지만 어쩐지 정신은 또렷해지는 아침이었다. 머리가 맑아진 그녀는 혜림을 만나야겠다고 생각했다. 그녀가 그런 결심을 하게 된 것은 혜림의 옥중 인터뷰가 담긴 기사를 접했기 때문이었다.

미유키는 신문을 틀어쥔 채 인력거에 몸을 실었다. 거리에는 온통 혜림의 이야기뿐이었다. 사람들은 그녀에 대한 연민으로 술렁였다. 임산부의 몸으로 고문이라도 받는 것은 아닌지에 대한 염려가 들끓었다. 미유키는 인력거 너머로 들리는 사람들의 목소리에 마음이 상했다. 알 수 없는 노릇이었다. 아침까지는 분명 그녀 역시 같은 마음이었다. 하지만 세상이 혜림의 편에 서는 것은 어쩐지 서운했다. 혜림을 용서하는 것도, 벌하는 것도 오직 자신의 몫이어야 했다. 덕분에 미유키는 혜림을 마주하기 직전까지 제 마음의 갈피를 잡지 못하고 서성였다. 혜림에게 손을 내밀어야 할지 내쳐야 할지 도무지 알 수 없었다. 그러나 그녀가 결정을 내릴 사이도 없이 혜림이 들어섰다. 면회실에 들던 혜림은 상대를 보자 얼굴이 굳었다.

미유키는 비썩 마른 혜림의 얼굴을 보며 저도 모르게 미소지었다. 알 수 없는 승리감의 산물이었다.

「이런 식으로 보게 될 줄 몰랐네요.」

방금 전까지 초조해하던 미유키는 삽시간에 여유를 되찾았다.

「어려운 걸음 하셨네요.」

혜림은 의례적인 미소를 지었다. 미유키는 그런 그녀의 얼굴을 빤히 보다 뭔가를 꺼내 탁자 위에 올렸다.

「이게 뭔가요?」

혜림은 제 눈앞에 놓인 하얀색 플라스틱 병을 물끄러미 바라봤다.

「약이에요. 임산부한테 좋다더군요.」

혜림은 선뜻 받아 들지 못하고 주저했다.

「먹고 죽는 약 아니니까 받아 둬요. 이런 식으로 쉽게 죽일 생각 없으니까.」

혜림은 마지못해 약병을 손에 쥐었다.

「당신과 나는…… 뭐가 다른가요?」

미유키는 손에 쥔 신문을 탁자 위에 올려 뒀다. 혜림의 인터뷰 기사였다.

「나도 그 사람을 위해 목숨을 던지고, 당신도 그랬어요. 그런데 우리는 뭐가 다른 거죠?」

「……. 」

「왜 그 사람은 당신의 희생에만…… 가슴 아파하는 거죠?」

미유키는 저 홀로 품어 왔던 물음을 끄집어냈다.

「……당신은…… 내가 아니니까요.」

혜림은 한참 만에 침묵을 깼다.

「사랑하지 않아서…… 라고 말하고 싶은 건가요?」

미유키가 물었다. 혜림은 굳이 대꾸하지 않았다. 거짓을 말할 이유는 없었다. 그 무언의 동의가 미유키의 심기를 건드렸다.

「잠시라도 동질감을 느꼈던 내가 바보 같네요.」

미유키는 불쾌감에 자리를 박차고 섰다.

「동질감…… 요?」

혜림은 의아한 기색이었다.

「아직 모르고 있나 보네요. 저도 임신했어요.」

미유키는 싸늘히 웃었다. 혜림은 적잖이 놀란 눈치였다.

「이 아이…… 누구 아이일까요?」

미유키는 야릇한 미소를 지었다. 부질없을지언정 혜림의 마음에 불안의 싹을 틔우고 싶었다.

「부디 당신의 그 잘난 희생이 헛된 일이 아니길 바랄게요.」

미유키는 망설임 없이 자리를 떠났다.

9

「어떻게 관리를 했기에 이 따위 기사가 돌게 놔둬?」

총독은 시뻘겋게 달아오른 얼굴로 민석을 향해 신문을 집어던졌다.

「죄송합니다.」

민석은 묵묵히 그의 분노를 받아 냈다.

「그 여자를 어쩔 셈인가?」

총독이 매섭게 물어 왔다.

「제가 어떻게 할 수 있는 일이 아니라고 생각합니다.」

민석은 담담히 답했다.

「자네가 원한다면 빼내 줄 수도 있어. 자네는 내 아들의 은인이니까. 서혜림이 한 짓은 괘씸하지만 죄를 시인하고 천황께 충성을 맹세한다면…… 불가능한 일도 아니지. 오히려 대대적인 선전 효과가 있을지도 모를 일이고.」

총독은 민석의 속내를 떠봤다. 민석의 눈빛은 갈등으로 흔들리고 있었다.

「어떻게 생각하나. 서혜림을 빼내고 싶나?」

총독은 재차 민석의 의견을 물었다. 민석은 혼란으로 굳은 듯 서 있었다. 그러다 체념한 기색으로 총독의 발아래 무릎을 꿇었다.

「도와주십시오.」

총독은 싸늘한 웃음으로 민석을 내려다봤다. 평소 민석의 꼿꼿함과 당당함을 높이 평가하던 그였다. 그래서인지 역으로 제 앞에 무릎을 꿇은 잘난 조선인의 모습은 묘한 우월감을 주기에 충분했다.

「그 아이…… 구해 주십시오.」

민석은 입술을 지그시 깨물었다.

「결국 자네도 어쩔 수 없군. 여자 하나 때문에 무릎을 꿇다니.」

「이번에 도와주시면 평생 각하와 천황 폐하를 위해 충성을 다하겠습니다. 부디…… 재판이라도 받을 수 있게 도와주십시오.」

민석은 바닥에 머리를 조아렸다.

「마모루의 재판이 얼마나 남았지?」

민석의 등 너머로 총독의 거만한 목소리가 내려앉았다.

「정확히 22일 남았습니다.」

「……마모루가 그 안에 숙제를 해결할 수 있을지 모르겠군.」

총독은 저도 모르게 혼잣말을 뱉었다.

「네?」

「아무것도 아닐세.」

「허락…… 하시는 겁니까?」

민석은 확인에 들어갔다.

「자네 말대로 법의 심판을 받을 수 있게 기회를 주도록 하지.」

총독은 거만한 태도로 민석에게 자비를 베풀었다. 하지만 그의 태도 같은 건 아무래도 좋았다. 중요한 건 혜림에게 기회가 생긴다는 사실이었다.

민석은 제 집무실에 들자마자 수찬을 불러들였다. 수찬은 유우스케의 눈치를 살폈지만 달리 제재를 받지 않았다. 어쨌거나 수찬이 지속적으로 민석에 대한 정보를 제공해 온 까닭이었다.

"일단 시간을 벌었어."

민석은 손가락으로 연신 탁자를 두드렸다. 불안한 모양이었다.

"얼마나?"

"한 달. 하지만 실질적으론 그렇지 못할 거야."

수찬은 착잡했다. 뭔가를 도모하기에는 턱없이 부족한 시간이었다.

"아무래도 그렇겠지. 그럼 언제 움직일 참이야?"

"경성 쪽에서 무기가 전부 이동한 뒤에 움직여야겠지. 그래야 통로가 발각돼도 작전에 차질이 없을 테니까."

"경성 대장간은…… 어떻게 되는 거야?"

"서대문 형무소 쪽과는 통로가 끊어져 있어. 다행스럽게도."

순간 요란한 전화벨 소리가 민석의 말을 잘랐다. 민석은 이맛살을 찌푸리며 수화기를 들었다. 상대는 길주였다.

"무슨 짓이야? 함부로 전화하지 말라고 했잖아."

— 중요한 일입니다.

수화기 너머로 길주의 비장함이 전해졌다.

— 이무영이…… 지도를 분실했습니다.

"뭐……?"

민석은 충격에 머릿속이 하얗게 바랬다.

— 아무래도 지도를 가지고 있는 사람은…….

길주는 말끝을 흐렸다.

"누구야! 빨리 말해!"

— 요코야마 미유키인 것 같습니다.

뼛속까지 자리 잡은 낯익은 이름에 민석은 심장이 덜컥 내려앉았다. 그는 다리에 힘이 풀려 맥없이 책상에 기대앉았다.

— 어떻게 할까요?

"다시 연락할게."

민석은 대답을 미루고 통화를 끝냈다. 머리가 텅 비어 아무것도 판단할 수 없었다.

"무슨 일이야?"

수찬이 걱정스레 물어 왔다.

"미유키가…… 한일단 지도를 가지고 있대."

"뭐?"

"이무영이…… 이무영이 넘긴 모양이야."

민석은 초조하게 제자리를 오고 갔다. 수찬은 그런 민석을 불안한 기색으로 바라봤다.

"미유키가…… 미유키가 쥐고 있단 말이지……."

수찬은 보다 못해 민석의 어깨를 잡아 흔들었다.

"진정해. 너답지 않게 왜 이래?"

"지금 움직여야 해. 안 그러면 혜림이 가망 없어. 나까지 잡히면 모든 게 다 끝장이야."

민석은 서랍 속에서 총을 꺼내 들었다.

"제발 진정해!"

수찬이 그를 막아섰다.

"진정 못해! 너 같으면 그럴 수 있어?"

민석은 이성을 잃고 고래고래 소리를 질렀다. 수찬은 최대한 냉정을 찾으려 애썼다. 누구라도 정신을 차려야 하는 상황이었다. 그러나 혼란스럽기는 그 자신도 마찬가지였다.

"어쩔 셈이야?"

수찬은 결국 민석의 판단을 들어 보기로 했다.

"나 포기할래."

민석의 눈가가 붉게 물들었다.

"매국노라는 이름 벗는 거…… 포기할 거야."

공허한 항복 선언이 울음소리처럼 민석의 입가에서 새어 나왔다.

"민석아!"

"미안하다, 이수찬……"

민석은 주저 없이 밖으로 나섰다. 수찬은 더 이상 잡지 못한 채 망연히 그의 뒷모습을 봤다.

10

「이게 다 이어져 있다는 거야? 도대체 어디서부터…… 어디까지……?」

미유키는 꼼꼼히 지도를 살폈다. 지도는 두 장이었다. 미유키는 두 장의 지도가 어떤 용도로 쓰이는지 알아보기 위해 차이가 있는 부분을 붉은색으로 표시했다. 그러자 지도 위에 있는 주요 관공서가 전부 붉은색으로 물들었다. 펜을 따라 경로를 살피던 미유키의 시선이 돌연 멈췄다.
「서대문 형무소……, 서대문 형무소?」
미유키는 서대문 형무소에 탈출 경로가 있음을 알아차렸다. 그렇다면 민석은 분명히 혜림을 구하려 할 터였다. 미유키의 입가에 서늘한 미소가 돌았다. 미유키는 펜을 들어 서대문 형무소를 붉게 물들였다. 그곳은 분명 그들의 무덤이 될 터였다. 결심을 마친 미유키는 두 장의 지도와 한일단의 계보를 봉투에 넣었다. 마모루를 만나기 위해서였다.
이동하는 동안 미유키는 자신의 수확물을 어떻게 이용할지에 대해 골몰했다. 물론 민석을 옥죄는 데는 마모루라는 도구가 유용했다. 하지만 민석에 대한 복수는 제 손으로 하고 싶었다. 그래야 통쾌할 것 같기 때문이었다.
그러나 그 고민은 그녀가 마모루를 대면하는 순간까지도 답을 찾지 못했다. 마모루와 마주 앉은 미유키는 아직도 갈등이 끝나지 않아 손 안의 문서를 꼭 쥐고 있었다. 마모루는 그런 미유키의 속내를 읽고 비죽 웃었다.
「넘겨드리죠.」
결연한 말투였다. 드디어 제 안의 갈등을 끊어 낸 모양이었다.
「대신 약속해 줘요. 이무영, 그 사람의 안전, 보장하겠다고.」
「물론입니다. 어차피 조직이 와해되면 그깟 불순분자 하나 돌아다닌다고 크게 해가 될 건 없으니까요.」
마모루의 빈정거림에 미유키는 매섭게 그를 쏘아봤다.
「이런, 심기가 상하셨군요. 제가 결례를 했습니다.」
마모루는 능구렁이같이 빈정거렸다.

「증거를 드리면 그 뒤엔 어쩌실 생각이죠?」

「우선 총독께 모든 것을 알리고 정민석을 잡아넣어야겠죠.」

「총독께서 마모루 상을 살려 줄까요?」

「이미 기회를 얻었습니다. 정민석의 혐의를 입증한다면 황국에 대한 충심을 감안해 사면해 주시겠다는.」

마모루는 회심에 찬 미소를 보였다.

「마님께서도 결코 손해 보시는 일이 아닐 겁니다. 그토록 증오하던 정민석을 제거하고, 원하시는 인연을 손에 거머쥐는 일이니까요.」

미유키는 한 장의 지도를 탁자 위에 올렸다. 한일단의 이동 경로가 고스란히 담긴 지도였다. 지도를 내려놓는 그녀의 손이 가만히 떨려 왔다. 운명은 그렇게 그녀의 손길을 떠났다.

형무소를 나서자 만개한 꽃잎이 바람에 흩날렸다. 미유키는 몸을 숙여 제 발치에 떨어진 꽃잎을 주워 들었다.

「난 내가 진정으로 원하는 걸 너무 늦게 알아 버렸어요. 만약 조금 더 일찍 알았다면 당신을 용서하는 법도…… 배울 수 있었을 텐데……. 이제 난 겨우…… 내 것을 지키는 법을 배웠어요.」

그녀는 나직하게 중얼대며 꽃잎을 다시 발아래로 떨어뜨렸다. 슬픔이 담긴 눈가에 더운 눈물이 번졌다.

「……그러니…… 잘 가요.」

그녀는 제 앞에 놓인 꽃잎을 무참히 밟았다. 참담하게 짓이겨진 꽃잎이 바람에 나뒹굴었다. 그녀는 그길로 형무소 앞에 대기하고 있던 인력거로 향했다.

그때였다. 무서운 기색의 무영이 그녀의 앞을 막아섰다.

「당신이 나한테…… 어떻게 이럴 수가 있어!」

수척해진 무영의 얼굴에 핏발이 섰다.

「감사해야 하는 거 아닌가요?」
미유키는 무표정하게 대꾸했다.
「뭐?」
「난 약속을 지켰어요. 정민석을 처절하게 짓밟아 주겠다고.」
「…….」
「당신은 원하던 복수를 했고, 지켜야 할 사람들을 지켰어요. 나와 이 아이를요.」
미유키는 담담했다. 감정을 제거한 말투에는 서늘함이 감돌았다.
「……당신 정말 무서운 사람이군.」
「세상에 무섭지 않은 사람은 없어요. 누구나 마음속에 비수 하나쯤은 품고 있으니까. 다만…… 그걸 쓰느냐 쓰지 않느냐만 다를 뿐이죠.」
무영은 질린 표정이었다.
「당신도 수없이 민석 씨를 죽이고 싶어했잖아요? 하지만 결국 죽이지 못했고, 난 당신을 위해 그걸 대신하고 있을 뿐이에요.」
무영은 제 앞의 미유키가 낯설었다. 그녀는 더 이상 누군가에게 조종받는 인형이 아니었다.
「이제 지켜보기나 해요. 사지로 몰려 발악하는 그 사람의 최후를.」
뒤늦게 봉인이 풀린 자의식은 고삐 풀린 날짐승의 그것처럼 제멋대로 날뛰고 있었다. 무영은 그 질주의 끝을 가늠하며 가슴 한쪽이 서늘해지는 것을 느꼈다.

11

"이젠 어쩔 수 없는 건가?"
수찬과 마주 앉은 종호는 깊은 한숨을 내쉬었다.

"우리도 상해로 떠날 때가 된 것 같네. 그러니 자네도 준비하게."

종호는 수찬에게 당부를 전했다.

"전 남겠습니다."

수찬은 결연했다.

"안 돼. 자네도 위험해져. 지도가 유출됐다면 경성 대장간은 물론이고 자네 정체가 드러나는 것도 시간문제야."

"아직은 괜찮을 겁니다."

"남아서 뭘 어쩔 참인가?"

"민석이는 평생을 걸어 이 일을 해 왔습니다. 지금 제가 마무리해 주지 못하면 민석이는 죽는 날까지, 아니 죽어서도 친일 귀족이라는 비난을 면치 못할 겁니다."

종호는 입을 열지 못했다. 누구보다도 민석의 희생을 잘 아는 그였기 때문이었다.

"민석이의 희생을, 그리고 혜림이의 희생을 헛되게 하고 싶지 않습니다. 남은 무기의 이동은 제가 끝까지 책임지겠습니다. 그러니 어르신께선 박영수와 합류해 상해로 이동하십시오."

"그럼…… 자네만 믿겠네."

종호는 수찬의 두 손을 꼭 그러쥐었다. 수찬은 믿음직하게 그의 손을 맞잡으며 고개를 끄덕였다.

수찬은 그길로 지하 통로로 향했다. 민석이 맡긴 마지막 임무를 수행하기 위해서였다. 그는 다급한 동작으로 트럭에 무기들을 실었다. 홍연은 불안한 기색으로 그를 살폈다.

"뭘 하시게요?"

"밖으로 이동해야겠어. 이대로는 시간이 너무 오래 걸려."

"이걸 밖으로 들고 나가 뭘 어찌시려고요?"

"지도가 유출됐다잖아! 이대로 지하로만 움직이면 포위될 거야."

수찬은 다급해 보였다.

"하지만 너무 위험해요. 지금쯤이면 자작 각하 체포령도 내려졌을 텐데, 이런 순간에 오라버니까지 사라져 버리면 단번에 의심받을 거예요."

"할 수 없잖아. 이걸 광복군한테 전달하지 못하면…… 이제껏 해 왔던 일 모두가 수포로 돌아가는 거야."

홍연은 눈물이 맺힌 채 수찬을 바라봤다. 수찬은 그런 홍연의 뺨을 가만히 쓰다듬었다.

"걱정하지 마. 언젠가, 누군가는, 날 구해 주겠지. 우리가 싸워 온 것처럼 계속 싸워 주는 사람들만 있다면."

"그렇다면, 같이 갈게요."

"홍연아."

"오라버니 마음을 얻기까지 얼마나 오래 걸렸는데, 그거 억울해서라도 나 이렇게 오라버니 못 보내요."

"너무 위험해!"

"언젠가 누군가는…… 우릴 구해 주겠죠."

대책 없는 대답이었다. 수찬은 그런 그녀가 어이없어 헛웃음을 쳤다. 그러나 어쩐지 편안한 기분이 들었다. 지금은 현실적인 절망보다 헛된 희망이 필요한지도 모른다는 생각에서였다. 결국 수찬은 홍연의 동행을 수락했다. 지혜로운 아이이니 언제라도 요긴하게 머리를 빌려 줄 터였다. 더군다나 당장에는 손도 부족했다. 일단은 차량으로 총이 든 상자를 운반하는 일이 급했다.

그들은 남산 부근 통로로 빠져나왔다. 경성 내에서 트럭이 드나들 수 있는 유일한 통로였다. 수찬은 미리 주차해 둔 자신의 차에 총이 든 상자를 실었다. 작업을 마친 두 사람은 나란히 차에 오르며 길 아래쪽 정황을 살폈다.

그러자 심상치 않은 기색으로 움직이는 순사들의 행렬이 보였다.

"괜찮으시겠어요?"

홍연이 걱정스레 물었다.

"당연하지. 가자."

수찬은 애써 미소를 지으며 시동을 걸었다. 그러나 수찬이야말로 누구를 위로할 처지가 아니었다. 사실 가장 긴장하고 있는 건 그 자신이었다.

12

수화기를 든 영수의 얼굴은 흙빛이었다. 그는 여전히 평양 철도 호텔에 머물며 군수 공장을 관리해 오던 터라 이제 막 지도가 유출됐다는 소식을 듣게 된 참이었다. 애종은 그런 그의 기색에서 까닭 모를 불안함을 느꼈다.

"오라버니, 무슨 일이에요?"

"애종아, 가서 너 짐 꾸려라."

영수는 멍한 눈빛이었다.

"네?"

"지금 당장 여길 떠나야 해. 빨리!"

"알았어요."

애종은 영문도 모른 채 서둘러 밖으로 나섰다. 영수는 다급하게 제 가방에 짐을 쑤셔 넣다 다시 수화기를 들었다.

– 여보세요?

수화기 너머로 지은의 목소리가 들렸다. 영수는 저도 모르게 북받치는 감정을 간신히 눌렀다.

"야, 똥. 나다."

– 간만에 전화해서 기껏 한다는 소리가 그거냐?

지은은 여느 때와 다름없이 새침했다. 영수는 그 새침함이 반가워 피식 웃었다.

"미안하다."

앞도 뒤도 없는 사과였다.

— 왜 그래? 싱겁게. 언제부터 네가 그런 거에 사과했다고.

"……나, 약속 못 지킬 것 같다."

— 뭐?

"돌아가겠다는 약속, 못 지킬 것 같아."

— 그게 무슨 소리야?

"마지막일지도 모르니까 폼 나는 소리 하나만 할까?"

상대는 그의 말을 기다리며 침묵했다.

"나…… 독립군이야."

— 뭐?

수화기 너머로 지은의 당혹감이 전해졌다.

"폼도 나고, 돈도 되고……, 뭐 그래서 시작한 건데……, 이제 좀 구질구질해질 것 같아. 도망가야 하거든."

— ……박영수, 너…….

"미안하다, 윤지은. 그럼…… 잘 살아라."

— 잠깐만!

그녀의 다급한 부름에 영수는 멈칫했다.

— 네가 뭔데 나하고 한 약속을 맘대로 어겨?

"계집애. 끝까지 성질은……."

— 다시 약속해.

"뭘?"

— 살아.

그녀의 말끝에 눈물이 묻어났다.

- 안 돌아와도 좋으니까 꼭 살아.

영수는 저도 모르게 눈물을 흘렸다.

"계집애. 사람 민망하게 하네."

영수는 제 소매를 들어 눈물을 닦았다.

- 살아만 있어. 내가 찾아갈 테니까.

"그래. 그 약속은 꼭 지킬게. 사랑한다, 윤지은."

영수는 수화기를 내려놓았다. 더 이상 전화통을 잡고 징징거리고 싶지 않았다. 더군다나 자신에게는 평양까지 따라나선 경성 지부 소속 한일단원들을 도주시켜야 할 책임이 있었다. 뿐만 아니라 애종을 보호해야 할 의무도 있었다. 영수는 평양 지부장에게 연락을 취해 협조를 구한 뒤 애종에게 달려갔다. 애종은 짐을 만장같이 늘어놓고는 주저앉아 엉엉 울고 있었다. 순간 영수는 짜증이 치밀었다.

"야, 급해 죽겠는데 이게 뭐야? 지금이 울고 짜고 할 상황인 줄 알아?"

영수는 전에 없이 야멸치게 굴었다.

"자꾸 나오는 걸 어떡해요. 나도 울기 싫은데…… 일부러 그러는 거 아닌데……. 엉, 엉, 엉……."

애종은 설움이 북받쳤는지 더욱 목청을 높였다.

"아, 나 진짜 미치겠네."

영수는 머리를 긁적였다.

"이제…… 우리 조직은 어떻게 되는 거예요?"

애종은 어찌나 울어 댔는지 코맹맹이 소리가 났다.

"아, 몰라. 잘난 단장이 알아서 하겠지."

영수는 가방에 짐을 쑤셔 넣으며 투덜거렸다.

"그럼 지금 어디로 가는 거예요?"

애종은 소맷자락으로 눈물을 닦았다.
"일단 상해로 가야지. 다른 수가 없잖아."

13

총독은 유우스케를 통해 마모루가 전하는 문서를 받았다. 총독은 노발대발하며 그길로 민석의 수배령을 내렸다. 생포가 어려울 경우 사살해도 좋다는 명령과 함께였다. 제일 먼저 쑥대밭이 된 곳은 경성 대장간이었다. 한일단의 계보 자체가 그곳을 중심으로 편제되었던 탓이었다. 하지만 순사들이 들이닥쳤을 때 대장간은 이미 텅 비어 있었다.

무영이 대장간을 찾은 것은 날이 저물고도 한참 뒤의 일이었다. 이미 순사들이 헤집고 난 대장간은 폐허 그 자체였다. 무영은 처참한 맨바닥에 스르르 주저앉았다. 멋대로 부서진 집기가 눈에 익었다. 이는 참담했던 평양 땅의 마지막 모습에 고스란히 중첩됐다. 무영은 또다시 아무것도 지켜 내지 못한 제 자신을 원망하며 오열했다. 과거에도 지금에도 달라진 건 없었다. 그때나 지금이나 자신은 똑같이 무능하고 비겁했다.

무영은 쓸쓸히 멈춘 기계를 가만히 손으로 쓸어 봤다. 차가운 쇳덩어리의 기운에 자책감이 밀물처럼 밀려왔다. 그는 가슴이 미어져 엉엉 울었다. 그러다 그는 바닥을 굴렀다. 갑작스레 날아든 발길질 때문이었다. 무영은 맥없이 상대를 올려다봤다. 길주였다. 그는 완전히 이성을 잃은 채 맹수처럼 달려들었다. 무영은 반사적으로 주먹을 날렸다. 매듭도 없는 두 사람의 분노가 멋대로 뒤엉켰다. 무엇에 대한 분노인지도 모르는 서글픈 주먹다짐이었다. 결국 무영은 야멸치게 길주의 급소를 쳤다. 무의미한 싸움에 기력을 소진하기에는 시간이 없었다. 길주는 맥없이 기절했다. 무영은 정신을 잃은 길주를 반듯하게 자리에 눕혔다.

"미안해, 형."

그는 서둘러 대장간을 떠났다. 두 번 다시 자신을 아껴 주던 사람들을 잃고 싶지 않았다. 할 수만 있다면 제 목숨이라도 걸어야 했다.

14

혜림은 민석이 지시한 대로 독방에 감금되어 있었다. 그녀는 차가운 벽에 기대 미유키가 준 알약을 물끄러미 들여다봤다. 약병을 만지작거리던 혜림은 달그락거리는 소리에 벽 쪽으로 시선을 옮겼다. 바닥 한쪽이 딸가닥거리며 움직이고 있었다. 혜림은 제 눈을 믿을 수 없어 바닥을 뚫어져라 주시했다. 순간 간수의 발걸음 소리가 가까워져 왔다. 혜림은 반사적으로 자리를 옮겨 바닥을 가렸다.

「무슨 소리야?」

창살 너머로 신경질적인 간수의 음성이 넘어왔다.

「미안해요. 약병이 미끄러져서.」

혜림은 약병을 들어 흔들어 보였다.

「곧 죽을 목숨이 살겠다고 약을 먹다니. 웃기는 일이군.」

간수는 비웃음과 함께 사라졌다. 혜림은 그의 발걸음 소리가 멀어지자 조심스레 들썩거리던 바닥의 벽돌을 들어 봤다. 그러자 아래로 길게 연결된 사다리가 보였다. 혜림은 황당한 진실 앞에 눈이 동그래졌다.

"서혜림…… 맞아?"

바닥을 가늠할 수 없는 깊은 곳에서부터 낮은 저음이 올라왔다. 한시도 잊어 본 적 없는 그리운 음성이었다.

"……민석 씨?"

혜림은 나오지 않는 목소리를 억지로 끌어냈다.

"아래에서 잡아 줄게. 내려와."

혜림은 창살을 통해 바깥을 살폈다. 다행히 아무도 없었다.

"시간 없어. 빨리!"

다급한 목소리가 그녀를 재촉해 왔다. 혜림은 서둘러 통로를 통해 아래로 내려갔다. 그러자 익숙한 체온이 그녀의 손을 잡았다. 민석이었다. 그녀가 바닥에 내려서자 민석은 서둘러 입구를 봉쇄했다. 물론 일시적인 방편이었다.

"……여긴 뭐야?"

혜림은 생경한 눈길로 사방을 살폈다.

"우리의 마지막 희망."

민석은 담백한 대답을 건네고는 재킷을 벗어 그녀의 얇은 죄수복 위를 감싸 주었다. 바닥에는 정리되지 않은 총기의 재료들이 흩어져 있었고 한쪽 구석에는 개봉하지 않은 나무 상자가 쌓여 있었다. 혜림은 조심스레 걸음을 옮겼다. 지하 특유의 습한 냄새가 훅 끼쳐 왔지만 혜림은 그 낯선 공간에서 가당치도 않은 아늑함을 느꼈다.

"……따뜻하다."

혜림은 조용히 웃었다. 이제야 그와의 재회가 실감 났다. 민석은 조용히 그녀의 손을 그러쥐고 달렸다. 한시바삐 그 주변을 빠져나가야 했다. 그러나 쇠약해질 대로 쇠약해진 혜림은 오래지 않아 가쁜 숨을 몰아쉬었다. 민석은 가만히 앉아 그녀에게 제 등을 내줬다. 혜림은 고개를 저었지만 민석은 억지로 그녀를 업었다. 그는 제 어깨를 감싸는 따뜻한 체온에 감사했다.

"……어디로 가는 거야?"

그녀가 물었다.

"상해."

"상해로 가면?"

"미국으로 갈 거야."

군더더기 없는 대화였다.

"당신…… 이렇게 도망가면 안 되는 거 아니야?"

혜림은 새삼스러운 눈길로 민석을 빤히 봤다.

"다 들었어. 당신…… 독립운동해 왔다는 거."

그녀가 그의 목에 걸린 가시를 건드렸다. 민석은 가슴속을 헤집는 양심의 움직임에 괴로웠다.

"당신, 이렇게 떠나면…… 조직은 어떻게 되는 거야?"

"수찬이가…… 도와주기로 했어."

민석은 그답지 않게 어물거렸다.

"수찬 씨도 그런 거였어? 다들 진짜 너무하네……. 나만 감쪽같이 속이고."

혜림은 맥없는 투정을 부렸다.

"이젠 그냥 날 위해서 살 거야. 어떤 것에도 얽매이지 않고."

민석은 애써 결연하게 말했다. 행여나 제 마음이 다시 흔들릴까 하는 걱정에서였다. 혜림은 그런 그의 마음을 알아차린 듯 조용히 그의 머리카락을 쓸어 줬다.

"그래……. 당신이 원한다면 그렇게 해."

혜림을 업은 민석의 손에 힘이 들어갔다. 속내에 품은 굳건한 결심이 손가락 마디마디마다 배어들었다. 그는 좀 더 속도를 내서 이동했다. 모처럼의 해후를 즐기기에는 마음이 너무 조급했다. 옥사의 죄수가 사라졌으니 형무소가 발칵 뒤집히는 것은 시간문제였다. 운이 나쁘다면 한 시간도 채 지나기 전에 경성 일대에 수배령이 떨어질지도 모를 일이었다.

「혼자 보기 아까운 그림이네요.」

지하의 공기만큼이나 음습한 조소가 두 사람을 가로막았다. 민석은 소름 끼칠 만큼 익숙한 음성에 가벼이 몸서리쳤다. 미유키였다. 그녀는 야릇한 미소로 총구를 들이밀며 조금씩 걸음을 조여 왔다. 민석은 조용히 혜림을 땅에 내려놓았다.

「총 내려.」

민석이 단호하게 말했다.

「나한테 명령하지 마. 당장 쏴 버릴 테니까.」

미유키는 앙칼진 말투로 맞섰다. 그녀는 차갑게 그를 쏘아보며 총구를 옮겼다. 민석은 빠른 속도로 품 속에서 총을 꺼내 들었다. 두 개의 총구가 서로의 심장을 겨누고 있었다.

「당신이야말로 손에 쥔 총을 내려놔 줬으면 좋겠는데.」

미유키는 제법 대담하게 굴었다.

「내가 빠를까, 당신이 빠를까?」

민석은 총을 쥔 손에 힘을 줬다.

「……당연히 당신이 빠르겠죠. 하지만 나라면 사랑하는 사람이 죽을지도 모를 위험 같은 건 감수하지 않을 것 같네요.」

미유키는 의미심장한 미소를 보이며 총구를 혜림에게로 돌렸다.

"민석 씨, 총 버리지 마."

혜림의 다부진 당부에 미유키는 쓴웃음을 지었다. 그러나 민석은 망설임 없이 총을 바닥에 내려놓았다. 이제는 어떤 경우에도 혜림을 희생시키고 싶지 않았다

「내가 당신을 잘못 봤어요. 이렇게까지 무모한 사람일 줄은 몰랐는데.」

미유키는 어깨를 으쓱하며 빈정거렸다.

「이제 어쩔 셈이야?」

민석이 담담히 물어 왔다.

「생각 중이에요. 그냥 깔끔하게 쏴서 죽일까, 아니면…… 궁지에 몰아넣

고 즐겨 볼까.」

 미유키는 묘한 시선을 혜림에게로 돌렸다. 민석은 긴장하며 혜림을 막아섰다.

「언젠가는 말해 주고 싶었는데…… 지금에서야 하게 되네요. 내가 진짜 바라는 건 당신들이 죽어 없어지는 게 아니라 죽을 만큼 고통스러워하는 모습을 지켜보는 거라는걸.」

 미유키는 찰칵하는 소리와 함께 총을 장전했다. 분노의 끝은 혜림을 향해 있었다.

「……하지 마.」

 민석은 애써 분노를 눌렀다. 미유키를 자극하지 않기 위해서였다.

「걱정하지 말아요. 말했잖아요. 죽이고 싶지 않다고.」

 미유키는 냉소로 민석과 맞섰다. 그 순간 민석은 민첩하게 움직여 바닥의 총을 집었다.

 탕!

 그러나 미유키의 총알은 이미 그녀의 손을 떠난 후였다. 날카로운 총성과 함께 비명이 터졌다. 혜림의 것이었다. 민석은 놀라 돌아봤다. 그러고는 이내 입술을 덜덜 떨었다. 혜림의 무릎에서는 붉은 피가 뿜어져 나오고 있었다.

「미쳤어?」

 민석은 미유키에게 총을 겨누며 고함쳤다. 이성이 달아난 눈가에는 살기가 일렁이고 있었다.

「당신답지 않게 왜 그래요? 평소 하던 대로 독하게 버텨 봐요. 이제 시작이니까. 벌써부터 이렇게 반응을 보이면 내가 너무 재미없잖아요?」

 민석은 총을 장전했다. 미유키를 쏴야겠다고 결심한 모양이었다. 미유키 역시 눈 하나 깜짝하지 않고 맞섰다.

「평생 제 발로 서지도 못하는 춤꾼이라니…… 흥미롭지 않아요?」

미유키는 혜림과 시선을 맞추며 싸늘하게 웃었다.

「당신이 원하는 게 그런 거라면 난 절대 협조하지 않을 거야. 이런 미친 놀음에 장단 맞춰 줄 생각 같은 건 없으니까.」

혜림은 고통을 감추기 위해 이를 악물었다.

「그래. 그렇게 나와 줘야지. 역시 예술가라 흥을 안다는 건가?」

미유키는 혜림의 다른 발목을 겨눴다. 민석은 미유키의 손목을 겨눴다. 두 사람은 결국 싸늘한 총구를 맞대며 최후를 준비했다. 이제 한 발의 총성이면 그토록 징글징글했던 악연도 끝이었다.

타…… 앙!

소멸

1

 두 개의 총성이 엉켰다. 미유키는 짤막한 비명과 함께 팔을 감싸쥐며 총을 떨어뜨렸다. 그러나 미유키는 비명을 삼키며 독하게 버텼다. 억세게 다문 입술 사이로 마른 신음이 새어 나왔다. 하지만 이성만큼은 지독하리만치 멀쩡했다. 그녀는 가만히 허리를 굽혔다. 총을 집어 들기 위해서였다.
 찰칵!
 총알이 맞물리는 건조한 소리가 미유키의 귓가에서 들렸다. 미유키는 제 머리를 겨누는 총에 굳어 섰다.
 「그만둬, 미유키.」
 낯익은 음성이었다. 미유키는 떨리는 눈길로 시선을 돌렸다. 왈칵 솟는 눈물에 상대의 얼굴이 보이지 않았다.
 「무영…… 씨?」

미유키는 믿기지 않는다는 듯 망연히 그를 돌아봤다. 세상에 유일하게 남은 제 편이라 믿었던 사람이었다. 그런 그가 자신의 머리에 총을 겨누고 있었다.

「총 내려놔.」

무영은 단호했다.

「싫어.」

「내려놔!」

무영은 갈라진 목소리로 고함을 질렀다. 윽박이라기보다 호소에 가까운 외침이었다. 미유키는 그런 그에게 악으로 맞섰다.

「원하는 대로 살라고 했잖아! 당신이…… 당신이 가르쳐 준 거잖아! 이게 내가 원하는 삶이야!」

미유키는 다시 총을 장전했다.

「당신 다치게 하고 싶지 않아! 내려놔!」

「아니, 당신은 날 쏘지 못해.」

미유키는 총을 들었다.

「제발 그만두라고!」

무영의 피맺힌 외침이 지하에 가득 울려 퍼졌다. 그 쩌렁쩌렁한 울림과 함께 미유키의 동공이 커졌다. 미유키는 충격을 느끼며 풀썩 쓰러졌다. 그녀의 어깨에 꽂힌 칼에서 피가 뚝뚝 떨어졌다. 그녀의 총 역시 맥없이 바닥에 떨어졌다.

「당신이 어떻게 날…….」

미유키는 원망스러운 눈길을 무영에게 보냈다.

「이래야…… 널 멈출 수 있으니까.」

무영은 연민이 담긴 눈길로 미유키를 바라보다 이내 그녀의 급소를 쳤다. 미유키는 가볍게 의식의 끈을 놓았다. 민석은 긴장을 놓지 않고 무영을 겨누고 있었다. 무영은 무덤덤한 얼굴로 그런 민석의 발치로 칼을 던졌다.
"총알은 빼고 가는 게 좋을 거야."
민석은 혼란으로 무영을 쏘아봤다.
"잘 가라, 정민석. 살아서 나갈 수 있다면…… 끝까지 살아라."
민석의 떨리는 손이 무영의 뒤통수를 겨눴다. 하지만 방아쇠에 걸쳐진 손가락은 마취에 걸린 듯 미동도 하지 않았다. 무영은 미유키를 안아 든 채 반대 방향으로 걸었다. 민석은 여전히 굳은 자세로 바들바들 떨고 있었다. 혜림이 그런 민석의 손을 잡으며 고개를 가로저었다. 민석은 그제야 이성이 돌아온 듯 멀거니 발치의 칼을 집어 들었다. 그는 칼을 혜림의 무릎에 가져갔다. 혜림은 제 살갗에 닿은 차가운 질감에 숨을 멈췄다. 마음의 준비였다. 그러나 그 이상의 고통은 없었다. 민석이 칼을 놓아 버린 탓이었다. 민석은 그 자리에 주저앉아 오열했다. 도저히 제 손으로 그녀의 무릎을 도려낼 수는 없었다.

무영은 민석의 절규를 뒤로 한 채 바삐 걸었다. 그러고는 이내 미유키를 둘러업고 영수의 사무실로 빠져나왔다. 그는 바닥에 미유키를 눕히고 부지런히 영수의 책상을 뒤졌다. 구급함을 꺼내기 위해서였다. 그는 그녀의 상처를 소독한 뒤 조심스럽게 붕대를 동여맸다.

「……왜죠?」

질끈 묶는 천의 압박에 미유키가 맥없이 눈을 떴다.

「당신이라면…… 날…… 배신하지 않을 줄 알았는데.」

그녀는 모든 것이 꿈처럼 멍하게 느껴졌다. 무영은 그녀의 피 묻은 옷 위에 자신의 옷을 걸쳐 줬다.

「막아 준 것뿐이야. 당신이 나 같은 죄인이 되는 건 싫으니까.」

무덤덤한 말투에 진심이 묻어났다. 미유키는 그 투박한 충고에 까닭 모를 설움이 북받쳤다.

「복수 같은 거 하지 마. 하고 난 뒤 제일 증오하게 되는 건 바로 자신이니까.」

무영은 덤덤히 일어나 미유키를 부축했다. 더 쉬도록 하고 싶었지만 시간이 없었다. 자신은 쫓기는 몸이었고 그녀는 상처를 입었다. 그런 이유로 둘이 함께 움직이는 건 여간한 부담이 아니었다. 무영은 창밖으로 주변을 살폈다. 눈앞은 칠흑 같았지만 멀리서 다가오는 순사들의 움직임은 느낄 수 있었다. 그는 마음이 다급해졌다.

「같이 움직이기 힘들 것 같아. 아프겠지만 혼자 돌아가. 나랑 있으면 의심받을 거야.」

「……어디로 돌아가라는 거죠?」

미유키는 입술을 꼭 깨물었다.

「내가 돌아갈 곳이 있긴 한가요?」

절박한 물음이었다.

「지키고 싶다며. 지키고 싶다면…… 가장 안전한 곳으로 돌아가. 네가 있던 곳.」

무영은 따뜻한 눈길로 그녀를 달랬다.

「당신도 민석 씨만큼이나 잔인한 사람이군요.」

초승달 같은 그녀의 눈이 어둠 사이로 스러졌다. 곧게 뻗은 속눈썹 자락에는 눈물이 맺혀 있었다.

「당신이라면 할 수 있을 거야. 난 그러지 못했지만.」

미유키는 갈등으로 눈빛이 흔들렸다. 무영은 그런 그녀의 손을 가만히 그러쥐었다.

「우리 아이를 지켜 줘.」

「당신은요?」

미유키는 무영의 얼굴을 빤히 봤다.

「당신은 누가 지켜 주죠?」

「당신이.」

「그럼 나는요?」

「내가.」

미유키의 입가에 미소가 번졌다. 부드럽게 말아 올려진 입꼬리가 눈물에 잠겼다. 무영은 가만히 엄지를 들어 그녀의 뺨을 닦아 줬다.

「아무도 생각하지 마. 그냥 자신만 생각해. 누굴 미워하기 위해 살지 말고…… 그냥 네가 행복해지기 위해 살아.」

미유키는 흥건한 눈으로 끄덕였다. 순간 건물 밖으로 순사들의 움직임이 감지됐다. 수차례의 수색에도 단서를 찾지 못해 독이 오른 모양이었다. 그렇지 않다면 오랜 시간 대장간 부근에 잠복해 왔음이 분명했다. 밖을 살피던 무영은 품 속에서 총을 꺼내 들었다.

「내가 공격하면, 당신은 반대쪽으로 달려. 절대 뒤돌아보지 말고. 알았지?」

미유키는 겨우 고개를 끄덕였다.

「꼭…… 돌아올게.」

무영은 굳게 다짐했다. 미유키는 다시 고개를 끄덕였다.

탕! 탕! 탕!

무영이 상대를 쏘는 사이 미유키는 뒷문으로 달렸다. 먼저 건물로 진입하던 순사는 무영의 총알에 그대로 즉사했다. 다른 이들이 그곳을 향해 달려오자 무영은 그들을 유인하기 위해 미유키가 사라진 반대쪽으로 달렸다.

2

혜상은 신문을 통해 민석에게 수배령이 내려졌음을 알게 됐다. 그는 가슴에 돌덩이가 내려앉은 것 같은 뻐근함을 느꼈다. 민석을 보호해 주지 못했다는 안타까움에서였다.

혜상은 먼지가 내려앉은 기억의 토막을 끄집어냈다. 묵은 상처를 덮어 주던 딱지를 스스로 뜯어낸 셈이었다. 쓰라림은 방금 전의 것처럼 생생하게 도드라졌다.

사실 혜상은 과거 문선과 결혼을 약속한 사이였다. 그러나 그가 유학을 다녀온 사이 문선은 규홍과 혼인해 버렸다. 헤이그 특사 사건에 연루되어 그녀의 아버지가 살해당한 뒤에 벌어진 일이었다. 문선은 제 가족들을 지키기 위해 끝없이 자신에게 구애하던 규홍과의 결혼을 승낙했다. 이후 문선은 제 아들의 고통에 끊임없이 애달파해 왔다. 천성이 예민하고 따뜻한 아들이 아버지의 권력에 희생당하는 것이 가슴 아팠던 탓이었다. 그런 까닭에 문선은 종종 그에게 민석을 보살펴 달라 부탁하곤 했다. 혜상은 그때나 지금이나 자신이 무력하다고 여겼다. 지난날에는 문선을 지켜 주지 못했고, 이제 와서는 민석 또한 그랬다. 혜상은 스스로를 자책하며 쓴 침을 삼켰다.

그때였다. 책상 아래쪽에서 뭔가 기척이 들렸다. 혜상은 다급하게 일어서서 진료실 문을 잠갔다. 부지런히 주변을 살피던 그는 책상 아래 숨겨진 문을 활짝 열어젖혔다. 그러자 초췌한 얼굴의 민석이 모습을 드러냈다. 그는 혜림을 업은 채 힘겹게 위로 올라왔다. 그의 하얀 셔츠는 온통 피범벅이었다.

"각하! 지금 제정신이십니까? 밖에 순사들이 혈안이 돼서 찾고 있는데 어쩌자고 여길……."

혜상은 당혹감에 말을 잇지 못했다.

"죄송합니다. 혜림이가……."

그의 얼굴은 땀과 눈물이 범벅이 되어 흥건히 젖어 있었다. 혜상은 다급하게 그의 등에 업힌 혜림을 침대에 눕혔다. 혜상은 그녀의 총상을 살피며 이맛살을 찌푸렸다. 상태가 좋지 않았다.

"절대……, 절대 소리를 지르시면 안 됩니다."

혜상은 몇 번이고 다짐을 받았다. 혜림은 이를 악물며 끄덕였다. 혜상은 그녀의 살을 도려내며 총알을 꺼냈다. 틀어막은 혜림의 입에서 가늘게 비명이 새어 나왔다. 민석은 그런 혜림을 꼭 끌어안았다. 그녀의 마른 어깨 너머로 고통이 전이됐다.

"이제 어쩌실 생각입니까? 한일단은…… 이대로 끝인 겁니까?"

혜상이 무겁게 입을 열었다. 혜림은 흠칫 놀라 혜상의 얼굴을 봤다. 그 역시 민석의 정체를 알고 있던 모양이었다.

"일을 이렇게 만들어 죄송합니다. 그저 제 욕심 때문에…… 이 아이 하나 살려 보겠다고……."

민석은 목이 메어 겨우 말을 이었다.

"아닙니다. 각하께선 제 생각보다 훨씬 잘해 내셨습니다. 어머님께서도 그리 생각하고 계셨던걸요……."

"……네?"

"각하의 어머님 말씀입니다."

민석은 황망한 눈길로 혜상을 봤다.

"다 알고 계셨습니다. 각하의 일로 너무 마음 아파하셔서…… 자신의 잘못된 선택 때문에 각하께서 희생된 거라고 자책하시기에…… 제가 말씀드렸습니다."

민석은 힘없이 침대에 걸터앉았다. 말라 버린 줄 알았던 눈물이 끝도 없이 샘솟았다. 슬픔은 영원히 마르지 않는 샘물 같았다.

"어머님께서는 각하를 자랑스러워하셨습니다. 자신의 운명을 이기고 조선 땅을 되찾으려던 각하를 말입니다."

혜상은 나직이 문선의 뜻을 전하고는 조용히 민석의 어깨를 다독였다.

그 순간 밖에서 인기척이 느껴졌다. 혜상은 민석과 혜림을 진료실 커튼 뒤로 숨기고는 조심스레 문 쪽으로 다가갔다.

낡은 나무문을 사이에 두고 밖에 서 있던 것은 지은이었다. 지은은 멍한 눈으로 혜상의 진료실 앞에 서 있었다. 그녀는 잠겨 있는 진료실 문에 기대 그들의 말을 엿듣고 있던 참이었다. 그녀는 바람 빠진 웃음과 함께 스르르 주저앉았다.

"다들 거짓말쟁이였어. 아빠도, 박영수도, 심지어는 정민석까지……."

기가 막히니 자꾸만 헛웃음이 나왔다. 맥없는 눈물도 함께였다. 그녀는 코까지 훌쩍거리며 주저앉아 울었다. 그러자 오가던 순사들이 그녀에게 다가왔다.

「넌 뭐야?」

고압적인 태도였다. 지은은 혼란스러움에 선뜻 대답하지 못했다.

「내 말 안 들려? 넌 뭐냐고 묻잖아!」

상대가 집요하게 재촉해 왔다.

「……의사예요.」

그녀는 멍한 얼굴로 대꾸했다.

「의사인데 왜 재수 없게 여기서 이러고 있어?」

「……제가 실연을 당했거든요.」

「뭐?」

순사들은 황당한 기색이었다.

「어떤 놈이 기다려 달래서 마냥 기다렸는데…… 못 돌아온다잖아요. 그놈 진짜 나쁜 놈이죠?」

지은은 상대를 빤히 올려다봤다. 그 바람에 고여 있던 눈물이 턱을 타고 또르륵 떨어졌다.

「순진한 거야, 멍청한 거야? 사내놈들이 하는 말을 다 믿어?」

순사는 어쭙잖게 훈수를 두기 시작했다.

「그러고 보니 의사 선생, 얼굴도 반반한데 이참에 다른 남자를 만나 보는 건 어때?」

사내 하나가 수작을 걸어 왔다. 곁에 있던 순사들이 하나 둘 키득거리기 시작했다. 그 순간 진료실 문이 벌컥 열렸다. 지은은 화들짝 놀라 안쪽을 살폈다. 안쪽에는 사람의 그림자조차 보이지 않았다. 지은은 반사적으로 진료실 안쪽에 드리워진 침대의 커튼을 쳐다봤다. 그러다 잽싸게 다른 곳으로 시선을 돌렸다. 행여나 들킬세라 염려가 되었던 까닭이었다.

「무슨 일이십니까?」

혜상이 순사를 향해 정중한 물음을 던졌다.

「아무 일도 아닙니다.」

수작을 걸었던 순사는 딴청을 부리며 다른 이들을 몰고 사라졌다. 복도에는 혜상과 지은만이 휑하니 남아 있었다.

"들어와라."

혜상은 조용히 지은을 불러들였다. 지은은 복도로 사라진 순사들을 살피다 안으로 들어섰다. 물론 문을 잠그는 것도 잊지 않았다. 지은은 긴장한 얼굴로 침대 쪽으로 다가가 커튼을 열어젖혔다. 그러자 매서운 총구가 그녀의 머리를 향했다. 지은은 터져 나오려는 비명을 손으로 틀어막았다. 혜림은 굳어 있는 민석의 팔을 잡아 내렸다. 민석은 머쓱함에 조용히 총을 내렸다.

"차를 남산 쪽 통로에 대겠습니다. 아무래도 병원에서 바로 빠져나가는 건 불가능할 것 같습니다."

그 사이 혜상은 창밖의 움직임을 확인했다.

"아닙니다. 폐 끼치고 싶지 않습니다. 지하로 어떻게든 이동해 보겠습니다."

민석은 혜상의 호의를 거절했다.

"그 먼 거리를 어떻게 지하로만 움직인다는 겁니까? 이대로 가다간 저 친구, 평생 걷지 못할지도 모릅니다! 제 말 들으십시오!"

혜상은 그답지 않게 언성을 높였다. 강경한 의지의 표현이었다. 민석은 혜림의 얼굴을 봤다. 그녀는 고개를 끄덕였다. 혜상의 고집을 꺾을 수 없다고 판단했기 때문이었다.

"알겠습니다. 그럼 부탁드리겠습니다."

민석은 체념한 눈짓으로 감사를 전했다. 혜상은 조용히 끄덕였다. 민석은 다시 지하로 몸을 숨겼다. 혜림은 혜상의 도움으로 그 뒤를 따랐다. 지하로 통하는 문은 다시 책상 아래로 봉인됐다. 남은 것은 혼란에 빠진 부녀와 무거운 공기뿐이었다.

"아빠……, 이게 다 무슨 일이에요?"

지은은 모든 것이 혼란스러웠다. 한꺼번에 받아들이기에는 너무나 강력한 밀물이었다. 자신이 알고 있던 이들의 다른 얼굴도, 제 앞에서 사라져 버린 비밀 통로도, 지척에 있는 독립운동까지도, 어느 것 하나 낯설지 않은 것이 없었다.

"아빠, 지금까지 이렇게 위험하게 살고 계셨던 거였어요? 그러면서 내 투정 다 받아 주고요?"

"……미안하구나."

"미안하긴 만날 뭐가 그렇게 미안해요!"

지은은 벌컥 짜증을 냈다. 그렇게라도 하지 않으면 당장 뇌가 숨을 멈춰 버릴 것 같았다.

"아빠는 이제 가 봐야 할 것 같다."

혜상은 서랍 속에서 차 열쇠를 꺼내 들었다.

"어디 가시게요? 설마 그 몸으로 정민석 탈출이라도 시켜 주시려는 거예요?"

지은은 필사적으로 그를 잡았다.
"지금 각하를 보내 주지 않으면 많은 사람의 노력이 허사가 된다."
"필요 없어요. 그런 거…… 난 필요 없어요."
지은은 완강히 그를 막아섰다.
"난 네가 해방된 조국에서 행복해지길 바란다."
"아빠!"
"지금 이 땅에서는 한순간에 사랑하는 사람을 잃을 수도…… 배신당할 수도 있다. 난 네가 그런 아픔을 겪게 하고 싶지 않아."
혜상은 가만히 제 딸의 뺨을 어루만졌다.
"아빠, 그러다 죽어요……."
지은은 혜상을 부둥켜안고 엉엉 울었다. 혜상은 그런 그녀를 가만히 보듬었다.
"아빠 안 죽는다. 널 두고……, 이렇게 예쁜 딸을 두고 어떻게 죽어."

3

민석의 집 앞에는 대규모의 군부대와 순사들이 배치되어 있었다. 벌레 한 마리 지나치지 못할 만큼 삼엄한 분위기였다. 무영의 옷을 걸친 미유키는 비척거리며 집으로 들어섰다. 그러자 순사 하나가 기세 좋게 그녀를 막아섰다. 미유키는 매섭게 상대를 쏘아봤다.
「비켜요. 내 집이에요.」
상대는 등을 돌려 제 상사의 눈치를 살폈다. 그리고 상사가 고개를 끄덕이자 순사는 조용히 한쪽으로 비켜섰다. 미유키는 싸늘하게 안으로 들어갔다. 거실에 들어서자 겁에 질린 나오코가 달려 나왔다. 거실은 온통 고등 경찰들로 그득했다. 그들은 사정없이 집 안 곳곳을 뒤지고 있었다. 그들을 지휘하고 있던 마모루가 미유키의 등장에 비죽 웃었다. 미유키는 그런 마모루에게 경멸의 시선을 던졌다. 그때 소파에 몸을 묻고 앉아 있던 총독이 그녀 앞으로 걸어왔다. 미유키는 굳은 얼굴로 총독에게 목례를 전했다. 그러자 총독이 가차없이 미유키의 뺨을 몰아쳤다. 곁에서 지켜보던 하야토는 제 얼굴에 손을 댄 양 부르르 몸을 떨었다.

「네가 그러고도 대일본 제국의 화족이냐?」

한쪽 구석에 서 있던 슈헤이가 미유키를 보며 울부짖었다. 제 어미가 맞는 모습에 놀란 탓이었다. 그러나 어린 소년의 걸음은 거센 순사들의 손에 맥없이 묶여 버렸다.

「아이한테 손 대지 마!」

미유키는 발악하며 슈헤이에게 달려갔다. 그러자 마모루가 비열한 웃음으로 막아섰다. 미유키는 분노로 그를 쏘아봤다.

「아이는 2층으로 데려가!」

마모루는 능청맞은 얼굴로 순사들에게 명령을 내렸다.

「네!」

무참한 발소리에 아이의 울음소리가 묻혀 갔다. 미유키는 눈물로 슈헤이가 사라진 쪽을 바라봤다.

「너란 애는 참으로 박복하구나. 남편이고 애인이고 전부 반역자들만 꼬여 대니.」

총독이 무덤덤하게 입을 열었다. 미유키는 떨리는 눈길로 마모루를 쏘아봤다. 그러나 마모루는 어깨를 으쓱할 뿐이었다.

「이무영을 보호해 달라고 했다지?」

미유키의 시선이 총독에게로 옮겨 갔다.

「이무영을 지키기 위해 뭘 숨겼지?」

총독이 매섭게 물어 왔다.

「숨기고 있는 거 없습니다.」
「난 네 마지막 자존심을 지켜 주고 싶다. 대일본 제국 화족으로서의 자존심 말이다. 이 자리에서 순사들 손에 온몸을 수색당하고 싶지 않다면 네 손으로 꺼내는 게 좋을 거다. 만일 뒤져서 뭔가가 나온다면, 2층에 있는 저 아이를…… 다시는 볼 수 없을 거야.」

미유키는 떨리는 손으로 품 속의 지도를 꺼내 들었다. 마모루에게 건네지 않은 나머지 지도였다. 마모루는 거친 손길로 지도를 잡아채 총독에게 건넸다.

「다이칸과의 연을 생각해서 이번만은 용서하마. 하지만 명심해라. 두 번의 기회는 없다는걸.」

총독은 매정하게 밖으로 나섰다. 집 안에 주둔하고 있던 순사들은 일제히 그를 따라 몰려 나갔다. 미유키는 그제야 스르르 주저앉았다. 하야토는 말없이 다가와 그런 그녀를 소파에 앉혔다. 미유키의 멍한 시선이 정원으로 향했다. 순사들이 짓이겨 놓은 정원은 황량했다. 슈헤이의 빈 그네는 맥없이 흔들리고 있었다.

「내가 너무 큰 걸 바라 왔던 걸까?」

미유키는 박복한 제 자신에게 말을 걸었다. 하야토는 그런 그녀가 안타까워 먹먹히 바라봤다.

「한 사람의 아내로, 한 아이의 엄마로, 한 남자의 여자로, 난…… 그렇게 살 수 없었던 걸까?」

「……아닙니다. 아가씨는…… 충분히 그럴 자격이 있는 분이십니다.」

하야토는 치미는 슬픔을 누르며 담담히 위로를 건넸다.

「그런데 왜…… 왜 안 되는 거지? 왜…… 가질 수 없는 거지? 왜……? 나는 왜……?」

미유키는 이제껏 꾹꾹 눌러 왔던 물음을 끄집어냈다.

「후회하십니까?」

「아니……, 원망스러워……. 내 운명이……, 아니 내 자신이…….」

「그래도 아직은 지키실 게 있습니다. 도련님, 그리고 아기씨 말입니다.」

하야토는 어떻게 해서든 그녀에게 삶의 의지를 주고자 애썼다.

「그래, 아이들. 그래, 나한텐 아이들이 있으니까, 괜찮을 거야……. 그렇지……?」

미유키는 애써 고개를 끄덕였다. 절망의 나락에서 살아남기 위한 처절한 합리화였다.

「이 아이…… 태어날 수는 있겠지……? 그렇겠지? 그렇다고 해 줘, 하야토.」

그녀가 다급하게 동의를 구해 왔다.

「물론입니다. 제가 그렇게 만들 겁니다.」

4

「조선 땅 지하에 이런 길이 있었다니…… 믿기지가 않는군.」

정원에 선 총독은 미유키가 건넨 지도를 살피고 있었다. 총독은 상상을 뛰어넘는 지하도의 구조가 황당한 눈치였다.

「그래서였군요.」

마모루의 얼굴에 깨달음이 스쳤다.

「뭐가 말인가?」

「정민석이 그토록 지하 철도 건설을 반대해 왔던 이유 말입니다. 결국…… 이걸 숨기기 위해서였습니다.」

총독의 얼굴에 새삼스레 노기가 돌았다. 민석에게 속아 온 제 자신에 대한 치욕감 때문이었다.

「참으로 무서운 놈입니다. 아무리 조센징이지만 그 머리 하나만은 인정해 줘야겠군요. 그래 봐야 곧 죽을 목숨이지만.」

마모루는 말끝에 비웃음을 묻었다. 그러나 이미 다쳐 버린 총독의 자존심을 회복하기에는 역부족이었다. 총독은 순사들을 향해 명령을 하달했다.

「이 집도 지하 통로와 연결되어 있다! 샅샅이 뒤져 입구를 찾아! 여기 표시된 지역, 하나도 놓치지 말고 순사들 보내 수색하고!」

「알겠습니다!」

「그리고 지도에 표시된 곳에는 군대를 보내고 고등 경찰을 함께 배치하도록!」

「네!」

마지막으로 명령을 받은 나카무라가 분주히 밖으로 달려 나갔다. 그는 마모루의 복직과 함께 현장으로 돌아온 상태였다.

「……근데 이게 뭘 말하는 건지 모르겠어.」

총독은 붉게 표시된 위치를 가늠하며 갸웃거렸다.

「괜찮으시다면 저도 보겠습니다.」

지도를 받아 든 마모루는 집중해서 보느라 눈썹을 치떴다.

「관공서를 포함한 주요 시설들이야. 왜 별도의 지도로 표시된 걸까?」

총독이 풀리지 않는 의문을 제기했다.

「도주로가 아닐까요? 제 추측이 맞다면 정민석은 최후의 상황에 대비해 별도의 통로를 확보해 둔 것 같습니다. 여길 보시면 서대문 형무소도 있습니다. 서혜림이 사라진 곳이죠.」

그럴듯한 가설이었다.

「좋아. 그렇다면 이쪽은 자네가 책임지고 직접 수색하도록.」

「알겠습니다!」

마모루는 분주히 달려 나갔다. 대문을 나서던 총독은 뒤를 돌아 민석의 집을 올려다봤다. 창가에 선 미유키가 무표정한 얼굴로 그를 내려다보고 있었다.

5

종호는 오랜 여정 끝에 상해 한일단에 도착했다. 감시를 피해 다니느라 일정이 늦어졌다. 진배는 종호를 보자마자 진한 동지애를 담아 뜨겁게 부둥켜안았다.

"경성 쪽은 버리는 겁니까?"

진배가 착잡한 얼굴로 물었다.

"어쩔 수 없었습니다. 이수찬이 마지막 무기를 수거해서 합류하겠다니 그나마 다행이지요."

"단장은······."

"보내 줬습니다."

진배의 얼굴에 낙심이 스쳤다.

"그 아이, 이제까지 최선을 다하지 않았습니까······."

종호는 민석을 두둔하고 나섰다.

"이제 한일단은 끝난 거군요."

진배가 한숨을 내쉬었다.

"아니요. 이젠 기다려야지요."

"뭘 말입니까?"

"민석이의 마지막 승부수, 말입니다."

그때였다. 요란한 전화벨 소리가 종호의 말을 가로막았다. 진배는 긴장한 얼굴로 말없이 수화기를 들었다.

- 접니다, 아버지.

수화기 너머로 길주의 무거운 목소리가 들려왔다.

"말해라."

– 무영이 그 자식이 조직을 팔았어요. 경성이 아주 발칵 뒤집혔다고요!

구불구불한 전파를 타고 길주의 울분이 전해졌다.

"진정하고 상황부터 말해라."

진배는 애써 제 아들의 감정을 눌렀다.

– 우선 단장은 수배령이 내려서 쫓기고 있어요.

"그래서?"

– 아직은 아무 소식도 없어요.

"다행히 잡히지 않은 모양이구나."

진배는 진심으로 안도했다.

– 아버지, 전 무영이 그 자식을 용서할 수가 없어요. 그 자식…… 여자한테 눈이 뒤집혀서 나라를 팔아먹었다고요! 그러니까 허락해 주세요! 제 손으로 이무영, 죽여도 되는 거죠?

"길주야!"

– 우리, 이 작전에 평생을 걸었잖아요! 전 태어나서 걷기 시작할 때부터 동참한 일이었어요. 제 인생의 전부라고요! 그런데 그놈이, 그 자식이…….

길주는 울고 있는지 말을 잇지 못했다.

"너 혼자선 힘들 거다."

진배가 무겁게 입을 열었다. 허락의 의미였다.

"마음 같아서는 이쪽 사람들을 보내 주고 싶다만 지금은 그럴 상황이 아니야. 그러니…… 정 제거하려거든 경성 쪽 한일단원들하고 같이 움직여라."

– 네, 아버지. 걱정 마세요.

"이왕에 죽일 거라면…… 반드시 제거해라."

− 네.

길주는 그길로 경성 내에 숨어 있던 한일단원들을 소집하고 나섰다. 혼자만의 힘으로는 무영을 상대하기에 역부족이었다. 확실히 무영은 강했다. 살인 병기라는 별명이 괜히 붙은 게 아니었다. 길주는 한나절 동안 서른 명 남짓한 한일단원들을 모았다. 지하 통로도 안전하지 않은 까닭에 이들은 외딴 폐가에 모여 회의에 몰두했다.

"광복군에게 전달하기로 한 최후의 무기가 출발했다. 이제 우리에게 남은 임무는 최후의 무기가 무사히 전달되도록 하는 것, 단장이 조선을 무사히 빠져나가 마지막 작전을 시행하도록 돕는 것, 그리고…… 배신자를 처단하는 일이야."

길주는 마지막 말에 힘을 실었다.

"그런데 한일단 단장이 누굽니까?"

단원 중 한 명이 물었다.

"중추원 부의장이자 친일 조선 귀족으로 알려진…… 정민석 자작이다."

일동은 경악했다. 이들은 당혹감으로 술렁이기 시작했다. 길주는 무겁게 이들의 말을 가로막았다.

"단장은 이제껏 총독과 소통할 수 있는 최고위직을 유지하며 한일단 전체의 움직임에 유리하도록 힘써 왔어. 하지만 이무영이라는 단원의 배신으로 지금은 쫓기는 신세야."

"배신이라니요? 이무영이 뭘 어떻게 했다는 겁니까?"

"일본 여자의 꼬임에 넘어가 지하 보급로의 지도를 넘겼어."

혼란으로 술렁이던 공기가 분노로 돌변했다.

"단장은 떠나면서 최후의 작전에 차질이 없도록 지시했고, 현재는 신문을 통해 지령을 전하던 이수찬 단원이 무기를 싣고 이동 중이야. 그러니 우리는 마지막 작전을 지원하고, 이무영을 반드시 처단해야 해."

6

 민석은 혜림을 업고 지하 통로를 달렸다. 혜상이 기다리고 있겠다는 남산으로 가기 위해서였다. 부지런히 걸음을 옮기던 그는 한쪽 구석에 버려진 트럭을 발견했다. 민석은 짐칸에서 신형 권총을 집어 들었다. 수찬이 옮기다 떨어뜨린 것이었다.

 "수찬이 녀석도 남산 쪽으로 빠져나간 모양이네."

 민석은 권총을 손에 쥔 채 출구를 살폈다.

 "수찬 씨…… 무사할까?"

 혜림이 물었다.

 "무사해야지. 무사해야 일을 마칠 수 있으니까."

 민석은 이런저런 근심을 밀어내며 밖으로 빠져나왔다. 한가롭게 걱정을 늘어놓을 상황이 아니었다. 민석은 반쯤 고개를 내민 채 정황을 살폈다. 그러다 혜상의 차가 시야에 들어오자 혜림을 부축해 들어올렸다. 그들을 알아본 혜상이 차를 몰아 왔다. 민석은 조심스레 혜림을 차에 옮겼다.

 탕!

 그 순간 한 발의 총성이 울렸다. 민석은 반사적으로 몸을 숨기며 반격에 나섰다.

 탕! 탕! 탕!

 경황없이 상대를 향해 총을 쏘던 민석은 그제야 적의 정체를 감지했다. 마모루였다. 마모루는 비죽 웃으며 손을 들어 신호탄을 쐈다. 남산 아래로 줄지어 들어서는 10여 대의 차량이 보였다.

 「참으로 운치 있는 밤 아닙니까? 누군가의 최후를 장식하기에 아주 좋은 밤이죠.」

 마모루는 총을 겨누며 민석에게 다가왔다.

 「우리가 인연은 인연인가 봅니다, 자작 각하.」

마모루는 빈정거리며 예를 취했다. 민석은 차갑게 그를 쏘아봤다.

「고매하신 조선 귀족의 목숨을 제가 거두게 되다니 실로 영광입니다.」

「헛소리 집어치워! 너 따위한테 죽을 일은 없으니까.」

찰각거리는 소리와 함께 민석의 총에 힘이 들어갔다.

「여전히 오만하신 분이군요, 각하는.」

마모루는 조금씩 걸음을 옮겨 민석을 압박해 왔다.

「그래, 너 하나쯤은 내 손으로 죽이고 가는 것도 나쁘지 않겠군.」

민석의 눈빛이 반짝였다. 사지에 몰린 짐승의 그것과 같은 날 선 광기였다.

「본인의 능력을 과신하시는군요. 뭔가 착각하시나 본데, 당신은 날 죽일 수도, 이곳을 빠져나갈 수도 없습니다.」

마모루는 비열하게 웃으며 총구의 방향을 바꿨다. 목표물은 혜상의 차 안에 있는 혜림이었다. 민석은 긴장을 놓지 않고 마모루에게 총구를 고정했다.

「당신이 날 쏠 수는 있겠지만 날 쏘는 순간 내 총알은 서혜림의 심장을 뚫어 버릴 겁니다. 날 이길 자신…… 있습니까?」

마모루는 야비한 미소를 지으며 방아쇠에 검지를 가져갔다. 민석은 혼란스러운 눈길로 혜림을 봤다. 그러자 혜림이 조용히 끄덕였다. 순간 민석의 눈빛이 결연해졌다. 기회는 오직 한 번뿐이었다.

탕! 탕! 탕!

두 사람의 총알이 혼란스럽게 엉켜들었다. 총격이 멈추자 마모루가 피를 토하며 고꾸라졌다. 그러나 입가에는 여전히 웃음이 감돌았다. 승리감에 젖은 미소였다. 민석은 섬뜩함을 느끼며 뒤를 돌아봤다. 그의 시야에 혜상의 차가 들어왔다. 처참하게 바스러진 앞 유리 사이로 핏물이 스며들고 있었다. 민석은 혜상의 차를 향해 걸음을 옮겼다. 후들거리는 발걸음은 자꾸만 제멋대로 엉켜들었다. 민석은 가까스로 차에 도달해 떨리는 손으로 차 문을 열었다. 그러다 안쪽의 참극을 확인하고는 눈을 질끈 감았다. 걷잡을 수 없는 분노로 그의 눈두덩에 핏발이 섰다. 바들바들 떨리는 입술에선 꾸역꾸역 울음이 새어 나왔다.

"박사님! 박사님!"

민석은 혜상을 안아 일으켰다. 그의 손바닥 가득 혜상의 피가 흥건했다.

"날 막아 주시려고……."

혜림은 말을 맺지 못하고 오열했다. 걷잡을 수 없는 눈물에 민석의 시야가 흐려졌다.

"무사하셔서 다행입니다, 각하……."

뿌연 눈물 틈으로 혜상의 희미한 미소가 보였다. 그는 이미 무의식의 경계에 다다른 듯 초점이 흐려지고 있었다.

"박사님! 정신 차리십시오! 박사님!"

민석의 목구멍 사이로 마른 통곡이 새어 나왔다.

"울지 마십시오."

혜상은 그런 그의 뺨을 가만히 쓰다듬었다. 혜상의 손바닥에 따뜻한 눈물이 맺혔다. 혜상은 그 촉촉한 질감에서 생의 마지막 온기를 느꼈다.

"참으로 어머님을 많이 닮았습니다."

혜상은 부드럽게 웃었다. 하지만 민석을 바라보는 혜상의 눈길은 낯설기 짝이 없었다. 실낱같은 이성만이 민석에 대한 기억을 부여잡는 모양이었다.

"어차피 병든 몸……, 곧 죽을 몸이었습니다. 그러니…… 지켜야 할 걸 지키고 갔다고 생각해 주세요."

"박사님……, 박사님……."

공허한 울부짖음에 민석의 자책이 묻어났다.

"혹시…… 살아남는다면…… 우리…… 지은이를……, 그 아이를……."

혜상은 마지막 말을 맺지 못한 채 숨을 거뒀다.

"박사님! 박사님!"

민석은 괴성을 질렀다. 그 사이 신호를 따라 올라온 순사들이 민석과 차량을 포위해 왔다. 민석은 살기 어린 눈빛으로 그들을 향해 총을 겨눴다.

「다가오는 놈 있으면…… 누구든지 죽여 버릴 거야.」

총을 그러쥔 민석의 손에 핏발이 섰다. 그는 제 안에서 뿜어져 나오는 한기를 느꼈다. 그것은 슬픔이고, 절망이며, 분노였다. 그는 달뜬 눈으로 자신을 둘러싼 순사들을 쏘아봤다. 그들의 총이 일제히 장전되며 민석을 겨눴다. 민석과 순사들은 동시에 방아쇠를 거머쥐었다.

타타타타타타타타타탕!

숨 가쁘게 울리는 총성에 꽃잎이 후드득 떨어졌다. 혜상의 차바퀴 언저리에 흥건히 피가 고여 들었다. 맥없이 떨어진 민석의 총이 핏물에 젖어들었다. 무릎을 꿇고 주저앉는 그의 눈빛이 격렬하게 흔들렸다.

"단장님! 괜찮으신 겁니까?"

믿기지 않는 외침이 그의 귓가에서 웅얼댔다. 민석은 멍한 눈으로 상대를 가늠했다. 길주였다. 그의 뒤로 한일단원들이 사살한 순사들의 총기를 거둬들이고 있었다. 민석은 그제야 이성을 깨우며 눈을 깜박였다.

"……괜찮아."

그는 여전히 멍해 보였다.

"여긴 저희가 지키겠습니다. 어서 가십시오."

길주가 그를 부축해 일으켰다.

"미안해……. 최승민…… 그렇게 보낸 거."

나약해진 민석의 시선이 길주를 향했다.

"저라도 그랬을 겁니다."

길주는 투박한 위로를 건넸다.

"하지만 그래도 미안하시다면 반드시 살아남으십시오. 반드시 살아남아서, 우리가 품었던 꿈…… 꼭 이뤄 주십시오."

민석은 결연히 고개를 끄덕였다. 길주는 그런 민석을 향해 손을 건넸다. 민석은 그의 손을 단단히 거머쥐고 바닥에서 일어섰다. 그리고 경건한 표정으로 혜상의 시신을 안아 들었다. 그는 잠시 눈을 감고 애도를 마친 뒤 길주에게 혜상을 건넸다.

"잘 모셔 줘. 부탁할게."

길주는 고개를 끄덕였다. 민석은 혜림과 함께 피범벅이 된 차를 몰고 사라졌다.

7

수찬은 불안한 기색이 역력했다. 그러나 애써 평상심을 유지하며 운전에 집중했다. 홍연은 그런 수찬을 염려스러운 눈길로 봤다.

"어디로 가는 거예요?"

"제물포항."

수찬은 홍연에게 시선을 주지 않은 채 짧게 답했다. 그의 어깨는 긴장으로 굳어 있었다.

"……결국 조선을 떠나시려는 건가요?"

"아니, 나는 남아야지. 누군가는 남아서 할 일이 있으니까."

"그럼 저건 누가 가져가는 거죠?"

뒷자리에 있는 신형 무기를 두고 하는 말이었다.

"글쎄……."

수찬은 말끝을 흐렸다.

"글쎄…… 라니요?"

홍연은 의아해했다.

"민석이가 정해 준 곳이 제물포항이야. 누가 나올지는 변수가 많아서 확정할 수 없다고. 하지만 반드시 한일단원 중 하나가 가 있을 거라고 했어. 그러니 믿고 달릴 수밖에."

결국 한 치 앞도 가늠할 수 없는 불안한 질주라는 이야기였다. 그러나 선택의 여지는 없었다. 그들은 무조건 달려야 했다.

새벽을 꼬박 달려서야 창밖으로 짠내가 풍겨 왔다. 홍연의 시야에 드문드문 정박되어 있는 배가 들어왔다. 그녀는 잠시 제 앞의 시름을 잊은 채 평화로운 정경에 마음을 빼앗겼다. 수찬은 항구에 있는 물류 창고 부근에 차를 세웠다. 차에서 내린 두 사람은 바다를 향해 멀고 먼 시선을 던졌다. 떨리는 마음을 조금이라도 가누고 싶은 마음에서였다.

"오라버니와 이렇게 같은 바다를 보게 될 날이 올 줄은 몰랐네요."

수찬은 그녀가 묻어 놓은 가시에 쓰게 웃었다.

"사람의 마음이란 참 간사하죠? 평생 꿈도 못 꿔 본 시간을 누리면서도…… 다시는 이런 시간이 오지 않으면 어쩌나…… 이게 영원히 끝이면 어쩌나……."

홍연의 목소리가 바닷바람에 실려 아득하게 흩어졌다. 수찬은 조용히 그녀의 손을 잡았다.

"아니. 우린 다시 저 바다를 볼 거야. 그것도 일본의 바다가 아닌 조선의 바다로."

홍연은 미소로 끄덕였다. 순간 요란한 마찰음이 들렸다. 두 사람은 긴장한 얼굴로 뒤를 돌아봤다. 그러자 피투성이가 된 차가 들어섰다. 수찬은 그 참담한 형상을 향해 총구를 겨눴다. 상대가 누구인지 알 수 없으니 경계는 필수였다. 그러나 총성은 터지지 않았다. 지친 기색으로 차에서 내려서는 민석의 얼굴을 확인한 덕분이었다.

"무사했구나."

수찬은 한달음에 달려가 제 친구를 부둥켜안았다. 민석은 가슴 벅찬 재회에도 굳게 입을 다물었다. 수찬은 그런 그에게서 불안한 기운을 감지했다.

"혜림이는……?"

수찬은 긴장된 눈길로 차 안을 살폈다. 그러자 혜림이 창밖으로 고개를 내밀었다. 그녀는 수찬을 보며 부드럽게 웃었다. 그를 안심시키고 싶은 마음에서였다.

"나 멀쩡해."

지독할 만큼 침착한 목소리였다. 홍연은 그제야 그들에게로 달음질쳤다.

"혜림 씨!"

홍연은 반색을 하며 차 문을 열었다. 그러자 핏빛으로 물든 혜림의 다리가 드러났다. 홍연은 저도 모르게 터져 나오는 비명을 막지 못했다. 수찬도 홍연의 시선을 따라가다 사색이 됐다.

"서혜림…… 너……?"

수찬은 참담함에 말을 잇지 못했다.

"어차피 은퇴하려고 했었어. 그동안 지은 죄도 많은데 이 정도 벌도 안 받으면 안 되지."

혜림은 어색함이 싫어 애써 밝게 웃었다. 홍연은 치미는 흐느낌을 누르려 손등으로 입을 막았다.

"……무기는?"

민석이 사무적으로 입을 열었다.

"차에. 어느 배인지, 누가 올지 모르니까."

민석은 조용히 끄덕였다.

"자신 있어?"

수찬은 창백한 민석의 얼굴이 안쓰러워 물었다.

"일본놈들 몰아낼 자신…… 있는 거야?"

"그래야지. 자신이 없어도 해야 해. 너무 많은 사람이…… 원하는 일이니까."

민석은 먹먹한 눈으로 혜상의 차를 돌아봤다. 그리고 망자의 유품을 보며 굳은 맹세를 다졌다. 그는 다시 바다로 시선을 돌렸다. 멀리서 배 한 척이 다가왔다. 상대는 이들을 확인하자마자 푸른 깃발을 매달았다. 민석은 망원경을 들어 깃발의 형상을 확인했다. 티끌 없이 맑은 하늘 위로 '일오삼오溢鳴森悟'라는 글자가 선명하게 일렁였다.

"뒷일을 부탁한다."

배가 정박하자 민석은 수찬의 손을 맞잡았다. 수찬은 뜨거운 눈길로 긍정을 전했다. 민석은 상자 속에서 수류탄을 꺼내 들었다.

"이거면…… 넌 무사할 거야."

민석은 수찬의 손에 수류탄을 쥐어 줬다.

"간다."

민석은 혜림을 안아 들고 배를 향해 걸었다. 정박한 배에서는 한일단원들이 쏟아져 나왔다. 그들은 민석과 간단한 이야기를 주고받은 뒤 무기 상자를 옮겨 실었다. 그 사이 민석은 혜림과 함께 배에 올랐다. 화물을 옮기는 일은 생각보다 오래 걸리지 않았다. 단원들은 지체 없이 항구를 떠났다. 혜림은 아련한 눈길로 뒤를 돌아봤다. 수찬과 홍연이 그들을 향해 손을 흔들고 있었다.

"우린 어디로 가는 거야?"

혜림이 물어 왔다. 더운 바닷바람이 그녀의 머리카락을 쓸어 올렸다.

"조선이 아닌 곳으로."

민석은 담담히 답했다.

"······다시······ 돌아올 거야?"

혜림이 망설이던 물음을 꺼냈다.

"조선이······ 날 허락한다면······."

민석은 제물포항을 돌아봤다. 이제 막 떠나온 항구가 벌써 손톱만큼 작아졌다.

"······날······ 용서해 준다면······."

8

국경의 밤은 칠흑같이 어두웠다. 영수의 차는 검문 중인 일본 순사들과 마주쳤다.

"오라버니, 어떡해요?"

애종은 완전히 겁에 질려 있었다.

"침착해. 무조건 침착해야 해. 알았지?"

영수는 몇 번이고 다짐을 받았다.

"네."

그는 여유 있는 미소로 차를 몰았다. 순사들이 그의 차를 막아섰다.

「이 시간에 뭐야?」

「남만주 철도 회사 소속 박영수라고 합니다.」

영수는 주머니 속에서 신분증을 꺼내 들었다. 경성으로 복귀할 때 잊지 않고 챙겨 둔 것이었다. 순사는 꼼꼼하게 신분증과 영수의 얼굴을 대조했다.

「남철? 이 시간에 남철에서 무슨 볼일이오?」

신분을 확인한 상대는 한층 경계를 풀었다.

「아직 소식 못 들으셨나 보네요?」

영수는 그들의 호기심을 자극했다.
「무슨 소식 말이오?」
「지금 경성이 아주 난리가 났어요. 한일단인지 뭔지 하는 놈들 때문에 아주 쑥대밭이 됐다고요. 대체 나라가 어떻게 되려는지.」
영수는 구시렁거렸다.
「그래? 근데 그거랑 남철이랑 무슨 상관이오?」
「헌병대와 순사들에게 지급할 무기를 싣고 오랍니다. 아주 이 잡듯이 잡아낼 모양이더라고요. 어찌나 닦달을 해 대는지…….」
영수는 일부러 더 투덜댔다. 의심을 피하기 위해서였다. 결과는 훌륭했다.
「허……, 거 고생이 많소. 그럼 살펴 가쇼.」
순사는 의심 없이 영수의 차를 통과시켰다. 영수는 애써 여유 있게 차를 몰아 빠져나갔다. 조급한 인상은 주지 않을 속셈이었다. 그러나 그런 그의 속내를 모르는 애종은 애가 탔다. 영수는 국경에서 한참 벗어난 뒤에야 한숨을 토했다. 그제야 긴장이 밀려오는지 새삼스레 식은땀을 흘렸다. 애종은 살뜰히 손수건을 꺼내 그의 얼굴을 닦아 줬다.
그들의 차가 달음질을 멈췄을 때는 이미 해가 중천에 뜬 뒤였다. 두 사람이 탄 차는 지친 기색으로 상해 사람들의 일상 속에 섞여 들었다. 이들은 골목 어귀에 차를 세웠다. 더 이상은 차가 들어갈 수 없기 때문이었다. 영수는 근처의 상인에게 제 차를 살펴 줄 것을 당부했다.
영수와 애종은 구불구불한 골목을 몇 바퀴나 돌았다. 애종은 끝이 없는 샛길의 행렬에 멀미를 느꼈다. 지하 통로를 통해 미로라면 제법 익숙해진 그녀였지만 극단의 긴장과 오랜 여행은 그녀의 심신을 지치게 했다. 영수는 10여 분을 걷고 난 뒤에야 걸음을 멈췄다. 생전에 사람이라고는 들고 난 것 같지 않은 조그만 만물상이었다. 상점의 분위기는 오는 손님도 쫓아 버릴 만큼 음침했다. 애종은 저도 모르게 인상을 찌푸렸다. 그러나 영수의 얼굴에는 안도의 기색이 돌았다. 그는 안으로 들어 계단을 올랐다. 그러자 낡고 푸른 나무문이 두 사람을 반겼다. 영수는 왈칵 문을 열어젖혔다. 덕분에 안쪽에 있던 한일단원들의 시선이 모두 쏠렸다. 종호와 경성 식구들도 함께였다.

"무사히 와서 다행이다."

종호는 가만히 제 아들을 부둥켜안았다.

"이수찬은요? 이수찬은 연락 없어요?"

긴장을 털어 내려 빙긋 웃던 영수가 물었다.

"단장이 이수찬에게 경성 쪽 마무리를 부탁했다. 대장간에 남은 무기들을 전부 쓸어 이쪽으로 보내 올 게다."

"한길주는요?"

"한길주는…… 경성에 남아서 이무영을 처단하겠단다."

"……네? 이무영을요?"

영수는 저도 모르게 소리를 버럭 질렀다. 켜켜이 쌓여 온 인연의 무게 탓이었다. 비록 말썽이 많은 자이긴 했지만 무영은 그들의 동지이기 이전에 벗이었다. 그는 그런 이의 목숨을 두고 오가는 사무적인 말들에 혼란을 느꼈다.

"지도를 유출했으니 당연한 일이다. 그것도 미유키에게 넘기다니……. 조직 차원에서도 절대 용납할 수 없는 일이다."

진배가 단호하게 나섰다. 영수는 쉽사리 반박하지 못했다. 사적인 감정으로 조직의 뜻을 거스를 수는 없는 노릇이었다. 하지만 영수는 그런 상황을 막아 낼 수 없는 제 자신에게 무력감을 느꼈다. 결국은 모두가 잘 살고자 도모했던 독립운동이었다. 그런데 그 일을 위해 누군가는 죽어야 했다. 영수는 새삼스레 이 비정한 세월에 환멸을 느꼈다.

9

 신문은 남산의 총격 사건을 대대적으로 보도했다. 기사는 이 사건으로 인해 마모루가 순직했다는 사실을 함께 전했다. 그 시각, 총독부에는 마모루의 시신을 실은 운구차가 도착했다. 침통한 분위기였다. 그러나 그의 최후는 명예라는 이름으로 포장되어 재가공됐다. 덕분에 많은 이가 그의 죽음을 애도했다. 물론 형식적인 슬픔이 다분히 내포되었지만 말이다.
 같은 시각, 또다른 누군가의 죽음은 쓸쓸하기 그지없었다. 혜상은 창백한 얼굴로 영안실에 누워 있었다. 지은은 가만히 제 아빠의 손을 그러쥐었다. 믿을 수 없는 냉기가 그녀의 손끝을 타고 올라왔다. 그녀는 그 체온의 간극에서 영원히 맞닿을 수 없는 인연의 거리를 느꼈다. 지은은 차가운 그의 손이 가여워 몇 번이고 입김을 호호 불어 댔다. 그러나 얼어 버린 손가락은 무정하기 짝이 없었다. 지은은 서러움에 울음을 터뜨렸다.
 그 순간 문이 열리고 낯익은 발자국이 들어섰다. 무영이었다. 그는 순사들의 눈을 피하기 위해 중절모를 깊게 눌러쓰고 있었다. 지은은 무표정한 얼굴로 무영을 올려다봤다.
 "……당신은 또 뭐죠?"
 맥없는 물음이 무영을 맞이했다.
 "당신은 어떻게 날 놀라게 할 셈이에요?"
 "……미유키가…… 다쳤어."
 "좋지 않은 때를 택하셨네요. 난 지금 그분을 챙길 여유가 없는데."
 지은은 헛웃음을 쏟았다. 그 공허한 웃음에 무영은 무거운 눈길로 혜상의 시신을 바라봤다.
 "다들 자기가 독립군이래요. 박영수도, 정민석도, 심지어는 우리 아빠도……."
 지은은 여전히 제 앞의 현실이 믿기지 않는 눈치였다.

"박영수가 미리 말 안 했나 보군."

무영은 담담했다. 무심해서는 아니었다. 다만 서투른 말주변이 끼어들 수 있는 슬픔이 아니라 여긴 까닭이었다.

"내가 사랑하는 사람들이 다들 목숨 걸고 나라의 독립을 말하는데, 내가 왜…… 내가 왜 일본 여자의 상처까지 살펴 줘야 하죠? 내가 왜……?"

지은은 거칠게 항변했다.

"사람이니까. 일본 여자가 아니라 그냥 사람이니까. 그리고…… 환자니까……."

맥없는 설득이었다. 그러나 그 이상의 어떤 말도 떠오르지 않았다. 지은은 입술을 꼭 깨물었다. 그 무력한 논리에도 저항할 수 없을 만큼 지은 역시 얼이 나가 있었다. 더군다나 혜상이라면 분명 무영의 뜻을 받아들였을 터였다.

"그 사람…… 당신 아니면 돌볼 사람이 없어……. 그러니까, 염치없지만 부탁할게."

무영은 제 말만 홀연히 전하고 다시 사라졌다.

지은은 그가 나가고 꼬박 하루 동안 영안실에 틀어박혀 있었다. 웅크리고 앉아 있노라니 머리가 저절로 맑아졌다. 허기와 탈진 상태가 길어질수록 더더욱 그랬다. 동이 틀 무렵 지은은 홀연히 일어섰다. 미유키에게 가기 위해서였다. 모두가 이 일을 위해 제 몸을 던졌다. 그렇다면 그녀 자신도 뭔가를 해야 했다. 더 이상 철부지처럼 징징거리고 있을 수만은 없었다.

그녀는 새벽이슬을 맞으며 미유키의 집으로 향했다. 여느 때 같으면 친절히 그녀를 맞이했던 대문에는 피곤한 기색의 순사들이 졸고 있었다. 지은은 그들에게 제 신분을 밝히고 안으로 들어섰다. 미유키는 신문을 읽고 있었다. 그녀는 하루 전 일간지를 장식한 마모루의 죽음을 되짚어가며 싸늘히 웃었다. 지극히 소심한 복수였다. 미유키는 지은을 보자 반색하며 일어섰다. 그러나 지은은 새삼스레 미유키가 징그럽게 느껴졌다. 그녀에게 품어 왔던 연민이 적개심으로 돌아서고 있었다. 그녀는 가여운 친구가 아니라 소중한 사람들을 빼앗아 간 일본인에 불과했다.

「와 줘서 고마워요.」

미유키는 진심으로 반가워했다. 지은은 그 따뜻함을 받아들일 수 없어 외면했다. 미유키는 그런 지은에게서 심상치 않은 기운을 감지했다.

「약속은 지킬게요. 당신 아이, 태어날 때까지 지켜 주겠다는 약속.」

물기 없는 목소리가 바스락거렸다.

「무슨 일…… 있어요?」

자신 없는 물음이었다. 미유키는 아직까지 혜상의 죽음에 대해 알지 못했다. 하지만 직감적으로 지은의 신변에 변화가 생겼음을 알아챘다.

「내가 사랑하는 사람들이…… 이 땅을 찾겠다고 나섰어요.」

미유키는 지그시 입술을 깨물었다. 결국은 다른 피를 타고난 이들의 엇갈림이었다.

「미안해요. 당신은 상관없는 일이겠지만…… 나, 이제 당신을 친구로 생각할 순 없을 것 같아요.」

지은은 힘겹게 말을 맺었다. 미유키의 사심 없는 눈동자에 마음이 흔들렸다. 지은은 까닭 모를 가책과 적개심 사이에서 혼란을 느꼈다.

「이해해요.」

미유키는 선선히 고개를 끄덕였다.

「그리고 고마워요. 이 아이, 지켜 준다고 해 줘서.」

지은은 대답 대신 조용히 다가가 미유키의 상처를 살폈다. 앙상한 어깨에 서늘한 칼날의 흔적이 남아 있었다. 지은은 꼼꼼한 손놀림으로 혈흔을 지워 냈다. 미유키는 미안한 마음으로 그런 지은을 돌아봤다. 그러나 지은은 사무적인 치료를 마친 뒤 지체 없이 돌아갔다. 미유키는 야멸친 뒷모습에 먹먹한 눈길을 보냈다. 그 쓸쓸한 모습에 하야토가 다가왔다.

「모든 일이 잘될 겁니다.」

하야토는 투박한 위로를 건넸다.

「그럴까……?」

미유키는 하야토의 얼굴을 빤히 봤다.

「어떻게……?」

미유키는 대책 없는 희망에 반문을 보냈다. 하야토는 답하지 못했다.

「그동안은 자기 아버지에게 축복받지 못하고 태어난 슈헤이가 너무 가엾고 안쓰러웠는데…… 이 아이는…… 세상 누구도 축복해 주지 않으니…… 가엾어서 어쩌지…….」

미유키는 제 안에 새로 움튼 심장이 가여웠다.

「이무영은…… 다를 겁니다.」

「그렇겠지……? 같이 지키고 싶어했으니까. 나보고도 지켜 달라고 했으니까. 아이가 태어나면, 분명 기뻐하겠지?」

하야토는 말없이 끄덕였다. 미유키는 애써 기쁘게 웃었다. 그렇게 하면 모든 게 현실로 이뤄질 것 같은 마음에서였다.

10

민석의 집무실은 이미 쑥대밭이 된 지 오래였다. 순사들은 먼지 한 톨 찾아내지 못한 현장을 집요하게 헤집고 있었다. 집무실에 선 유우스케의 얼굴은 굳어 있었다.

「정민석은 아직인가?」

유우스케는 형식적인 물음을 던졌다. 민석이 체포되었다면 벌써 그의 귀에 들어왔을 터였다.

「네, 아무래도 마모루 경무국장님께서 돌아가신 곳이 최후 목격지인 듯합니다.」

「이수찬은? 이수찬은 왜 안 보여?」

「글쎄요……. 어제 이후로 행방이 묘연합니다.」

「이상해. 분명히 한통속일 거야…….」

유우스케는 주변을 돌아봤다. 아무리 생각해도 이곳을 물고 늘어지는 건 무의미해 보였다. 결국 유우스케는 수찬의 집을 수색하기로 결심했다. 그는 그길로 순사들을 몰아 수찬의 집을 뒤졌다. 유찬은 영문도 모른 채 그들을 맞았다. 거실은 순식간에 순사들의 군홧발에 짓이겨졌다.

「이수찬한테는 아직도 소식이 없나?」

유우스케가 고압적으로 물었다.

「멀쩡하다가도 여자랑 한 번 엮이면 한 달이고 1년이고 칩거해 버리는 놈입니다. 이제 정신 좀 차렸나 했는데 하필이면 이런 때 사라져서는…….」

유찬은 생각 외로 침착했다. 그의 말은 사실이었다. 그는 문화와 향락에 도취된 제 동생이 독립운동을 했을 거라 생각하지 않았다. 그러나 마음 한 구석에 치미는 불안감만은 어쩔 수 없었다.

「증거가 없어서 이만 돌아가지만 이수찬이 오면 똑똑히 전해! 의심받고 싶지 않으면 제대로 해명해야 할 거라고. 알겠나?」

유우스케는 있는 대로 으름장을 놓고는 수찬의 집을 나섰다.

그 시각, 수찬은 먼발치에 차를 세워 둔 채 망원경을 들어 제 집을 살피고 있었다. 그는 대문에서 쏟아져 나오는 순사들을 보며 얼굴을 굳혔다.

"형은…… 무사하겠지?"

수찬은 초조함을 막연한 희망으로 덮어 버렸다.

"그럴 거예요. 아직 아무런 증거도 못 찾았을 테니까요."

홍연이 그를 위로했다.

"그래……, 조금만 더 견뎌 주면 될 거야."

수찬은 애써 끄덕이며 민석이 건네준 수류탄을 꼭 쥐었다. 그는 그 차가운 감촉을 되새기며 정신을 가다듬었다.

11

양산항에 선 영수는 멀리 보이는 배를 향해 호들갑스레 손을 흔들었다. 배에 탄 민석은 그런 그를 보며 피식 웃었다. 어떤 상황에서도 한결같은 그의 유쾌함이 민석의 굳은 어깨를 풀어 줬다. 배가 항구에 닿자 한일단원들은 분주히 무기 상자를 내렸다. 영수는 반갑게 배에 뛰어올랐다.

"무사히 오셨네요, 단장."

영수는 민석을 와락 끌어안았다. 민석은 영수에게 안긴 채 어색하게 서 있었다. 그러나 싫지는 않은 모양이었다.

"고생하셨어요. 무사하셔서 다행이에요."

영수는 의자에 앉아 있던 혜림에게 손을 내밀었다. 혜림은 웃으며 손을 맞잡았다. 영수는 그런 혜림을 일으키려 가만히 손을 당겼다. 그러나 상대는 미동도 없었다.

"미안한데 차를 좀 가까이 대 줄래? 이 사람, 좀 다쳐서."

민석은 혜림을 안아 들었다. 영수는 심상치 않은 얼굴로 그런 두 사람을 살폈다.

모두가 안전한 곳으로 이동하고 나서야 혜림은 의사의 얼굴을 볼 수 있었다. 그녀를 살피던 의사는 굳은 표정으로 민석을 돌아봤다. 민석은 직감적으로 안 좋은 낌새를 알아차렸다.

"잠시 모셔다 드리고 올게."

민석은 혜림을 향해 부드럽게 웃었다. 혜림은 선선히 끄덕였다.

"가시죠."

민석은 의사를 배웅하며 문 밖을 나섰다. 혜림의 곁에 서서 움쩍도 못하던 애종은 그제야 다가와 울먹였다.

"애종 씨 보니까 나 이제 좀 살 것 같아. 그동안 얼마나 무서웠는데."

혜림은 애종을 보며 밝게 웃었다.

"하필이면 다리를 다쳐서 어떡해요. 분명 나을 수 있겠죠? 그렇겠죠?"

"그렇겠지. 괜찮을 거야. 그리고 사실 나 정말 좋은 일 생겼어."

애석하게도 위로는 혜림의 몫이었다.

"다리가 이 지경인데 좋은 일이고 뭐고 무슨 소용이에요."

애종은 여전히 훌쩍였다.

"나, 이제 엄마 될 거야."

"네?"

"나 아이 가졌어."

"언니……, 언니 축하해요."

애종은 혜림의 목을 끌어안았다.

"고마워. 우리 아기…… 이렇게 축복받으며 태어날 수 있어서 정말 다행이야."

혜림은 그제야 눈물을 보였다. 그녀는 솔직하게 눈물을 쏟을 수 있는 시간이 왔음에 진심으로 감사했다.

그러나 혜림이 기뻐하는 사이 민석은 절망에 빠져 있었다. 의사가 전한 비보 때문이었다.

"무대에…… 다시 설 수 있겠습니까?"

의사는 고개를 가로저었다.

"걸을 순…… 있는 거죠?"

민석은 사정하듯 물었다.

"……죄송합니다."

무거운 대답이 돌아왔다.

"방법이 없는 겁니까?"

민석은 애써 평정을 유지했다.

"현재로써는 손쓸 수 있는 방법이 전혀 없습니다. 총상을 입은 위치가…… 좋지 않습니다."

의사는 난색을 표했다.

"알겠습니다. 수고하셨습니다."

민석은 구차한 물음을 밀어넣고 정중히 그를 배웅했다. 한 번 더 살펴 달라거나 다른 방법을 찾아 달라는 어울리지 않는 절규가 그의 속내에 메아리쳤다. 그러나 그런 식의 감정놀음이 바꿔 놓을 수 있는 일은 아무것도 없었다. 민석은 가슴속에 응어리진 절망을 삭이고는 담담히 혜림의 방으로 향했다.

애종이 나간 사이 혜림은 바느질에 몰두하고 있었다. 햇살을 가득 받으며 부지런히 손을 놀리는 혜림의 자태는 더없이 평화로웠다.

"이거 세 번째 만드는 거야. 무슨 옷 한 벌 지어 입히기가 이렇게 힘든지……. 하여간 당신은 뭐든 쉽게 넘어가는 게 없어."

혜림은 그에게 눈길을 주지 않은 채 장난스럽게 투덜거렸다. 그녀의 손끝에서 은빛 바늘이 유연하게 움직였다.

"혜림아……, 있잖아……."

민석은 말을 잇지 못했다.

"나 못 걷는다고?"

혜림은 여전히 실 끝에서 시선을 떼지 않았다. 민석은 목이 메어 마른침을 삼켰다.

"그 정도는 나도 눈치로 알아. 애도 아니고. 다른 사람 몸도 아니고 내 몸인데."

"……미안해."

가까스로 말을 뱉은 민석의 입술이 절망감에 떨렸다.

"당신 벌받은 거야. 날 그렇게 감쪽같이 속이고 다니더니. 이제 만날 나 업고 다녀야 하는 거 알지?"

혜림은 애써 밝게 웃었다. 그러나 큰 눈에 가득 고인 눈물이 그녀의 슬픔을 고스란히 드러냈다.

"포기 안 할 거야. 조선도……, 너도…… 절대 포기 안 해."

민석의 뺨 위로 주르륵 눈물이 흘러내렸다.

"그래야지……, 그래야 정민석이지."

혜림은 부드럽게 웃으며 그의 뺨을 어루만졌다.

12

혜림의 빈 옥사를 뒤지던 순사들은 벽을 더듬고 바닥을 두들겼다. 숨겨진 지하 통로와의 연결점을 찾아내기 위해서였다.

「여기입니다!」

순사들은 우르르 몰려들어 출입구를 살폈다. 그러자 아래로 뚫린 넓은 공간이 보였다. 일동은 경악했다. 이들을 지휘하던 나카무라는 회심의 미소를 지으며 부하들을 아래로 내려보냈다. 물론 그 자신도 함께였다. 순사들은 좁고 긴 사다리로 차례차례 내려갔다.

「쥐새끼 같은 놈들. 이제까지 이런 지하 구석으로 돌아다녔어?」

가장 마지막에 내려선 나카무라는 기가 막힌 얼굴로 주변을 둘러봤다.

「당장 따라가 샅샅이 뒤져! 정민석이건 한일단 놈들이건 찾아내면 무조건 사살이야! 알겠나?」

「네!」

나카무라와 순사들은 맹렬하게 지하도를 뒤졌다. 하지만 끝도 없이 이어진 길에 이들은 서서히 지쳐 갔다. 그나마 나카무라만이 맹수 같은 눈으로 사방을 살폈다.

「지독한 놈들. 무식하게 쑤셔 댔군. 도대체 끝이 어디야?」

나카무라도 지쳐 가는지 투덜대기 시작했다.

「그런데 계속 여기를 뒤진다고 놈들이 잡힐까요? 아직까진 쥐새끼 한 마리 못 찾아냈잖습니까?」

순사 하나가 난색을 표했다.

「별수없지, 우리가 맡은 곳이 지하 쪽이니. 지상은 경무국장님 지휘하에 수색 중이니 우린 여길 뒤져 볼 수밖에.」

나카무라는 이맛살을 찌푸렸다. 수일 동안 지하에 있던 그는 아직까지 마모루의 사망 소식을 접하지 못하고 있었다.

「경관님, 여기 뭔가가 있습니다.」

순사 하나가 다급하게 그를 불렀다. 나카무라는 매서운 눈빛으로 그를 향해 다가섰다. 뒤따르던 순사들도 우르르 몰려갔다. 나카무라는 조심스레 순사가 발견한 고무 가방을 열었다. 그리고 내용물을 확인하던 그의 얼굴이 흙빛으로 굳었다.

「젠장, 폭약이잖아!」

같은 시각, 수찬은 차창을 통해 대장간을 살폈다. 순사 여럿이 진을 치며 삼엄한 경비를 펼치고 있었다.

"잘할 수 있지?"

수찬은 홍연에게 다짐을 받았다.

"네."

홍연은 결연하게 끄덕였다. 그 긍정을 신호로 수찬은 거칠게 액셀러레이

터를 밟았다. 그는 요란한 마찰음과 함께 대장간으로 질주했다. 입구를 지키고 있던 순사들이 황급히 좌우로 비켜섰다. 그들은 뒤늦게 총질할 태세를 갖추었지만 차의 속도를 당해 낼 수는 없었다. 그들이 쏘는 총알은 맥없이 허공을 갈랐다. 홍연은 콩알처럼 튀는 총탄 소리에 어깨를 움츠렸다. 그러나 정신을 바짝 차려야 했다. 그녀는 심호흡을 한 뒤 눈을 질끈 감고 창밖으로 힘껏 손을 뻗어 쥐고 있던 수류탄을 던졌다. 그와 동시에 수찬은 필사적으로 차를 몰았다. 그들의 차 뒤로 어마어마한 폭음이 들렸다.

나카무라가 있던 지하도에도 요란한 폭음이 찾아들었다. 무시무시한 폭발음은 연쇄적으로 들렸다. 각 지역 관공서를 중심으로 설치된 폭탄이 차례로 터지는 소리였다. 뜨거운 불길이 지하도를 질주했다. 지하 통로에 있던 순사들은 힘없이 화염에 휩싸였다. 그렇게 지하도는 사명을 다했다. 어디선가 날아든 '1535'가 적힌 쪽지도 불꽃과 함께 한 줌 재로 사라졌다.

수찬은 지하도의 최후를 확인한 뒤 중추원으로 향했다. 이미 민석과 논의된 이야기였다. 어쨌거나 누군가는 남아 경성의 일을 처리해야 했다. 그러기 위해서는 수찬이 중추원에서 행정적인 뒷받침을 해 줘야 한다는 것이 민석의 논리였다. 물론 쉽지 않은 일이었다. 중추원 앞은 삼엄하기 이를 데 없었다. 수찬은 의심을 사지 않고 중추원에 복귀할 방도를 찾느라 머리를 쥐어짰다.

"오라버니, 제가 보기에 그냥 돌아가는 건 위험할 것 같아요."

홍연이 다부지게 입을 열었다.

"그래서?"

"절 넘기세요."

그녀의 말간 눈은 담담했다.

"⋯⋯뭐?"

"모든 게 다 터진 시점에서 오라버니가 며칠간이나 자취를 감췄다는 건 그 자체로 혐의를 증명하는 거나 마찬가지예요. 하지만…… 절 넘기면 그래도 할 말이 생기잖아요. 전 정치범이고……, 오라버니는 그런 절 잡아 온 거예요."

"말도 안 되는 소리 하지 마!"

수찬은 왈칵 짜증을 냈다.

"기억 안 나세요? 자작 각하는 공연장에서 혜림 씨를 향해 총을 겨눴어요. 아마 그때 승민 씨가 총독을 쏘지 않았다면 각하는 분명 혜림 씨를 쐈을 거예요. 오직 조국을 위해서요."

홍연은 민석을 빗대어 설득에 나섰다. 수찬은 싸늘해졌다.

"그러니 오라버니도 해야만 해요. 반드시."

13

"이제 광복군 측에 우리가 줄 수 있는 무기는 이게 마지막입니다."

민석은 좌중을 돌아봤다. 일동은 조용히 끄덕였다.

"강요하지는 않겠습니다만, 제 생각에는 남은 한일단원들 모두 광복군에 편입했으면 합니다. 일이 이렇게 된 이상 더는 지체할 시간이 없습니다. 미국과의 협공을 서둘러 시작해야 할 것 같습니다."

모두의 눈빛이 결연해졌다.

"동감입니다. 조선 내에서의 활동이 불가능하게 됐으니 이젠 전면전을 해야 할 겁니다."

종호는 민석의 의견에 동조를 표했다.

"자네들은 어떻게 생각하나?"

진배가 단원들의 생각을 물었다.

"어차피 한일단에 처음 들어올 때부터 종호 어르신 뜻에 모든 걸 맡길 생각이었습니다. 어르신 판단이 그런 거라면 무조건 따르겠습니다."

준익이 담담하게 입을 열었다.

"저도 동감입니다."

동진도 뜻을 같이했다.

"네 생각은 어떠냐?"

종호는 영수의 의견을 구했다.

"제대로 된 감투라도 하나 달아 주신다면야 당연히 같이 끼어야죠. 이번엔 화끈하게 붙는 겁니까?"

영수가 민석을 향해 물었다. 민석은 날 선 눈빛으로 고개를 끄덕였다.

"그래. 화끈하게…… 아주 제대로 붙어 줘야지."

"단장님도 같이 가시는 거죠?"

"아니."

모두는 뜻밖의 발언에 깜짝 놀랐다.

"난 따로 해야 할 일이 있어."

민석은 지그시 입술을 깨물었다. 내키지 않는 기색이었.

그 순간 전화가 울렸다. 일동은 흠칫하며 긴장했다. 진배는 수화기를 들어 상대를 확인했다. 수찬이었다. 그는 조용히 민석에게 전화를 건넸다. 수찬의 보고를 접한 민석은 짧게 당부를 전하고는 전화를 끊었다. 중추원으로 돌아가 남은 일들을 처리하라는 것이 주된 내용이었다. 당분간 의심을 받겠지만 증거가 없으니 버텨 보라는 지시도 잊지 않았다. 짤막한 감사의 말도 함께였다.

"이수찬이 경성 통로를 폐쇄했습니다."

수화기를 내려놓는 민석의 얼굴에서 긴장이 누그러졌다. 모두는 어떤 반응도 선뜻 보이지 못했다. 만감이 교차한 탓이었다. 분명 그들의 작전은 성공이었다. 하지만 그로 인해 이들은 그동안 공들여 온 지하 통로를 잃었다.

더 이상 지하 보급로를 통한 작전 이행은 없다고 봐야 했다.

"그리고 총독부와 종로 경찰서 등 일부 시설도 폭파되었다고 합니다."

민석의 말이 떨어지기가 무섭게 영수는 쾌재를 불렀다.

"하지만 아쉽게도 총독 관저를 비롯한 몇몇 주요 시설은 폭파되지 않은 모양입니다."

민석은 설명을 덧붙였다.

"아, 아까워. 그 폭약을 내가 만들었으면 무조건 한 방인데."

호들갑을 떨던 영수는 금세 아깝다는 듯 구시렁거렸다.

"이수찬은 괜찮겠습니까?"

종호가 걱정스레 물었다.

"똑똑한 놈이니까 잘해 낼 겁니다."

민석은 진심으로 수찬을 믿었다. 분명 그가 아는 수찬이라면 차분하게 제 앞가림을 해낼 터였다.

14

「멍청한 놈들! 두 번째 지도는 폭약의 위치를 표시했던 거였어!」

총독은 말 그대로 노발대발했다. 군경 관료들은 서슬 퍼런 그의 분노 앞에 무력했다. 그중에서도 가장 난감한 이는 구라토미였다. 군을 책임지고 있는 입장이기도 했지만 이제껏 민석에게 협조해 왔던 이력이 있는 탓이었다.

「정민석은! 그 쥐새끼 같은 놈은 어떻게 됐어!」

분에 못 이긴 총독의 얼굴이 시뻘게졌다.

「국경을 철통같이 지키고 있지만 흔적을 발견하진 못했다고 합니다.」

구라토미가 보고에 나섰다.

「마모루가 사망한 지점이 어디라고 했지?」
「남산입니다.」
「남산이라……. 남산에서 사라졌단 말이지…….」
총독은 골똘해졌다.
「지하로 도주하다 사망했을 가능성은 없을까요?」
유우스케가 의문을 제기했다.
「자폭이라도 했다는 건가?」
총독이 매섭게 반문했다.
「정민석의 성격으로 미뤄 보면 가능한 일입니다. 지금까지의 정황을 보면 정민석은 작전에 지장을 주는 상황에서는 조직원이라도 가차없이 사살했던 이력이 있습니다. 본인이라고 예외는 없을 겁니다.」
그럴듯한 논리였다.
「그렇다면 증거를 없애기 위해 폭탄과 함께 사라졌다는 건가?」
총독은 구라토미의 생각을 물었다.
「충분히 가능성이 있는 일입니다.」
구라토미도 유우스케의 의견에 힘을 실었다.
「어쨌거나 경비를 더 철저하게 해. 반드시 살려서든 죽여서든 내 앞에 끌고 와! 눈으로 보기 전까진 절대 믿을 수 없으니까.」
「알겠습니다!」
총독의 추상같은 명령에 경성에는 비상이 걸렸다. 폭파로 아수라장이 된 경성은 순사들의 뒤처리로 분주했다. 길주와 한일단 일행은 구경꾼들 틈에 끼어 현장을 지켜봤다. 이들의 얼굴에는 씁쓸함이 역력했다. 사라진 지하도에 대한 미련 때문이었다.
"누군가 또 죽었을까요?"
단원 하나가 무겁게 입을 열었다. 지금껏 작전 때마다 희생되어 온 한일단원들이 떠오른 모양이었다.

"내가 알기로는 아니야. 단장이 말은 그렇게 했지만 이번엔 뭔가 다른 수를 쓴 것 같아."

길주는 자신이 모은 정보를 토대로 의견을 냈다. 그 순간 옆에 있던 단원이 귀엣말을 건넸다.

"2시 방향을 보십시오."

단원은 순사들을 의식하며 나직하게 말했다. 길주는 조용히 그가 가리키는 방향으로 시선을 옮겼다. 그러자 반대편에서 현장을 지켜보던 무영과 시선이 마주쳤다. 무영은 길주를 발견하자마자 잽싸게 모습을 감췄다.

"이무영이야! 잡아!"

길주는 무영이 사라진 방향으로 정신없이 달렸다. 단원들 역시 우르르 따라나섰다.

"이무영! 비겁하게 도망가지 말고 서!"

길주와 일행들은 악착같이 무영의 뒤를 쫓았다. 무영은 뒤도 돌아보지 않고 사력을 다해 달렸다. 길주는 품 속에서 총을 꺼내 들었다. 제대로 끝장을 볼 생각이었다.

탕! 탕! 탕!

무영은 몸을 던져 총탄을 피했다. 길주는 다시 총을 장전하며 단원들에게 눈짓을 전했다. 그러자 그들은 방향을 바꿔 포위망을 짰다. 무영은 골목에 제 몸을 숨긴 채 품 속에서 단도를 꺼냈다. 제대로 날이 선 칼날은 유난히 차가웠다.

'그만 해……, 제발…….'

무영의 입속에 토해 내지 못한 절규가 일렁였다.

'이제 더 이상…… 아무도 죽이기 싫어…….'

무영은 조용히 상대를 살폈다. 길주는 여전히 자신을 향해 총을 겨누며 다가오고 있었다. 무영은 그 상태로 뒤에서부터 조여 오는 단원들의 기척을 느꼈다. 무영은 단도 세 개를 차례로 한일단원들에게 꽂아 넣었다. 한때는 동료였던 이들이 피를 흘리며 고꾸라졌다. 길주는 경악했다.

"저 자식이……."

길주는 사정없이 총을 쏘았다. 무영은 제게로 쏟아지는 총알 세례를 피하며 마지막 검을 꺼냈다. 길주의 몫이었다.

'난 절대 죽을 수 없어. 이번엔 반드시 살아남아 지켜야 하니까.'

무영은 마음속으로 비장한 결의를 다졌다. 무영과 길주는 다소 떨어진 거리에서 서로를 겨누고 있었다. 그러는 사이 먼발치에서 순사들이 몰려왔다.

「수상한 놈들이다! 잡아라!」

길주는 순사들을 보며 이를 갈았다. 무영을 제거하지 못하는 것에 대한 분노였다. 그러나 지금은 어쩔 수 없었다. 행여 잡히기라도 하면 한일단에 어떤 누를 끼칠지 알 수 없었다.

"너 이 자식, 반드시 내 손으로 죽인다."

길주는 분을 삭이며 도주했다.

'다행이야. 내 손으로…… 형을 죽이지 않아도 돼서.'

무영은 안도하듯 한숨을 쉬며 반대편으로 달아났다.

15

미유키는 오르골의 태엽을 감았다. 태어날 때부터 침대와 한 몸이었던 것처럼 이불 속에 몸을 파묻은 채였다. 그녀는 모든 의욕의 끈을 놓은 듯 미동도 없이 엎드려 있었다. 그러다 내키지 않는 기색으로 몸을 일으켰다. 심상치 않은 대화가 들려온 탓이었다. 목소리의 주인공은 하야토였다.

「기회를 주십시오!」

갈라진 저음에는 절박함이 배어 있었다. 미유키는 그 다급한 목소리에서 까닭 모를 오싹함을 느꼈다. 문에 기대 하야토의 말을 엿듣던 미유키는 조심스레 서랍을 열었다. 그러자 야무진 총이 그녀를 맞이했다. 민석의 방에서 구해 둔 것이었다. 미유키는 총을 집어 든 채 살금살금 걸어 거실로 내려갔다. 하야토는 하얗게 질려 있었다. 그는 상대의 말에 정신이 팔려 미유키가 다가가는 것을 전혀 눈치 채지 못했다.

「무슨 일이 있어도 제가 처리하겠습니다. 그러니 아무도 보내지 마십시오. 반드시…… 제 손으로 해결하겠습니다.」

하야토는 수화기를 부여잡은 채 상대를 설득하려 애썼다. 그러다 머리끝에 닿는 차가운 감촉에 멈칫했다. 그는 고요하게 시선을 돌렸다. 제 머리에 총을 겨누고 있는 미유키가 보였다.

「다시 전화드리겠습니다.」

하야토는 경직된 얼굴로 전화를 끊었다.

「말해.」

낮게 깔린 미유키의 음성은 위협적이었다. 하야토는 그 기세에 눌려 차마 대답하지 못했다.

「말해!」

미유키는 신경질적으로 다그쳤다.

「……동경 나리께서…….」

하야토는 다이칸을 거론하다 다시 머뭇거렸다. 미유키는 찰칵거리며 총을 장전했다. 하야토는 마지못해 입을 열었다.

「아기씨가…… 태어나시면…….」

「……죽이라고?」

하야토는 침묵으로 긍정을 전했다. 미유키는 일말의 주저함도 없이 방아쇠를 당겼다.
　「탕!」
　한 발의 총성이 실내를 갈랐다. 미유키의 눈이 촉촉하게 젖어들었다. 그녀의 손에서 떨어진 총이 맥없이 바닥을 굴렀다. 하야토는 한쪽 팔을 감싸 쥐며 얼굴을 찡그렸다. 그의 손바닥에 흥건하게 피가 배어 나왔다. 미유키는 굳은 얼굴로 그런 하야토를 마주 봤다.
　「네 오른팔은 내가 거둬 간 거야. 그 손으로…… 우리 아기를 죽일지도 모르니까. 그 오른팔은 우리 아버지 거잖아.」
　주체할 수 없는 눈물이 그녀의 얼굴을 뒤덮었다.
　「아가씨…….」
　「……왼팔로…… 우리 아기를 지켜 줘.」
　하야토는 결연하게 끄덕였다.
　「미안해, 하야토. 너에겐…… 언제나 미안해.」

속죄의 양날

1

 실내는 온통 암흑이었다. 딸각거리는 라이터 소리에 민석의 핼쑥한 얼굴이 윤곽을 드러냈다. 그러나 불꽃이 사라지자 그는 다시 어둠 속으로 사라졌다. 가파르게 이어지는 타자기 소리가 그 소리를 대신해 공간을 메웠다.
 『독일군에게 히틀러는 강력한 권력을 지닌 인간일 뿐입니다. 하지만 일본군에게 천황은 신 그 자체죠. 당신들이 그들의 신을 움직이지 못하면 이 전쟁은 절대 이길 수 없습니다.』
 마주 앉은 데이비드는 연신 담배를 피워 댔다. 그가 뿜어내는 매캐한 연기 사이로 민석의 마른 입술이 바삐 움직였다.
 『일본인들은 평생 은혜를 갚기 위해 살아갑니다. 작게는 자신을 낳아 준 부모와 가문을 위해, 크게는 그들의 정신적 지주인 천황을 위해 말이죠.』
 『바보 같은 짓이군요.』

데이비드는 어깨를 으쓱하며 비웃었다. 그는 몸을 벌렁 젖힌 채 등받이에 기댄 상태였다.

『바보 같은 짓이라고 이해의 고리를 차단하는 순간, 당신은 또 하나의 패인을 만드는 겁니다. 명심하십시오. 온전한 마음으로 그들의 정서를 제대로 이해해야 허를 찌르는 돌파구를 만들 수 있습니다.』

민석은 꼿꼿한 자세로 경멸의 눈길을 보냈다. 데이비드는 무안함에 새로운 담배를 꺼내 물었다.

『일본군 포로들과 독일군 포로들의 차이점이 뭔지 아십니까?』

민석은 계속 이어지는 상대의 줄담배에 이맛살을 찌푸렸다.

『독일군은 포로가 되면 히틀러를 원망하더군요. 하지만 일본군은 그렇지 않습니다. 끝까지 천황을 싸고돌죠. 천황은 평화를 원했다……, 모든 죄는 썩은 귀족들에게 있다…….』

데이비드는 장황하게 제가 아는 지식들을 끄집어냈다. 민석은 가만히 고개를 끄덕였다. 대화의 준비가 되었다고 판단한 모양이었다.

『그래서 제이콥, 당신이 하고자 하는 말은 뭡니까?』

『그들에게 신이 바뀌었다는 사실을 깨우쳐 주십시오. 그렇다면 그들은 새로운 신에게 무조건적인 복종을 할 겁니다. 마치 그들의 천황에게 하듯 말이죠.』

단호한 결론이었다.

『말도 안 됩니다. 저렇게 버티는 일본군 포로들이 과연 미국에게 협조를 하겠습니까? 패잔병으로 돌아가기 싫다며 할복을 불사하는 이들이 일본군입니다.』

데이비드는 반론을 제기했다.

『그건 그들의 신이 천황이었을 때의 얘기죠.』

민석은 비죽 웃었다.

『그들에게 새로운 절대자를 만들어 주십시오. 분명 그들은 자신이 알고 있는 일본군에 대한 모든 정보를 아낌없이 제공할 겁니다. 그들의 새로운 신에게 말이죠.』

데이비드는 난색을 표했다. 황당하기 짝이 없는 논리였다. 그러나 민석은 사뭇 진지했다.

『이해할 수 없겠지만 그들은 새로운 신에게도 이전과 같이 절대적인 충성심을 보여 줍니다. 그리고 무조건적인 헌신을 되풀이하죠. 그들이 지켜야 할 새로운 절대자에게 말입니다.』

2

애종은 말쑥한 양장 차림이었다. 그녀는 현지에서 유행하는 옷들을 온몸에 휘감고 있었다. 마치 뉴욕 백화점의 마네킹이 튀어나온 것 같았다. 애종은 일편단심 지은만 바라보는 영수를 깔끔하게 포기했다. 대신 혜림을 따라 미국으로 건너왔다. 실연의 상처를 잊기 위해서라는 핑계도 있었지만 실은 민석의 간곡한 부탁 때문이었다. 하루아침에 조국과 춤을 한꺼번에 잃어버린 그녀에게 친구가 절실하다고 여긴 까닭이었다. 다행히 애종은 새로운 생활에 완벽하게 적응하고 있었다. 그녀는 양손에 쇼핑백을 든 채 한적한 전원주택으로 들어섰다. 민석과 혜림의 새로운 보금자리였다. 현관에 들어서던 그녀는 분주히 움직이는 의료진들을 보자 눈이 동그래졌다.

『무슨 일 있어요? 무슨 일 있냐고요.』

영어에 서툰 그녀는 혼자 횡설수설했다. 영문을 모르는 간호사들은 무심히 그녀를 지나쳤다. 답답한 애종은 부산스럽게 안쪽을 살폈다. 그때 요란하게 울려 퍼지는 아기의 울음소리가 그녀의 궁금증에 답을 해 왔다.

『혹시 아기가 태어난 거예요? 베이비? 베이비?』

애종은 짧은 영어와 손짓 발짓을 총동원했다. 간호사는 그제야 웃으며 고개를 끄덕였다.

"언니!"

애종은 요란스럽게 혜림의 방으로 향했다. 양손에 가득한 쇼핑백은 아무렇게나 던져둔 상태였다. 방에 들어서자 물씬 풍기는 분내가 그녀를 맞이했다. 모빌이 돌아가는 방에는 평화로운 햇살이 가득했다. 혜림은 곁에 누운 아기를 보며 기쁘게 웃고 있었다.

"와! 진짜 아가네요. 아, 진짜 작다. 너무너무 신기해요."

애종의 눈이 호기심으로 반짝였다.

"예뻐?"

산모의 얼굴에 말간 웃음이 돌았다.

"예뻐요. 진짜로 예쁘다. 아우, 신기해라."

애종은 감동에 젖어 조물거리는 어린 생명을 살폈다. 그 순간 분주한 발걸음 소리가 들려왔다. 민석이었다. 그는 만면에 미소를 띠며 기쁨을 감추지 못했다.

민석은 조심스러운 손길로 아이의 머리를 보듬었다. 그러자 팔딱팔딱 뛰는 힘찬 맥박이 그의 손끝에 전해졌다. 그는 화들짝 놀라 제 손을 움츠렸다. 혜림은 그런 그의 모습에 웃음을 터뜨렸다. 민석은 민망함에 겸연쩍게 웃었다.

"예뻐."

간단한 소감이었다. 북받치는 감정을 달리 표현하기 어려운 탓이었다.

"당연하지, 누구 딸인데."

혜림은 가만히 아이를 품에 안아 들었다.

"그래. 네 딸이라 예뻐."

민석은 사랑스러운 눈길을 두 사람에게 전했다.

"당신 딸이라 예쁘지."

두 사람은 주체할 수 없는 행복을 느끼며 서로를 향해 웃었다.

"진짜 적당히 좀 하세요. 누구 염장 지르는 것도 아니고. 두 분만 이렇게 행복해도 되는 거예요? 누구는 이역만리에 님을 두고 와서 슬픈데 말이에요. 아……, 우리 영수 오라버니는 뭘 하고 있으려나."

애종은 입을 불쑥 내밀며 밖으로 나섰다. 토라진 척했지만 실은 두 사람만의 시간을 주기 위한 나름의 배려였다. 혜림은 그런 그녀의 마음씀씀이가 고마워 부드럽게 웃었다.

"아기 이름은 뭐라고 지을까? 생각해 둔 이름 있어?"

어색해진 민석이 화제를 돌렸다.

"머리 좋은 당신이 지어 줘. 아빠가 지어 준 이름이면 더 좋아할 거야."

그녀는 솜털 같은 아이의 머리칼을 가만히 매만졌다.

"나……, 우리 아기 마음껏 예뻐해도 될까?"

아기의 손가락을 쓰다듬던 민석이 무겁게 입을 열었다.

"갑자기 또 무슨 소리야?"

"사실 슈헤이도…… 그저 이런 어린아이였을 뿐인데……, 한 번도 이렇게 보듬어 주지 못했어. 단지 미유키의 아이라는 이유로……."

민석은 새삼스러운 자책에 가슴이 뻐근했다. 갓 태어난 어린 생명이 전해 준 신비로운 깨달음이었다.

3

분만실에서 날카로운 비명이 새어 나왔다. 난산인 모양이었다. 하야토는 초조한 기색으로 제자리를 서성였다. 그러쥔 손에는 땀이 들어찼다. 그러다 요란한 아이 울음소리에 걸음을 멈췄다. 그는 황급히 분만실 앞으로 달려갔다. 잠시 후 문이 열렸다. 지은이 이마에 맺힌 땀을 닦으며 복도로 나왔다. 하야토는 초조한 기색으로 그녀를 마주 봤다.

「산모도 아이도 건강합니다.」

지은은 형식적인 보고를 건넸다. 하야토는 안도의 한숨을 내쉬었다.

「그럼 전 이만.」

지은은 딱딱하게 분만실 안으로 다시 들어갔다. 하야토는 홀로 남겨진 채 닫힌 문 앞을 지켰다.

미유키의 머리는 땀에 푹 젖어 있었다. 미유키는 지은이 안겨 주는 아기를 가만히 품어 봤다. 따끈한 체온이 닿자 그녀는 왈칵 눈물을 쏟았다. 순간 애써 쌓아 온 지은의 거부감에 균열이 생겼다.

「축하드려요.」

지은은 선선히 축하를 건넸다.

「고마워요. 지은 씨가 처음이에요. 우리 아기 축복해 준 거.」

지은은 착잡했다. 마음껏 미워할 수도 없게 만드는 그녀가 원망스럽고 측은했다.

「이제 어쩌실 생각이세요?」

「글쎄요…….」

미유키는 말끝을 흐렸다.

「끝까지 도와드리지 못해 죄송해요.」

「아니에요. 더 이상 지은 씨 도움을 받는다면 제가 괴로웠을 거예요. 은혜라는 건…… 반드시 갚아야 하는 빚이거든요.」

지은은 그녀의 말을 이해할 수 없었다. 태어나는 순간부터 일본인과 섞여 지내 왔던 지은이었지만 타민족의 피에 서린 이질적인 가치관까지 모두 이해하는 것은 무리였다. 누구나 자기가 진 빚을 갚으며 살아가야 한다는 그들만의 정서를 말이다. 실제로 미유키는 자신을 낳아 준 부모님에 대한 빚을 갚으려 모든 걸 희생해 왔다. 정말로 모든 것을. 그런 미유키에게 있어 이유 없는 상대의 호의라는 건 일종의 차용증 같은 것이었다. 더군다나 미유키는 이미 지은에게 여러 번 빚을 진 바가 있었다. 차마 내색할 수 없었지만 그녀는 혜상의 죽음에 진심으로 가책을 느끼고 있었다.

지은이 다녀간 뒤 미유키는 오후 내내 깊은 잠에 빠졌다. 모처럼 맛보는 달고 긴 잠이었다. 하야토는 열린 병실 문틈으로 그런 미유키와 아기를 살폈다. 그는 부디 이 행복이 단 열흘만이라도 이어졌으면 좋겠다고 생각했다. 그러나 살기를 품고 다가서는 낯선 발걸음 소리에 그의 바람은 무참하게 짓밟혔다. 하야토는 상대를 확인하자 단숨에 얼굴이 굳었다. 상대는 하야토를 보고는 장검을 꺼내 들며 비죽 웃었다. 하야토는 긴장한 채 허리춤에 찬 칼에 손을 댔다.

「분명히 내가 처리한다고 말했을 텐데.」

하야토는 매섭게 상대를 쏘아봤다.

「나리께서 그러시더군. 네놈은 믿을 수가 없다고.」

상대는 하야토의 턱을 툭툭 건드리며 빈정거렸다.

「넌 항상 물러 터진 게 문제였어. 그래서 아가씨가 저 꼴이 되신 건지도 모르지.」

무사는 검을 마주 겨눈 채 병실 안을 흘깃 살폈다.

「닥쳐!」

하야토의 고함과 함께 두 사람의 칼이 맞섰다. 복도를 지나치던 간호사와 환자들은 비명을 지르며 흩어졌다. 병실 안의 미유키는 혼란에 눈을 떴다. 아기가 소음에 잠을 깨며 자지러지게 울어 댔다. 미유키는 그런 아기를 꼬옥 끌어안으며 제 몸을 움츠렸다.

하야토와 무사의 검이 팽팽히 맞섰다. 밀고 당기는 금속음과 함께 두 사람은 최후의 검을 주고받았다. 하야토는 매서운 놀림으로 상대를 막아섰다. 그러나 무사의 압박은 상상을 초월했다. 무사는 우렁찬 기합과 함께 최후의 일격을 가했다. 그는 승리를 예감한 듯 차갑게 웃었다.
「챙!
서늘하게 빛나는 마지막 검에 하야토는 피를 토하며 쓰러졌다. 무사는 제 발치에 쓰러진 하야토를 바라보며 비죽 웃었다.
「말했지. 넌 너무 물러 터진 게 탈이라고.」
하야토는 바닥의 찬 기운을 느끼며 미유키를 응시했다. 열린 문틈으로 불안에 떨고 있는 미유키가 보였다. 무사가 병실 안으로 들어서자 그녀는 하야토의 이름을 부르며 울부짖었다. 무사의 걸음이 다가갈수록 아이를 끌어안는 미유키의 힘이 거세졌다. 아기는 그 압박에 숨이 막히는지 앙칼지게 울어 댔다.
「오랜만에 뵙습니다, 아가씨.」
깍듯한 인사는 오히려 거만하게 느껴졌다.
「아기는 안 돼. 절대로 내주지 않을 거야.」
미유키는 뼛속까지 전해지는 모멸감을 느끼며 세차게 도리질했다.
「이러시면 제가 곤란합니다. 아시지 않습니까? 주군에게 충성을 다해야 하는 저 같은 놈들의 운명 말입니다.」
「잊었어? 나도 네 주인이야! 내 말 들어! 날 죽이기 전엔 절대 이 아이 못 데려가!」
무사의 칼날에 이성을 잃은 앙칼진 외침이 반사됐다. 무사는 그 기운을 모조리 빨아들이기라도 하듯 조용히 날을 세우며 그녀에게 다가갔다.
「죄송하지만 아가씨는 제 주인이 아닙니다. 조선 땅에 발을 디딘 그 순간부터 말이죠.」
무사는 완력으로 아기를 미유키에게서 떼어 냈다. 미유키는 사력을 다해 매달리며 울부짖었다. 그러자 무사는 칼등으로 거칠게 그녀를 내려쳤다. 미유키는 맥없이 풀썩 쓰러졌다. 무사는 비죽 웃으며 돌아섰다. 그러나 그 웃음은 그의 생에 마지막 것이었다. 그는 아기를 안은 채 그대로 고꾸라졌다. 등에 칼이 꽂힌 채였다. 다행히 아기는 망자의 품에 안겨 화를 면했다. 그러나 놀란 아기가 요란하게 울어 댔다. 미유키는 허겁지겁 기어가 그런 아기를 품에 안았다.

「늦어서 미안해.」

무영은 북받치는 감정을 누르지 못하고 격렬하게 그녀를 끌어안았다. 미유키는 눈물로 범벅이 된 얼굴로 웃었다.

「아니에요……, 아니에요……. 와 줘서 고마워요. 우리 아기를 지켜 줘서…….」

미유키는 바닥에 주저앉아 아기를 건넸다. 무영은 조심스레 손을 뻗어 아기를 쓰다듬었다. 손가락 마디마다 자리 잡은 굳은살에 보드라운 온기가 전해졌다. 그는 벅찬 심장을 다독이며 아기를 보듬었다. 한참을 울던 아기는 자신을 어르는 무영의 손길에 서서히 잠이 들었다.

「무슨 일이 있어도 이 아이는 무사할 거야.」

무영은 한 팔로 아기를 안은 채 미유키의 머리카락을 매만져 줬다. 미유키는 가만히 그의 어깨에 기댔다.

「아기는…… 내가 데려갈게.」

미유키는 마지못해 끄덕였다.

「반드시…… 돌아올 거야. 당신 곁으로.」

무영은 자리에서 일어섰다. 그 바람에 고여 있던 미유키의 눈물이 또르륵 떨어졌다.

무영은 아기를 안은 채 복도를 달렸다. 분주한 흔들림에 어린 생명은 또다시 수난을 겪었다. 아기는 제가 가진 유일한 언어로 자신의 불안함에 대해 항변했다. 복도는 이미 하야토와 무사의 죽음으로 아수라장이었다. 뒤늦게 몰려온 순사들이 무영을 향해 총을 겨눴다. 그러나 쉽게 쏠 수는 없었다. 뜻하지 않은 희생자가 발생할 수 있는 탓이었다. 그러는 사이 무영은 단도를 꺼내 상대의 심장에 꽂아 넣었다. 두 명의 순사가 피를 쏟으며 쓰러졌다.

드디어 무영은 뒷문으로 빠져나갔다. 그곳에는 그가 타고 온 말이 기다리고 있었다. 무영은 훌쩍 말 등으로 뛰어올랐다. 등 뒤로 한일단의 끄나풀을 잡으라는 외침이 일렁였다. 당장 사살해도 좋다는 명령이 분주히 섞여 들었다. 무영은 결연한 표정으로 이들을 향해 총을 쐈다.

탕! 탕! 탕! 탕!

그는 한 팔로 아기를 감싸안은 채 맹렬한 공격을 퍼부었다. 순사들의 반격도 만만치 않았다. 거의 서른 명이 넘는 인원이었으니 머릿수로 따지면 완벽하게 열세였다. 결국 무영은 빠른 도주를 택했다. 아이의 안전이 최우선이었다. 그는 거침없는 발길질로 말을 몰았다. 어깨 너머로 쉼 없는 총성이 쏟아졌다. 그러나 그는 기어코 현장을 빠져나갔다. 그 사이 아기는 잠들어 있었다.

창가에 선 미유키는 무영의 도주를 지켜보며 입술을 깨물었다. 어찌나 물어뜯었는지 붉은 입술이 너덜너덜하게 일어나 있었다. 마치 낚싯줄에 찢긴 물고기의 비늘 같았다. 뜯긴 입술 위로 피비린내가 올라왔다. 그 자극적인 향기가 실낱같은 이성의 끈을 옭아매고 있었다.

지은은 멀거니 입구에 선 채 제 발아래 구르고 있는 두 사내의 시신을 내려다봤다. 이상하리만치 담담했다. 조금 전까지는 심장이 펄떡이고 있었을 그들이었다. 그러나 어쩐지 지금의 모습이 훨씬 자연스럽게 느껴졌다. 첫 대면인 탓인지도 모를 일이었다. 지은은 무심히 미유키의 등을 살피다 돌아섰다. 어떤 말도 건넬 수 없었다. 이런 상황에서의 어설픈 위로는 도리어 짐짝에 불과했다. 지은은 참담한 심정으로 제 방에 돌아왔다. 그녀는 의자에 몸을 묻었다. 다시는 일어서고 싶지 않은 안락함이 그녀를 잡아끌었다. 지은은 눈을 감았다. 차라리 이 모든 것이 악몽이기를 바랐다. 그러나 생생한 전화벨 소리가 그녀의 현실을 자각시켰다. 지은은 조용히 수화기를 들었다.

"여보세요?"

지은의 목소리는 마른나무처럼 버스럭거렸다.

— 똥, 잘 지냈어?

영수였다.

"응."

그녀는 솟구치는 반가움을 누르며 짧게 대꾸했다. 울음이 새어 나올까 하는 염려에서였다.

— 너 무섭게 왜 그러냐?

"뭐가?"

— 왜 네가 똥이냐고 바락바락 따져야 하는 거 아니야?

그의 목소리는 여전히 밝았다. 지은은 그 천진함이 새삼스레 고마웠다. 그리고 그의 무탈함이 눈물겹게 감사했다.

"박영수."

— 응?

"조선이 독립되면⋯⋯ 일본은 어떻게 되는 거야?"

— ⋯⋯뭐?

"이번에는⋯⋯ 우리가 짓밟아야 하는 거야?"

지은의 눈가에 쓸쓸함이 깃들었다.

— 갑자기 무슨 소리야?

"넌 그런 거 하지 마."

— 윤지은.

"우린⋯⋯ 그러지 말자."

그녀는 가까스로 제 다짐을 끄집어냈다. 그렇게 세상에 던져 놓지 않으면 그 결심이 변할까 봐 겁이 났다. 혜상의 비참한 죽음, 영수와의 기약 없는 이별이 복수라는 이름으로 돌변할까 두려웠다.

― 계집애. 마음 쓰는 것도 예쁘네.

영수의 말끝에 웃음이 묻어났다.

"나 장난하는 거 아냐."

― 나도 장난하는 거 아냐.

영수는 사뭇 진지해졌다.

― 보고 싶다, 윤지은. 이제 곧 돌아갈 테니까 기다려. 알았지?

영수는 북받치는 그리움을 서툰 언변으로 정리하고는 전화를 끊었다. 영수는 새삼 지은이 걱정됐다. 수화기 너머로 전해지던 무거운 공기 때문이었다. 영수는 잠시 그녀의 안부를 캐묻지 않은 것을 후회했다. 그러나 이내 잘한 일이라고 생각을 돌렸다. 지은은 분명 제 감정을 추스르느라 최선을 다하고 있었다. 그렇다면 모른 체 넘어가 주는 것이 그가 할 수 있는 최소한의 배려일 터였다.

마음이 무거워진 영수는 공터로 나가 기지개를 켰다. 그는 생경한 눈길로 사방을 둘러봤다. 훈련에 몰두하고 있는 광복군들이 그의 시야에 들어왔다. 며칠 전보다 훨씬 불어난 인원이었다. 영수는 흐뭇한 기색으로 연신 고개를 끄덕였다.

"일본군 상황이 말이 아닌가 보네. 탈영병들이 줄줄이 광복군으로 몰려오는 걸 보니."

영수는 준익과 동진에게 말을 건넸다.

"가미카제야 저희나 할 것이지, 조선인들한테 그걸 강요하니 되겠어요? 어차피 이래 죽나 저래 죽나 마찬가지니 목숨들 걸고 탈영하는 거죠. 저희한테 천황이지 우리한테 천황인가."

준익이 구시렁거렸다.

"미국 쪽은 어떻대?"

영수가 동진에게 물었다.

"좀 전에 보니 어르신께서 단장님하고 통화하시는 것 같던데……?"

"아, 그래? 그럼 가서 우리 애종이 소식이나 물어봐야겠다."

영수는 쏜살같이 달려갔다.

사무실에 들어서자 이제 막 수화기를 내려놓는 종호의 모습이 보였다. 영수는 아쉬움에 입을 비죽 내밀었다.

"끊었어요? 아, 나도 좀 바꿔 주지. 나 바꿔 달라는 소리 안 해요?"

"글쎄다. 특별히 그런 말은 없었는데."

종호는 은근히 영수의 약을 올렸다.

"하, 인정머리라고는 약에 쓸래도 없는 인간. 아니, 전화도 몇만 년 만에 한 번 하면서 그러고 싶나?"

영수는 투덜댔다.

"그래서, 뭐래요?"

영수의 눈빛이 호기심으로 반짝였다. 서운함조차 그의 궁금증을 앗아 가지는 못했다.

"지피지기 백전백승."

"네?"

"이제 곧 전쟁이 끝날 것 같구나."

영수는 이해가 되지 않아 고개를 갸우뚱거렸다.

"지금까지 연합군이 속수무책으로 일본에 당해 왔던 이유가 뭐라고 생각하느냐?"

종호가 되물었다.

"어지간히 질긴 놈들이어야 말이죠. 무조건 달려들어서는 물고 늘어지니

당할 재간이 있겠어요?"
 "그래, 그거다. 그런데 서양인들의 입장에서는 그런 그들을 이해하는 게 쉽지 않았던 거지. 어떻게 승패의 가능성과 상관없이 무조건적으로 목숨을 던지고 돌격할 수 있는지 말이다."
 "그래서요?"
 "넌 민석이가 쥔 마지막 열쇠가 뭐였다고 생각하니?"
 종호의 입가에 묘한 미소가 돌았다.
 "그 속을 누가 알겠어요. 혼자서 어찌나 잘나셨는지."
 영수는 아직도 민석에게 삐쳐 있었다.
 "인류학이다."
 "인류학요?"
 "미국 측에서 그동안 일본인에 대한 연구를 지속해 왔던 모양이야. 나도 나중에야 알게 된 사실이지만, 민석이는 유학 시절부터 조선에 있을 때까지 계속 그 연구에 참여해 왔었다더구나."
 "허……, 참 나."
 영수는 생각지도 않은 반전에 할 말을 잃었다.
 "그 녀석이 인류학을 전공했던 것도 그 때문이었단다. 자기만큼 일본인들에 대해 제대로 파악할 수 있는 사람은 없다고 판단했겠지."
 "하여간 그 인간……, 어우, 징그러. 그 긴 세월 동안 그걸 준비했단 말이에요? 어유, 독종."
 "그래, 그 독한 녀석이 이제 끝이 보인다더라. 이번 광복군과의 연합 작전, 분명히 성공할 게다."
 종호의 눈매가 깊어졌다. 셀 수 없이 많은 감정이 한꺼번에 섞여 들었다. 영수는 민석에게 기가 질려 저 혼자 도리질을 쳤다.
 "참, 민석이가 전해 달라더라."

"뭘요?"

"잘해 내 줘서 고맙다고."

영수는 짓궂게 웃었다. 서운함은 말끔히 잊은 기색이었다.

4

수찬과 홍연은 면회실에 마주 앉아 있었다. 수찬은 두 손으로 그녀의 손을 꼭 맞잡았다.

"일주일만 참으면 재판이야. 내가 무슨 수를 써서라도 꼭 빼내 줄 테니까 조금만 참아."

"걱정하지 마세요, 오라버니. 서기관 나리께서 이렇게 뒤를 봐주시는데 제가 무슨 탈이 있겠어요?"

홍연은 가볍게 여유를 부렸다.

"정민석, 이 나쁜 자식. 혜림이만 쏙 빼 가고선 비밀 통로를 싹 날려 버리라니."

수찬은 미안함에 객쩍은 농을 건넸다.

"진짜 미국에선 소식 없어요?"

"혜림이가 딸을 낳았대."

수찬이 밝게 웃었다.

"정말요? 진짜 축하할 일이네요. 엄마 닮았으면 정말 예쁜 딸이겠어요."

홍연은 제 친구의 소식에 진심으로 행복해 보였다.

"그러게. 그 녀석, 제 아빠 닮으면 절대 안 되는데. 여러 사람 가슴에 대못 박을 거 아냐."

수찬은 은근히 민석의 흉을 잡았다. 홍연은 저도 모르게 피식 웃었다.

짧은 면회를 뒤로 하고 수찬은 집으로 향했다. 오랜 시간이 허락되지 않은 탓이었다. 홍연과 만나고 난 그는 더욱 마음이 조급해졌다. 그는 홍연을 빼낼 방법을 골똘히 강구하며 걸었다. 어찌나 골몰했는지 자신을 따르는 그림자조차 눈치 채지 못했다. 그러다 그는 제 앞을 막아선 낯익은 발걸음에 흠칫 놀랐다.

"이무영 너……?"

수찬은 믿을 수 없다는 듯 연신 눈을 깜박였다. 무영은 비썩 말라 있었다. 지저분하게 난 수염이 고생의 흔적을 드러냈다. 하지만 가장 놀라운 것은 그의 팔에 안긴 아기였다. 수찬은 이 모든 상황이 혼란스러웠다.

"여기밖에……, 너밖에…… 올 곳이 없었어."

무영은 절박해 보였다.

"일단 들어와."

수찬은 시간을 끌지 않으려 먼저 들어갔다. 무영은 재빨리 그의 뒤를 따랐다. 마당에 들어선 수찬은 황급히 그를 현관 안쪽으로 밀어넣었다. 혹시라도 누군가의 감시를 받을까 하는 염려에서였다. 다행히 유찬은 조용했다. 외출이라도 한 모양이었다. 그는 서둘러 무영과 함께 제 방으로 들어섰다.

"도대체 어떻게 된 거야? 너 정말…… 정말 미유키 때문에 조직을 배신한 거야?"

수찬은 다짜고짜 그를 몰아세웠다. 이런저런 인사치레를 하기에는 마음이 너무 조급했다.

"면목 없지만…… 아이를 부탁할게."

무영이 무겁게 입을 열었다.

"……뭐?"

"네가 맡아 주지 않으면…… 이 아이는 살길이 없어."

수찬은 황당한 눈길로 잠든 아기를 살폈다. 참담한 현실에 걸맞지 않는 평화로운 얼굴이었다.
"아이 엄마가 혹시……."
"그래. 미유키야."
수찬은 어이가 없었다.
"그래서 이 아이는 엄마하고도, 아빠하고도 살 수가 없어. 이미 요코야마 가문에서는 아이를 죽이려고 혈안이 된 상태니까."
무영은 담담히 아이의 사연을 쏟아 냈다.
"알다시피 난 언제고…… 누구 손에 죽어도 이상할 게 없는 사람이잖아. 일본군은 독립군이라고 쫓아다니고, 한일단에서는 배신자라고 쫓아다니니."
수찬은 감정을 지운 무영의 모습에 가슴이 뻐근했다. 그에게서 소금기를 거둔 바닷물 같은 슬픈 공백을 느낀 탓이었다.

5

『원자 폭탄이라니요? 말도 안 됩니다. 굳이 원폭 투하를 하지 않더라도 충분히 승리가 가능한 상황입니다. 그렇게 무리수를 두시는 이유가 뭡니까?』
민석은 목에 핏대를 세우며 목소리를 높였다.
『소련이 연합군에 합세한 이상 우리도 더 이상 여유를 부릴 수가 없습니다.』
데이비드는 단호했다.
『승전국의 입지 확보를 위해 무고한 생명을 희생시킨다는 겁니까?』
민석은 흥분을 이성으로 누르느라 눈이 발개졌다.
『무고한 생명을 희생시켜 온 주범은 일본이었습니다. 그런데 의외군요.

당신이라면 찬성할 줄 알았는데. 일본인의 마지막 뿌리까지 뽑아 버리는 것, 당신이 원하던 일 아니었습니까?』

데이비드는 의미심장한 미소를 보였다.

『일본에 강제로 끌려간 조선인들은 생각 안 하십니까? 더군다나…… 일본인들도 사람입니다. 피가 돌고 숨을 쉬는 사람이라는 말입니다!』

민석은 제가 뱉은 말에 스스로 놀랐다. 다른 이도 아닌 자신이 일본인들의 입장을 대변하고 있었다. 우주가 뒤집힌다 해도 일어나지 않았을 일이었다. 그러나 그런 엄청난 내적 변화에도 불구하고 결과는 무력했다. 데이비드는 원폭 투하에 대한 확고한 입장을 통보한 뒤 자리를 떠났다.

민석은 맥없는 얼굴로 수화기를 들었다. 수찬에게 이 사실을 알리기 위해서였다. 속수무책으로 당할 수는 없었다. 무슨 수를 써서라도 피해를 최소화해야 했다.

"나야."

민석이 무겁게 운을 뗐다.

— 이 시간에 어쩐 일이야?

수찬은 잠에서 깼는지 고단한 기색이었다.

"생각보다 훨씬 일찍 끝날 것 같다."

민석은 말끝에 한숨을 묻었다.

— 뭐가?

"일본의 패망."

— 갑자기 그게 무슨 소리야?

수화기 너머에서 다급한 목소리가 들려왔다.

"미국이 일본에 원폭 투하를 결정했어."

— 뭐……?

"그러니까 수단과 방법을 가리지 말고 일본 측에 포진된 광복군들에게 미리 알려야 해. 이대로 폭탄이 떨어지면 일본 내 조선인들도 절대 무사하지 못해."

― 그럼 미국과 광복군의 합동 작전은 어떻게 되는 거야?

"소용없는 일이 됐지."

민석의 얼굴에 그림자가 스쳤다.

"결국 승전국의 지위는 보장받지 못할 거야. 어쩌면 미국이…… 또다른 절대자가 될지도 모르지. 일본의 뒤를 이어서 말이야."

민석은 대략적인 상황과 함께 몇몇 당부를 전하고는 전화를 끊었다. 통화를 마친 민석은 외투를 집어 들고 밖으로 나섰다. 그러자 그의 옷자락에 스친 책들이 우수수 바닥에 흩어졌다. 민석은 기계적으로 책을 하나씩 정리했다. 그러다 갑자기 그의 손길이 멈췄다. 바닥에 떨어진 한 장의 사진 때문이었다. 지난겨울 자신의 정원에서 찍었던 가족사진이었다. 민석은 멀건 눈으로 사진을 마주 봤다. 얼마 전까지 가족이라 부르던 두 사람이 자신의 곁에 서서 웃고 있었다. 민석은 무심한 손길로 사진을 책갈피에 밀어넣고는 책상 앞에 앉았다. 그러다 다시 사진을 꺼내 책상 위에 올려 뒀다. 그러고는 뽀얀 백지 한 장을 꺼냈다.

민석은 결심이 굳어진 눈으로 가만히 펜을 들었다. 그러나 펜을 쥔 손은 끝내 움직이지 않았다. 그는 밤새 그 자리에서 백지를 보고 마주 앉아 있었다.

6

상공을 활주하는 B-29 폭격기 아래로 평화로운 나가사키의 아침 풍경이 보였다. 까마득하게 멀리 보이는 시계탑은 정확히 11시를 알렸다. 태평양을 뒤덮던 무법자 B-29는 망설임 없이 그 평화로운 정경에 폭탄을 투하했다.

콰콰콰콰콰쾅!

상상할 수 없는 규모의 폭음과 함께 도시가 날아갔다. 하늘의 하얀 구름은 어느새 검은 구름에 뒤덮였다. 재난의 시작이었다. 누군가에게는 희망의 시작이기도 했다.

참혹한 역사의 파편은 경성역에까지 전이됐다. 해방의 기쁨과 패전의 슬픔이 교묘하게 엇갈렸다. 만세를 부르짖는 태극 물결 사이로 커다란 짐을 짊어진 일본인들이 인산인해를 이뤘다. 이들은 서로 먼저 기차에 오르겠다고 아우성이었다. 언제 누군가에게 맞아 죽을지도 모르는 상황이었으니 무리는 아니었다.

무영은 그 복잡한 틈바구니를 정신없이 헤집었다. 혹여 미유키가 있을까 하는 마음에서였다. 그러나 어디에도 그녀의 그림자는 보이지 않았다. 무영은 설마 하는 마음으로 그녀의 집을 향해 달렸다. 대문은 털린 곳간처럼 활짝 열려 있었다. 무영은 불안한 기색으로 집 안에 들어섰다. 북적이던 관리인들은 하나도 보이지 않았다. 이미 도피한 모양이었다. 매끈한 정원에는 정적만이 가득했다. 거실에 들어서자 커다란 짐 가방이 보였다. 그 앞에 주저앉은 미유키의 시선이 멍했다. 나오코는 울먹이며 그런 미유키를 채근했다.

「마님, 서두르셔야 해요. 이렇게 맥 놓고 있다간 우리 다 죽어요.」

「죽는다……, 죽는다고…….」

미유키는 여전히 멍했다. 삶의 의지라고는 조금도 느껴지지 않는 눈빛이었다.

「마님, 도련님도 생각하셔야죠. 이대로 있다간 조선인들이 절대 살려 두지 않을 거예요.」

미유키는 슈헤이를 생각하며 부스스 일어섰다. 앙상한 그녀의 몸이 바람에 날리는 나뭇잎처럼 맥없이 나부꼈다. 그러다 그녀의 눈에 돌연 생기가 돌았다. 현관문에 서 있는 무영을 발견한 덕분이었다.
「무영 씨……?」
그녀는 힘없이 웃었다. 그러나 무영에게는 울먹임과 다를 바 없어 보였다.
「미쳤어? 아직까지 여기 있으면 어쩌자는 거야. 당장 여기서 떠나야 해!」
무영은 왈칵 화를 내며 그녀의 손을 잡아챘다.
「아기는요……? 우리 아기는요?」
미유키는 다급하게 물었다.
「걱정하지 마. 무사해. 지금도……, 그리고 앞으로도.」
「무슨 소리예요?」
「이수찬에게 부탁했어.」
「말도 안 돼요! 어떻게 그런……?」
미유키의 낯빛이 창백해졌다.
「아기…… 지키겠다고 했지?」
무영은 미유키와 눈을 맞추며 조용히 얼렀다.
「그 아이에게는 그게 제일 안전해. 세상 누구도 건드리지 못할 거라고.」
미유키의 눈에서 눈물이 주르륵 흘러내렸다. 무영은 가만히 손을 뻗어 그 눈물을 닦아 줬다.
「이제는 널 지켜 줄게.」
무영은 미유키를 달랜 뒤 밖으로 끌어냈다. 슈헤이를 업은 나오코도 조용히 뒤를 따랐다.
주택가를 벗어난 그들은 아비규환의 인파를 맞이해야 했다. 무영은 나오코에게서 슈헤이를 받아 들어 제 등에 업었다. 그러고는 한 손으로 미유키의 손목을 잡아끌었다.
천황의 패전 방송이 거리를 가득 메웠다. 거리는 온통 태극 물결이었다.

환호성에 찬 사람들은 저마다 만세를 불렀다. 무영은 미유키의 손을 꼭 잡은 채 인파를 뚫고 달렸다. 나오코는 사람들의 틈바구니를 헤치지 못한 채 그 틈에 휩쓸렸다. 미유키를 부르는 나오코의 목소리가 점점 아득해졌다. 미유키는 뒤를 돌아보며 나오코의 이름을 외쳤다. 하지만 잡아끄는 무영의 손아귀 힘을 당해 낼 수는 없었다. 무영은 조금의 여유도 없이 앞서 달렸다. 따라붙는 미유키가 힘에 부쳐 연신 가쁜 숨을 몰아쉬었다. 무영은 황망하게 경성역을 둘러봤다. 그의 눈앞에 서로를 밀어내며 악착같이 기차에 오르는 사람들이 보였다. 무영은 거칠게 그들을 뚫고 길을 내며 미유키를 태우려 애썼다. 그때 맞은편 승강장으로부터 매서운 시선이 전해졌다. 길주가 이끄는 한일단원들이었다. 무영은 정면으로 길주와 시선이 마주쳤다. 무영은 그의 눈가에서 살기를 읽었다.

"저기 이무영이 있다! 조국의 배신자를 잡아라!"

길주의 고함과 함께 무리가 분주히 움직였다. 이쪽으로 넘어올 모양이었다. 무영은 옅은 미소를 지으며 슈헤이와 미유키를 기차에 올렸다. 기차에서 출발을 알리는 기적 소리가 울려 퍼졌다. 요란한 증기음이 역사를 가득 메웠다.

「당신은요?」

미유키의 눈에 긴장감이 일었다. 무영의 눈빛에서 체념을 읽은 탓이었다.

「당신이 더 잘 알잖아. 함께 갈 수 없다는 거.」

무영은 조용히 그녀의 손을 그러쥐었다. 그의 손가락에 힘이 들어갔다. 다시는 느끼지 못할 온기를 잊지 않기 위해서였다.

「안 돼요. 어떻게……, 어떻게 내가 당신을 두고 가요!」

미유키는 미친 듯이 울부짖었다.

「고마워. 지킬 수 있게 해 줘서..」

「싫어.」

미유키는 다부지게 그의 손을 부여잡았다.

「가야 해.」

「싫어……!」

「지금 가지 않으면 당신도 나도…… 살아갈 수가 없어.」

그는 가만히 그녀를 달랬다.

「난 이대로 혼자 가면 살아갈 수 없어요.」

미유키는 울며 매달렸다.

「여기 남으면 넌…… 내가 죽어 가는 모습을 지켜봐야 할 거야.」

「그렇게 안 돼.」

미유키는 다부지게 입술을 깨물었다. 너덜너덜하게 부르튼 입술 위로 눈물이 고여 들었다.

「이 이상은 안 돼. 당신은…… 더 이상 슬퍼지면 안 돼.」

무영은 부드럽게 그녀의 뺨을 어루만졌다. 거친 손가락 마디마디마다 그녀의 눈물이 묻어났다.

「살아…….」

무영은 가만히 수진의 유언을 토해 냈다. 그는 그제야 온전히 수진의 마지막을 이해했다. 사랑하는 이를 끝까지 지켜 내고자 하는 이면에 숨은 나약한 자아를. 제 삶을 내던질지언정 연인의 죽음에서는 도망치고 싶어지는 극한의 두려움을. 그럼에도 마지막 순간까지 상대의 온기를 거머쥐고 싶은 절박함을.

「……살아. 꼭 살아서…… 나라는 놈 사라지지 않게…… 당신 기억 속에서 살아갈 수 있게…… 그렇게 해 줘.」

미유키는 눈물로 범벅이 된 얼굴을 세차게 흔들었다. 바들바들 떨리는 그녀의 입술 사이로 고통스러운 절규가 새어 나왔다. 그 사이 기차는 서서히 무거운 몸뚱이를 움직였다. 무영은 힘껏 그녀의 손을 뿌리쳤다. 그녀를 보내기 위해서였다. 처절한 미유키의 울음소리가 마찰음에 묻혀 갔다. 무영은 슬픈 미소를 머금은 채 돌아섰다. 눈물을 보이고 싶지 않은 까닭이었다. 그는 가만히 손가락을 오므렸다. 손바닥에 남은 그녀의 온기가 그의 심장 속에 스며들었다.

무영은 한참이 지나서야 다시 돌아섰다. 그의 시야에서 서서히 기차가 멀어졌다. 그녀도 함께 사라졌다. 그는 그렇게 자신에게 다가올 운명을 기다렸다.

"드디어 네놈한테 진 빚을 갚을 수 있겠구나."

그의 등 뒤로 싸늘한 분노가 전해졌다. 길주였다. 무영은 편안한 눈길로 그를 돌아봤다.

"다행이야. 형 손에 끝날 수 있어서."

무영은 이미 제 목숨을 체념한 눈치였다.

"지랄."

길주는 거칠게 말을 뱉었다. 쏟아 내지 못한 눈물도 함께였다.

"고마워. 진심으로."

무영은 담백하게 인사를 건넸다. 그러고는 가벼워진 눈길로 주위를 돌아봤다. 집착을 덜어 낸 눈동자는 맑고 편안했다.

"닥쳐, 이 새끼야. 그런다고 내가 마음이 약해질 것 같아!"

길주는 흔들리는 제 마음을 들키지 않으려 소리 높여 고함을 질렀다.

"이놈은 여자의 꾐에 빠져 일본에 조직과 나라를 팔아먹은 놈이다! 당장 이 자리에서 처단해서 조국 해방을 위해 숨진 동료들의 원한을 갚자!"

길주의 외침에 한일단원들이 궐기하듯 함성을 내질렀다. 그 웅장한 외침에 승강장에는 비장함이 가득 찼다. 그러자 주변을 오가던 평범한 조선인들이 일제히 몰려들었다. 군중 심리였다.

무영은 자신을 조여 오는 살기에서 오한을 느꼈다. 낯선 이목구비들이 살기를 뿜어내며 다가오고 있었다. 마치 먹이를 목전에 둔 날짐승의 그것과 같았다. 무영은 저도 모르게 주먹을 바짝 쥐었다. 방어 본능이었다. 그러나 오래지 않아 그는 제 손의 힘을 풀었다. 운명을 받아들이기로 결심한 순간이었다.

한 사내가 그의 얼굴을 향해 주먹을 날렸다. 무영의 고개가 그 무게를 고스란히 받아 맥없이 돌아갔다. 그러고는 숨 고를 틈 없이 이어지는 복부의 발길질을 감내해야 했다. 무영은 마른 숨을 토하며 앞으로 휘청거렸다. 그러자 난데없는 몽둥이가 등짝에 휘어 감겼다. 그 차진 마찰음에 사람들의 고함 소리가 섞여 들었다. 그때부터 사람들은 너나 할 것 없이 흥분해 무영을 공격했다. 어떤 이는 발길질을 쏟아 내고, 다른 이는 돌을 들어 머리를 쳤다. 한일단원들은 오히려 군중의 기세에 놀라 머뭇거렸다. 무영은 맥없이 맞고 쓰러져 있었다. 그가 선택할 수 있는 유일한 속죄였다. 사람들은 점점 광기에 사로잡혔다. 이들은 일본에게 당해 온 분풀이를 한몫에 쏟아 내고 있었다. 무영의 몸은 사람들에게 치여 이리저리 굴렀다. 폭력이 거세질수록 그는 몸을 움츠렸다. 이성의 끝자락에 묻어난 생존 본능이었다. 그러나 삶이라는 녀석은 그의 손아귀에서 점점 멀어졌다. 부러진 이 사이로 붉은 피가 쏟아져 나왔다. 덜덜 떨리던 그의 입술은 입 안에서 새어 나오는 따뜻한 액체에 의지해 공포를 달랬다. 믿기지 않을 만큼 포근한 온기였다. 무영은 그 감촉에 의식을 맡긴 채 눈을 감았다. 그 사이 그의 덥수룩한 머리카락이 핏물에 엉켜 *끈끈하게* 굳어 가고 있었다.

탕!

한 발의 총성에 성난 군중이 고요해졌다. 길주는 놀라 뒤를 돌아봤다. 수찬이었다. 그는 거머쥔 총을 빳빳하게 치켜든 채 굳어 서 있었다. 길주는 뜻하지 않은 그의 등장에 혼란을 느꼈다. 그 사이 수찬은 허공을 향해 또 한 발의 공포탄을 쐈다.

탕!

정갈한 총성에 군중은 슬금슬금 뒤로 물러났다. 그러는 동안 무영은 눈을 뜨려 애썼다. 그러나 부어오른 눈과 피에 엉킨 속눈썹은 무정한 완력으로 그의 의지를 속박했다. 결국 무영은 실낱같이 새어드는 수찬의 잔상에 만족해야 했다.

그 사이 허공을 향하던 수찬의 총이 무영을 겨눈 채 다가왔다. 무영은 흐려져 가는 친구를 향해 희미한 미소를 보냈다. 감사의 표시였다. 수찬은 억지로 입가를 끌어올리며 무영의 마지막을 애도했다.

탕!

힘 있게 조여드는 수찬의 검지와 함께 마지막 총알이 무영의 심장을 파고들었다. 매캐한 연기 사이로 평온하게 돌던 무영의 미소가 저물었다. 수찬은 그제야 맥없는 눈물을 쏟아 냈다.

"……여긴 어쩐 일이야?"

길주는 혼란으로 멍해 있었다.

"아무래도 이무영이 올 것 같아서."

수찬은 쓸쓸히 무영에게로 시선을 옮겼다. 무영은 더운 피와 함께 차갑게 식어 가고 있었다.

"고통스럽지 않게 보내 줘야 하잖아. 우리…… 친구였으니까."

길주는 그제야 참았던 눈물을 쏟으며 오열했다. 무영은 길주의 참담한 애도 속에 숨을 거뒀다. 군중은 어느새 하나 둘 흩어졌다.

7

수찬이 민석과의 재회를 준비하게 된 건 그의 머리에 하얗게 백발이 내려앉기 시작할 즈음이었다. 그들이 활보하던 경성의 이름도 서울로 바뀐 지 오래였다. 서울은 지하철의 개통으로 온통 술렁였다. 무기의 이동을 위해 사용되던 지하 통로가 시민의 교통수단으로 바뀐 셈이었다. 8월 15일, 광복을 맞이한 지 꼭 29년 만의 일이었다.

수찬은 자동차 뒷좌석에 앉아 신문을 보고 있었다. 그는 자신의 국무총리 임명 기사를 보며 머쓱하게 웃었다.

"이제 각하라고 불러 드려야겠네요, 총리 각하."

홍연이 짓궂게 놀려 댔다.

"이번에는 당신답지 않게 들뜬 것 같네?"

수찬은 도리어 화살을 홍연에게 돌렸다.

"저도 은근히 당신이 감투 쓰길 기다리기라도 했나 보죠."

홍연이 상기된 얼굴로 웃었다. 그녀의 웃는 얼굴을 따라 세월의 흐름이 아름다운 선을 이뤘다.

"그나저나 건우 녀석은 출국한 건가?"

"네. 부디 마음 다치지 않고 와야 할 텐데……."

홍연은 말끝을 흐렸다.

"어쩔 수 없지. 언젠가는 꼭 한 번 겪어야 할 일이니."

수찬은 창밖을 바라봤다. 그들은 다리를 건너 한강을 지나고 있었다. 그는 반짝이는 강물을 보며 무영을 떠올렸다. 건우의 출국 탓이었다. 무영의 아이는 수찬의 아들로 자라 홀로 일본으로 향했다. 그곳에 있는 미유키를 만나기 위해서였다. 홍연은 만류했지만 수찬은 잡지 않았다. 결국은 스스로 풀어 가야 할 문제라 여겼던 탓이었다.

그들이 탄 차는 매끈하게 강을 건너 공항으로 향했다. 그가 공항에 들어서자 몰려 있던 취재진들이 일제히 플래시를 터뜨렸다. 수찬과 홍연은 쉼 없이 터지는 조명 사이를 뚫고 조용히 걸었다.

"이번 사건이 각하의 행보에 불이익이 될 거라는 전망이 있는데 어떻게 생각하십니까?"

기자 하나가 바삐 따라붙어 질문을 건넸다.

"진실이 밝혀져 불이익을 받을 사람이라면 한 나라의 총리로서 자격이 없는 거겠죠."

매끄러운 대답이었다.

"그렇다면 각하의 친일 행적을 인정하지 않겠다는 뜻입니까?"

"진실은 역사가 가려 주겠지요."

수찬은 미소로 응수했다. 기자들은 연달아 질문 공세를 쏟아 냈지만 수찬은 더 이상의 대응 없이 그들을 지나쳤다. 그러자 수행원들이 뒤따르는 기자들을 막아섰다.

"당신, 각하가 되더니 정말 각하 같아요."

홍연이 수찬의 손을 잡고 생긋 웃었다.

"굴욕적인 말인데? 내가 그 자식을 닮아 간다니."

수찬은 싱겁게 웃었다. 말은 그렇게 하지만 어쩐지 가슴 한구석이 먹먹해지는 건 어쩔 수 없었다. 그 사이 사뿐히 밀고 나오는 휠체어 바퀴가 그들과 마주했다. 연이은 셔터음이 공항을 가득 메웠다. 휠체어에 앉아 있던 혜림이 가만히 모자를 벗었다. 그러자 짧게 층을 낸 은발 아래로 다부진 눈매가 드러났다. 시간도 앗아 가지 못한 암갈색 눈동자가 사방을 두리번거렸다. 수찬과 홍연을 찾는 눈치였다.

"서혜림!"

수찬은 목이 메어 쉿소리를 냈다. 혜림은 소리 나는 쪽으로 고개를 돌리다 눈살을 찌푸렸다. 요란한 플래시 세례에 눈이 부신 모양이었다. 그러나 그녀는 다시 표정을 가다듬고 플래시를 받아 냈다. 마치 총알을 받아 내는 것 같은 결연한 모습이었다.

"고생했어."

수찬은 가만히 그녀의 눈높이로 허리를 굽혔다. 혜림은 그리운 눈매를 마주하며 가만히 온기를 풀어냈다.

"수찬 씨는 하나도 달라진 게 없네."

혜림은 그제야 웃음을 보였다. 그 바람에 눈가에 잡힌 주름의 굴곡마다 눈물이 가득 들어찼다.

"너도 여전히 예뻐. 언제나처럼."

수찬은 가만히 그녀의 눈물을 닦았다. 그 부드러운 손길에 혜림은 다시 미소를 보였다. 수찬은 재회의 기쁨을 거머쥔 채 가만히 일어섰다. 가지런히 모은 혜림의 무릎 위에는 단정한 유골함이 놓여 있었다. 민석의 것이었다. 혜림은 민석에게 의지하듯 가만히 유골함을 보듬고 있었다.

방송은 혜림과 수찬의 재회 장면을 잡아내느라 분주했다. 뉴스는 혜림의 귀국이 수찬에게 미치는 영향에 대해 집중했다. 민석의 친일 행적을 되새기는 것은 물론, 그의 귀환을 반대하는 시민들의 움직임을 전하는 것도 잊지 않았다.

"그나저나 괜찮을까?"

지은은 영수에게 따뜻한 차를 건넸다. 영수는 소파에 몸을 묻은 채 그녀가 건네는 차를 받아 들었다. 두 사람의 해후를 지켜보던 영수의 눈가에는 만감이 스치고 있었다.

"난 아직도 잘 모르겠어. 여태 잘 지내다 이제 와서 그분을 여기에 모시겠다는 이유가 뭘까? 이제껏 미국 시민으로 안정적으로 살아왔잖아. 두 사람 다 미국 정부의 보호 덕분에 전범 재판도 면하고."

지은은 혜림의 행보가 이해되지 않는 모양이었다.

"당신 그거 모르는구나. 우리 단장, 원래 구식이야."

영수의 눈가에 서글픔이 들어찼다. 그리움과 연민이 뒤엉킨 눈빛이었다.
"뭐?"
"정민석 그 인간, 자기 나라 자기 핏줄밖에 모르는 인간이라고."
영수는 찻잔을 그러쥐며 화면을 주시했다. 그러나 차를 마실 생각은 없는지 오래도록 손가락으로 컵을 쓰다듬고 있을 뿐이었다.
"그런 인간이 평생을 남의 땅에서 남의 나라 이름으로 살았으니…… 돌아오고 싶었겠지. 죽어서라도."

8

동경 공항에 선 건우는 말쑥한 양복 차림이었다. 그는 예정된 만남을 위해 사방을 두리번거렸다. 그러자 '이건우'라는 푯말을 든 젊은 남자가 보였다. 건우는 애써 밝은 표정으로 남자에게 다가가 악수를 청했다. 하지만 남자는 손을 잡는 대신 형식적인 목례를 건넸다. 건우는 어쩔 수 없이 허리를 굽혀 이에 화답했다.
「슈헤이 상이십니까?」
건우는 확인을 위해 상대의 이름을 물었다. 슈헤이는 조용히 끄덕였다.
「반갑습니다. 이건우입니다.」
건우는 사근사근하게 웃었다. 그러나 슈헤이는 말없이 앞서 걸었다. 건우는 굳은 얼굴로 그의 발걸음을 따라 밟았다. 슈헤이는 시종일관 낯빛을 펴지 않았다. 결국 건우는 슈헤이와의 대화를 포기하고 창밖으로 시선을 돌렸다. 그의 눈앞으로 동경의 아침 풍경이 평화롭게 펼쳐졌다.
「당신이 이무영의 아들이라는 사실, 절대 말하지 마.」
슈헤이는 건우에게 시선을 주지 않은 채 앞만 보고 운전했다.
「……네?」

건우는 제 귀를 의심하며 반문했다.

「당신이 이건우라는 것도, 아니 조선인이라는 것도 전부. 아무것도.」

슈헤이는 단호했다.

「제가 왜 그래야 하죠?」

건우는 억울한 기분에 따져 물었다.

「어머니…… 치매셔.」

뜻하지 않은 사실에 건우는 말문이 막혔다.

「그러니까 괜히 이상한 소리 해서 충격 드리지 말라는 말이야.」

「하지만 제 어머니입니다! 평생 처음 만나는 어머니께 제가 당신의 아들이라는 말도 할 수 없단 말입니까?」

건우는 강하게 항변했다. 슈헤이는 대답 대신 거칠게 차를 세웠다. 격렬한 차의 반동에 두 사람의 눈빛도 함께 흔들렸다.

「당신이 그 약속을 지킬 수 없다면 난 당신과 어머니를 만나게 할 수 없어.」

얼음장같이 싸늘한 말투였다. 건우는 분한 마음에 입술을 깨물었다.

「선택해. 그냥 돌아갈 건지, 입을 다물 건지.」

매정한 제안이었다. 건우는 어쩔 수 없이 승낙하며 주먹을 부르르 떨었다. 이후에 슈헤이는 한 마디도 말을 건네지 않았다. 건우 역시 마찬가지였다. 그들은 어색한 공기만 공유한 채 목적지로 향했다.

차에서 내린 건우는 슈헤이를 따라 낯선 대문으로 들어섰다. 잘 손질된 정원이 그를 맞았다. 그는 생경한 눈으로 정원을 둘러봤다. 그러자 고운 손길로 화초를 가꾸고 있는 미유키의 모습이 보였다. 건우는 심장이 덜컥 내려앉아 걸음을 떼지 못했다. 햇살에 미유키의 은발이 밝게 빛났다. 그녀는 잔잔한 미소로 꽃을 살피다 슈헤이의 기척에 웃으며 일어섰다. 슈헤이는 부드러운 얼굴로 그녀에게 다가갔다. 아까와는 사뭇 다른 공기였다. 건우는 낯선 얼굴로 두 사람을 바라봤다.
「우리 아가가 왔구나.」
미유키는 어린아이를 보듬듯 살뜰히 슈헤이의 뺨을 어루만졌다.
「날씨도 더운데 뭐 하러 나와 계셨어요?」
싸늘하던 그의 입가에 온기가 돌았다.
「햇볕이 강하긴 해도 바람이 시원하잖니. 저 어린것들도 더위 속에 살아 보겠다고 꽃을 피우는데 나와서 구경이라도 해 줘야지.」
미유키는 잔잔한 눈길로 화단을 살폈다. 더할 나위 없이 편안한 웃음과 함께였다. 그러다 문가에 선 낯선 이를 보고 가만히 미소를 거뒀다. 그녀는 조심스러운 눈길로 상대를 살폈다.
「누가 오셨니?」
그녀는 설핏 눈살을 찌푸렸다. 건우 뒤에서 쏟아지는 햇살 때문이었다.
「제 친구예요.」
슈헤이는 건우에게 눈짓을 건넸다. 건우는 떨리는 걸음으로 그녀에게 다가왔다. 굳게 쥔 주먹과 함께였다. 미유키는 가까워지는 그의 형체에 까닭 모를 울렁거림을 느꼈다. 그녀는 시야가 흐린 듯 자꾸만 고개를 흔들었다.
「손님께 죄송하지만 안에서 인사를 드려야겠구나. 갑자기 머리가…….」
황급히 걸음을 돌리던 미유키가 휘청거렸다. 건우는 저도 모르게 부축하려 팔을 뻗었다. 그러나 슈헤이가 야멸치게 그를 제치고 미유키를 살폈다.
「안으로 모실게요, 어머니.」
슈헤이는 살뜰하게 미유키를 안으로 부축했다. 건우는 눈물을 삼키며 두 사람의 뒤를 따랐다. 안채에 들어서자 다다미로 된 넓은 거실이 보였다. 미유키는 좌식 탁자를 사이에 두고 두 사람과 마주 앉았다.
「미안해요. 갑자기 어지러워서 결례를 했네요.」
미유키는 다소 여유를 찾은 모습이었다.

「아닙니다. 괜찮습니다.」

건우는 살가운 제 어미의 존칭에 목이 메어 왔다. 그는 애틋한 눈길로 미유키를 살폈다. 정갈하게 빗어 넘긴 백발 아래로 단정한 눈썹이 산을 이뤘다. 그러다 잔잔한 언덕은 금세 파도처럼 굽이쳤다. 뭔가 생각에 잠긴 모양이었다. 곧 그녀의 맑은 눈동자가 건우를 빤히 들여다봤다. 세상 풍파와는 연이 없을 것 같은 맑은 눈동자였다.

「……지켜 주실 거죠?」

메마른 목소리였다. 조금 전까지의 다감함은 일시에 사라졌다.

「……네?」

건우는 당혹감에 얼굴이 굳었다.

「우리 아가…… 지켜 주실 거죠?」

투명하던 그녀의 눈동자에 절박함이 들어찼다. 건우는 저도 모르게 눈물을 주르륵 흘렸다. 분명 그녀는 자신에게서 제 아비의 모습을 보았을 터였다.

「나는 아무것도 지키지 못했어요. 당신도, 우리 아가도……. 그러니까…… 당신이, 당신이 지켜 줘요.」

미유키는 주름 진 손을 뻗어 그의 눈물을 가만히 닦아 줬다. 건우는 차마 말을 잇지 못하고 연신 고개만 끄덕였다.

「어머니, 그러시면 이 친구 놀라요. 이 친구는 그냥 대학 동창이에요. 조선인이 아니고요.」

슈헤이는 아기를 어르듯 미유키의 머리카락을 곱게 쓸었다.

「정말?」

미유키는 천진한 얼굴로 슈헤이를 올려다봤다.

「네.」

슈헤이는 쓸쓸히 고개를 끄덕였다. 그러자 미유키는 언제 그랬느냐는 듯 정갈히 눈물을 거뒀다. 그러고는 순식간에 다른 사람처럼 차분한 모습을 갖췄다. 건우는 그런 미유키를 황망하게 바라봤다. 미유키는 그 시선을 받으며 부스스 일어섰다. 그러고는 두 무릎을 가지런히 모아 건우에게 절했다. 건우는 어쩔 줄 몰라 마주 고개를 숙였다.

「실례가 많았습니다. 제가 사람을 잘못 봤나 봅니다.」

가지런한 사죄에는 위엄이 서려 있었다. 미유키는 단정히 일어나 거실을 나섰다. 건우는 그런 그녀의 뒷모습을 보며 울음을 삼켰다.

9

바닷가의 술집은 한적하기 짝이 없었다. 들고 나는 파도 소리와 온종일 쉬지 않는 TV 소리만이 적막함을 달래고 있었다. 양철 테이블 앞에 앉은 길주는 홀로 소주잔을 기울였다. 그의 행색은 초라하기 짝이 없었다. 그는 마지막 술잔을 비워 내며 화면으로 시선을 돌렸다. 방송은 며칠 전부터 혜림의 귀국 소식으로 떠들썩했다. 친일 예술가라는 오명에서 자유롭지 못한 그녀가 이 땅을 팔아먹은 매국노의 유해를 들고 왔다는 사실은 언론을 후끈 달구기에 충분했다. 그들은 친일 조선 귀족이 현 국무총리의 비호를 받고 있다는 의혹을 제기하는 한편 혜림이 공개적으로 기자 회견을 가질 거라는 소식을 전했다.

- 한편, 이수찬 현 국무총리는 정민석 전 중추원 부의장의 친일 행위는 표면적인 것일 뿐, 그 이면에는 조선 독립과 국권 회복에 대한 희생이 있었다고 발언해 논란이 지속되고 있습니다.

길주는 아나운서의 말이 거슬려 제멋대로 TV를 껐다.

"잘난 인간들은 끝까지 시끄럽군."

그는 주머니에서 구겨진 지폐와 동전을 꺼내 양철 테이블 위에 올려놓았다. 그러고는 새 소주병을 들고 비척거리며 나섰다. 투명한 미닫이문을 열자 허허로운 바다가 그를 맞았다. 길주는 취기로 비틀거리며 바다를 향해 고함쳤다.

"이 자식아! 정민석이 왔단다!"

길주는 소주병을 열어 바다에 흩뿌렸다. 무영의 뼛가루가 뿌려졌던 곳이었다. 푸른 바다는 탐욕스러운 몸짓으로 쓴 소주를 삼켰다.

무영이 세상을 떠난 뒤부터 길주는 술로 세월을 보냈다. 단지 그에 대한 죄책감 때문만은 아니었다. 인생을 바쳐 유일하게 달려왔던 조선 독립이라는 목표가 하루아침에 허무하게 손에 쥐어진 까닭이었다. 그토록 기다렸던 해방된 조국은 한낱 가루처럼 흩어져 그의 손아귀에서 빠져나갔다. 오로지 주어진 적과 맞서 싸울 줄만 알았을 뿐 스스로 세운 정치적 이념이 없었던 탓이었다. 갑작스레 들이닥친 전쟁의 공포도 몫을 더했다. 서로 다른 정치적 견해로 맞선 이들에게 있어 무명의 독립운동가는 써먹기 좋은 도구에 불과했다. 그에게는 준비 없이 주어진 자유도, 제 민족끼리 총을 겨누던 전쟁도 버겁기 짝이 없었다. 그런 이유로 그는 노년에 이르러 과거로 회귀하는 길을 선택했다. 옛 기억에 의존해 자신이 가장 화려했던 시절에 머무는 편이 차라리 낫다는 판단에서였다. 그는 그를 위해 무영의 유해가 뿌려졌던 낯선 바다를 택했다.

"멍청한 놈들. 무슨 영화를 보겠다고 그 고생을 했냐? 너나 정민석이나…… 다 똑같아. 나도 똑같고."

길주는 빈 병을 입가에 털어 넣으며 허탈하게 웃었다.

10

슈헤이는 오전 내내 TV 앞을 서성였다. 이제 몇 분 뒤면 혜림의 인터뷰가 중계될 참이었다. 슈헤이는 조바심에 손가락을 꼼지락거렸다. 오랜 세월 증오해 마지않던 아버지였다. 그가 어느 땅에 뼈를 묻든 자신과는 무관했다. 하지만 까닭 모를 그리움이 자꾸만 그의 속내를 후벼 팠다. 슈헤이는 결국 유혹을 이기지 못하고 TV를 켰다. 화면은 현장의 뜨거운 취재 열기를 여과 없이 전하고 있었다. 슈헤이는 차가운 시선으로 화면을 쏘아봤다. 젊은 날의 민석과 꼭 닮은 눈빛이었다.

그 사이 혜림과 수찬이 나란히 자리에 들어왔다. 두 사람이 마이크를 잡자 장내는 삽시간에 조용해졌다.

— 저 서혜림은 단 한 순간이나마 항일운동을 위한 무대에 선 것을 면죄부삼아 이 자리에 섰습니다.

혜림은 공손히 고개 숙여 인사했다. 탁자와 마주하는 짧은 순간, 그녀는 가만히 숨을 가다듬었다.

— 오늘 저는 정민석이라는 사람을 대신해 그 사람의 모든 죄를 고백하고, 사죄하고, 만일 허락하신다면…… 그 사람을…… 본인이 그토록 그리워하던 자리로 되돌려 놓고자 합니다.

혜림은 말간 눈으로 정면을 응시했다. 마치 용서를 받아야 할 자와 정면에 마주 앉은 것 같은 표정이었다. 화면은 5년 전 민석의 사진을 내보냈다. 그가 죽기 한 달 전, 공식 행사에서의 모습이었다.

슈헤이는 생경한 얼굴로 TV를 마주 봤다. 열 살이 채 되기도 전에 헤어진 아버지였다. 일본에 온 이후로 단 한 번도 자신을 찾지 않던 그였다. 그런 그가 공간을 넘어 건조하기 짝이 없는 모습으로 나타났다. 슈헤이는 저도 모르게 가슴이 먹먹해졌다. 그는 분명 분노 때문이라고 생각했다. 그리움 같은 감정일 리 없을 터였다.

— 모두가 아시는 바와 같이, 정민석이라는 사람은 조선 최고의 친일 귀족이었습니다. 또한 이 땅을 문화적으로 강점하기 위한 일본 측의 요구에 맞춰 일본

인 귀족과의 혼맥을 통해 그 상징적인 역할에 기여한 바 있습니다. 말하자면 일본 측이 이 땅을 강점하기 위해 펼쳐 왔던 내선일체와 문화 말살 정책의 선봉에서서 동조해 온 셈입니다.」

화면은 다시 한 번 민석의 사진을 크게 잡았다. 슈헤이는 그의 싸늘한 눈초리가 자신을 조롱하고 있는 듯한 불쾌감을 느꼈다. 슈헤이는 그 시선에서 제어할 수 없는 적개심을 읽어 냈다. 사실일 리 없겠지만, 그는 어린 날 일본인들에게 극한의 경멸을 던지던 제 아비의 싸늘한 눈빛을 기억하고 있었다. 그는 결국 TV를 끄고 밖으로 나갔다. 제 어머니와의 혼인을 한갓 매국 행위로만 치부하는 방송 따위는 더 이상 보고 싶지 않았다. 슈헤이는 한순간이나마 흔들림을 느꼈던 제 스스로에게 분노했다. 그러나 눈물을 쏟을 수도, 악을 쓸 수도 없었다. 해맑게 웃고 서 있는 미유키의 앞에서는 더더욱 그랬다.

「우리 아가, 무슨 일 있었어?」

미유키가 다정스레 그의 얼굴을 매만졌다. 근심이 들어찬 어미의 눈초리가 그의 마음을 헤집었다.

「그런 거 아니에요.」

슈헤이는 애써 미소를 보이며 미유키의 어깨를 보듬었다.

「슈헤이.」

미유키는 묵직하게 입을 열었다.

「……아버지가 보고 싶니?」

그녀의 말끝에 망설임이 묻어났다. 슈헤이는 그녀의 무의식에 설움이 북받쳤다. 뼛속까지 자리 잡은 제 어미의 가책에 가슴이 미어졌다.

「아니요.」

슈헤이는 미소를 지으며 고개를 저었다. 그러나 갑작스레 쏟아지는 눈물만은 막을 수가 없었다. 그는 민망함에 고개를 쳐들었다.

「괜찮아. 넌 아직 어린아이니까……, 그냥 솔직하게 말해도 된단다.」

미유키는 가만히 손을 뻗어 그의 눈물을 닦아 줬다.

「엄마처럼…… 아버지처럼…… 마음속에 있는 말 꽁꽁 숨겨 두지 않고 살아도 돼.」

미유키는 다정스레 제 아들을 품에 안았다. 슈헤이는 미유키의 마른 어깨를 감싸안으며 엉엉 울었다.

11

"서혜림 씨께 질문하겠습니다. 혹시 한일단이라는 조직을 아십니까?"

수찬은 혜림에게 질문을 던졌다.

"알고 있습니다."

혜림은 차분히 고개를 끄덕였다.

"한일단은 어떤 조직입니까?"

"한일단은 상해 임시 정부에서 조직한 조선 군대인 광복군을 지원하기 위한 후방 조직이라고 들었습니다."

명료한 대답이었다.

"한일단에서 정민석의 위치는 어떤 것이었습니까?"

수찬은 의도적인 물음을 꺼냈다. 민석에게 면죄부를 주기 위함이었다. 혜림은 지그시 입술을 깨물었다.

"서혜림 씨, 대답해 주십시오."

수찬은 혜림을 재촉했다.

"한일단은…… 그 사람이 만든 조직이었습니다."

대답을 던지고 난 혜림은 가만히 입술을 떨었다. 순간 장내가 술렁였다. 조선 제일의 친일 귀족이 독립군 조직의 수장이라는 사실은 그들을 흥분시키기에 충분했다. 수찬은 여세를 몰아 질문을 이어 갔다.

"한일단의 활동에 대해 구체적으로 진술해 주십시오."

"한일단의 주요 임무는 광복군이 사용할 무기를 제작, 공급하는 것이라고 알고 있습니다."

"그를 위한 정민석의 노력에는 어떤 것이 있었습니까?"

수찬은 부지런히 비호에 나섰다. 혜림은 선뜻 대답하지 못했다.

"서혜림 씨?"

수찬은 혜림의 눈을 마주 봤다. 채근의 의미였다. 혜림은 마지못해 입을 열었다.

"일본 정부로부터 유치한 자금을 이용해 광복군의 무기를 만들고, 조선 철도 지하에 설치된 지하 통로와 지상의 철도 호텔을 통해 제작된 무기를 광복군 측으로 전달한 바 있습니다."

혜림은 다시 평정심을 찾았다. 무언가 마음속에 각오가 들어찬 모양이었다.

"그렇다면 정민석의 친일 행각은 일본 정부로부터의 기밀 유출과 자금 유치를 위해서였다고 봐도 무방합니까?"

수찬은 결정적인 물음을 던졌다. '정민석'이라는 이름에서 매국노라는 세 글자를 지워 주기 위한 승부수였다.

"아닙니다."

단호한 대답이었다. 뜻하지 않은 상황에 수찬은 당혹감을 감추지 못했다.

"한일단 활동과 관련한 그 사람의 모든 행동은 친일 행각에 대한 사죄였을 뿐입니다."

수찬은 망연함에 혜림을 쳐다봤다. 그러나 그녀는 그에게 눈길을 주지 않았다.

"하지만, 정민석은 이미 일본 정부와 긴밀한 관계를 맺고 있는 가문의 일원이었습니다. 그런 상황에서 할 수 있는 최선의 선택이었다고 생각지 않으십니까?"

수찬이 그녀에게 물음을 던졌다. 질문이라기보다 설득에 가까운 언사였다. 혜림은 그런 그를 향해 고요한 눈짓을 보냈다. 수찬은 그 시선에서 견고한 결심을 읽었다.

"여러분께서 아시는 바와 같이, 그 사람은 한일 병합 당시 조선 귀족의 신분으로 일본 정부의 특혜를 받으며 자국의 국민들을 희생시킨 바 있습니다."

혜림은 차분히 지난날들을 되짚었다. 그녀의 담담한 고백에 기자들의 펜 끝이 분주히 움직였다.

"혹자는 그런 과오의 이면에 나라를 되찾으려는 노력이 있었다고 두둔해 주기도 하지만……, 어떤 경우에도 개인적인 상처는 역사 앞에 면죄부가 될 수 없습니다."

혜림은 마지막 말에 힘을 실었다. 민석이 살아서 이 자리에 섰다면 변명 같은 건 하지 않았을 거라는 생각에서였다.

"그렇다면 오늘 이 자리를 마련하신 이유가 뭡니까?"

기자 하나가 날 선 질문을 던졌다.

"그 사람의 죄를 없던 일로 만들겠다고 돌아온 게 아닙니다. 죄는 있지만…… 그 죄를 씻어 내지는 못하겠지만……, 그래도 그 사람…… 이 땅에 몸을 맡기고 싶어서……, 그러기 위해…… 정말 죽을 만큼 노력했다고…… 그렇게 말씀드리고 싶었던 것뿐입니다."

다부진 그녀의 입에서 흐느낌이 새어 나왔다. 미처 쏟지 못한 눈물도 함께였다. 혜림은 뺨을 덥히는 더운 감촉에 가만히 미소지었다. 이제야 민석의 심장 속에 박혔던 얼음 조각이 녹아내렸다고 느꼈던 까닭이었다.

12

"민석이…… 어떻게 죽었던 거야?"

온전히 두 사람만의 시간이 되자 수찬은 묵혀 둔 물음을 끄집어냈다. 회견장을 빠져나온 그들은 나란히 앉아 차로 이동하는 참이었다.

"신문에 나온 그대로야. 집에서…… 칼에 찔려서……."

혜림은 굳이 죽음이란 단어를 입에 올리지 않았다. 소리 내어 끄집어내는 것만으로도 어제의 일처럼 가슴이 저려 왔다.

"그게 전부야?"

"……뭐가?"

"강도 사건이라는 거. 믿어도 되는 이야기냐고."

의혹에 찬 수찬의 시선에 혜림은 고개를 외로 꼬았다. 사실 그가 의문을 품는 것도 무리는 아니었다.

신문은 5년 전 미국에서 일어난 민석의 피습 사건을 단순한 강도 사건으로 보도했다. 물론 경찰의 발표도 같았다. 그러나 미군의 철통같은 비호를 받고 있던 그의 집에 강도가 들었다는 사실은 상식적으로 납득하기 어려운 일이었다. 더군다나 수사는 어이없을 만큼 허술하게 종결됐다. 마치 과거 규홍의 폭파 사건과도 같은 전개였다.

"범인이 누구인 게…… 중요해?"

혜림은 무겁게 입을 열었다.

"그게 무슨 소리야?"

"누가 그 사람을 죽였는지는 중요하지 않아. 중요한 건…… 그 사람이 그걸 받아들였다는 거지."

"……뭐?"

"이거……."

혜림이 가만히 작은 상자를 건넸다. 수찬은 조심스레 상자 안을 들여다봤다.

"이건……?"

내용물을 확인하는 수찬의 얼굴에 핏기가 가셨다. 수찬은 떨리는 손길로 상자 속 물건을 집어 들었다.

"그 사람의 심장에…… 꽂혔던 칼이야."

수찬은 믿을 수 없다는 눈길로 손바닥 위의 검을 바라봤다. 틀림없는 무영의 단도였다.

"민석 씨…… 그냥 받아들인 거야."

혜림은 눈을 감고 민석의 최후를 되돌렸다. 그의 마지막은 담담했다. 가슴팍에서 뿜어져 나온 핏물만 아니라면 잠이 들었다 해도 믿을 만큼 평온한 모습이었다. 처참한 최후에 어울리지 않는 단정한 죽음이었다. 혜림은 가볍게 떨어지던 주름 진 손을 떠올리며 가슴을 싸쥐었다.

"그럼…… 범인은……?"

수찬은 가만히 단도를 그러쥐었다. 슬픔을 담은 아귀힘에 손바닥에서 핏물이 올라왔다.

"알고 싶지 않아. 알아서도 안 되고. 알면…… 나도 원망하게 될 테니까."

혜림은 묵직한 눈두덩의 무게를 덜어 내려 창밖으로 시선을 돌렸다. 서울은 빗물에 흥건히 젖어 있었다.

"그럼 증거를 찾을 수 없다는 것도……?"

"그래. 그 칼의 지문을 지운 것도, 범인이 들어온 흔적을 없앤 것도…… 나야."

혜림은 담담하게 진실을 토해 냈다. 목소리에는 민석과 꼭 닮아 있는 냉정함이 묻어났다. 다른 게 있다면 제 연인의 생명을 애도하는 맥없는 눈물뿐이었다.

"그 사람도…… 그걸 원했을 테니까."

13

미유키는 모로 누워 있었다. 활 궁弓 자 모양으로 가만히 발을 모은 자세였다. 그녀는 지루한 기색 없이 한참이나 그렇게 있었다. 그러다 무슨 생각에서인지 부드럽게 웃었다. 미유키는 가만히 제 머리맡으로 손을 뻗었다. 그러자 그녀의 손끝에 오밀조밀한 쇠붙이가 닿았다. 무영의 오르골이었다. 그녀는 오르골을 손에 쥔 채 한참을 이리저리 돌려봤다. 자세를 바꿔 엎드리고 장난감처럼 쥐고 흔들어 보기도 했다. 그러다 돌연 그녀의 눈빛이 경건해졌다. 그녀는 조심스레 오르골을 제 코끝에 내려놓았다. 그러고는 마치 처음 만나는 생명체를 탐구하듯 찬찬히 오르골을 살폈다. 미유키의 앙상한 손가락이 오돌토돌한 요철을 가만히 건드렸다. 그 앙증맞은 감촉에 그녀의 입가에 미소가 돌았다. 그러다 미유키는 태엽을 감아 돌렸다. 세월에 묵은 오르골 소리는 다소 느리지만 맑고 투명했다. 평화로운 음색에 그녀는 살며시 눈을 감았다. 미유키는 아기를 재우듯 제 옆의 베개를 가만히 토닥였다. 그렇게 그녀는 기분 좋은 단잠에 빠져들었다. 머리맡을 적시는 촉촉한 눈물과 함께였다.

열린 창문 사이로 기분 좋은 바람이 불어왔다. 그 바람결에 책상 위의 책장이 사르륵 넘어갔다. 곱게 넘어가는 책장 사이로 아슬아슬하게 붙어 있는 신문 기사들이 펄럭였다. 그녀의 방 앞을 지나던 슈헤이는 흩어진 책상을 보며 조용히 들어섰다. 그녀는 잠에서 깨면 분명 어지러운 방 안을 보며 낙심할 게 뻔했기 때문이었다. 이성의 끈을 놓은 뒤에도 미유키는 여전히 정갈했다. 슈헤이는 그런 그녀의 마음을 상하지 않게 하고 싶었다. 그는 제멋대로 나뒹구는 종이들을 정리하려 책상 앞에 섰다. 그러다 돌연 펼쳐진 노트 앞에서 얼굴이 굳었다. 그녀가 차곡차곡 모아 온 신문 기사들 때문이었다. 깔끔한 공책에는 민석과 혜림의 기사가 빼곡했다. 민석의 미국 생활과 혜림의 봉사 활동에 대한 소식들이 대부분이었다. 뿐만 아니라 정계에서 이름을 높여 가는 수찬과 사업가로 성공한 영수의 소식까지도 꼼꼼하게 정리되어 있었다. 슈헤이는 야멸치게 공책을 덮어 던져 버렸다. 그러자 그 반동에 봉투 하나가 떨어졌다. 미유키 앞으로 온 편지였다. 발신인은 공백이었다. 슈헤이는 호기심에 봉투를 열었다. 그러자 빛 바랜 종이 한 장이 보였다. 그는 가만히 편지를 펼쳤다. 그러자 완고한 필체의 한글 몇 줄이 눈에 들어왔다. 슈헤이는 단번에 그것이 제 아버지의 편지임을 알아챘다.

　　미안하다고 하지 않을 거야.
　　미안하다고 할 수가 없어.
　　그래서…… 그래서…… 미안해.

　슈헤이는 봉투를 손에 쥔 채 의자에 털썩 주저앉았다. 알 수 없는 감정이 북받쳐 온 까닭이었다. 억울함이라 하기에는 쓸쓸하고, 분노라고 하기에는 먹먹한 느낌이었다. 슈헤이는 제 감정의 정체를 알 길이 없어 멍하니 등받이에 몸을 묻었다. 그 순간 애꿎은 바람이 닫힌 책장을 열었다. 애써 아비를 외면해 온 굳은 마음도 종잇장처럼 펄럭였다. 결국 슈헤이는 오랜 망설임을 끊어 내고 다시 책장을 열었다. 거부할 수 없는 핏줄의 끌림 때문이었다. 그는 체념한 기색으로 스크랩북을 펼쳐 들었다. 스크랩은 민석의 사망 소식을 다룬 기사까지가 전부였다. 슈헤이는 떨리는 손으로 책장을 넘겼다. 그러다 민석의 사진 옆에 적힌 무언가를 발견했다. 연필로 적힌 단정한 히라가나였다.

　　「이젠 용서할게요. 그만 용서하세요.」

　슈헤이는 제 입을 틀어막았다. 울음이 터지는 걸 막기 위해서였다. 그는 한참이나 그 자리에 앉아 눈물을 삼켰다. 그리고 그는 민석이 죽기 일주일 전 남긴 인터뷰 기사를 읽어 내려갔다.

쇳물이 녹아드는 온도 1,535℃
누군가는 그 쇳물로 피를 거두기 위한 칼을 만들었고,
다른 이는 그 칼끝으로 사람을 살리기 위해 살아왔다.

혹자는 소수의 의로운 이들의 희생이 역사를 완성했다고 말한다.
그러나 대다수의 평범한 사람들은 자신의 운명을 위해 역사에 몸을 던진다.
하지만 그것이 옳지 않다고 누가 감히 말할 수 있을까?

누군가는 오로지 자신의 사랑을 위해 역사의 한 장을 넘기고,
다른 이는 복수를 위해 기꺼이 자신의 이름을 더럽히던 시절,
나는 스스로를 가둔 운명으로부터 벗어나기 위해 몸부림쳐 왔다.
그렇게 역사는 작고 힘없는 사람들에 의해 완성된다.

과거에도, 지금도, 그리고 앞으로도.

작가의 말

조선 시대를 중심으로 한 시대물이 오랜 시간 동안 다양한 세계를 구축해 온 반면, 한국 근대사는 여러 이유로 외면받아 왔다. 개인적으로는 패배감에서 기인한 상처를 가장 큰 원인으로 꼽고 싶다.

확실히 일제 강점기를 배경으로 한 이야기에는 통쾌함이 결여되어 있다. 대부분의 경우 독립운동을 하는 주인공들은 목숨을 걸고 투쟁을 벌이거나 피맺힌 고문 속에 죽어 갔고, 그 결과 극이 내놓은 조선 독립의 귀결은 타의에 의한 수동적인 해방이었다. 카타르시스의 부재인 셈이다.

이에 본 소설은 '만약에?'라는 가설과 함께 새로운 발상을 시작했다. 좀 더 색다른 시점으로 근대사를 풀어 가고 싶은 마음에서였다. 결코 허무맹랑한 질문은 아니었다. 우리 역사 속에 존재했을 법한 그럴듯한 가설이니까.

가설 1. 지배자 위에 선 조선인, 일본인들을 쥐락펴락하는 조선 귀족이 존재했다면?

앞서 밝혔듯 조선 근대사를 다룬 대다수의 작품에는 군림하는 일본인과 핍박받는 조선인이 존재한다. 하지만 그런 흑백 논리에서 벗어나면 어떨까? 분명 그 시대에는 독립군을 핍박하는 순사나 장교 위에 군림하는 조선 귀족이 있었으니 말이다.

일본인에 대한 강한 거부감을 지녔음에도 숙명처럼 그들과 맞물려 살아야 하는 조선 귀족이 있다면 어떤 이야기가 펼쳐질까? 그들에게 밟히느니 밟고 서겠다는 상처받은 이 땅의 젊은이가 있다면, 그들에게 화끈하고 통쾌한 한 방을 날리지 않을까?

가설 2. 만일 조선 철도를 역행하는 지하 통로가 존재했다면?

일본은 조선을 강점하기 이전부터 대륙을 관통하기 위한 철로를 세웠다. 그리고 이 철도를 통해 수없는 조선의 청춘과 피땀이 맺힌 자원을 싣고 달렸다. 이러한 역사가 담긴 조선 철도는 수탈의 역사를 지닌 가슴 아픈 상징물로 남아 있는 셈이다.

그런데 만일 이들의 경로를 바탕으로 한 지하 공간이 존재했다면 어땠을까? 조선을 삼키고 대륙으로 폭주하려는 일본의 길을 막아서는 최대의 복병이 아니었을까?

가설 3. 만일 자살 권총으로 통하는 일본군의 94식 남부 권총이 조선인의 철저한 계획에 의해 제작된 거라면?

남부 94식 권총. 일본 총기 전문가인 기리조 남부 대령에 의해 제작된 이 권총은 '자살 권총'이라는 불명예스러운 별명을 꼬리표처럼 달고 있다. 조악한 설계로 인해 작은 충격에도 예정에 없이 발사되곤 했던 탓이다.

육군 병기부의 설계 참여 때부터 완성도에 문제가 예견됐다고 하는 94식 남부 권총. 만일 이 총기의 설계에 조선의 독립군이 가담했다면 태평양 전쟁에 몸을 내던진 일본군에게 어떤 영향을 끼쳤을까? 그 많은 군사가 하나씩 자살 권총을 품에 안고 있었다면 말이다.

가설 4. 만일 총독을 암살하려는 일본인과 이를 저지하려는 독립군이 있다면?

조선 총독, 마치 악의 축처럼 자리 잡은 그 이름. 역사 속에선 수없는 독립군들이 그를 암살하기 위해 자신의 젊은 피를 뿌려 왔다.

그런데 만약 조선 땅에서 총독을 암살하려는 일본인들이 있었다면? 그리고 그 암살을 저지하려는 독립군이 있었다면 어땠을까? 과연 그들은 어떤 연유로 자신들의 편인 총독을 암살하려 하고, 자신들의 적인 총독을 지키려 했을까?

물론 이 이야기를 관통하는 네 가지 가설의 이면에는 활자로 되새기는 것조차 숙연하게 느껴지는 잔혹한 역사의 흔적들이 있었다. 그럼에도 굳이 이 시대의 이야기를 고집했던 이유는 비극의 세월 때문에 소외되어 가는 역사의 한 장이 아쉬웠던 탓이다.

이 시대를 되짚어가며 가장 매력을 느꼈던 대목은 일제 강점기의 정치적 얼굴 뒤에 가려진 사람들 그 자체였다. 단지 비참한 시절이었다고 일축하기에 당대의 문화는 너무 활기찼고, 그 시절의 남녀는 어여뻤다. 지금의 우리와 다를 바 없이 사랑을 꿈꾸고, 미래를 논했으며, 일상의 행복을 알았으니 말이다. 그럼에도 스스로 원하지 않았던 시대의 아픔으로 인해 사심 없이 펼쳐 냈던 소박한 삶이 짓밟히기도 했던 당시의 이야기가 바로 본 소설이다. 부디 이 이야기에 살아 숨쉬는 많은 인물이 주목받지 못하는 이 시절의 일면을 전해 줄 수 있기를 진심으로 바라 본다.

  모든 사람이 그러하듯, 이야기 또한 인연이 있다. 본 소설 또한 많은 인연의 힘을 빌어 세상에 발을 내밀었다.

  어쩌면 평생 동안 마음에만 품고 있었을 이야기를 끄집어낼 수 있도록 격려해 주신 이형민 감독님, 이 이야기의 시작부터 끝까지 조언을 아끼지 않은 사랑하는 동생 경선이, 오직 이야기가 지닌 힘 하나만 믿고 긴 여정을 함께 시작한 김희경 님께 말로 다 표현할 수 없는 감사의 마음을 전한다. 또한 소설 밖에서도 기꺼이 삶의 축이 되어 준 정민석에게 글로 담아내지 못할 깊은 마음을 고백해 본다.

  마지막으로 혼자 짊어지던 세상을 기꺼이 공유해 주신 독자 여러분들께도 감사의 인사를 드린다.

2013년 5월, 저자 신아인

End Credits

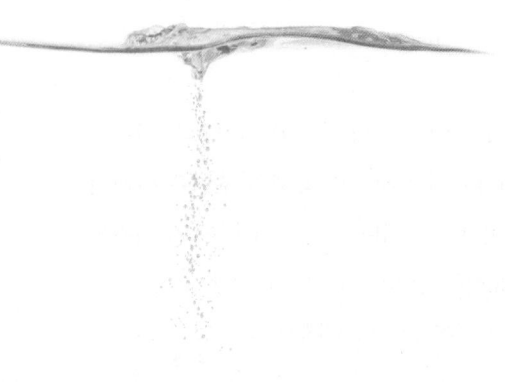

 그날 밤도 민석은 서재에 틀어박혀 있었다. 불면증 때문이었다. 잠을 이루지 못하는 병은 타국에 발을 들인 이후 더욱 심해지고 있었다.
 그는 언제나처럼 수면제를 털어 넣고는 책을 읽기 시작했다. 수찬이 보내 온 책이었다. 민석은 책장을 넘기며 습관처럼 종잇장을 만지작거렸다. 그 무생물의 질감에서라도 고국의 기운을 느끼려는 까닭이었다. 덕분에 말끔한 표지와는 달리 책장은 귀퉁이가 너덜너덜 닳아 있었다.
 그는 한참이나 책에 몰두했다. 움직임이라고는 난시로 끼기 시작한 안경을 들어올리는 것이 고작이었다. 그의 서재에는 온통 사그락거리는 책장 소리뿐이었다.
 철커덕…….
 그런 그의 진공에 묵직한 쇳소리가 끼어들었다. 총을 장전하는 소리였다. 책에 골몰하던 민석은 머리에 닿은 차가운 쇠붙이의 질감에 천천히 고개를 들었다.

「사람 놀라게 하는 재주는 여전하군.」

상대를 확인하는 민석의 눈가에 고요한 미소가 담겼다. 목전에 둔 죽음과는 어울리지 않는 눈동자에 그리움과 뭉클함이 얽혀 있었다. 두려움과는 거리가 먼 눈빛이었다.

그의 감정을 읽은 총구가 가만히 떨려 왔다. 망설임이었다. 민석은 그 흔들림을 감지하고는 피식 웃었다. 그러고는 부드러운 손길로 제 머리를 겨눈 총구를 감싸쥐었다.

「틀렸어..」

민석은 담담한 눈길로 고개를 저었다. 설득의 눈빛이었다.

「나라면…… 칼을 택했을 거야. 그래야 소리가 나지 않을 테니까.」

민석은 차분히 상대를 얼렀다. 결국 미세한 실랑이 끝에 총은 그의 손아귀로 옮겨 갔다. 민석은 침착하게 총을 제 손에 쥐었다. 그러고는 손수건으로 바지런히 지문을 닦아 냈다.

「이제, 찌르면 되는 거야.」

민석은 서랍 속에 밀어넣은 총 대신 칼을 꺼내 들었다. 무영의 칼이었다.

「빠르고 정확하게, 망설임 없이…… 심장에 꽂아 넣어.」

민석은 야릇한 미소로 자신을 향한 증오의 눈길에 응수했다. 하지만 상대는 미동도 하지 않았다. 그저 돌처럼 굳어 선 채 혼란에 빠진 스스로의 감정을 확인하고 있을 뿐이었다.

「다행이라고 생각해……. 기다리던 사람이라서.」

민석은 말간 눈으로 오래 묵은 인연을 응시했다. 일종의 독려였다. 그 묵직한 눈길에 칼날의 주인은 다부지게 검을 그러쥐었다.

「빠르고 정확하게, 망설임 없이……. 그렇게 해야…… 끝을 맺을 수 있어. 당신도, 나도.」

민석은 차분히 지령을 반복했다. 그의 목소리는 타인의 것인 양 상냥하고 평온했다. 이상할 만치 설득력 있는 목소리였다. 어쩌면 태내에서부터 지니고 있던 진짜 얼굴이었을지도 모를 일이었다.

빠르고 정확하게, 망설임 없이…….

민석의 가르침이 누군가에 의해 되뇌어졌다. 그리고 오래지 않아 민석의 심장에 뻐근한 고통이 스며들었다. 가슴팍을 파고드는 날카로운 쇠붙이에 민석은 마른 호흡을 토했다.

「한 번쯤은…… 보고 싶었어.」

민석은 찡그린 얼굴로 등받이에 기댔다. 그러고는 가만히 제 가슴을 싸쥐었다. 단단한 도신의 감촉에서는 아련한 향수가 느껴졌다. 그토록 증오하면서도 그리워했던 모든 시간이 차가운 쇠붙이의 냉기에 고스란히 재생되고 있었다.

"……그래도…… 조선에서였으면, 그랬으면…… 더 좋았을 텐데……."

낮은 중얼거림에 신발 끄는 소리가 섞여 들었다. 상대의 뒷걸음질 소리였다. 민석은 아련한 눈길로 그 걸음을 배웅했다.

그러나 사부작거리던 걸음은 이내 멈춰 섰다. 책상 귀퉁이에 놓인 편지 봉투를 발견한 직후였다. 주름 진 손은 도주를 멈추고 가만히 봉투로 손을 뻗었다. 그 정갈한 손놀림에 단정하게 마감된 봉투가 서걱거리며 떨려 왔다.

발신인이 없는 봉투에는 빛 바랜 여백이 들어차 있었다. 종이에 닿은 엄지 아래로 '요코야마 미유키'라는 이름만 적혀 있을 뿐이었다. 그 사이 민석은 맥없이 고개를 떨구며 눈을 감았다. 조심스레 열리는 봉투 소리가 자장가처럼 밀려들었다.

'미안하다고 하지 않을 거야. 미안하다고 할 수가 없어. 그래서……, 그래서…… 미안해.'

민석은 가만히 해묵은 고백을 되뇌었다. 그 담백한 독백에 평생을 조여 오던 가책의 사슬이 옥죄었던 힘을 풀어냈다. 덕분에 고통으로 주름 졌던 그의 입가가 가볍게 날아올랐다.

「죽지 마, 정민석. 제발…… 죽지 마…….」

민석은 멀어지는 이성의 끝자락에서 촉촉한 울림을 들었다. 옅은 울음은 이내 오열로 변해 갔다. 하지만 거세지는 울음은 다른 세상의 것인 양 아득하게 멀어져 갈 뿐이었다. 민석은 제 손등에 떨어진 더운 눈물을 매만졌다. 촉수에 닿은 마지막 온기였다.

1535 마침.

초판 인쇄 2013년 06월 11일
초판 발행 2013년 06월 17일

지은이 | 신아인
펴낸이 | 김진희
펴낸곳 | 도서출판 오후
기 획 | 군자란, 월악산
편집·교정 | 신의, 월악산
본문디자인 | 군자란
미디어마케팅 | 얼래
전략기획팀 | 신의, 데렐라
경영지원팀 | 강군

주 소 | 서울시 강남구 개포로22길 33, 401호
전 화 | 070) 4365-5959
팩 스 | 0505) 999-5959

출판등록 | 2012년 4월 6일 제2012-000134호

오후 블로그 http://ohwoobooks.com/

ⓒ 신아인, 2013

ISBN 979-11-950382-4-4 (04810)
　　　979-11-950382-2-0 (set) (04810)

이 책은 저작권법의 보호를 받는 저작물이므로 무단전재와 무단복제를 금합니다.
잘못된 책은 구입처에서 교환해 드립니다.